FANPRO

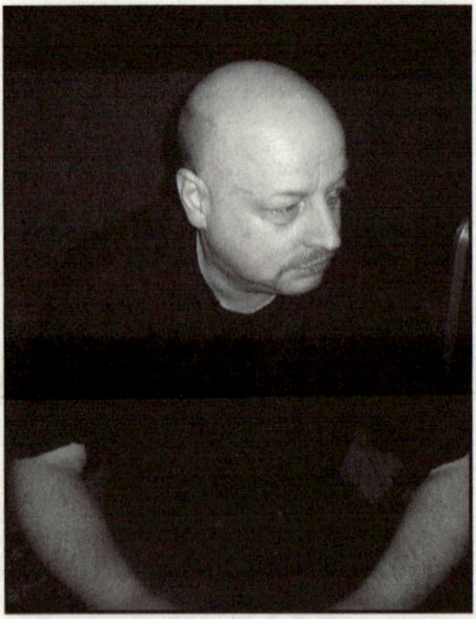

Achim Mehnert, 1961 in Köln geboren, hat bereits ein PERRY RHODAN-Taschenbuch (*Rückkehr nach Derogwanien*) und drei ATLAN-Heftromane zur größten SF-Serie der Welt beigesteuert. Neben seinem Lieblingsautor Philip K. Dick schätzt der langjährige COLONIACON-Mitveranstalter besonders William Voltz, Thomas Ziegler und Iain Banks. Ferner hegt er große Leidenschaft für Rockmusik und ist Fußballanhänger – natürlich 1. FC Köln.

Achim Mehnert

Im Bann der Gatusain

Zweiter Band des Illochim-Zyklus

Originalausgabe

FanPro
Band 71010

Titelbild: Arndt Drechsler

Redaktion: Sabine Kropp
Lektorat: Helmut Ehls
Satz und Layout: Ralf Berszuck
Umschlaggestaltung: Ralf Berszuck
Druck und Bindung: CPI Moravia Books s.r.o., Pohorelice

Mehr über den Mythos der Illochim gibt es im
PERRY RHODAN PC-Adventure-Game.
Aktuelle Infos: *www.perry-rhodan-game.de*

Besuchen Sie unsere Website *http://www.fanpro.com*

http://www.atlan.de

Printed in Czech Republic

ISBN 978-389064-175-1

Kleines Who is Who

Atlan – Lordadmiral der USO

Tristan Li – der Ex-MEINLEID-Aktivist ist süchtig nach dem Gatusain

Greta Gale – die Ex-MEINLEID-Aktivistin ist das auch. Und sehr machtgierig

Svin Heyburn – Gretas Begleiter ist dagegen nur eine profane Schnapsdrossel

Perl Haven – Heyburns Privatpilot

Korfein Walsh – dieser Begleiter Gretas ist zum falschen Zeitpunkt am falschen Ort

Karim Shoutain – Kommandant der ESHNAPUR

Jorim Kilshasin – Shoutains Stellvertreter wird zur horizontalen Beute Gretas

Gustav Bartos – Beibootpilot der ESHNAPUR

Hagen Laroush – dessen Copilot

Jerome Fiklus, Terbat Pollock – Besatzungsmitglieder auf der ESHNAPUR

Cleany Havedge – Kurator des Museums der Unerklärlichen Funde

Cada Legove – Kommandant der AVIGNON

Ira Connaire und Milon Taffy – USO-Spezialisten

Nachim Emcheba – Cheflogistiker der AVIGNON

Dr. med. Cyriane Drays – Bordmedikerin auf der AVIGNON

Luella Tarra – für Funk und Ortung an Bord der AVIGNON zuständig

Cres Eppenroq – USO-Spezialist

Sashmo Task – leitet einen Trupp gestrandeter Raumfahrer
Tonkem Röndga, Ülter Lemper, Walter Kovip, Chaime Thaille, Craft Lemörf – der Trupp
Xenna Reezal – die blonde Kosmobiologin ist die einzige Frau unter den Notgelandeten
Quetec – ein Illochim, der in grauer Vorzeit auf der Erde tätig war
Simic – eine Menschenfrau aus dieser Epoche
Waheijathiu – Navigator. Das Rudimentärbewusstsein ist Atlans Mentor
Gasuijamuo – Waheijathius Widersacher und Gretas Motor der Macht
Argoth – der Sippenälteste der Kanacht wittert Unheil
Uchta, Jidside nebst Ankömmling **Scholk** – typische Familie auf Orgoch
Soplou – ein Kanacht

Jäger und Gejagte

Ihre Konzentration auf die fremde Umgebung ließ so schlagartig nach, wie das sexuelle Verlangen sich in ihrem Körper ausbreitete. Greta Gale verlor die Übersicht über die in der Zentrale versammelten Besatzungsmitglieder, auch über ihre eigenen Begleiter. Der Drang, sich den Raumfahrer gleich neben dem Kommandanten, den sie für den Ersten Offizier hielt, gefügig zu machen, wurde übermächtig. Es gehörte nicht viel dazu, das spürte sie instinktiv. Er reagierte auf sie ebenso wie sie auf ihn. Sie sah nur noch ihn, seinen hochgewachsenen, schlanken Körper, sehnig und durchtrainiert.

»Greta?«

Die Stimme klang wie in weiter Ferne in ihrem Ohr, vergleichbar einem Wispern des Windes, das einen zufälligen, unbeabsichtigten Laut formte. Der Inhalt wog nicht schwerer, die Bedeutung des Wortes blieb in der Schwebe.

»Greta!« hörte sie, drängender. Eine Mahnung schwang bei der Nennung ihres Namens mit, eine Warnung, sich wieder auf die Umgebung und die Flucht aus dem Solsystem zu konzentrieren.

Greta Gale räusperte sich, erschrocken über sich selbst. In dieser Phase des Fluges mit der ESHNAPUR war höchste Aufmerksamkeit geboten. Der »Tunnelblick«, mit dem sie eben noch den Ersten Offizier bedacht hatte, klärte sich. Das Verlangen der MEINLEID-Anführerin erstarb so plötzlich, wie es gekommen war.

»Was ist los?«, blaffte sie.

»Sperr Augen und Ohren auf, dann weißt du es«, gab Svin Heyburn patzig zurück. Er war einer ihrer beiden Begleiter, mit denen sie die Austernmuschel in die ESHNAPUR gerettet hatte. In seinen braunen Augen flackerte es heftig, ihre Desorientierung schien ihn inmitten der Raumfahrer nervös zu machen. »Achte auf unsere Gastgeber, wenn du nicht willst, dass sie umkehren.«

Rings um die Eindringlinge vermischten sich Maschinengeräusche mit dem Klang von Stimmen. Die Raumfahrer in der Zentrale verständigten sich mit Anweisungen und Bestätigungen, Abfragen und kurzen Meldungen. Es war eine Sprache für sich, die verwirrte, wenn man nie zuvor an Bord eines Raumschiffs gewesen war. Gale brachte trotzdem einen Sinn hinein.

»Mach dir keine Sorgen. Ich habe die Lage unter Kontrolle.«

»Das sah eben anders aus.« Heyburn kratzte sich an der Nasenwurzel. Es war eine linkische Bewegung, die die blonde Frau ärgerte. Sie stieß verächtlich die Luft aus. Der grauhaarige Kommandant der ESHNAPUR hatte ihrem Willen nichts entgegenzusetzen.

»Wie heißt du?«, fragte sie ihn.

»Karim Shoutain.«

»Was bedeutet diese Anzeige?« In einem Holo über der Hauptkonsole pulsierte hektisch eine rote Anzeige.

»Es wurde ›kleiner Systemalarm‹ ausgelöst.«

»Da haben wir den Mist«, fluchte Korfein Walsh, Gretas zweiter Begleiter. »Das gilt uns. Die lassen uns nicht durch ihr Netz schlüpfen.«

»Wir sind schon fast durch, und so schnell sind Rhodans Häscher auch wieder nicht. Also halt die Klappe, Korf. Haltet beide die Klappe«, fauchte Gale, um sich wieder an den Kommandanten zu wenden. Sie ahnte, wem sie den Alarm zu verdanken hatten. »Wer ist dafür verantwortlich?«

Shoutain zog eine Augenbraue in die Höhe, als läge die Antwort auf der Hand. »USO-Kennung. Lordadmiral Atlan persönlich hat den Alarm ausgelöst.«

»Schon gut, keine weiteren Erklärungen. Sieh zu, dass du uns aus dem Solsystem herausbringst.«

Nacheinander betrachtete Gale die Darstellungen in den zahlreichen Holos. In Ausschnittvergrößerungen flogen die Planeten vorbei. Mit den eingeblendeten Zahlenkolonnen konnte sie nichts anfangen. Ihren Begleitern ging es nicht besser. Immerhin erkannte sie, dass die ESHNAPUR stetig beschleunigte und auf den Rand des Sonnensystems zuraste.

»Wir passieren die Plutobahn«, meldete jemand dem Kommandanten. »Offenbar hat noch keiner richtig mitbekommen, dass der Alarm uns gilt.«

Gut für uns, triumphierte Greta. Bevor die zuständigen Stellen endlich aufwachten, war das gekaperte Schiff längst in Sicherheit.

»Ortung, Kommandant. Wir werden verfolgt.«

Zu früh gefreut. Gale glaubte Genugtuung aus der Meldung zu hören. Unmöglich! In ihrer direkten Gegenwart war niemand fähig, Widerstand zu leisten. Sie stieß einen wütenden Fluch aus.

Heyburn, in einem Kontursessel sitzend, hämmerte mit der Faust auf das Pult. »Rhodans verdammte Imperialisten. Wenn die uns erwischen, landen wir auf einem Strafplaneten, von dem man nie wieder wegkommt.«

»Sie erwischen uns nicht.« Gale war längst nicht so überzeugt, wie sie sich gab. Sie wandte sich an den Kommandanten. »Du wirst dafür sorgen. Treib deine Mannschaft an!«

Karim Shoutain erteilte eine Reihe von Anweisungen. »Der Sperrkordon der Wachstationen liegt hinter uns. Ein einziges Schiff verfolgt uns, aber mit einigem Abstand.«

»Kannst du es abschütteln?«, drängte Heyburn. Er rutschte unruhig in seinem Kontursessel hin und her, eine kleine Flasche mit giftgrün schimmerndem Vurguzz in der Hand, die er aus einer Jackentasche gezogen hatte. Greta missbilligte sein Gebaren, das er von Simmi Orloff abgeschaut hatte. Zu Simmi hatte es gepasst, bei Svin wirkte es deplaziert. Sie ließ ihn dennoch gewähren.

»Wir wechseln gleich in den Linearraum.«

»Dort verlieren uns die Verfolger?«

»Vielleicht ... ich weiß es nicht«, räumte Shoutain ein und fügte, wie als Entschuldigung, hinzu: »Wir stoßen durch die Oortsche Wolke.«

In einem Holo war das Raumschiff der Verfolger zu sehen. Gale presste die Lippen zusammen. Die überstürzte Flucht von der Erde war nicht geplant gewesen, doch es gab keine Alternative. Nach dem Aufstand in Kunshun wäre genau das eingetreten, was Simmi befürchtet hatte. Die Sicherheitsorgane hätten sämtliche Anführer von MEINLEID inhaftiert. Sie blickte auf, als der Interkom anschlug.

»Wer ruft uns?«

»Der Maschinenraum fragt an, was der Unsinn soll, die Aggregate so hochzufahren. Die Checks sind noch immer nicht abgeschlossen. Außerdem sind zwei Ingenieure auf Terra zurückgeblieben«, sagte Shoutain.

»Ich denke, deine Besatzung vertraut dir blindlings?«, fuhr Gale ihn an. »In dem Fall würde niemand dumme Fragen stellen.«

»Wir werden gerufen«, meldete der Funkoffizier. »Es ist Lordadmiral Atlan an Bord der AVIGNON.«

Greta entging nicht die unterbewusste Reaktion der Raumfahrer. Obwohl sie die Männer unter Kontrolle hatte, sträubten sie sich bei der Erwähnung des USO-Chefs. Sie hatten das politisch-militärische System so verinnerlicht, dass sie niemals gewagt hätten, sich dagegen zur Wehr zu setzen. Die blonde Frau verachtete sie dafür.

»Ignorieren!«

»Wann treten wir endlich in den Linearraum ein?«, bellte Heyburn und nippte an dem Vurguzz, dessen Aroma sich in der Zentrale ausbreitete.

»In wenigen Sekunden«, antwortete Shoutain lakonisch.

»Der Kerl hält uns hin.«

Gale schüttelte den Kopf. Der Kommandant gehorchte ihr aufs Wort. Mit den Raumfahrern in anderen Bereichen der ESHNAPUR sah das anders aus. Sie besaßen weiterhin ihren freien Willen und begannen sich Fragen zu stellen. Sie musste jede Gegenwehr bereits im Keim ersticken.

Wenn nur der Arkonide endlich aufgab!

»Linearetappe eingeleitet«, verkündete Shoutain tonlos. »Wir springen in den Halbraum ... jetzt.«

Heyburn schnaufte zufrieden. Greta Gale hingegen ahnte, dass sie noch lange nicht gerettet waren.

Am 20. April 3103 hatten wir die Erde verlassen. Ich betrachtete die Anzeigen in den Ortungsholos. Sie fielen zu meiner Zufriedenheit aus. Der ESHNAPUR war zwar die Flucht aus dem Solsystem gelungen, doch sie hatte uns nicht abgeschüttelt. Dank des Halbraumspürers verlor die AVIGNON auch im Linearraum nicht den Anschluss. Es herrschte eine annähernde Pattsituation: Die Flüchtenden konnten den Abstand zwischen uns nicht vergrößern.

»Sehr unbefriedigend«, murmelte Cada Legove. Der Kommandant hatte die Arme vor der Brust verschränkt, sah aus wie in Stein gemeißelt. Kein Muskel regte sich in seinem Gesicht, nur der Blick aus seinen wachsamen Augen wanderte unermüdlich von einem Holo zum anderen.

»Unbefriedigend?«

»Auf diese Weise vermessen wir die Milchstraße neu.«

»Sie können nicht auf Dauer weiter fliehen«, antwortete ich. »Irgendwann müssen sie einen Etappenstopp zur Orientierung einlegen. Dann kriegen wir sie.«

»Die Waffensysteme beider Schiffe sind etwa gleich stark.«

Ich nickte. »Es kommt also auf die Kampferfahrung an.« Da war ich mit meinen als galaktische Weinhändler verkleideten USO-Spezialisten eindeutig im Vorteil. Ich war nicht auf eine bewaffnete Auseinandersetzung aus. Die Besatzung der ESHNAPUR war gegen ihren Willen zu Fluchthelfern geworden.

Ich hoffte, dass Gale und Konsorten nicht so verrückt waren, die unterworfenen Raumfahrer in einen Kampf gegen uns zu treiben. Die Skrupellosigkeit zu einem solchen Schritt besaßen die Entführer zweifellos.

»Wieso haben Sie auf Geleitschutz durch die Solare Flotte verzichtet?«

Schwang in Legoves Frage ein Vorwurf mit? Ich hing dem Klang der Worte nach und überlegte, ob er Verdacht geschöpft hatte. Er löste seinen Blick von den Holos, sah mich unverwandt an und verzog keine Miene, was seine Frage nicht unverfänglicher machte.

Wenn der Kommandant der AVIGNON erkannte, wie es um mich stand, brach er die Verfolgung womöglich kurzerhand ab, mir unterstellter USO-Spezialist hin oder her. Nicht einmal ich konnte ihn davon abhalten, wenn er mir meine Sucht nachwies.

Legoves Frage ist vollkommen berechtigt, du Narr. Selbst für den streitbaren Extrasinn war der lautlose Tonfall ungewöhnlich scharf. *Niemand an Bord ahnt, wie es um dich steht, vielleicht abgesehen von Cyriane Drays.*

Meine Vorsicht ist nicht minder berechtigt, konterte ich den Vorwurf.

Bist du sicher? Oder zeigen sich bei dir bereits Folgeschäden durch den Einfluss des Artefakts, dem du dich aussetzt? Deine Überlegung erinnert mich an beginnenden Verfolgungswahn.

Ich hielt die Befürchtung meines stummen Dialogpartners für Unsinn. So messerscharf seine Schlussfolgerungen zumeist waren, manchmal schoss er mit seinen Mahnungen übers Ziel hinaus. Ich beging nicht den Fehler, meine Sucht zu leugnen. Stillschweigend akzeptierte ich sie, denn sie beeinflusste weder mein Denken noch meine Fähigkeit, logisch und zielgerichtet zu entscheiden.

»Wir wissen nicht, wohin die Reise geht«, erklärte ich dem Kommandanten, bevor er sich zu fragen begann, weshalb ich so lange schwieg. »Ich will vermeiden, dass andere Machtblöcke in der Milchstraße auf uns aufmerksam werden, weil wir mit einer kleinen Flotte unterwegs sind.«

»Sie befürchten Schwierigkeiten, Chef?«

Ich lächelte, trotz der Lage amüsiert von der Anrede. »Unsere Tarnung ist überflüssig. Inzwischen werden unsere Freunde wissen, wer ihnen auf den Fersen ist. Sie können Ihre Masken ablegen.«

»Sie auch, Lordadmiral«, warf Cleany Havedge ein. Der weißbärtige, fast kahle Museumskurator hockte in einem Sessel und verfolgte die Vorgänge um sich herum mit größtem Interesse. Er genoss es, durch Zufall in ein solches Abenteuer geraten zu sein, denn um nichts anderes handelte es sich in seinen Augen bei unserer Verfolgungsjagd.

»Sehe ich so schlimm aus?«

»Schlimmer«, versicherte er.

Ich ging die Kontrollanzeigen durch, las die zahlreichen Werte ab und erhielt die Bestätigung, dass die ESHNAPUR in der Librationszone nicht davonzog. Ihr Überlichtfaktor von 60 Millionen entsprach dem meines USO-Kreuzers.

Die Informationen, die wir von der Raumhafenüberwachung des *Atlan Space Ports* erhalten hatten, deckten sich mit unseren eigenen Ortungen. Bei dem Schiff, mit dem Greta Gale die Flucht gelungen war, handelte es sich um einen ausrangierten 100-Meter-Kreuzer der STAATEN-Klasse mit geschätzten hundertfünfzig Besatzungsmitgliedern, von denen ein Teil aufgrund des überstürzten Starts auf der Erde geblieben war. Er besaß eine schwere Transformkanone in der oberen Polkuppel, die noch hätte entfernt werden sollen, dazu Desintegratorgeschütze und Raumtorpedos, war für ein ziviles Fahrzeug also beachtlich bestückt. Ungewöhnlich war das bei der galaktopolitischen Lage nicht. Es gab zahlreiche vom Solaren Imperium abgesplitterte Sternenreiche, die eigene Ziele verfolgten, und Diadochenstaaten, die sich niemandem verpflichtet fühlten. Die weniger stark frequentierten Handelswege konnten ein heißes Pflaster sein, wenn man nicht in der Lage war, sich zu verteidigen. Schon mancher Handelskapitän hatte seine gesamte Fracht verloren. Nicht einmal die USO mit ihren vielfältigen logistischen und militärischen Möglichkeiten konnte überall zugleich sein. Die Milchstraße war ein Pulverfass.

»Wie verfahren wir, wenn wir die ESHNAPUR einholen?«, riss mich Cada Legove aus meinen Gedanken.

»Wir bringen sie auf, was sonst?«

»Ich glaube nicht, dass die Aufrührer sich ergeben. Das haben sie auf der Erde bewiesen. Wir werden nicht um einen Kampf herumkommen.«

Er sprach aus, was auch ich befürchtete. Von den MEINLEID-Anführern Vernunft oder gar Einsicht zu erwarten, wäre töricht gewesen.

»Greta Gale hat wahrscheinlich nur die Zentrale beeinflusst. Sie kann nicht die gesamte Besatzung ständig unter Kontrolle behalten. Wenn sie einen Fehler begeht, schlagen wir zu, ohne die eigentliche Mannschaft zu gefährden. Wenn nicht, ist es umso wichtiger, dass wir sie nicht verlieren. Denn sobald sie irgendwo landet, haben wir sie.«

Wunschdenken, versetzte der Extrasinn. *Auf Terra hat Greta Gale viel größere Menschenmengen unter ihre Kontrolle bekommen. Wem willst du etwas vormachen? Deinen Spezialisten oder dir selbst?*

Ich ignorierte den Logiksektor, erhob mich und nickte Legove zu. »Ich gehe in meine Kabine und entledige mich meiner Maske. Rufen Sie mich bei jeder Lageänderung.«

Der Kommandant bestätigte, und ich verließ die Zentrale. Mir war unwohl in meiner Haut. Ausflüchte hatten mir noch nie behagt. Wenn ich eine unangenehme Wahrheit vorzutragen hatte, tat ich es. Der aktuelle Fall unterschied sich beträchtlich von anderen, denn er war zu einer persönlichen Sache geworden, seit ich zum ersten Mal in die Muschel gestiegen war und mich ihrem Einfluss ausgesetzt hatte. Wen ging das etwas an? Meine Sucht hatte nicht im Mittelpunkt des Interesses zu stehen. Je weniger Menschen in diese Angelegenheit involviert waren, desto geringer war die Gefahr, dass etwas davon aufgedeckt wurde.

In meiner Kabine betrachtete ich mein Abbild im Spiegel. Die Maskenbildner meiner Organisation hatten gute Arbeit geleistet. Ich sah blauschwarzes, zu einem Nackenzopf geflochtenes Haar und dunkelbraune Haut. Kein Mensch würde Lordadmiral Atlan hinter dem Gesicht mit den gezackten Narben und der goldbraunen Iris vermuten. Auch mir war das

Antlitz fremd, ohne mich jedoch zu verwirren. In meinem über elf Jahrtausende währenden Leben waren Masken durch sämtliche Epochen der Menschheitsgeschichte hindurch zu meinen Begleitern geworden.

Ich streifte die Talmi-Ringe von den Fingern und reinigte wie mechanisch die schwarzen Ränder unter meinen Fingernägeln, löste den Zopf und wusch meine Haare aus. Auch die Spezialmittel, um die Färbung meiner Haut rückgängig zu machen, hatte ich in meiner Kabine. Ich benutzte sie und führte die Prozedur durch. Meine Gedanken rankten sich bei der gesamten Rückverwandlung um das Artefakt im Lagerraum der AVIGNON, um den Sarkophag, die Austernmuschel oder wie immer man das uralte Relikt nennen wollte, das im Schlamm tief unter Kunshun verborgen gelegen hatte. Ich empfand das Verlangen, mich der Muschel anzuvertrauen, und horchte in mich hinein.

Da war keinerlei Beeinträchtigung meiner Fähigkeiten. Warum sollte ich mir nicht meine benötigte Dosis abholen? Weil es aufgefallen wäre. Ich widerstand dem Drang, beendete meine Rückverwandlung in Atlan da Gonozal und kehrte, als meine Augen wieder ihre natürliche rötliche Farbe hatten, in die Zentrale zurück.

Die ESHNAPUR raste durch den Linearraum, fort vom Solsystem, ohne Zielangabe. Greta Gale sah sich hektisch in der Zentrale um. Die Instrumentenanzeigen besaßen ein Eigenleben, das ihr missfiel. Die Kontrollleuchten blinkten, einmal rot, dann wieder grün, erwachten schlagartig zum Leben oder erstarben ebenso rasch wieder. Die Frau wünschte, sie hätte den Sinn jeder einzelnen optischen Botschaft erkennen können, ohne sich bei den Raumfahrern darüber informieren zu müssen.

Sie stemmte die Arme auf die Lehnen des Kontursessels, wuchtete sich in die Höhe und ließ sich gleich wieder in das ihre Körperform nachbildende Polster fallen. Mehrere Stunden waren verstrichen, und Atlan gab nicht auf.

Wozu folgte ihr der Arkonide? Sie hatte ihm persönlich nichts getan. Im Grunde war genau das eingetreten, was Homer G. Adams stets forderte: Kunshun zu verlassen, mehr noch, die Erde. Was also trieb Atlan an? Sollte er doch froh sein, dass die Rhodan-Administration ihr Ziel erreicht hatte, schließlich konnte sie endlich ganz Kunshun platt machen. Ohne ihre Anführer würde der Widerstand von MEINLEID gegen die Abrissmaschinen nicht mehr lange andauern.

»Alles in Ordnung, Greta?«

Greta brauchte eine Weile, um zu erkennen, dass Heyburn ihr die Frage gestellt hatte. Es war das zweite Mal innerhalb kurzer Zeit, dass es ihr Mühe bereitete, sich aus ihren Gedanken zu lösen und sich der Wirklichkeit zu stellen.

Svin kauerte keine zwei Meter von ihr entfernt. Sein Blick war glasig. Zu seinen Füßen lag die Vurguzzflasche. Sie war leer. Er grinste übers ganze Gesicht.

Gale taxierte den Kommandanten. »Wie lange dauert es, bis wir unsere Verfolger endlich abhängen? Dieser Arkonide in meinem Rücken gefällt mir nicht. Ich erwarte, dass du dich ein bisschen mehr anstrengst.«

»Die Maschinen der AVIGNON sind unseren ebenbürtig. Wir können ihnen nicht entkommen«, verteidigte sich Karim Shoutain.

»Du versuchst es gar nicht.« Heyburn winkte verächtlich ab. »Und solange wir nicht schneller fliegen, geben die nicht auf. Schießen wir die Kerle ab, dann ist Ruhe, Greta.«

Am liebsten hätte Gale dem Drängen nachgegeben, doch sie war nicht so dumm, ein solches Risiko einzugehen. Atlans Truppe bestand zweifellos aus erfahrenen Kämpfern, wohingegen die ESHNAPUR zivile Raumfahrer beherbergte. Die konnten in einem offenen Kampf nur unterliegen.

»Kursänderung!«, stieß sie aus.

»Welchen Kurs sollen wir einschlagen?«, fragte Shoutain unschlüssig.

»Völlig egal. Ich will einfach, dass du unseren gegenwärtigen Kurs änderst.«

Der Kommandant blickte sie verwirrt an, dann instruierte er den Piloten. »Auch wenn wir quasi ›auf Sicht‹ fliegen, ist es extrem schwierig zu bestimmen, wohin wir jetzt fliegen«, beschwerte er sich. »Um das festzustellen, müssen wir den Linearraum verlassen.«

»Später.« Greta wollte eine Orientierungsphase so lange wie möglich hinauszögern. Vielleicht verloren die Verfolger sie gegen jede Erwartung aus den Augen, vielleicht versagten deren Systeme, vielleicht geschah *irgendetwas*, von dem sie keine Ahnung hatte, dass es bei einem Raumflug überhaupt geschehen konnte.

»Ach übrigens, eben haben wieder zwei von der Besatzung angerufen«, erinnerte Korfein Walsh. »Die fangen langsam an zu nerven. Sie wollen wissen, was hier los ist. Fehlt nur noch, dass die uns nach und nach auf die Pelle rücken.«

Gale stieß eine Verwünschung aus. »Rufe deine Leute«, wies sie Shoutain an. »Sorge dafür, dass sie sich ruhig verhalten.«

»Es wäre einfacher, wir würden sie alle hierherbestellen. Sind sie erst hier, bekommst du sie auf einen Schlag unter Kontrolle«, schlug Heyburn vor.

»In die enge Zentrale? Wie stellst du dir das vor? Hier finden höchstens zehn weitere Leute Platz.«

»Dann eben in Gruppen. Oder wir rufen sie in einem Lagerraum zu einer Versammlung zusammen. Ich bin sicher, unser guter Kommandant kriegt das hin.«

Gale schreckte vor einem solchen Schritt zurück. Eine düstere Ahnung hatte sich auf ihren Geist gelegt. Sie sah eine Gestalt mit unkenntlichem Gesicht. Jemand verfolgte sie, war ihr bereits viel näher als Atlan. Er saß ihr im Nacken und wartete auf den richtigen Moment, um gegen sie loszuschlagen. Wer war er, und welches Ziel verfolgte er? Gehörte er der Mannschaft an, war gar in der Zentrale anwesend?

Gehetzt sah die blonde Frau sich um. Sie fuhr in die Höhe und schüttelte den Kopf. Einem inneren Drang folgend, ging sie zum Ausgang. »Wir fliegen weiter. Achte darauf, dass alles klappt, Svin.«

»Worauf du dich verlassen kannst.« Heyburn runzelte die Stirn. »Was hast du vor?«

»Ich sehe mich im Schiff um.«

»Sollen Korf oder ich dich begleiten?«

»Wie willst du dann aufpassen, dass in der Zentrale alle spuren?«

Heyburn verzog das Gesicht. »Du weißt, wir tun alles so, wie du es willst. Aber wie bleiben wir in Verbindung?«

»Stell nicht so viele Fragen«, tat Greta den berechtigten Einwand ab. »Mach einfach, was ich dir auftrage.«

Sie nahm sein Nicken kaum wahr, als sich das Schott vor ihr öffnete. Ihre Gedanken kreisten um ein anderes Thema. Sie musste herausfinden, wer es auf sie abgesehen hatte. Sie stürmte aus der Zentrale und atmete schwer. Erst nachdem sich das Schott hinter ihr geschlossen hatte, registrierte sie ihren rasenden Herzschlag. Sie verharrte einige Sekunden, ohne dass sich ihr Zustand besserte. Ein Impuls trieb sie an, der sich nicht beherrschen ließ. Sie lief durch ein paar Schiffskorridore, ohne ein Ziel vor Augen zu haben. Ungewohnte Geräusche drangen aus dem Inneren der Kugelzelle an ihre Ohren, und sie hatte das trügerische Gefühl, dass der Boden unter ihren Füßen vibrierte.

Flucht nach vorn.

Die Enge des Korridors war bedrückend, erinnerte Greta an den Tunnelblick, an dem sie in der Zentrale gelitten hatte. Hier kam er nicht aus ihr, sondern stürzte von außen auf sie ein, drohte sie geradezu zu verschlingen. Sie drehte den Kopf, sah sich um, weil sie ahnte, verfolgt zu werden. Dort lag aber nur ein verlassener Korridor, sonst nichts.

Um ein Haar wäre sie mit drei Personen, zwei Männern und einer Frau in schlichten grauen Bordkombinationen, zusammengestoßen. Es gelang ihr eben noch innezuhalten und sich mit dem Rücken gegen eine Wand zu drücken.

»Wer seid ihr?«

»Wer bist du?«, gab die Frau die Frage zurück. Greta erntete verwunderte Blicke. »Ich habe dich noch nie an Bord gesehen.«

»Ich dich auch nicht«, pflichtete einer der Männer bei. Der Dritte im Bund nickte, sie argwöhnisch musternd.

»Habt ihr nicht gelernt, dass man eine Frage nicht mit einer Gegenfrage beantwortet?« Gale kniff die Augen zusammen. Die Raumfahrer waren wie aus dem Nichts gekommen, ausgerechnet an der Stelle, wo sie sich gerade aufhielt. Man konnte nicht jedes Ereignis im Leben als Zufall abtun. Manchmal steckte Berechnung dahinter, ein Plan mit düsterem Hintergrund. Jetzt kam hinzu, dass die Personen eine Antwort verweigerten. »Was habt ihr hier zu suchen?«

»Wir haben Freiwache und sind auf dem Weg zur Kantine, um etwas zu essen.«

Das klang einleuchtend. Gales Gesichtsausdruck entspannte sich. Diese Leute bedeuteten keine Bedrohung für sie, waren schon gar keine unbekannten Verfolger, sondern einfache Besatzungsmitglieder. Sie fragte sich, was mit ihr los war, dabei wusste sie es ganz genau. »Es ist alles in Ordnung«, sagte sie. »Ihr kennt mich nicht, aber ich gehöre seit dem Start zur Mannschaft. Ich berate den Kommandanten. Macht euch keine Gedanken. Erledigt das, was ihr tun wolltet. Anschließend kehrt in eure Quartiere zurück und bleibt dort, bis ihr weitere Instruktionen erhaltet.«

Es gab keine Gegenfragen, nicht einmal ein Murren. Die Raumfahrer taten, wie ihnen geheißen. Greta hatte nichts anderes erwartet. Die Bestätigung sorgte dafür, dass sich ihr rasender Herzschlag wieder beruhigte. Sie sah der Frau und den Männern nach, bis sie hinter der Krümmung des Korridors verschwanden, und schalt sich eine Närrin. Sie kannte sich in der ESHNAPUR nicht aus. Besonders wenn man wie sie keine Ahnung vom inneren Aufbau eines Raumschiffs hatte, bestand die Gefahr, sich zu verirren.

Sie kehrte um, bis sie die Zentrale fast wieder erreicht hatte und auf einen Gang stieß, den sie kannte. Er führte unter

Benutzung eines Antigravschachtes zum Hangar. Gale folgte seinem Verlauf, wobei sie sich immer wieder umsah. Die Ahnung von wachsamen Blicken, die jeden ihrer Schritte verfolgten, blieb. Hingegen war erstaunlich, dass sie keinen weiteren Besatzungsmitgliedern begegnete. Ein Raumschiff hatte sie sich stets berstend vor Leben vorgestellt, mit Crewangehörigen, die alle paar Meter ihren Aufgaben nachgingen. Die Realität sah anders aus. In einem solchen Schiff verloren sich die Menschen, beziehungsweise sie waren in bestimmten Bereichen wie der Zentrale massiert, wenn sie sich nicht in ihren Kabinen aufhielten. Wie mochte das erst an Bord der stählernen Riesen von Gebirgsgröße aussehen, die Greta in Berichten gesehen hatte?

Es war gleichgültig. Als sie den Hangar betrat, dachte sie nicht weiter darüber nach. Der Gleiter, mit dem die Flucht aus Kunshun gelungen war, war zwischen zwei Shifts und einem weiteren Lastengleiter weltraumfest verankert worden. Zwei Männer hantierten dazwischen, die aufsahen, als die Frau eintrat. Greta erinnerte sich an einen von ihnen. Er war bei ihrem Eintreffen an Bord ebenfalls anwesend gewesen.

»Wie lauten eure Namen?«, wollte sie wissen.

»Jerome Fiklus und Terbat Pollock, junge Frau.«

»Ist mein Befehl ausgeführt worden?«

»Wir haben den Kasten wie gewünscht in eine Kabine gebracht«, antwortete Fiklus.

Der zweite Mann schaute verständnislos hin und her. »Wovon ist die Rede? Wer sind Sie überhaupt? Seit wann nehmen wir Passagiere an Bord, Terbat? Oder verweigerst du mir darauf genauso die Antwort wie auf die Frage nach unserem überstürzten Aufbruch von der Erde?«

»Ich gehöre neuerdings zur Besatzung. Du brauchst dir keine Gedanken darüber zu machen.« Auch diesmal verfehlten Gales Worte ihre Wirkung nicht. Pollocks Neugier erlosch augenblicklich. »Ihr begleitet mich. Führt mich zu meiner Kabine.«

Es wurde Zeit, dass Greta neue Kraft tankte.

»Wieder ganz der Alte, Sir«, empfing mich Cada Legove, als ich die Zentrale betrat. »Wenn ich ehrlich sein darf, gefallen Sie mir so viel besser.«

Es ging eben nichts über das klassische Antlitz des alten arkonidischen Adelsgeschlechts der da Gonozal. Ich lächelte, wurde aber gleich wieder ernst. »Wie sieht die Lage aus, Spezialist?«

»Unverändert. Die ESHNAPUR fliegt mit Höchstwerten. Der Pilot hat einmal den Kurs gewechselt, meiner Meinung nach völlig sinnlos. Es lässt sich kein Ziel hochrechnen.«

Kein erfahrener Raumfahrer führte ein solches Manöver durch. Ich vermutete, Greta Gale hatte den Kommandanten dazu angewiesen, weil sie verzweifelt versuchte, uns abzuschütteln. Selbst wenn sie die gesamte Besatzung unter ihre Kontrolle gebracht hatte, würde sie uns auf diese Weise nicht loswerden. »Halten wir den Anschluss?«

»Worauf Sie sich verlassen können, Sir.«

»Wie es aussieht, wird das ein längerer Flug.«

Ich sah zu Cleany Havedge hinüber. Seine anfängliche Euphorie schien verflogen. Sein Körper ruhte tief in dem Kontursessel. Seine Hände umfassten die Knie, die Zeigefinger vollführten darauf einen unermüdlichen Trommelwirbel.

»Wenn Sie sich eine kurze Jagd mit einem triumphalen Erfolg vorgestellt haben, muss ich Sie enttäuschen.«

Er winkte ab. »Ich beklage mich nicht. Das alles ist sehr aufregend. Es ist nur so, dass mir ein solcher Raumflug unwirklich vorkommt.« Er deutete auf einen Holoschirm. »Man sieht zwar etwas da draußen. Es ist aber nicht so, wie ich es kenne. Keine gewohnten Sterne, keine überschaubare Galaxis. Gar kein Universum, wie es mir visuell vertraut ist.«

»Da sind doch die Sterne. Wir fliegen auf Sicht.«

»Aber anders. Ungewohnt.« Havedge rang mit den Händen. Er vermochte die ungewohnten Eindrücke nicht in Worte zu fassen. In seinem Museum war alles an seinem festen, angestammten Platz. Dort hatte er jedes Objekt unzählige Male gesehen. Nichts veränderte sich. Nichts sah jemals anders aus als am Tag zuvor. In den Weiten des Sternenozeans besaß die Kontinuität keine Gültigkeit.

»Glauben Sie mir, das Universum ist noch genauso da wie vor unserem Start«, tröstete ich ihn.

»Das Universum wird viel schöner aussehen, wenn Greta gebüßt hat«, drang eine andere Stimme an mein Ohr. Sie gehörte zu Tristan Li, dem jungen Mann, der MEINLEID-Aktivist gewesen war, bis er, getrieben von den verderblichen Eskapaden Gales und Orloffs, zu uns übergelaufen war. Die beiden waren, direkt oder indirekt, für den Tod seiner großen Liebe Olgej Zara verantwortlich. An Orloff, ebenfalls nicht mehr am Leben, konnte er sich nicht rächen. Blieb Greta Gale.

Der Junge tat mir leid. Das hatte mich nicht daran gehindert, ihn trotz seiner gesundheitlichen Probleme für meine Zwecke einzuspannen, indem ich ihn dazu gebracht hatte, all seine Energie gegen die beiden MEINLEID-Führer zu richten. Ich hielt nicht viel davon, über Leichen zu gehen, um ein Ziel zu erreichen, doch manchmal ließ es sich nicht vermeiden, gewisse Risiken einzugehen. Risiken nicht nur für sich selbst, sondern auch für andere, wollte man schlimmeres Unheil abwenden.

Du hast Lis Tod in Kauf genommen, wisperte der Extrasinn. *Oder zumindest, dass er ausbrennt. Akzeptier das als Tatsache. Es steht dir schlecht zu Gesicht, nach Rechtfertigungen zu suchen.*

Das tue ich nicht. Mir waren sowohl meine Handlungsweise als auch deren mögliche Folgen klar. Zuweilen geht es nicht anders. Als USO-Chef bin ich mehr Pragmatiker als Friedensmoralist.

Schön, dass du das einsiehst.

Mein Logiksektor schien zufrieden, denn er schwieg. Was mich wieder zu Tristan Li brachte. Ich hatte ihm keine Rache versprochen, sie ihm aber auch nicht ausdrücklich verweigert.

»Wie geht es dir?«

»Gut.« Das einzelne Wort klang wie Hohn in Anbetracht des Tonfalls, mit dem Tristan es aussprach. Sein dunkelbrauner Zopf, der fast bis zum Hosengürtel reichte, hüpfte, als der Junge sich in meine Richtung drehte. Das Gesicht des hochgewachsenen, knapp zwei Meter großen Asiatennachkommen war eingefallen, die pigmentierte Haut wirkte fahl im künstlichen Licht. Er sah schauderhaft aus, dabei war er erst vor wenigen Stunden in der Muschel gewesen, um sich zu regenerieren.

Schmerzlich kam mir mein eigener Drang ins Bewusstsein, genau diesen Schritt zu tun. Mein Geist schrie förmlich nach dem abgeschotteten Nirwana in dem Artefakt.

»Der junge Mann gehört auf die Krankenstation«, fand Havedge.

»Jedenfalls nicht in die Zentrale der AVIGNON«, unterstützte ihn Legove. »Bei allem Respekt, Sir, für die Gesundheit der Anwesenden bin ich verantwortlich, auch wenn es sich um einen Passagier handelt.«

Tristan Li heulte schrill auf, beinahe wie ein kleiner Hund, der getreten wird. Er befand sich in einer depressiven Phase. Die Stimmungsschwankungen wurden größer, je länger die letzte Prozedur zurücklag. Unübersehbar war sie für Tristan wieder fällig.

»Können Sie gehen, oder brauchen wir eine Antigravliege?«, fragte ich.

Lis schiefes Grinsen verzerrte die Hautpigmentierungen, verlieh ihnen ein unheimliches Eigenleben. Sein Blick schien durch mich hindurchzugehen. »Klar kann ich.«

Da mich seine Versicherung nicht überzeugte, rief ich die Bordmedikerin Cyriane Drays und bat sie, Tristan abzuholen. Wenige Minuten später traf die dunkelhäutige Spezialistin mit dem schmalen Gesicht und den Mandelaugen in der Zentrale ein. Auf den Jochbeinen trug sie mit winzigen Edelsteinsplittern versetzte Schmucknarben, die rötlich funkelten und perfekt mit ihrem kurzen, blauschwarzen Haar kontrastierten. Wie stets war ihr Anblick eine Wohltat für die leidgeplagten Augen eines zwölftausendjährigen Arkoniden.

»Ich dachte mir schon, dass jemand in die Auster steigen muss«, sagte sie und bedachte mich mit einem prüfenden Blick. Ich fühlte mich ertappt wie ein Schuljunge, der einen Holovortrag umprogrammiert hatte. »Ich würde das Gerät gern in die Medoabteilung bringen lassen.«

»Um es zu untersuchen? Dafür sind Sie wohl kaum die Richtige, Doktor.«

»Um den jungen Mann darin besser überwachen zu können.«

»Sie wissen, dass Sie ihn nicht überwachen können, wenn er in der Muschel liegt«, wich ich aus. Mir war nicht daran gelegen, dass der Glücksspender aus dem Lagerraum in die Medoabteilung gebracht wurde. »Nach Lis Regeneration können Sie ihn trotzdem in Ihrem kleinen Reich untersuchen.«

»Mir wäre es lieber ...«

»Ich werde darüber nachdenken«, unterbrach ich sie. »Sie dürfen gehen.« Ich ignorierte den empörten Ausdruck in Drays' Augen und wandte mich an Luella Tarra. »Weiterhin gleichbleibender Abstand zur ESHNAPUR?«

»Positiv, Sir.«

»Funkverbindung herstellen.« Ich versprach mir nicht viel von dem Versuch, Greta Gale umzustimmen. Andererseits war ich den sinnlosen Blindflug durch den Linearraum leid.

Milon Taffys Finger flogen über die Bedienungselemente der Funkanlage. Mehrmals rief er die ESHNAPUR, indem er sich in meinem Namen meldete. Nach dem fünften Kontaktaufnahmeversuch gab er seine Bemühungen auf. »Entweder die empfangen uns nicht, oder sie haben die Ohren auf Durchzug gestellt.«

»Die empfangen uns«, behauptete ich. Leider verhielt sich die MEINLEID-Aufwieglerin so störrisch wie erwartet. Ihr Schweigen nützte ihr gar nichts. Auf keinen Fall würde ich sie entkommen lassen. Mit Hilfe der größeren Muschel konnte sie auf einer beliebigen Welt in der Milchstraße neu anfangen, indem sie sich zur Herrscherin aufschwang und sich die einheimische Bevölkerung untertan machte.

»Darf ich die Ärztin und den jungen Mann begleiten?«, fragte Havedge.

»Wenn Dr. Drays keine Einwände hat, von mir aus.«

»Habe ich nicht«, zeigte sich die Medikerin einverstanden. »Helfen Sie mir, den jungen Mann zu stützen, Kurator.«

Gemeinsam mit Havedge und Li verließ sie die Zentrale, ohne mich eines weiteren Blickes zu würdigen. Sie hatte miterlebt, wie ich in den Sarkophag gestiegen war, hatte zuvor sogar vehement dagegen protestiert. Mein Sträuben, die Muschel in die Medoabteilung umlagern zu lassen, machte sie hoffentlich nicht zusätzlich misstrauisch, was mein Befinden anging. Ein suchtkranker Lordadmiral der USO wäre die Lachnummer der ganzen Galaxis.

»Die ESHNAPUR verlässt den Linearraum!«

Mit drei Schritten stand ich neben Luella Tarra an der Ortungszentrale. Es gab keinen Zweifel. Das verfolgte Schiff fiel in den Normalraum zurück. Was hatte die Aufrührerin vor? Gab es vielleicht einen technischen Defekt an Bord, oder stand – ich wagte mir die Möglichkeit kaum vorzustellen – ein Besatzungsmitglied nicht unter ihrer Kontrolle und spielte uns in die Hände?

»Linearetappe abbrechen!«, ordnete ich an.

Meine Spezialisten reagierten mit der gewohnten Souveränität. Das vom Kalup-Konverter erzeugte Kompensationsfeld erlosch. Die AVIGNON trat aus der Librationszone. In wenigen Minuten würden wir mehr wissen.

Das Quartier war groß und nach Greta Gales Geschmack eingerichtet. Für einen Moment bedauerte sie, dass Simmi nicht an ihrer Seite war, um gemeinsam mit ihr irgendwo in der Abgeschiedenheit der Galaxis ein neues Reich nach ihren eigenen Vorstellungen aufzubauen. Dann verblasste die Erinnerung an ihn. Sie war ihm nahe gewesen, für eine lange Zeit, doch letztendlich kamen und gingen die Männer. Mit ihren sechsundzwanzig Lebensjahren war sie noch jung und würde sich einen neuen Partner nehmen, sobald sie es wollte. Sie konnte jeden Mann an Bord haben, und das nicht nur aufgrund ihrer suggestiven Fähigkeiten, wenn sie aus der Auster stieg. Ihre Anziehungskraft auf das andere Geschlecht war stets groß genug gewesen. Sie dachte an den Ersten Offizier. Ein knackiger Bursche. Vielleicht würde sie ihn vernaschen, wenn der verdammte Arkonide endlich nicht mehr hinter ihr her war.

Sie beobachtete, wie die beiden Raumfahrer aus dem Hangar den Kasten öffneten, in dem das Artefakt steckte. Sie fassten die knapp dreißig Kilogramm wiegende Muschel an den Enden und hoben sie an.

»Seid vorsichtig!«, fauchte Greta. Das Gerät war ihre Garantie für ein Leben, wie sie es sich vorstellte. Es durfte keinen Schaden erleiden. Die technischen Anlagen waren so fremdartig, dass vermutlich nicht einmal der beste Techniker der Menschheit in der Lage wäre, sie zu reparieren, sollte es zu einer Störung kommen.

»Keine Sorge«, sagte Jerome Fiklus.

»Das Ding ist so schwer nun auch wieder nicht«, ergänzte Terbat Pollock. »Was ist das überhaupt?«

»Das geht euch nichts an.« Greta spürte, wie ihre Hände zitterten. Sie konnte es kaum noch erwarten, wieder eine Dosis zu erhalten.

»Dort in die Ecke?«, fragte Fiklus.

»Ja. Nun macht schon.« Diese Trottel arbeiteten für Gretas Empfinden viel zu langsam. Umständlich platzierten sie die Austernmuschel zwischen dem Tisch und einer Liege. »Nehmt die Kiste mit.«

»Was sollen wir damit machen?«

»Entsorgt sie. Dazu werdet ihr hoffentlich allein in der Lage sein.« Als die Männer mit dem Behältnis das Quartier verließen, rief Gale ihnen nach. »Ich habe es mir anders überlegt. Verstaut den Kasten sicher. Vielleicht brauche ich ihn später wieder.«

»Wird erledigt. Wir lagern ihn im Hangar ein.«

Greta verzichtete auf die Bestätigung. Sie aktivierte die positronische Türverriegelung ihres Quartiers, ging zurück zu dem Sarkophag und betrachtete die Zeichen an der metallisch grauen Oberfläche. Sie waren in gerundeten Bändern angeordnet, die der Wölbung der Muschel folgten, und mit nichts zu vergleichen, was Greta jemals auf der Erde gesehen hatte. Kaum ein Zeichen glich dem anderen. Die Vertiefungen besaßen mal Keil-, mal Sternform. Andere waren rund oder so unregelmäßig geformt, dass es keinen Ausdruck dafür gab. Zehn Vertiefungen, diejenigen für die Daumen etwas abgespreizt von den restlichen acht, waren für menschliche Finger vorgesehen.

»Du wartest schon auf mich«, flüsterte Greta. »So wie ich auf dich.« Sie legte die Finger in die Aussparungen und initiierte den Öffnungsmechanismus. Ein paar Sekunden vergingen, bis sich der Erfolg abzeichnete. Entlang einer gezackten Linie öffnete sich die Riesenmuschel. Weißes Licht trat daraus hervor. Gale stieß ein meckerndes Lachen aus. Tristan Li hatte das wunderbare Gerät benutzt, Simmi Orloff und Olgej Zara. Keiner von ihnen war mehr hier. Es gehörte Greta allein, und sie dachte nicht daran, das Geheimnis, das ihr ungeahnte Macht verlieh, mit irgendwem zu teilen. Geteilte Macht war halbe Macht, und sie wollte alles.

Und wenn sie alles verlor?

Ein Schwall aus Panik, Angst und mentaler Verwirrung überfiel die blonde Frau. Sie legte sich auf das Unterteil der inzwischen geöffneten Muschel, spürte die kleinen Kegel, mit denen das Innere versetzt war, ihr Vibrieren und diese Leichtigkeit, als sämtliche Sorgen und Ängste von ihr abzufallen begannen. Der Deckel schloss sich, gerade so weit, dass die Insassin nicht erstickte.

Greta Gale schlief übergangslos ein ... und erwachte ebenso übergangslos wieder. Die obere Schale hatte sich gehoben, das Licht strahlte nur noch schwach. Zweieinhalb Stunden hatte sie geschlafen, stellte sie mit einem Blick auf ihre Uhr fest. Das Zeitintervall der Ruhephase änderte sich, dauerte aber nie weniger als zwei und nie länger als vier Stunden.

Eine Tonfolge!

Greta horchte in die Stille ihres Quartiers. Sekundenlang hielt sie nach einem ungebetenen Besucher Ausschau, bis sie begriff, dass die Töne lediglich in ihrem Geist anschlugen. Da war etwas, das in ihrem Verstand hallte, wie das Echo von Worten, die sie vernommen hatte. Eine Botschaft oder nur die

Nachwirkungen eines Traums, den sie während der Ruhephase gehabt hatte? Das war bisher nie geschehen. Auch konnte sie sich an keinen Traum erinnern. Sie lauschte auf den Widerhall, der rasch abflaute. Auch als er vollständig verwehte, war Gale keine Deutung möglich.

Dann eben nicht. Sie war viel zu euphorisch, um sich den Kopf darüber zu zerbrechen. Es ging ihr gut, und sie war stark. Sehr stark sogar, wenn nicht unüberwindlich. Ein Lächeln umspielte Gretas Lippen. Nur nicht übertreiben, auch wenn sämtliche Zweifel hinfortgewischt waren. Sie steckte voller Energie. Der Tatendrang trieb sie aus ihrem Quartier in die Schiffszentrale.

Svin Heyburn fläzte sich in seinem Kontursessel. Er schien wieder halbwegs nüchtern zu sein. Korfein Walsh nickte ihr zu.

»Ist was Erwähnenswertes vorgefallen, Korf?«

Er schüttelte den Kopf. »Alle sind ganz brav. Der Kommandant frisst dir aus der Hand.«

»So wie alle anderen auch.« Heyburn machte eine umfassende Handbewegung. »Man sagt ihnen, spring durch den Ring, und sie springen.«

Ähnlich wie du und Korf, dachte Greta. Auch die beiden MEINLEID-Mitglieder tanzten nach ihrer Pfeife, ohne sich dessen bewusst zu sein. Besser gesagt, die früheren MEINLEID-Mitglieder. Denn MEINLEID existierte nicht mehr. Zorn überwältigte die einstige Anführerin. Nicht der Imperialist Perry Rhodan war dafür verantwortlich, auch nicht der bucklige Gnom Homer G. Adams, sondern der Arkonide Atlan, der glaubte, sich mit seinem USO genannten, reaktionären Agentenhaufen herausnehmen zu können, was immer ihm beliebte.

Nicht mit ihr. Nicht mit Greta Gale. Es wurde Zeit, dass er einen Schuss vor den Bug erhielt, und zwar im wahrsten Sinne des Wortes.

»Wir verlassen den Linearraum!«, hallte ihre Stimme durch die Zentrale. »Waffensysteme bereitmachen.«

»Was haben Sie vor?«, fragte Karim Shoutain.

»Wir pusten diesen aufgeblasenen Arkoniden aus dem Weltall.«

Entgegen seiner Behauptung vermochte sich Tristan Li kaum auf den eigenen Beinen zu halten. Er zitterte am ganzen Körper, seine Augen leuchteten fiebrig. Cleany Havedge half der Medikerin, ihn in den Sarkophag zu legen. Havedge bekam noch mit, wie der junge Mann sich entspannte, dann schloss sich das Artefakt.

»Ich wüsste zu gern, was im Inneren geschieht. Berichte über die Erfahrungen anderer sind eine Sache, diese Erfahrungen selbst zu machen eine viel interessantere.«

»Kommen Sie nicht auf dumme Gedanken.« Cyriane Drays wedelte mahnend mit dem Finger. »Sie würden ebenfalls süchtig. Offenbar führt bereits eine einmalige Benutzung dazu. Ich hielt es für keine gute Idee, dass der Lordadmiral sich hineingelegt hat, auch wenn er behauptet, dass sein Zellaktivator, der Extrasinn und andere Faktoren ihn vor der Sucht schützen.«

»Behauptet? Glauben Sie ihm etwas nicht, Doktor?«

»Es geht um Sie, Kurator, nicht um Atlan. Ich meine das völlig ernst. Lassen Sie die Finger von dieser angeblichen Glücksmaschine.«

Havedge winkte ab. »Nichts anderes gedenke ich zu tun. Das Aussehen des jungen Mannes spricht Bände. Wie lange muss er da drin bleiben?«

»Drei Stunden am Tag – schätze ich anhand der auf der Erde gemachten Erfahrungen. Denn dann öffnet die Schale sich von allein. Die Strahlungsdosis reicht aus, Tristan zu kräftigen. Das Gerät kann also offensichtlich feststellen, wann ihr Insasse die für seinen körperlichen Zustand erforderliche Dosis erhalten hat. Allerdings müssen wir Tristan zusätzlich mit Psychopharmaka stabil halten.«

»Keine angenehme Vorstellung. Können Sie ihn heilen?«

Das Gesicht der Ärztin verdunkelte sich. »Ich habe wenig Hoffnung für Tristan. Die körperlichen und psychischen Folgen der Sucht lassen sich nicht umkehren. Wir tun für ihn, was wir können, aber das ist wenig genug. Ohne seine tägliche Strahlendosis stirbt er binnen weniger Tage. Mit ihr zögern wir, fürchte ich, das Ende nur hinaus.«

»Wie viel Zeit bleibt ihm?«, krächzte Havedge, dem ein Kloß im Hals steckte.

»Ein paar Wochen? Ein Monat oder zwei? Ich weiß es nicht. Trotz unserer Untersuchungen wissen wir ja nicht wirklich, was geschieht. Wir doktern an den Symptomen der Sucht herum, weil wir die Ursachen medizinisch nicht greifen können.«

Die Erklärung nötigte dem Kurator ein Seufzen ab. In seinem Museum lagerten unzählige Artefakte aus der Vergangenheit. Sie waren stumme Zeitzeugen, so faszinierend wie in der Gegenwart ungefährlich. Ihn irritierte die Tatsache, dass ein Relikt aus der Frühzeit der irdischen Geschichte sich unversehens als Bedrohung herausstellte, auch wenn dieses Artefakt extraterrestrischen Ursprungs war. Mehr noch, triumphierte es über die fortschrittliche Medizin, die sämtliche klassischen Krankheiten längst besiegt hatte.

Havedge zog Kreise um den Sarkophag und das Ärzteteam, das Cyriane Drays im Lagerraum versammelt hatte. Die Mediziner hatten verschiedene Apparaturen aufgebaut. Havedge verstand den Sinn nicht, da keines der Geräte mit dem Sarkophag verbunden war. Das passte zu Drays' Eingeständnis ihrer Hilflosigkeit. Die Wissenschaftler der USO hatten eine Phalanx von Messgeräten und Positronikelementen errichtet, mit denen sie hinter die Geheimnisse des Sarkophags zu kommen versuchten. Auch ihre Bemühungen waren bisher nicht von Erfolg gekrönt.

»Wie wäre es, wenn Sie Ihre rastlose Wanderung zur Abwechslung mal einstellen?«, legte einer der Ärzte Havedge nahe.

»Können Sie sich nicht auf Ihre Arbeit konzentrieren? Ratlos rumstehen ist auch ohne besondere Konzentration möglich«, konterte der Kurator bissig. »Entschuldigung. Das war nicht so gemeint. Ich mache mir Sorgen um den jungen Mann.« Dabei hatte er Tristans Namen vor zwei Tagen noch nicht einmal gekannt. Es gab eine Affinität zwischen ihnen, eine Seelenverwandtschaft, die auf ihrer beider Lebensumstände beruhte. Sie waren Außenseiter der Gesellschaft, durch eine Fügung des Schicksals ins Rampenlicht politischer Ereignisse geraten, die für sie beide eine Nummer zu groß waren.

»Es ist soweit«, riss ihn die Stimme der Medikerin aus seinen Gedanken. »Der Sarkophag öffnet sich.«

Havedge musterte den Patienten, dessen Augen sich gerade öffneten. Der fiebrige Glanz darin war verschwunden. Beinahe schüchtern lächelnd erhob sich Li und entstieg dem Behälter. Seine Körpersprache hatte sich gewandelt. Sie vermittelte den Eindruck von Kraft. Ärzte und Wissenschaftler umschwärmten Tristan.

»Immer mit der Ruhe.« Havedge drängte sie zurück. »Der junge Mann ist kein Versuchskaninchen. Gönnen Sie ihm einen Augenblick, sich zu finden, bevor Sie über ihn herfallen.«

Tristan nickte ihm zu. »Danke, aber ich bin bereit. Ich fühle mich stärker, als ich es früher jemals war.«

»Wir setzen die Untersuchung trotzdem in der Medoabteilung fort«, entschied Cyriane Drays.

»Ich begleite Sie.« Der Kurator schloss sich der Gruppe an, obwohl die Medikerin wenig begeistert von seiner Begleitung war. Hinter ihnen stürzten sich die Wissenschaftler auf den Sarkophag und widmeten sich einer Versuchsanordnung, die sie zuvor unterbrochen hatten.

»Stimmt es, dass Sie die erste, kleinere Muschel untersucht haben?«, fragte Li.

Havedge wünschte, die Gelegenheit dazu hätte sich ergeben, obwohl er vermutlich nicht mehr herausgefunden hätte als Atlans Spezialistenteam. »Dazu bestand leider keine Möglichkeit. Greta Gale war schneller. Stattdessen brachte der Lordadmiral einen Kasten in mein Museum, der mitsamt dem Sarkophag gefunden wurde. Ihn konnte ich eingehend untersuchen.« Seine Augen funkelten bei dieser Erinnerung, und er erzählte Tristan, was er herausgefunden hatte.

»Illochim?«, echote Li nachdenklich. »Davon habe ich nie gehört.«

»Zu schade. Ich hatte gehofft, mit Ihrem Aufenthalt in dem Sarkophag wäre das Erlangen gewisser Informationen verbunden. Im Semitischen wurde meinen Unterlagen zufolge in späteren Übersetzungen aus Illochim der Begriff Elohum, was soviel wie Mächtiger oder Starker bedeutet.«

»Ich habe das Wirken beider Austernmuscheln erlebt. Macht und Stärke hängen mit ihnen zusammen«, bestätigte Tristan, als sie die Medoabteilung erreichten. Drays dirigierte ihn auf eine Antigravliege und schloss ihn an verschiedene Überwachungs- und Diagnoseeinrichtungen an. Auf einem Holomonitor zeichneten sich seine Körperfunktionen ab.

»Bestens«, kommentierte sie die Werte. »Leider wissen wir, dass dieser Zustand nicht lange vorhält. Wie fühlen Sie sich, Tristan?«

»Ich sagte es bereits. Ausgezeichnet. Ich könnte Bäume ausreißen. Wissen Sie, wer diese Illochim aus Ihren Unterlagen waren, Mister Havedge?«

»Lordadmiral Atlan hat die Theorie einer von Außerirdischen geschaffenen terranischen Hochkultur aufgestellt. Ihr zufolge könnte Illochim der Eigenname jener unbekannten Wesen gewesen sein, die aus uns unbekannten Gründen manche Menschen zu Göttern hochstilisierten. Leider bleiben all das nur Vermutungen.« Der Kurator wühlte in seinem weißen Bart, während die Ärzte Tristan die unterschiedlichsten Prozeduren angedeihen ließen. »Sie sagten, Sie haben die Wirkung beider Sarkophage erlebt. Gab es Unterschiede?«

Li blickte zur Decke empor. Er kniff die Augen zusammen, als bereitete ihm die Erinnerung Schwierigkeiten. »Sie haben recht. Jetzt, wo ich darüber nachdenke, wird mir klar, dass die stummen Einflüsterungen verschiedener Natur waren. Beide Muscheln vermitteln zwar das Gefühl von Stärke, aber es gibt einen grundlegenden Unterschied. Der Sarkophag hier an

Bord, der etwas breiter ist als der von Greta geraubte, hat ein kontrollierendes Element. Derjenige, den Greta mit sich führt, vermittelt ausschließlich Machtgefühle und fördert den absoluten Drang zur Macht.«

»Womit diese Dame meines Wissens ohnehin über die Maßen gesegnet ist.«

»Greta ist machtbesessen, seit ich sie kenne.« Hass schwang in den Worten des Jungen mit. »Viel zu lange war ich so blind wie andere und bin ihr gefolgt, weil ich dachte, Olgej und ich gehören zu MEINLEID. Es war ein Irrtum. Nun ist Olgej tot, weil ich nicht besser auf sie aufgepasst habe.«

Havedge wollte dem Jungen sagen, dass der keine Schuld am Schicksal seiner Freundin trug. Er kam nicht dazu.

Er dumpfer Schlag erschütterte die AVIGNON.

»Waffensignatur angemessen! Offensivsysteme aktiv!«, gellte Luella Tarras Stimme durch die Zentrale der AVIGNON. »Sie greifen uns an!«

Ich unterdrückte einen Fluch. Dahin war meine Hoffnung, ein unbeeinflusstes Besatzungsmitglied der ESHNAPUR hätte durch Sabotage einen Rücksturz des Kreuzers in den Normalraum bewerkstelligt. Greta Gale selbst steckte hinter der Unterbrechung des Linearflugs. Sie war entweder verrückter, als ich dachte, oder sie überschätzte sich maßlos. Für einen Zivilraumer besaß die ESHNAPUR zwar eine starke Offensivbewaffnung, gegen uns kam sie damit trotzdem nicht an.

»Schirme hoch!«

Der Paratron baute sich auf, sekundär unterstützt durch mehrfach gestaffelte HÜ-Schirme. In der Zentrale brach hektische Aktivität aus. Jeder Handgriff meiner Spezialisten saß. Ich war, abgesehen von meiner Befehlsgewalt, zum Zuschauen verurteilt.

»Sie setzen Impulskanonen ein.«

»Funkverbindung herstellen!«

»Keine Reaktion.«

»Ich versuche es trotzdem. Vielleicht hören sie zu, auch wenn sie nicht antworten.«

»Sprechen Sie, Sir.«

»Hier ist Lordadmiral Atlan an Bord der AVIGNON. Ich rufe Greta Gale. Ihr Angriff auf einen Kreuzer der USO ist sinnlos und bringt Sie selbst in Gefahr. Geben Sie auf, sonst müssen wir uns zur Wehr setzen.« Ich sah zum Funkleitstand hinüber.

Keine Antwort, wurde mir signalisiert.

»Ich rufe Karim Shoutain. Sie stehen unter dem Einfluss von Greta Gale, Kommandant. Es handelt sich bei ihr um eine gefährliche Terroristin, die von den solaren Behörden verfolgt wird. Ich appelliere an Sie, versuchen Sie sich aus ihrem Bann zu lösen.«

»Sinnlos, sie feuern wieder.«

Ich richtete meine Aufmerksamkeit auf ein Holo der Raumbeobachtung. Die taktische Anzeige lieferte eine Flut von Daten. Distanz der beiden Schiffe zueinander, Geschwindigkeit, Kursvektoren und zahlreiche weitere Parameter. In einem Ausschnitt tanzte die ESHNAPUR Haken schlagend vorbei. Ich schüttelte den Kopf über die Unsinnigkeit des Manövers. Es gab keine Harmonie zwischen Flugverhalten und Geschützeinsatz. Der Waffenleitoffizier konnte noch nicht zu lange auf seinem Posten sitzen, oder der Frachterkapitän sparte am falschen Ende.

Anfänger, notierte ich in Gedanken.

Oder wir werden Zeuge eines unterschwelligen Aufbegehrens gegen Gales Suggestionen, hielt mir der Extrasinn entgegen.

Niemand da drüben ist dazu in der Lage. Greta ist zu stark.

Ist das deine Einschätzung, weil du selbst nach einem Aufenthalt in dem Artefakt dich und deine Ausstrahlung für gottähnlich hältst?

Ich verlasse mich auf die Fakten, und die sind beredt genug.

Du redest von einer Interpretation der Fakten, protestierte mein stummer Dialogpartner. *Ich sehe die Interpretation eines Süchtigen. Adams würde dich aus dem Verkehr ziehen, wenn er deinen Zustand ahnte.*

Es war Unsinn, und das wusste der Extrasinn. Der Finanzminister des Solaren Imperiums konnte mir keine Vorschriften machen. Mir und der USO aber sehr wohl den Geldhahn zudrehen, musste ich zähneknirschend einräumen, was langfristig auf dasselbe hinausliefe. Schließlich finanzierten wir uns zu einem beträchtlichen Teil aus dem Staatseinkommen.

Mehrmals blitzte es kurz hintereinander bei den Geschützkuppeln der ESHNAPUR auf. In einem Holo entstanden Blitze. Wabernde schwarze Schemen zuckten durch den grünlich schimmernden Feldbereich der HÜ-Staffeln, wo die auftreffenden Bomben in den Halbraum abgestrahlt wurden.

»Sollen wir das Feuer erwidern?«

Ich wollte den zweiten Sarkophag unbeschadet in die Finger bekommen. Ausschlaggebend für meine Antwort waren jedoch die unschuldigen Zivilisten an Bord der ESHNAPUR, die keine Schuld an Gales Treiben trugen. »Waffensysteme in Bereitschaft halten. Nicht feuern. Ausweichmanöver!«

»Abstrahlfeld ihres Transformgeschützes baut sich auf. Dieses Weib scheint ganz schön sauer auf uns zu sein.«

Cada Legove, der selbst an den Steuerkontrollen saß, zwang die AVIGNON in eine enge Kehre. Ich hörte die Andruckabsorber aufheulen. Der USO-Kreuzer raste mit relativistischen Werten durch die Schwärze des interstellaren Leerraums. Wir befanden uns dennoch viel zu nahe, als die Transformbombe mit einer Vergleichskraft von einer Megatonne TNT explodierte und die Raumstruktur erschütterte. Der Boden unter meinen Füßen vibrierte, ein harter Ruck ging durch die Kugelzelle unseres Schiffs.

»Schadensmeldungen!«, verlangte ich. Wenn Gale so weitermachte, blieb uns keine andere Wahl, als das Feuer zu erwidern.

»Keine Hüllenbeschädigung«, meldete Ira Connaire. »Der Kontinuum-Strukturriss des Paratrons hat die Energie in den Hyperraum abgeleitet. Äußere HÜ-Staffel mit 36 Prozent belastet. Paratron weiterhin bei voller Leistung.«

»Haben wir den Abstand verringert?«

»Negativ, Sir.«

Irritiert richtete ich mein Augenmerk auf die Entfernungsangaben in einem Holo. Nach der Etappenunterbrechung hatte die ESHNAPUR sich uns im Normalraum genähert, jetzt entfernte sie sich wieder.

Deine Freundin hat erkannt, dass sie uns nichts anhaben kann, und sucht wieder das Weite, spöttelte der Extrasinn.

»Verfolgung aufnehmen!« Ich sah keine andere Wahl, wenn wir eine weitere Flucht der MEINLEID-Anführerin verhindern wollten. »Bombenteppich in Flugrichtung der ESHNAPUR abstrahlen. Bitte mit Fingerspitzengefühl. Sie soll durchgeschüttelt, nicht zerstört werden.«

»Zu spät!«, rief Luella Tarra.

Die ESHNAPUR war in die nächste Linearetappe eingetreten.

Visionen

Auch am zweiten Tag beobachtete Cleany Havedge die Prozedur, bei der Tristan Li seine Strahlungsdosis erhielt. Seine Sympathie für den jungen Mann wuchs. Li haderte nicht mit seinem Schicksal, obwohl er genau wusste, wie es um ihn stand. Bereitwillig akzeptierte er die Psychopharmaka, welche die Leiterin des Ärztestabes ihm im Anschluss an die Bestrahlung verabreichte.

»Wenn ich schon sterben muss, will ich vorher noch sehen, wie Greta für ihre Taten büßt«, sagte er.

»Rache ist ein schlechter Ratgeber, mein Junge.«

»Sie ist der einzige, der mir verblieben ist.« Li lächelte. »Außer Doktor Drays und Ihnen, Sir.«

Havedge wölbte eine Augenbraue. »Du brauchst mich nicht Sir zu nennen. Ich bin weder Großadministrator, noch Lordadmiral, noch besitze ich einen militärischen Rang oder politischen Titel. Die meisten Menschen sehen in mir einen verschrobenen Misanthropen, der sich in seinem Museum vor der Welt versteckt und nicht alle Tassen im Schrank hat. Dabei ist dieses Museum ein wichtiger Teil der Welt. Wer seine Vergangenheit nicht achtet, ist auf Dauer nicht reif für die Zukunft.«

»Das klingt ... kompliziert.«

»Höchstens philosophisch.«

»Wie soll ich Sie also nennen, Kurator?«

»Wir wäre es mit Cleany?«

Ein Lächeln huschte über das Gesicht des Jungen. »Nur wenn Sie mich Tristan nennen, Sir. Ich meine Cleany.«

»Gern, mein Junge. Sie erinnern sich an das Gespräch, das wir gestern führten, als wir angegriffen wurden?«

Lis Lächeln gefror. Er nickte kläglich. »Sie meinen wegen Olgej.«

»Sie haben angedeutet, dass Sie sich für den Tod Ihrer Freundin verantwortlich fühlen. Ist das jetzt auch noch so?«

»Nicht mehr so schlimm.«

»Das liegt an den Stimmungsschwankungen, denen Sie unterworfen sind«, erinnerte Cyriane Drays. »Wenn Sie aus der Muschel steigen, sind Sie stark und gefestigt. Je länger die Behandlung zurückliegt, desto mehr verlieren Sie von dieser inneren Kraft.«

»Ich weiß«, fauchte Li. »Wenn wir hier fertig sind, würde ich die Medoabteilung gern verlassen.« Da die Untersuchungen abgeschlossen waren und er seine Psychopharmaka bekommen hatte, wartete er keine Antwort ab, sondern wandte sich zum Gehen. »Begleiten Sie mich, Cleany?«

Havedge erhob sich von dem Stuhl, auf dem er die letzte Stunde verbracht hatte. Es fiel ihm schwer, sich auszumalen, was in dem Jungen vorging. Tristan hatte seinen Tod unabwendbar vor Augen. Gleichzeitig erwarteten alle von ihm, dass er sich nicht aufgab, nicht zuletzt auch er selbst, weil er mit seinem Rachewunsch ein letztes Ziel vor Augen hatte. Er winkte der Medikerin zu und schloss sich Tristan an.

»Sie dürfen Doktor Drays nicht böse sein«, sagte er draußen.

»Ich weiß, sie will nur mein Bestes. Ich sehe das ein, jetzt. Aber wenn ich meine Schwächephasen habe, weil ich meine Strahlendosis brauche, sehe ich die Welt mit anderen Augen. Mir erscheint dann alles negativ und sinnlos. Ich würde am liebsten aufgeben. Dabei ist mir in diesen schlechten Phasen durchaus bewusst, dass sie vorübergehen und ich schon nach der nächsten Behandlung wieder anders denken werde.«

»Haben Sie schon einmal aufgegeben?«

»Nein.« Es klang stolz.

»Sehen Sie, nur darauf kommt es an. Egal, wie schwer es Ihnen fällt, diese Phasen zu überbrücken, Sie schaffen es. Sagen Sie sich dann in jeder Minute, dass Sie durchhalten wollen.«

»Das tue ich. Weil ich Olgej rächen muss.«

Havedge seufzte. »Mir wäre lieber, Sie hätten einen anderen Antrieb.« Er hob beschwichtigend die Hände, als er merkte, dass Tristan aufbegehren wollte. Der Junge befand sich in einer Hochphase, die ihm Selbstsicherheit verlieh. Es wäre dumm, ihn zu verärgern, denn der Kurator spürte, dass er Li mit seinen Ratschlägen besser helfen konnte, als es die Ärzte vermochten, die sich darauf beschränkten, für ihn die passende Mischung aus terranischen und araischen Drogen zu finden, die die Symptome seiner wechselnden Launen unterdrücken sollten. Richtig zu gelingen schien das ohnehin nicht, sonst wäre deren Effekt langanhaltender gewesen. »Ich möchte mehr über die unterschiedliche Wirkung der beiden Sarkophage wissen. In welchem haben Sie sich wohler gefühlt?«

»In diesem hier. Er vermittelt mir wie der andere ein Gefühl der Stärke, ist zugleich aber besonnener. Ich sagte es bereits, Gretas Muschel fördert den Drang zur absoluten Machtausübung. Das ist nicht meine Sache.«

»Du erwähntest, der Sarkophag an Bord der AVIGNON besäße ein kontrollierendes Element. Wie meinst du das?«

»Es ist schwer zu beschreiben. Wenn man so will, werden in Gretas Muschel die Kämpfer geformt, die untergeordneten Teile eines Heeres, in dem hier dagegen die Generäle, die nicht nur gehorchen, sondern nachdenken und Entscheidungen treffen.« Li sprach offen über seine Erfahrungen, was bewies, wie viel Selbstvertrauen er derzeit besaß.

»Das klingt, als seien die Sarkophage nicht für die Beeinflussung einzelner Personen, sondern für ganze Heere vorgesehen.«

»Mir kommt es jedenfalls so vor.«

Das war schwer vorstellbar. Es würde viel zu lange dauern, eine ganze Armee durch die Austernmuschel zu jagen, um sie zu konditionieren. Andererseits war die suggestive Macht bekannt, mit der ein Insasse nach der Bestrahlung wieder aus ihr herauskam. Vielleicht interpretierte Tristan seine Erfahrungen falsch. Nein, dachte Havedge, wenn es einer Interpretation bedurft hätte, hätten die Relikte ihren Zweck, an dem er nicht zweifelte, verloren. Hatten sie womöglich durch ihr Alter gelitten und waren funktional beeinträchtigt? Nach den bisherigen Untersuchungen schien das wenig wahrscheinlich.

Er ertappte sich bei der Vorstellung, sich entgegen der Warnungen der Medikerin durch einen Selbstversuch von der Wirkungsweise des Relikts zu überzeugen. Der Gedanke verging sogleich wieder. Cleany Havedge mochte verschroben, weltfremd und ein wenig spinnert sein, wenn er Außenstehenden glauben wollte. Ein Dummkopf indes war er nicht.

»Sie haben die Waffensysteme hochgefahren«, sagte Karim Shoutain. Er war blass geworden, was Greta Gale klar machte, wie groß die Gefahr gewesen war. In einem Stimmungshoch wie derzeit musste sie sich besser kontrollieren, um nicht übers Ziel hinauszuschießen.

»Du meinst, Atlan hätte auf uns geschossen?«

»Hätten wir den Linearflug nicht fortgesetzt, hätte er das getan. Du hast richtig entschieden.«

»Wir sind ihnen also entkommen? Sie kriegen uns nicht?«

»Nein, wir hätten aber nicht länger zögern dürfen. Trotzdem können wir nicht auf Dauer fliehen.«

»Solange die Maschinen nicht ausfallen, können wir das sehr wohl. Du wirst dafür sorgen, dass das nicht geschieht.«

»Wir hätten diesen verfluchten Arkoniden umbringen sollen.« Heyburns Gesicht war rot vor Wut. Auch ihm hatten erst die Worte des Kommandanten verdeutlicht, dass sie um ein Haar in eine Schlacht geraten wären.

»Und wann hätten wir das deiner Meinung nach tun sollen, Svin?«

Heyburn zuckte mit den Achseln. »Keine Ahnung. Irgendwann eben.«

Gale sparte sich eine Antwort. Er redete Unsinn. Mit einer anderen Forderung hatte er allerdings richtig gelegen. Sie musste auch den Rest der Besatzung unter ihre Kontrolle bringen, bevor jemand ernsthaft zu hinterfragen begann, was an Bord geschah, und nicht länger auf die fadenscheinigen Befehle des Kommandanten hörte. Die ESHNAPUR war ein ziviles Schiff.

Greta konnte nur spekulieren, aber sie nahm an, dass eine Meuterei viel schneller geschehen konnte als auf einem Raumer der USO oder des Solaren Imperiums.

»Gibt es einen leeren Lagerraum?«, fragte sie.

Shoutain nickte. »Wir hatten vor dem Start erst die Hälfte unserer neuen Fracht verladen.«

»Beordere die Besatzung, die sich nicht in der Zentrale aufhält, dorthin. Alle, ohne Ausnahme.«

»Wozu denn?«

»Wer wird denn so neugierig sein?« Greta lächelte und warf dem Ersten Offizier einen provozierenden Blick zu. Sie leckte sich mit der Zungenspitze über die Lippen. »Wie ist dein Name?«

»Jorim Kilshasin.«

»Du begleitest mich.« Sie vergewisserte sich, dass der Kommandant tat, was sie verlangte, und nickte Kilshasin auffordernd zu. Gemeinsam verließen sie die Zentrale. »Bring mich zu diesem Lagerraum. Dort wirst du dafür sorgen, dass man mich anhört. Ich nehme an, außer dem Kommandant hören alle auf deine Autorität.«

»Natürlich, Greta.«

»Greta? Niemand hat dir erlaubt, mich mit meinem Vornamen anzureden.« Die blonde Frau holte aus und gab dem Mann, den sie als ihren neuen Liebhaber auserkoren hatte, eine schallende Ohrfeige. »Du wirst mich Herrin nennen. Ist das klar?«

»Ja, Herrin.«

Greta grinste still in sich hinein. Wie nur hatte sie zögern können? Auf der Erde hatte sie Tausende unter ihre Kontrolle bekommen, dagegen war das hier ein Kinderspiel. Sie fühlte sich unüberwindlich. Sie konnte es nicht nur mit der Besatzung der ESHNAPUR aufnehmen. Auch Atlans AVIGNON kam noch an die Reihe.

Kilshasin führte sie in den Bereich der unteren Polkuppel, wo sich ein Teil der Besatzung bereits eingefunden hatte. Der Rest gesellte sich nach und nach dazu. Stimmen schwirrten durcheinander. Greta spürte die Unsicherheit unter den Menschen, weil Karim Shoutain Befehle erteilt, aber keine Erklärungen gegeben hatte, was nicht seiner Art entsprach. An der Seite des Offiziers stieg sie auf ein Podest.

»Ruhe!«, forderte Kilshasin, als Fragen gerufen und Forderungen um Aufklärung des unplanmäßigen Starts vom Atlan Port vorgebracht wurden. »Ich bitte um Ruhe! Bitte hören Sie zu. Sie werden jetzt erfahren, was geschehen ist.«

Greta glaubte inmitten der Menschenmenge eine Bewegung zu sehen, die sich von allen anderen abhob. Sie gehörte nicht hierher, entstammte einer Gestalt, die sich zwischen den Menschen versteckte, um zu beobachten. Sie lauerte, wartete. Worauf? Greta schüttelte sich, verlor für ein paar Sekunden die Orientierung. Dann war alles wieder in Ordnung.

»Sprechen Sie, Herrin. Alle hören Ihnen zu.«

Natürlich taten die Menschen das. Greta erhob die Stimme und benutzte die Menschen als Ventil für ihre kurze Schwäche. Wenige Minuten reichten aus, auch das letzte Besatzungsmitglied in ihren Bann zu schlagen. Nicht einmal der stärkste Wille vermochte ihren suggestiven Einflüsterungen zu trotzen. Für Greta waren diese Kreaturen Opfer. Sie verwandelte Wölfe in Lämmer, hielt die Welt in ihrer Hand. Nach Beendigung ihrer Ansprache leerte sich der Lagerraum.

»Nun zu dir, mein Lieber.« Gern wäre Greta gleich an Ort und Stelle über Jorim Kilshasin hergefallen. Sie beherrschte sich und trieb ihn in ihr Quartier, wo sie ihn zwang, sie zu befriedigen.

Wie die Besatzung würde sie dereinst eine ganze Welt unterwerfen können. Sie musste nur die richtige finden.

Die Hetzjagd durch den Linearraum ging weiter. Ich kannte solche Situationen, war an sie gewöhnt und wurde weder schnell ungeduldig noch gelangweilt, hätte mit der Hatz nach der ESHNAPUR also wesentlich gelassener umgehen müssen als die mir unterstellten USO-Agenten. Ich tat es aber nicht, denn ich hielt es nicht mehr aus. Mein Körper kribbelte von innen heraus, als defilierte ein Ameisenvolk durch meine Eingeweide. Weitaus schlimmer war die Desorientierung. Ich fühlte mich mir selbst entfremdet, beherrscht von dem Drang, mich in den mitgeführten Sarkophag zu legen und mich von den fremden Schauern bestrahlen zu lassen.

Vielmehr von der Gier als von dem bloßen Drang, gestand ich ein, bevor der lauernde Extrasinn meinte, mich verbessern zu müssen.

Ich erhob mich aus meinem Sessel und wanderte durch die Kommandozentrale. Die Schichten wechselten stetig, nur ich verbrachte die meiste Zeit in der Zentrale statt in meinem Quartier. Ich hatte gestern zwei Stunden geschlafen, eine Zeitspanne, die dank des Zellaktivators ausreichte, um mich frisch und bei Kräften zu halten. An Bord herrschte der natürliche Tag-Nacht-Rhythmus der Erde. In den meisten Schiffen wurde er aufrechterhalten, so gut es ging, relativiert hauptsächlich durch den Drei-Schichten-Betrieb, der Flexibilität bei allen Besatzungsmitgliedern erforderte.

An Bord der AVIGNON schliefen die meisten. USO-Wissenschaftler versahen jedoch keinen Dienst nach Plan. Ich konnte es keinem verübeln, wenn er sich genau in diesem Moment mit dem Relikt im Lagerraum beschäftigte. Von jeder Konsole aus hätte ich prüfen können, ob das Lager verlassen war, doch ich schreckte vor dem Schritt zurück. Kein Mensch um mich herum hegte Verdacht bezüglich meiner Sucht, und ich wollte nicht den geringsten Hinweis darauf liefern.

»Alles in Ordnung, Sir?« Nachim Emcheba, der in Personalunion als Funker agierende Cheflogistiker mit dem kantigen Gesicht, sah von seinem Pult auf. Seine flinken Augen schienen niemals still zu stehen. Unablässig richteten sie ihren Fokus auf ein neues Objekt seines Interesses. Diesmal auf mich. »Soll ich versuchen, eine weitere Funkverbindung herzustellen?«

Ich schüttelte den Kopf und wandte mich zum Ausgang. »Gale hat uns klar zu verstehen gegeben, dass sie keinen Wert auf Gespräche legt. Ich lege mich zwei Stunden aufs Ohr. Mein Armbandgerät bleibt aktiviert. Ich bitte darum, mich nur bei wirklich wichtigen Ereignissen aufzuwecken.« Ich floh geradezu aus der Zentrale.

Du weißt nicht, ob du im Inneren des Sarkophags erreichbar bist, gab der Extrasinn zu bedenken. *Oder ob du bei einem Anruf wach wirst. Wenn nicht, wird man dich in deiner Kabine suchen. Findet man dich dort nicht, zählt die Medikerin eins und eins zusammen, sofern sie das nicht längst getan hat.*

Wir sind seit zwei Tagen unterwegs. Ausgerechnet in den kommenden zwei Stunden wird nichts passieren.

Eine billige Ausflucht.

Der Logiksektor hatte Recht. Die Einsicht änderte mein Vorhaben nicht. Statt in mein Quartier begab ich mich zum Lagerraum, wo das Objekt meiner Begierde verstaut war. Sollte ich einen Wissenschaftler antreffen, konnte ich immer noch behaupten, mich über neue Erkenntnisse informieren zu wollen.

Ich betätigte den Öffnungsmechanismus und spähte in den Lagerraum. Dunkelheit empfing mich, die verging, als ich eintrat. Licht flammte auf, flutete den Raum. Die Austernmuschel schälte sich aus der Schwärze, positioniert inmitten inaktiver Maschinen. Ich war allein. Trotz meiner Ungeduld versiegelte ich den Eingang akribisch mit einer Vorrangkennung, die verhinderte, dass jemand ohne meine Erlaubnis eindrang.

Meine Gier wurde übermächtig. Allmählich begriff ich, wie sich Süchtige fühlten, die zu den neuesten auf Lepso hergestellten Designerdrogen griffen. Ich öffnete die Muschel mit fahrigen Handgriffen und legte mich hinein. Die Vorfreude übermannte mich. Ich überhörte die Warnungen des Extrasinns und gab mich ganz meiner Erwartungshaltung hin, als die Auster sich schloss.

Eine Gestalt empfing mich, kaum dass ich mich ausgestreckt hatte. Sie schwebte so dicht vor mir, dass ich glaubte, sie berühren zu können, wenn ich nur die Arme ausstreckte. Die Option besaß ich in dem Sarkophag nicht. Ich konnte mich ein wenig nach links oder rechts drehen, mehr Bewegungsfreiheit hatte ich nicht. Wieso sah ich? Wieso dachte ich noch? Es war ein Trugschluss, ich schlief. Doch die Kreatur blieb.

Sie war engelsgleich. Ihre Schwingen trugen sie durch Wasser und Luft gleichermaßen, ohne dass Hilfsmittel dazu nötig waren. Gischt spritzte auf, als sie aus dem Meer aufstieg und die Oberfläche durchbrach. Getaucht in das Sonnenlicht des jungen Tages, orientierte sie sich. Kurz nur sah sie ihren Artgenossen hinterher, dann strebten die Wesen in die vier Himmelsrichtungen davon. Es war mild, doch in ein paar Stunden würde es heiß werden, wenn die Sonne stieg und sich dem Zenit näherte. Nirgendwo war es so angenehm wie dort, wo das Wasser die Heimstätten kühlte und in der Tiefe für gleich bleibende Temperaturen sorgte.

Eine Weile flog das Geschöpf dicht über dem Meeresspiegel dahin, begleitet von den Strömungen des Windes, dem fernen Horizont entgegen, wo der Illochim mit Namen Quetec die Lande wusste, die sein Ziel waren. Manchmal tauchte er in die Wellen ein und wieder aus ihnen hervor, schüttelte das Wasser von seinem Körper und stieg höher. Alsbald kamen die hügeligen Gestade in Sicht, wo die Einheimischen lebten. Mit leichtem Flügelschlag bewegte er sich über den Küstenstrich.

Hin und wieder waren die Bewegungen einzelner Gestalten, Einheimischer, *Menschen*, am Boden zu sehen. Mit ihren Beinen waren sie erdgebunden, vermochten sich nicht aus eigenem Antrieb in die Luft zu erheben. Des Schwimmens waren sie mächtig, wenn auch nur über kurze Distanzen und unter Wasser nicht mehr als zwei oder drei Minuten. Nicht nur in dieser Hinsicht waren sie den Illochim unterlegen, sondern in jeder, die vorstellbar war. Ihre Entwicklung war vorhersehbar, zöge sich über Jahrhunderte, gar Jahrtausende hin, bis sie zum ersten Mal erkannten, welche Fähigkeiten in ihnen verborgen lagen.

Zu lange, viel zu lange dauerte das für die Illochim. Deren Wirken zielte auf eine Beschleunigung der natürlichen Entwicklung ab. Die Konditionierung war im Gange, der Schub für ausgewählte Menschen eingeleitet, verschiedene Projekte initiiert. Quetec spähte und beurteilte. Wenige nur kamen in Frage, die er gewissenhaft aussuchte, damit die Illochim nicht enttäuscht wurden. Nur Männchen waren unterwegs, allein oder in kleinen Gruppen. Sie jagten den in dieser Gegend seltenen Beutetieren nach oder widmeten sich dem Fischfang. Meistens kamen sie einen Flusslauf entlang, der in einem weiten Delta mündete.

Die Temperatur stieg weiter an, die Sonne erreichte ihren höchsten Stand und ließ den Sand funkeln. Zwischen den Hügeln zeichneten sich die Spuren einer Karawane ab. Eine Weile noch hielt Quetec sich in Ufernähe, dann kehrte er um und folgte den Spuren landeinwärts. Sie führten nicht sehr weit. Auf einmal brachen sie ab ...

Ich korrigierte mich, als ich die Augen aufschlug. Der Traum brach ab, ich war erwacht. Sofort wuchsen meine Zweifel? War es wirklich nur ein Traum gewesen, den ich durchlebt hatte, oder steckte mehr dahinter?

Zu viele Übereinstimmungen für einen Zufall, behauptete der Extrasinn. *Du hattest einige Hinweise auf das Erscheinungsbild der von Havedge so genannten Illochim. Quetec hat das Bild bestätigt, das du dir von ihnen gemacht hast.*

Ich nickte gedanklich, fasziniert von dem Wesen, das ich gesehen hatte. Schon bei meinem ersten Aufenthalt in der Austernmuschel war ich mit der Geschichte dieser Wesen konfrontiert worden, in einer längst vergangenen Epoche der Frühzeit der Menschheit, die ich anscheinend in meiner Unterwasserkuppel verpasst hatte. Während ich die erlebte Szene vor meinem inneren Auge Revue passieren ließ, deaktivierte ich die Sicherheitsschaltung und verließ den Lagerraum.

Keine Sekunde zu früh! Die Wissenschaftler kamen um die Korridorbiegung, als sich das Schott hinter mir schloss. Mir wurde heiß und kalt. Ein paar Minuten früher, und sie hätten vor dem verschlossenen Eingang des Lagerraums gestanden.

Ich sah klarer und begriff, wie leichtfertig ich vorgegangen war, als ich die Warnungen des Extrasinns in den Wind geschlagen hatte. Nur durch Glück hatte mich niemand in meiner Muschelphase überrascht. Wie hatte ich die Warnung vor einem Zwischenfall so leichtfertig abtun können? Ich lauschte in meinen Kopf hinein, doch der Logiksektor sah von einem hämischen Kommentar ab. Auf keinen Fall durfte ich mich ein zweites Mal so närrisch verhalten.

Zwischen den beiden Ereignissen, die du erlebt hast, scheint einige Zeit verstrichen zu sein, folgerte der Extrasinn auf meinem Rückweg in die Zentrale, was ich nur unterbewusst mitbekommen hatte. *Beim ersten Mal wurde die Landung der Illochim auf der Erde geschildert. Am Ende starb der geförderte Heaq. Mit diesem ersten Versuch haben die Fremden sich nicht zufrieden gegeben. Die Geschichte ist weitergegangen.*

Die Überlegung leuchtete mir ein, auch in Hinblick auf Catal Hüyük und andere proto-urbane Siedlungen, von denen ich annahm, dass sie von frühen irdischen Hochkulturen geschaffen worden waren, deren Entwicklung sich nicht mit normalen Maßstäben bewerten ließ.

In der Zentrale holte ich eine kurze Meldung ein. Die Lage war unverändert. Unsere Ortungseinrichtungen arbeiteten auf Hochtouren. So viel Mühe die Verantwortlichen der ESHNAPUR sich gaben, es gelang ihnen nicht, uns abzuschütteln. Ich musste zugeben, dass Greta Gale erstaunliches Durchhaltevermögen bewies. Das konnte in der für sie ungewohnten Umgebung des Weltalls nicht nur an ihrem natürlichen Machtbewusstsein liegen. Die Kraft der zweiten Austernmuschel tat ein Übriges.

Inzwischen hatte auch der letzte meiner Besatzung sein normales Erscheinungsbild wiedererlangt. Die Masken waren abgelegt, die Verkleidungen eingemottet. Die Weinhändler hatten ihre Schuldigkeit getan, meine Leute sahen wieder wie USO-Agenten aus.

»Sie sehen ausgeruht aus«, empfing mich Cleany Havedge. Der Kurator hielt sich wieder in der Zentrale auf. Sie hatte es ihm, wie alles in diesem Schiff, angetan. Tristan Li war ebenfalls anwesend.

»Warum holen wir Greta nicht endlich ein?«, drängte der junge Mann, kaum dass ich in meinem Sessel Platz genommen hatte.

»Das ist nicht so einfach, wie Sie sich das vorstellen.« Ich lächelte. Einen Vorwurf machen konnte ich ihm nicht, schließlich sprach er nur aus, was auch mich selbst bewegte.

»Ich dachte immer, die USO verfügt über unbegrenzte Macht. Ich habe eine Menge Geschichten über Männer wie Ronald Tekener und Sinclair Marout Kennon gehört, über Melbar Kasom und Lemy Danger. Allzu viel Wahres scheint da nicht dran zu sein, wenn wir mit einem USO-Kreuzer nicht mal ein ziviles Raumschiff einholen.«

Die Erinnerung an den vor einem halben Jahr verstorbenen Lemy Danger versetzte mir einen Stich. Ich musste mich zusammennehmen, um den jungen Mann nicht in seine Schranken zu weisen. »Man sollte nicht alles glauben, was man hört«, brummte ich.

»Der Lordadmiral tut, was in seiner Macht steht. Sie müssen sich gedulden, Tristan«, redete Havedge beruhigend auf Li ein. »Nicht mal eine Organisation wie die USO kann zaubern.«

»Sie haben recht, Cleany. Ich darf nicht zu viel erwarten. Es ist die Angst zu sterben, bevor ich Greta erwische. Verzeihen Sie, Lordadmiral. Es steht mir nicht zu, Ihnen Vorwürfe zu machen.«

»Schon gut. Wir sind alle angespannt.« Aus den gewechselten Worten der beiden Männer schloss ich, dass sie sich anzufreunden begannen. Das war eine Entwicklung, die mich freute. Tristan brauchte jemanden außerhalb des Ärztestabes, der sich um ihn kümmerte. Ich ließ mir von den letzten Untersuchungen berichten und hörte mit steinerner Miene zu.

Die Befürchtungen bestätigten sich, wenn Cyriane Drays und ihre Mediziner nicht ein Wunder vollbrachten. Tristans Tage schienen gezählt. Ich betrachtete ihn unauffällig. Er machte einen gesunden Eindruck, wirkte frisch, sogar fröhlich. Ein Aufenthalt in dem Sarkophag wirkte wahre Wunder und löste Euphoriegefühle aus. Ich erlebte es bei mir selbst.

Vor wenigen Stunden war ich depressiv gewesen, nun himmelhoch jauchzend. Ich hätte es mit der ganzen Welt aufnehmen können. Mein Verstand blieb dabei unbeeinflusst. Keine Sekunde vergaß ich, woher meine Stimmung rührte. Das Wissen darum relativierte meinen Überschwang. Mein Blick wanderte über Tristans Gesicht. Trotz seiner momentanen Hochphase zeigten die Schatten unter seinen Augen, dass etwas mit ihm geschah.

Du siehst in einen zukünftigen Spiegel deiner selbst, orakelte der Extrasinn. *Die Entwicklung bei Li ist weiter vorangeschritten als bei dir, weil er das Artefakt lange vor dir benutzte. Doch auch du wirst den Punkt erreichen, an dem Li bereits angelangt ist.*

Der Zellaktivator schützt mich, antwortete ich. *Dazu meine Mentalstabilisierung, die ARK SUMMIA, meine Dagor-Fähigkeiten und meine Lebenserfahrung.*

Sie verlangsamen den Effekt, schützen dich aber nicht. Begeh nicht den Fehler, dir das einzureden. Denn täten sie es wirklich, wärst du nicht abhängig geworden. Ich sehe dich in Lis Zustand. Es ist nur eine Frage der Zeit. Ich empfehle dir dringend, dich an die Medikerin zu wenden.

Sie kann Tristan nicht helfen, also vermag sie es auch bei mir nicht.

Der Extrasinn schwieg, für mich die Bestätigung dafür, dass er das Argument akzeptierte.

»Tristan hat einen Unterschied in den Inhalten der beiden Sarkophage aufgedeckt«, sagte Cleany Havedge. »Demnach scheinen sich die Einflüsterungen an zwei verschiedene Adressatengruppen zu richten.« Der Kurator machte eine auffordernde Handbewegung in Richtung des Jungen.

Li ergriff das Wort und erzählte mir, was ihm aufgefallen war. Demzufolge förderte der eine Sarkophag Machtgefühle und den absoluten Drang zur Macht, während in meinem ein gewisses kontrollierendes Element im Vordergrund stand. Der Extrasinn hatte mich bereits schon zu der Überlegung angeregt, dass die kleinere Muschel seinerzeit für die Menschen bestimmt war, die größere für die Illochim.

Es ist also dein *Sarkophag,* wisperte mein Logiksektor spöttisch. *Du hast ihn gedanklich bereits persönlich vereinnahmt.*

Ich wähle die Bezeichnung lediglich, um zwischen beiden Artefakten eindeutig zu unterscheiden.

Die Ausflucht brachte mir höhnisches Gelächter ein. *Insgeheim wünschst du dir sogar, auch einmal in der zweiten Muschel zu liegen, um die Unterschiede selbst zu erfahren.*

Die Vorhaltung erschreckte mich. Ich lauschte in mich hinein und stellte fest, dass der Extrasinn nicht übertrieb. Vielleicht wäre es erhellend, die Wirkung beider Muscheln aus eigener Erfahrung miteinander vergleichen zu können. Süchtig werden konnte man nur einmal, und das war ich ohnehin schon. Aus dieser Richtung drohte mir daher keine weitere Gefahr.

Einfältiger Narr!

»Haben Sie weitere Bilder gesehen?«, fragte ich Li. Vielleicht irrte er sich, was seine Bewertung der leicht voneinander abweichenden Botschaften anging. »Jedes Detail, so unwichtig es Ihnen auch erscheinen mag, kann dazu beitragen, Licht in das Dunkel der Vergangenheit zu bringen.«

»Leider nicht, Sir. Meine Gedanken drehen sich ständig um das, was ich erlebe. Ich kann Ihnen nicht mehr sagen als bisher.« Er schien enttäuscht, weil er nicht weiterhelfen konnte.

»Erhielten Sie den Eindruck, dass ein fremder Geist präsent war, der zu Ihnen spricht? War da eine Gestalt oder auch bloß ein Gesicht? Ein Name aus der Vergangenheit vielleicht?«

Li stöhnte auf. Er schüttelte den Kopf, und sein Pferdeschwanz flog hin und her. Er klang verzweifelt. »Ich erinnere mich nicht. Wenn ich etwas wüsste, würde ich es Ihnen sagen, Sir.«

»Quälen Sie ihn nicht, Lordadmiral. Wenn Tristan sagt, er weiß nichts, dann weiß er auch nichts.« Der Kurator räusperte sich. Seine Wangen glühten in unnatürlich tiefem Rot. Es kostete ihn eine Heidenüberwindung, mir eine Vorhaltung zu machen.

Ich ließ es dabei bewenden. Weitere Informationen erhielt ich wohl nur auf eine Weise, und die behagte dem Extrasinn ganz und gar nicht. Darauf konnte ich keine Rücksicht nehmen. Die Stunde, in der ich wieder in meine Austernmuschel stieg, war abzusehen.

Illochim und Navigatoren

Greta Gale fühlte sich unwohl. Immer wieder entstanden verwirrende Bilder in ihrem Geist, manifestierten sich Ängste, die bald zu Panikattacken führten. Die Welt war ihr feindlich gesinnt, deshalb fühlte sie sich nur noch im Inneren ihres Sarkophags wohl. Doch sie konnte sich nicht ständig darin aufhalten. Schübe von Vernunft bewahrten sie davor, sich gehen zu lassen, weil es zu ihrem Untergang geführt hätte. Sie war nicht erfolgreich von der Erde geflohen, um in einer ihr fremden Region der Galaxis aufzugeben.

Verzweifelt sann sie über ihre Ziele nach. Das Ende der Flucht. Und dann? MEINLEID aufleben lassen? Das wäre sinnlos. Die Gruppe war aus der sie umgebenden Sozialstruktur entstanden. An Bord eines Raumschiffs war alles anders. In einer möglichen neuen Heimat erst recht.

Ein Luftzug strich über Gretas Haut und ließ sie frösteln. Er hatte keinen Ursprung, war plötzlich da und trug sonores Wispern wie von tausend geflüsterten Stimmen mit sich. Es waren die Stimmen der Toten, dic in diesem Raumsektor ein unbeschreibliches Schicksal ereilt hatte, das zu grausam war, um es laut auszusprechen. Greta zog die Schultern in die Höhe und beugte sich vor, um das Verhängnis zu sehen, das auf sie zukam.

Es hatte die Gestalt eines schwarzen Abgrunds, der ein Viertel der Zentrale ausmachte und sich weiter ausbreitete. Die Bereiche, die er berührte, verschwanden, lösten sich einfach auf. Der Vorgang lief in gespenstischer Stille ab, nur durchbrochen von den Stimmen der Gequälten.

»Wer seid ihr?«, krächze Greta, während die Funkkonsole verwehte und eine düstere, wie aus dem Raum gestanzte Narbe zurückließ. »Was wollt ihr von mir?«

Sie erhielt keine Antwort. Stattdessen wurden Svin Heyburn und Korfein Walsh verschluckt, dazu ein paar Mann der ursprünglichen Besatzung, die Greta bevorzugt unterworfen und zu ihrer Leibwache erklärt hatte. Jorim Kilshasin, Gretas sexuelles Spielzeug, hatte eben noch ganz in ihrer Nähe gegessen und war plötzlich nicht mehr da. Der Abgrund füllte jetzt die Hälfte der Zentrale aus, und er war längst noch nicht satt, näherte sich der blonden Frau, als hätte er es auf sie abgesehen. *Als hätte er die Witterung seiner wahren Beute aufgenommen.*

Greta biss sich auf die Unterlippe und gewahrte einen süßlichen Geschmack. Wenn sie nicht ebenfalls verschlungen werden wollte, musste sie die Flucht ergreifen. Wieder einmal. Doch wohin sollte sie sich wenden? Der stählernen Hülle des Raumschiffs konnte sie nur an einen Ort entfliehen, nämlich in das Vakuum und die absolute Kälte des Leerraums. Vielleicht war das besser, als von dem Unbekannten, dem Unheimlichen verzehrt zu werden, von dem Grauen, das sich an Bord geschlichen hatte. Eine Stimme erklang, menschlich und laut, auch sie unverständlich. Sie kam aus der Richtung, wo der Abgrund ganze Arbeit geleistet hatte. Niemand hielt sich dort auf, weil dort nichts mehr existierte. Gretas Zähne bohrten sich in ihre Unterlippe. Der Schmerz verklärte ihren Blick. Als sie Sekunden später wieder sehen konnte, hatte die Schwärze vertrauten Eindrücken Platz gemacht.

Dies war die Kommandozentrale der ESHNAPUR, immer noch. Sie war unverändert, hatte keinen Ausschnitt eingebüßt, kein Besatzungsmitglied verloren. Gretas Finger zitterten. Sie versuchte die einzelnen Personen zu erkennen und zu verstehen, was sie sagten. Es gelang auch jetzt nicht. Das Entsetzen hielt die Frau weiterhin gefangen, hatte nur in seiner Intensität nachgelassen.

»Ich muss ... in mein Quartier. Ich brauche ...« Hatte sie die Worte wirklich ausgesprochen?

Sie begriff, dass ihr Geist ihr etwas vormachte. Sie fühlte sich elend und schwach. Immerhin kehrte die Erinnerung zurück. Mit ihr kam die Ernüchterung über das eigene Versagen. Nichts war geblieben von der Selbstsicherheit, mit der Greta den gestrigen Angriff auf Atlan befohlen hatte. Die Erfolglosigkeit hatte sie zunächst kaum gestört, denn sie sah sich dem Arkoniden weiterhin überlegen. Inzwischen verkrampfte sich ihr Magen bei der Erinnerung an die Niederlage, die sie hatte einstecken müssen. Um nichts anderes handelte es sich. Statt sich des Verfolgers zu entledigen, war sie gezwungen, weiter zu fliehen.

Dazu diese Vision mit all ihren Schrecken.

Es war sinnlos! Diese Flucht, ihr Anrennen gegen das Unvermeidliche, all ihre Pläne. Wie sollte sie mit einem Jäger in ihrem Rücken, der nicht weniger entschlossen war als sie selbst, eine neue Welt erobern? Ihr blieb nicht einmal die Ruhe, überhaupt nach einem geeigneten Planeten Ausschau zu halten. Sie schloss die Augen, von geistiger Müdigkeit übermannt, und ließ sich treiben. Warum nicht aufgeben? Was würde es ändern? Alles! Sie gab sich einen Ruck. Ein Leben in Gefangenschaft war schlimmer als der Tod. Sie würde innerlich zugrunde gehen, besiegt von einem verhassten System und von Gegnern, die sie zeit ihres Lebens bekämpft hatte. Niemandem stand ein Triumph über Greta Gale zu.

Greta schlug die Augen wieder auf, die Lider schwer wie Blei. Sie stützte die Unterarme auf die Lehne des Kontursessels und stemmte sich in die Höhe. Die Vorstellung, vor denen, die sie unterworfen hatte, ein erbärmliches Bild abzugeben, verlieh ihr neue Kräfte. Sie setzte einen Fuß vor den anderen, stolperte Richtung Ausgang. Die Raumfahrer in der Zentrale waren zu Schemen mutiert, die sich wie hinter einem halbtransparenten Vorhang bewegten. Ihre Stimmen drangen wie aus weiter Ferne herüber. Satzfetzen, Wortfragmente, mehr war nicht zu verstehen.

Sie fand sich im angrenzenden Korridor wieder, getrieben von einem Widerstreit der Gefühle. Depression, Leere und Mutlosigkeit standen Zuversicht auf Besserung, Wille und Geltungssucht gegenüber. Es gab nur einen Weg, dorthin zu gelangen, wohin sie wollte. Die Austernmuschel war das Instrument, ihn zu ebnen. Inzwischen hätte sie ihr Quartier blind gefunden. So ähnlich kam sie sich vor, auch wenn sich ihr Blick mit jedem Meter mehr klärte. Die Realitätsverschiebung, die sie durchlebt hatte, wurde abgelöst von einer kreatürlichen Furcht vor dem unsichtbaren Verfolger.

Greta sah sich um, unwillkürlich ihre Schritte beschleunigend. Die Korridorbeleuchtung illuminierte weichen Lichtschein mit harten Schatten. Schatten huschten über den Boden, Schatten verharrten an der Wand, Schatten warfen wiederum eigene Schatten, die diffus und wieder zu Licht wurden. Es war wie im Drogenrausch.

»Aus dem Weg!«, stieß sie aus. »Verschwindet, ihr alle!«

Niemand durfte sich ihr in den Weg stellen, nicht in diesem einsam liegenden Korridor und nicht in ihrem Leben. Doch der verdammte Arkonide hatte es gewagt und würde es wieder tun, sobald sie ihm die Gelegenheit dazu gab. Gretas Gedanken jagten sich. Sie verwünschte ihn, gleichzeitig beeindruckt von der Hartnäckigkeit, mit der ihr nachsetzte. Ein Mann wie er gab niemals auf. Das hob ihn aus der Masse heraus. Er wäre ein guter MEINLEID-Anführer an ihrer Seite gewesen, viel besser als Simmi. Atlan begehrte sie, nur dieser Grund war vorstellbar. Sie wusste ihn dort draußen, in diesem Linearraum genannten Bereich zwischen Normaluniversum und Hyperraum.

Endlich stand sie vor der Tür zu ihrem Quartier. Sie öffnete und trat ein, einen letzten Blick in den Korridor werfend. Sie verriegelte das positronische Schloss, stieg in die Muschel und schlief augenblicklich ein.

Die Alpträume blieben zurück.

Die Untersuchung des Artefakts brachte die Wissenschaftler keinen Schritt weiter. Allzu sehr mit ihren Experimenten in die Tiefe gehen durften sie nicht, was manche hinter vorgehaltener Hand kritisierten, wie ich mitbekam. Das änderte nichts daran, dass sie sich zurückhielten. Schließlich hing Lis Leben von der Funktionstüchtigkeit der Auster ab. Fiel sie aus, starb Tristan innerhalb von ein paar Tagen. Das hatte ich ihnen deutlich zu verstehen gegeben. Sein Leben lag auch in ihren, nicht nur in den Händen des Ärzteteams, das ihn behandelte. Wie mein eigener körperlicher Entzug aussähe, wenn ich meine Strahlungsdosis nicht mehr erhielt, wagte ich mir nicht vorzustellen.

Da es wieder einmal soweit war, marterte mich die Überlegung ganz besonders. Ich rutschte auf meinem Platz hin und her, kaum noch in der Lage, mich auf die Vorgänge um mich herum zu konzentrieren. Es juckte mich in den Fingern, zum Laderaum zu laufen, doch die Vernunft hielt mich zurück. Solches Glück wie gestern, als ich so eben um eine Entdeckung herumgekommen war, hätte ich kein zweites Mal. Mir musste etwas einfallen, eine Ablenkung.

Plötzlich hatte ich eine Idee. Von meinem Platz aus bekam ich Zugriff auf die Positronik. Ich erstellte ein kurzes Szenario und hämmerte es in die Bedienungselemente. Als ich zum Abschluss die Bestätigung eingab, flammte rotes Licht auf. Ein durchdringender Ton alarmierte die in der Zentrale versammelten Spezialisten.

»Ein automatischer Alarm?«, kämpfte Cada Legove stimmlich gegen den Lärm an. »Haben wir etwas in der Ortung, das ihn ausgelöst hat?«

»Negativ«, meldete Luella Tarra. »Da ist weiterhin die ESHNAPUR mit Fluchtgeschwindigkeit, sonst nichts.«

»Was das bedeutet, ist klar. Eine Bedrohung aus dem Schiffsinneren«, ergriff Cres Eppenroq das Wort. »Der Alarm stammt aus dem Lager, in dem der Sarkophag untergebracht ist.«

»Falsch. Meinen Werten zufolge wurde er in der Zentrale ausgelöst. Was geschieht hier?«

»Ich bin dafür verantwortlich«, verkündete ich, um das Chaos nicht zu vergrößern. Außerdem schmerzte mich jede Minute, die ich länger warten musste.

Legove starrte mich an wie einen Geist. »Sie, Sir? Bei einem Zwischenfall im Lagerraum hätten sich die Wissenschaftler gemeldet. Was haben wir übersehen?«

»Nichts, Spezialist. Probealarm.« Schwer spürte ich die Blikke aus einem Dutzend Augenpaaren auf mir ruhen. »Aber ich wünsche, dass er absolut ernst genommen wird. Vorgehen wie unter Gefechtsbedingungen. Der Sarkophag ist zur Bedrohung geworden. Unsere Kameraden im Lagerraum wissen noch nichts von der Gefahr. Sie schweben in Lebensgefahr.«

Nachim Emcheba reagierte am schnellsten. Er hieb auf die Interkomtaste. »Notfallalarm. Geräte ausschalten und alle raus aus dem Lager. Keine Rückfragen. Erklärungen folgen später.«

Ich nickte ihm lobend zu. »Verfolgung weiter aufrecht erhalten. Die Zentrale gehört Ihnen, Legove. Weiteres Vorgehen nach eigenem Ermessen, als sei ich nicht an Bord und stünde nicht für Rückfragen zur Verfügung. Ich werde das Funktionieren der Mannschaft von meiner Kabine aus bewerten, bis ich den Alarm abblase. Bis dahin bleiben alle auf ihren Posten.«

»Verstanden, Sir.«

Ich wandte mich in der Hoffnung zum Ausgang, dass niemand Verdacht schöpfte. Probealarme bei Einsätzen waren bei der USO keine Seltenheit, doch selbst mit meinem fotographischen Gedächtnis erinnerte ich mich an keinen, der in einer Situation wie der unseren gegeben worden war.

»Dürfen Tristan und ich hier bleiben?« Cleany Havedge sah mich skeptisch an. Hatte ausgerechnet der biedere, weltfremde Kurator etwas gewittert?

»Genehmigt. Schön sitzen bleiben und den Spezialisten nicht auf die Nerven gehen«, ermahnte ich ihn. Dann war ich draußen. Ich atmete tief aus, keinen Zweifel daran hegend, dass der Lagerraum wie angeordnet verlassen war. USO-Spezialisten im Einsatz diskutierten nicht über Befehle, weil eine einzige Sekunde Nachlässigkeit über Leben und Tod entscheiden konnte. Ich beglückwünschte mich zu meinem Einfall.

Der Trick eines Süchtigen, warf mir der Extrasinn vor. *Auf so etwas kommt nur jemand, der unter allen Umständen seine Droge braucht.*

Du wirst zugeben, dass es besser ist, diese Tatsache weiterhin zu verschleiern.

Wie lange? Was muss geschehen, damit du dich Doktor Drays offenbarst?

Ich hatte keine Antwort auf die Frage. Ich betrachtete sie nicht als dringlich. Nach Beendigung unserer Mission war genug Zeit, sich Gedanken darüber zu machen. Außerdem brauchte ich dazu einen klaren Kopf, und den hatte ich ohnehin nicht. Die Ablenkung durch den Alarm hatte ich gerade noch so hinbekommen. Zu mehr fühlte ich mich nicht in der Lage.

Im Lagerraum herrschte wohltuende Ruhe. Beiläufig überzeugte ich mich davon, dass keine Versuchsanordnung der Wissenschaftler aktiv war, die später verraten würde, dass ich nicht mein Quartier aufgesucht, sondern mich hierher begeben hatte. Ich fand alles zu meiner Zufriedenheit vor. Ich öffnete die Muschel, stieg hinein und zog den Deckel herunter. Sofort fühlte ich mich besser.

Er flog weiter landeinwärts, geleitet von dem Wissen um die Beschaffenheit des Landes. Die Illochim hatten die Welt vollständig kartographiert, sodass Quetec jederzeit wusste, wo er sich aufhielt. Seine Suche nach geeigneten Probanden dauerte an. Die Auswahl oblag allein ihm. Es gab keine Auflagen, nach denen er sich richten musste bis auf die eine, die er sich selbst auferlegt hatte. Er war aus der Stadt im Meer aufgebrochen, um so zu handeln, wie es ihm richtig erschien. Sein Plan entstand beinahe von allein, erforderte kein langes Nachdenken. Er ähnelte einer Vision, die die Illochim teilten. Quetec stellte eine Bedingung, weshalb er die einzeln umherziehenden Menschen vernachlässigte. Sie waren noch nicht verwurzelt und ohne emotionale Bindung, sich selbst genug. Die Sesshaftwerdung war zentraler Bestandteil dessen, was geschehen sollte, was ein grundlegendes Sozialverhalten bedingte.

Endlich fand Quetec die Spuren der Karawane wieder, schließlich sie selbst. Es war ein kleiner Zug nur, dessen Herkunft so unbekannt war wie das Ziel. Vermutlich gab es keines. Die Männer und Frauen mochten seit Jahren unterwegs sein, waren es vielleicht generationenübergreifend, wobei die Alten und Schwachen, die nicht mehr mithalten konnten, zum Sterben zurückgelassen wurden, während die Weibchen unterwegs Nachwuchs gebaren.

Quetec verfolgte den Zug und beobachtete ihn eine Zeitlang aus dem Hintergrund. Männliche und weibliche Angehörige schienen weitgehend gleichberechtigt zu sein, lediglich das Jagen war den Männchen vorbehalten, das Sammeln von Pflanzen, Früchten, Knollen, Kräutern und Gräsern den Weibchen. Gemeinsam stellten sie eine homogene Gruppe dar, die sie Sippe oder Stamm nannten. Bald schon kam Quetec zu dem Schluss, dass seine Suche erfolgreich verlaufen war. Zwar war er weit vom Meer entfernt, doch das bedeutete nichts. Die Möglichkeiten, die den Illochim auch in der abgeschiedenen Einöde zur Verfügung standen, waren mannigfaltig und binnen kurzer Zeit vor Ort zu schaffen.

Er leitete die nächste Phase ein. Quetec forderte verschiedene Machtmittel der Illochim an und näherte sich der Karawane, bis die Menschen auf ihn aufmerksam wurden. Anfangs hielten sie ihn für einen großen, wenn auch sehr schnellen Vogel, der sich aus der Höhe herabstürzte und seine Kreise um den Zug drehte. Rasch erkannten sie, dass sie einen Vogel wie ihn noch nie gesehen hatten, was für große Aufregung sorgte. Interessiert registrierte er, dass keine Panik ausbrach. Niemand floh oder suchte nach einem Versteck. Geballte Fäuste wurden in seine Richtung gestreckt, Schreie ausgestoßen, sogar Speere nach ihm geschleudert und Steine geworfen.

Einen halben Tag hielt der Aufruhr an, bis die Transportkugeln eintrafen und damit begannen, die Menschen einzufangen. Sie sammelten ein Drittel und betäubten den Rest sowie die Tiere der Karawane. Schlaf legte sich über die Auserwählten, um ihnen den primären Stress zu nehmen und sie zu beruhigen. Als sie wieder erwachten, zeigten sie unterschiedliche Reaktionen, was Quetec voraussah. Es handelte sich um Individuen, zwar von archaischen Urinstinkten geleitet, doch von eigenem Willen beseelt. Einige versuchten sich aus ihrem Gefängnis zu befreien, in dem sie über dem Boden schwebten, andere warteten teilnahmslos ab, was mit ihnen geschehen würde. Sie hielten die Transportkugeln für göttliche Erscheinungen, angesichts ihrer Primitivität eine nachvollziehbare Einschätzung, die Quetec wie selbstverständlich teilte.

Bald trafen die Gatusain ein, und die Transportkugeln gaben die Auserwählten der Reihe nach frei. Sie wurden ins Innere der Geräte gelegt und mit Informationen versorgt, mit *Wissen*, das Menschen bisher nicht besessen hatten. Die Verabreichung erfolgte in kleinen Dosen, die ihren Verstand nicht überforderte und sie das Erfahrene nicht gleich wieder vergessen ließ. Eine Schülerin erwies sich als besonders gelehrig. Quetec richtete sein Augenmerk auf sie und sorgte dafür, dass ihr Wissensstand rascher vorangetrieben wurde als bei ihren Sippenzugehörigen. Schon nach wenigen Tagen erkannte er, dass er sich nicht getäuscht hatte. Das Weibchen nahm das neue Wissen begierig auf, als hätte es lange darauf gewartet.

Simic, empfing der Gatusain eine Regung. Es war ein Begriff, der sich durch keine Übersetzung entschlüsseln ließ. Der Illochim interpretierte ihn als Eigennamen und entschied, Simic nicht länger als Weibchen zu betrachten, sondern als Frau. Sie trug alle Voraussetzungen in sich, die er von einer Erfolg versprechenden Kandidatin erwartete.

In der Folgezeit bestätigte sich seine Zuversicht. Simic übernahm die Kontrolle über die Karawane, wurde zur Wortführerin der Menschen, die sich zu diesem Zweckverbund zusammengeschlossen hatten. Für sie alle war es etwas Neues, auf jemanden aus ihren Reihen zu hören. Simic freundete sich mit ihrer neuen Rolle schnell an. Sie begriff ihren ungewohnten Status. Sie äußerte ihre Wünsche nicht nur, sondern sorgte dafür, dass sie in die Tat umgesetzt wurden. Besonders gut gelang das bei denjenigen, die nicht in den Gatusain gelegen hatten. Sie fraßen ihr aus der Hand wie die Karawanentiere und mühten sich, ihr gefällig zu sein.

Quetec wählte ein Männchen aus, um seine Macht zu demonstrieren. Er machte es bewegungslos, ließ es aber bei vollem Bewusstsein. Der ganze Stamm trat, von Simic zusammengetrommelt, an, um dem Geschehen beizuwohnen. Mit einem Dolch schlitzte Quetec den Unglücklichen vom Bauch bis zum Hals auf und schnitt ihm, als die Schreie des Opfers nicht verstummen wollten, schließlich die Kehle durch.

»Macht«, teilte er Simic mit, »kann man auf zahlreiche Arten erlangen. Nicht immer ist sie offensichtlich. Deshalb muss man zuweilen zeigen, dass man sie besitzt.«

Simic begriff und merkte sich die Lektion. Die Illochim waren Götter, mit unvergleichlicher Macht ausgestattet, die sie nach Belieben gnadenlos einsetzten.

Ihre eigene Macht stieg mit jedem verstreichenden Tag. Sie fand heraus, dass ihr Wille genügte, andere Stammesangehörige das tun zu lassen, was sie wollte. Etwas begehrte sie ganz besonders. Der Drang war ihr von den Gatusain auferlegt worden, und sie machte ihn sich zu eigen. Sie beendete den rastlosen Zug der Menschen in einem Landstrich, der ihr zusagte.

Noch gingen die Männchen weiterhin der Jagd nach, sammelten die Weibchen, was das Land an Essbarem hergab, doch schon entwickelten sie eine andere Methode der Nahrungsbeschaffung. Anstatt nur das zu nehmen, was die Natur bereithielt, kam es zu Grundzügen einer sesshaften Erntekultur, welche die Menschen von Zufällen und Widrigkeiten unabhängig machte. Quetec stellte Samen zur Verfügung, die Simic mit dem erlangten Wissen kombinierte. Die kultivierten Pflanzen wuchsen und gediehen, und nach wenigen Monaten kam es zur ersten Ernte. Die Menschen schliefen in Höhlen oder Erdlöchern, im Freien zwischen den Tieren, wie sie es auch früher getan hatten. Aber nun entstanden einfache Verschläge, Unterstände zunächst aus aufgeschichteten Steinen und mit Holz, Buschwerk und Laub bedeckt, bald verstärkt durch Abdichtungen aus Lehm.

Während dieser Zeit ging die Wissensvermittlung weiter. Jedes Mal, wenn Simic dem Gatusain entstieg, fühlte sie sich stark und allen anderen überlegen. Keiner nahm es mit ihr auf, auch wenn unter ihr Rangkämpfe um die Führerschaft ausbrachen. Alles entwickelte sich so, wie die Illochim es vorausgesehen hatten. Einzelne Nomaden schlossen sich der Gemeinschaft an, ganze Gruppen, und aus den Hütten wurden Häuser, wurde eine Ansiedlung. Nie zuvor hatten sich so viele Menschen an einem Ort versammelt, wo sie lernten, gemeinschaftlich zu leben.

Simic wusste um die von außen drohenden Gefahren durch feindlich gesinnte Stämme und traf Vorsorge gegen Angriffe. Krieger standen bereit, um das Gemeinwesen zu verteidigen, sollte es sich als nötig erweisen. Ihre reine Überlegenheit an Zahl schreckte jeden potentiellen Angreifer ab, sodass sich die Siedlung ungestört entwickeln konnte. Steinhäuser ersetzten die wackligen Konstruktionen der Anfangszeit, Gebäude ohne Türen und Fenster, die Wind und Wetter trotzten. Über Leitern stieg man aufs Dach und gelangte von dort aus durch Luken ins Innere.

Niemand bestritt den Führungsanspruch Simics. Die Sitzungen im Gatusain impften sie mit dem Verlangen nach Macht, die ihr nahestehenden Unterführer wirkten in ihrem Sinne. Unter ihnen hingegen gab es keine Hierarchie. Frauen und Männer standen weiterhin gleichberechtigt nebeneinander. Einzige Ausnahme war Simic, die bald als *Große Göttin* oder *Magna Mater* verehrt wurde. Allein aufgrund ihres immensen Wissensvorsprungs erlangte sie bei den Bewohnern der Siedlung gottgleichen Charakter. Im Laufe der Zeit strahlte ihr Ansehen auf andere Frauen über, die als Mütter spezielle Rechte besaßen und Privilegien genossen.

Der Übergang von der Sammlerinnen- und Jägerkultur zur sesshaften Erntekultur war vollzogen, bevor es an anderen Orten auch nur Ansätze davon gab. Der Ackerbau lieferte Einkorn, Gerste und Weizen. Rinder, Schafe und Hunde wurden als Haustiere gehalten. Die Siedlung wuchs, die Häuser standen dicht an dicht, ohne Straßen oder Plätze dazwischen.

Quetec hielt sich im Hintergrund. Nur die frühen Bewohner der Siedlung wussten von seiner Existenz. Die Einflüsterungen der Gatusain, die vor den Neuankömmlingen verborgen wurden, sorgten dafür, dass die Auserwählten seine Nähe für sich behielten. Sie wollten die Macht, die die Gatusain ihnen verliehen, nicht mit anderen teilen. Stattdessen stellten sie sie heraus, um ihre göttliche Vormachtstellung zu festigen. Es kam zu blutigen Riten, bei denen anfangs nur Tiere und später Menschen geopfert wurden. Denn Simic erinnerte sich an die Lektion mit dem Menschenopfer, die der Illochim ihr vermittelt hatte. Abhängigkeit von dem Gerät und das Wissen um ihre eigene, sie über alle stellende Kraft gingen Hand in Hand.

Quetec erkannte, dass zwei der Auserwählten durch die Bestrahlungen größenwahnsinnig wurden. Auch Simic entging die Veränderung nicht. Kraft ihres Geistes ließ sie die beiden im Kampf gegeneinander antreten und sich gegenseitig töten. Der Erfolg ihrer Tat bestärkte die Frau in ihrer Überzeugung, allen anderen überlegen zu sein. Dass er nicht eingriff, zeigte ihr, dass sie tun konnte, was immer sie wollte. Quetec ließ sie gewähren. Es gab keinen Grund, den in Gang gesetzten Prozess zu ändern. Er verselbständigte sich, und das war der Sinn der Sache.

Die Gemeinschaft erlangte Fertigkeiten wie das Erstellen von Holzgefäßen, die als Wasserbehälter und zur Aufbewahrung von Nahrungsmitteln dienten. Aus Obsidian wurden Waffen und Werkzeuge gefertigt, und es gab Ansätze von Metallgewinnung.

Ich erwachte schlagartig und war, wie es mir inzwischen vertraut war, hellwach. Gern hätte ich die Augen geschlossen und meinen Schlaf fortgesetzt, um im Traum zu erfahren, wie die Entwicklung der vermutlich ersten Siedlung auf der Erde weitergegangen war. Oder zumindest eine der ersten Siedlungen, wenn die Annahme von deren Verbreitung in Anatolien, Mesopotamien und im östlichen Mittelmeerraum zutraf. Welchen Ort genau hatte ich gesehen?

Du hast Quetecs Weg vom Meer ins Landesinnere verfolgt, die Küstenlinien und die Landschaft gesehen, meldete sich der Extrasinn. *Alles zusammen lässt nur einen Schluss zu.*

Catal Hüyük, antwortete ich spontan. Ich hatte die Entstehung der jungsteinzeitlichen Siedlung in der ehemaligen Türkei auf der Hochebene Anatoliens miterlebt, die zu Beginn der zweiten Hälfte des 20. Jahrhunderts ausgegraben worden war. Dann drängte sich der Begriff in den Vordergrund, der mich noch weitaus stärker faszinierte als der urbane Meilenstein in der Entwicklung von Perry Rhodans Barbaren. »Gatusain.« Unwillkürlich sprach ich das Wort laut aus.

Die Bezeichnung der Illochim für die Sarkophage, die nichts anderes sind als Apparaturen, mit denen die Aliens die Barbaren auf eine höhere Entwicklungsstufe befördert haben.

Zu welchem Zweck? Hinter derlei Manipulationen steckte ein Sinn, davon war ich überzeugt. Quetec hatte keinen Hinweis geliefert, die Vision in der Austernmuschel lieferte historische Begebenheiten, aber keine Motivation der Außerirdischen.

Ich verließ den Lagerraum, nachdem ich mich versichert hatte, dass nichts auf meine Anwesenheit hindeutete, und trat in den Korridor hinaus. Mit dem Interkom meines Multifunktionsarmbands rief ich Cada Legove und beendete den Probealarm. »Ich komme zur Auswertung in die Zentrale«, kündigte ich an.

Die Illochim befehligten die sogenannten Transportkugeln, und sie führten die Sitzungen mit den Gatusain durch, fuhr der Extrasinn fort. *Sie waren jedoch nicht die treibende Kraft hinter dem, was im späteren Catal Hüyük geschah. Ich habe eine Macht wahrgenommen, die über ihnen stand und sich hinter ihnen verbarg.*

»Wovon sprichst du?«, fragte ich verwirrt. Außer den Illochim und den von ihnen protegierten Menschen war niemand in meinem Traum aufgetaucht.

Du irrst dich. Ich habe weitere Eindrücke gespeichert, die nicht so offensichtlich in der Vision vorkamen wie der Rest. Es waren Bilder, die höchstens das Unterbewusstsein registriert – oder ich. Ich sah eine weitere Art, oder Gattung. Die Klassifizierung fällt schwer. Jedenfalls sahen diese Wesen den Illochim durchaus ähnlich.

Es waren also auch Illochim?, bediente ich mich wieder der gedanklichen Sprache.

Vielleicht, vielleicht auch nicht, wich mein Logiksektor auf für ihn untypische Weise aus. *Ich sah die Bilder, bin trotzdem auf Spekulationen angewiesen. Diese Wesen nannten sich »Navigatoren« und standen in der Ordnung über den Illochim. Man könnte sie als Hintermänner bezeichnen, die für den betriebenen Kult verantwortlich waren.*

Navigatoren? Das klang irgendwie technokratisch. Meine Gedanken überschlugen sich in Anbetracht der Behauptung des Extrasinns, an deren Wahrheitsgehalt ich keinen Grund zu zweifeln hatte. Es klang unvorstellbar, dass eine weitere Macht über denjenigen Wesen stand, die die Gatusain konstruiert und zum Erreichen ihrer mysteriösen Ziele eingesetzt hatten. Oder hatten die Illochim das überhaupt nicht getan? Bedienten sie sich lediglich der Apparate, die von den Navigatoren stammten? Wirkten sie gar in deren Auftrag? Ich hatte lediglich eine frühe Besiedelungsphase erlebt. Catal Hüyük war erst Jahrhunderte später zu seiner wahren Blüte gekommen und hatte zeitweise bis zu zehntausend Einwohner gehabt, war damit Schätzungen zufolge um 8000 vor Christus die mit Abstand größte Siedlung auf Larsaf III gewesen.

Zu dieser Zeit steckte das Tai Ark'Tussan in der heißen Phase der Methankriege mit den Maahks. Ich war im Dienst des Großen Imperiums unterwegs, während gleichzeitig unsere Kolonie Atlantis auf Larsaf III ausgebaut wurde. Dann wurde ich ins Larsaf-System versetzt und schlug mich mit den Druuf herum.

Atlantis ging unter, ich saß allein und ohne Raumschiff auf der Welt der Barbaren fest und begab mich wenige Jahre später zwecks Tiefschlafs in meine Kuppel auf dem Meeresgrund. Die Ereignisse um Illochim und Navigatoren hatte ich wortwörtlich verschlafen. Womöglich hatten sie weitere Menschenversuche auf der Erde durchgeführt, von denen ich nicht einmal ahnte. Und nicht nur ich, sondern sämtliche terranischen Geschichtsschreiber, von denen die meisten der Überzeugung waren, es gäbe keine weißen Flecken mehr in den historischen Atlanten der Menschheit.

Ist dir noch mehr aufgefallen, was mir verborgen blieb?, wollte ich wissen.

Nein. Das war kurz und bündig, also hegte der Extrasinn keine Vermutung bezüglich des Wesens der Übertragungen. Sonst hätte er sie mir mitgeteilt.

Ich fragte mich, unter welchen Gesichtspunkten die Visionen, die ich vielmehr für dokumentierte Ereignisse aus der Vergangenheit hielt, übermittelt wurden. Entweder waren lediglich Fragmente erhalten, es existierte eine Zufallsschaltung, oder ihre Ausstrahlung richtete sich nach demjenigen, der sich zum Schlafen in den Sarkophag legte. Die Wissenschaftler hatten keinen Speicher entdeckt, aus dem die Nachrichten abgerufen werden konnten. Nichtsdestotrotz waren sie vorhanden. Ich hätte zu gern gewusst, ob Greta in der anderen Muschel ähnliche Erfahrungen machte, ob sie Erkenntnisse gewann, die mir dabei geholfen hätten, etwas mehr System in das Puzzle zu bringen. Ich war erstaunt darüber, dass der Extrasinn meine Überlegung nicht für einen neuerlichen Vorwurf nutzte.

Am Ende des Korridors flammte eine rote Leuchte auf, ein schrilles Heulen drang aus verborgenen Lautsprechern. Jemand hatte in der Zentrale Alarm ausgelöst, und diesmal handelte es sich um keine Übung. Im selben Moment schlug mein Kombiarmband an. »Hier Atlan«, meldete ich mich.

»Die ESHNAPUR hat ihren Linearflug unterbrochen«, vernahm ich Luella Tarras Stimme. »Sie hat abgebremst und dreht bei.«

»Ich bin unterwegs.«

Die Situation hatte sich grundlegend geändert. Greta hatte abgebremst und drehte bei. Es handelte sich demnach um keine Orientierungsphase. Wollte die Aufrührerin sich ergeben? Nicht einmal die arkonidischen Sternengötter She'Huhan hätten sie dazu bringen können, wie ich die Frau einschätzte. Hatte die Besatzung der ESHNAPUR die Kontrolle über ihr Schiff zurückerlangt? Die Wahrscheinlichkeit war kaum größer. Ich lief los zum nächsten Antigravschacht. Die Gatusain waren in den Hintergrund getreten.

Greta Gale wachte auf. Ihr Verstand arbeitete wieder, hatte den Zustand der induzierten Umnachtung überwunden wie so viele Male zuvor. Ihr Geist war gekräftigt, ihr Körper nicht minder. Sie wollte sich erheben, doch es ging nicht. Als sie die Augen aufschlug, blickte sie in einen Lichtvorhang im Inneren des Sarkophags. Der Deckel hatte sich nicht geöffnet, die Muschel hielt sie umschlungen.

Sie erschrak heftig, fühlte sich in dem Artefakt gefangen. Es musste zu einer Fehlfunktion gekommen sein. Bei jeder Ruhephase in der Muschel hatte sie sich in absoluter Sicherheit gewähnt. Nun sah sie sich eines Besseren belehrt. Dass sie nicht in Panik verfiel, verdankte sie allein der Tatsache, dass sie so stark war wie nach jeder vorherigen Benutzung.

»Müdigkeit ...« Ein abgerissener Gedankenfetzen waberte durch ihren Kopf. »Müdigkeit.«

Greta verdrängte die Einflüsterung. Sie war nicht müde, sondern fühlte sich danach, Bäume auszureißen. Sie dachte an Jorim Kilshasin, an seine Hingabe und Ausdauer, an seine Unterwürfigkeit, seinen Gehorsam bei allem, was sie ihm abverlangte. Er wartete in seinem Quartier darauf, dass sie ihn zu sich rief, um ihn Dinge tun zu lassen, die er ohne Beeinflussung niemals getan hätte.

»Ich bin müde, nicht du.«

Greta zuckte zusammen. Sie begriff, dass nicht sie diesen Gedanken hegte. Oder gar die Worte aussprach? Sie klangen ihr in den Ohren nach. Wie ein Echo wurden sie von allen Seiten reflektiert, produziert von einer Funktion der Muschel, die bisher nicht aktiv gewesen war. Etwas bisher Verborgenes begann sich zu rühren.

Es gelang der Frau, den Kopf ein paar Zentimeter zu drehen. Das Licht blendete. Greta kniff die Augen zusammen, blinzelte, bis sie ihre Umgebung erfasste. Was sie sah, war vertraut. Nichts hatte sich verändert bis auf die Tatsache, dass der Sarkophag sich nicht geöffnet hatte.

Weitere Gedanken drangen aus dem Nichts auf sie ein. Sie waren ohne Zusammenhang, als sei da ein Bewusstsein, das soeben wach wurde. Nicht so übergangslos wie es bei Greta geschehen war, sondern aus einem sehr langen Schlaf, der eine Dämmerphase bedingte. Das Fremde brauchte Zeit, um sich zu orientieren. Blieb die Muschel deshalb verschlossen? Weil es sich an die Insassin klammerte wie an einen Anker, der aus der Traumwelt in die Realität ragte?

»Gatusain«, hörte Greta. Hörte sie wirklich, oder empfing sie eine Gedankenbotschaft? Sie vermochte es nicht zu entscheiden, deshalb akzeptierte sie die Vorstellung gesprochener Worte.

»Gatusain«, wiederholte sie, verblüfft darüber, dass auch sie in ihrem Gefängnis sprechen konnte. Ihre eigene Stimme klang hohl und drang wie aus weiter Ferne an ihre Ohren. »Ist das dein Name?«

»Das, was du als Muschel bezeichnest.« Weiterhin abgehackt die Worte, die das Fremde ausstieß. Der Fremde?

Gatusain war also die Bezeichnung für den Sarkophag. »Was bist du? Wer bist du?«

Sie bekam keine Antwort und fragte sich, ob sie einem Trugschluss aufsaß, einer Vision wie denen, die sie in ihren Wachphasen in der ESHNAPUR erlebte. Die Zeit dehnte sich, ohne dass Greta einen Anhaltspunkt erhielt, wie lange sie da lag und lauschte. Sie bewegte die Hände, so gut es ging, schaffte es, ein wenig die Arme anzuheben, um den Austerndeckel mechanisch aufzustemmen.

»Gasuijamuo.«

Die Äußerung kam so überraschend und voller Intensität, dass Greta zusammenzuckte und ihre Bemühungen um Befreiung einstellte. »Gasuijamuo. Ist das dein Name?«

Ein Schwall von Empfindungen fiel über sie her, dazu Wortfetzen, die nicht zueinander passten und keinen Sinn ergaben. Traumfiktion und Wirklichkeit überlappten einander, verschwammen zu einem diffusen Nebel, und nur allmählich setzte sich der klare Wachzustand durch, bis er die Oberhand gewann.

»Gasuijamuo!«, sagte sie scharf.

»Ja.«

»Komm zu dir. Warum hältst du mich gefangen?« Greta behielt die Ruhe. Sie fühlte sich dem Fremden überlegen. Ihr drohte keine Gefahr.

»Du bist nicht gefangen. Du bist mein Gast.« Die Worte kamen deutlicher, die Stimme gewann an Selbstsicherheit. Das Zögerliche verschwand daraus, die Orientierungslosigkeit verwandelte sich in Kälte. »Ich habe es vorher nicht gemerkt. Rückblickend sehe ich deine Präsenz umso deutlicher. Du benutzt den Gatusain zu deinem Vorteil.«

»Bist du ... ein geistiges Wesen? Das Bewusstsein des Gatusain? Hast du die Muschel geschaffen, oder sie dich?«

»Viele Fragen, auf die ich dir keine Antwort geben kann«, behauptete Gasuijamuo.

Greta glaubte ihm nicht. Zwischen seinen Worten wehten andere Gedanken. Sie war jetzt sicher, dass Gasuijamuo aus einem langen Schlaf erwacht war, doch er war nicht mit etwas Lebendigem zu vergleichen. Greta fand keine Bezeichnung für eine Daseinsform wie seine. Unwillkürlich baute sie eine Gedankenbrücke, die ihrer Meinung nach am ehesten zutraf. Gasuijamuo war künstlich. Eine Positronik. Oder besser noch: der Fiebertraum einer Positronik. Sie vernahm eine Erinnerung Gasuijamuos. »Vor langer Zeit bis du jemand anderes gewesen.«

»Woher willst du das wissen?« Eine Spur Schärfe war der Frage beigemischt.

Davon ließ sich Greta nicht beeindrucken. Sie stand am Anfang einer Hochphase, in der sie sich vor nichts und niemandem fürchtete, schon gar nicht vor einem positronischen Geist, der sie, zur Untätigkeit verdammt, nicht einmal physisch berühren konnte. Er war hilflos, besaß keinerlei Aktionsmöglichkeiten. Nicht sie war in dem Gatusain gefangen, er war es.

»Du ahnst richtig«, meldete sich Gasuijamuo. »Mein einstiger Zustand liegt lange zurück.«

»Aber du sehnst dich zu ihm zurück.« Die Vorstellung, Zeugin des Traums einer Maschine zu werden, die mehr sein wollte als sie war, amüsierte Greta und untermauerte gleichzeitig ihre eigene Überlegenheit. Sie stand nicht nur eine Stufe über der Austernmuschel, derer sie sich bediente, sondern auch über Gasuijamuo. Sie empfand einen Anflug von Mitleid.

»Du bist es, die den Gatusain benutzt, nicht ohne Grund. Was wärst du gerne? Ich erkenne, dass du Ambitionen hegst, die sich nicht erfüllen lassen.«

Die Frage behagte Greta nicht. Empfing Gasuijamuo ihre Gedanken? Da sie sich zu ihren Absichten nicht geäußert hatte, war die Vermutung naheliegend. Wahrscheinlich gab es eine enge Verbindung zwischen Gasuijamuo, der Muschel und demjenigen, der im Inneren seine Strahlendosis empfing. Auch Greta las schließlich zwischen den Zeilen der Positronik. Sie überlegte, ob sie von ihren Problemen berichten sollte.

»Lässt du mich gehen, wenn ich mich nicht länger mit dir unterhalten will?«

»Ich halte dich nicht fest. Es steht dir frei, den Gatusain zu verlassen.« Wie zur Bestätigung der Worte hob sich der Deckel des Sarkophags ein wenig an.

Greta erlangte mehr Bewegungsfreiheit, die es ihr ermöglichte, den Deckel ganz zu öffnen, aber sie verzichtete darauf, und begann von ihrer Flucht von der Erde und den Verfolgern zu erzählen.

»Dieser Atlan scheint eine interessante Person zu sein«, sagte Gasuijamuo.

»Ziemlich interessant«, stimmte Greta zu. »Er hat nur einen Fehler, er gibt nicht auf, und uns gelingt es nicht, ihn abzuschütteln. Ich habe eigentlich nichts dagegen, dass er hinter mir her ist. Ich wünschte mir nur, er wäre es auf eine andere Weise.« Sie kicherte vergnügt.

Gasuijamuo schwieg eine Weile, bevor er sich wieder meldete. Von seiner Desorientierung war nichts geblieben. »Ich ahne, was du meinst. Ich habe einen Rat für dich. Wenn du ihn annimmst, endet Atlans Verfolgung. Mehr noch, stelle es geschickt an, und du erlangst die Herrschaft über ihn. Die Fähigkeiten des Gatusains werden dir dabei behilflich sein.«

»Er besitzt weitere Fähigkeiten, die mir unbekannt sind?«

»So ist es. Nutze sie, und du wirst Atlan besiegen.«

Die Behauptung elektrisierte Greta. Sie taumelte bei der Vorstellung eines Lordadmirals, der ihr untertan war. Sie kannte die Kraft der Muschel. Daher war nicht ausgeschlossen, dass sie tatsächlich weitere, bisher nicht erschlossene Fähigkeiten barg. »Wie lautet dein Rat? Ich werde ihn befolgen.«

Die Stimme offenbarte, worum es ging. Das, was sie als Rat bezeichnete, hatte den Beigeschmack eines Befehls. Greta setzte sich nicht dagegen zur Wehr, sondern verdrängte den Eindruck. Die Aussicht auf ein für sie positives Ende der Verfolgungsjagd war zu verlockend. Die Sarkophagdeckel schwang auf, Greta verließ die Muschel. Die Stille irritierte sie. Ob sie wirklich eine akustische Unterhaltung geführt hatte? Es war gleichgültig. Entscheidend war allein, dass sie über ein Machtmittel verfügte, gegen das Atlan nichts ausrichten konnte.

Kohärenzgestöber

»Meldung!« Ich warf mich in meinen Kontursessel und ließ den Blick über die Holos wandern. Die AVIGNON hatte den Linearraum verlassen und raste mit neunzigprozentigem Schub der Impulstriebwerke durch interstellaren Leerraum.

»Die ESHNAPUR hat weiter abgebremst und treibt antriebslos«, meldete Cada Legove. »Sie scheint auf uns zu warten.«

»Lässt sich ein Schaden feststellen?«

Luella Tarra kauerte vor der Ortungsstation. »Negativ. Sämtliche Systeme im grünen Bereich. Die Unterbrechung des Linearfluges wurde willentlich durchgeführt.«

»Wurden wir gerufen?«

»Nein, Sir. Da drüben hüllen sie sich in Schweigen.«

Ich traute dem Braten nicht. Was führte Gale im Schilde? Ich glaubte nicht daran, dass Einsicht sie leitete. Bei allem, was sie tat, verfolgte sie einen Plan, so wahnwitzig der für einen Außenstehenden auch sein mochte. In einem Holokubus war der hundert Meter durchmessende Kugelraumer der STAATEN-Klasse zu sehen. Deutlich zeichnete sich der Mittelringwulst mit den Projektionsfelddüsen für den Unterlichtantrieb in der Darstellung ab. Es gab keine Energieemissionen in diesem Bereich.

»Signaturen aktiver Waffen?«

»Ebenfalls nicht, Sir.«

»Das sieht so aus, als wollten sie sich ergeben«, mischte sich Cleany Havedge ein. Ich wünschte, ich hätte seine Zuversicht gehabt, doch ich betrachtete die Angelegenheit nüchterner und bedeutete ihm mit einer Handbewegung, seine Meinung für sich zu behalten. Gale war ein verschlagenes Biest, bei dem man jederzeit mit einer Überraschung rechnen musste.

»Meine nächste Behandlung ist in Kürze fällig«, sagte Tristan Li. »Begleiten Sie mich, Cleany?«

»Sicher, mein Junge.«

Ich sah den beiden nach, bis sich das Schott hinter ihnen schloss. Ich war froh, dass sie die Zentrale verließen, in der sie als Zivilisten in einer solchen Lage ohnehin nichts verloren hatten. »Schutzschirme hoch!«, befahl ich und ließ sämtliche Vorsichtsmaßnahmen einleiten. »Aktive Waffensysteme feuerbereit halten.«

»Abbremsen?«, schlug der Kommandant vor.

»Im Gegenteil, Annäherung mit hoher Geschwindigkeit. Aggregate fahren im Leerlauf, damit wir im Bedarfsfall sofort auf Höchstgeschwindigkeit beschleunigen können.« Solange Gales Spiel undurchsichtig blieb, ging ich kein Risiko ein. Vielleicht kam sie auf die Idee, plötzlich einen Alarmstart durchzuführen und sich auf uns zu stürzen, wenn wir langsamer wurden. Die ESHNAPUR besaß wie unser USO-Kreuzer ein Beschleunigungsvermögen von 500 Kilometer pro Sekundenquadrat.

»Funkverbindung herstellen, Sir?«, fragte Milon Taffy.

Ich nickte. »Mal sehen, ob Gale etwas gesprächiger ist als bei unserem ersten Versuch.«

Taffy stellte die Verbindung her. »Sprechen Sie, Sir.«

»Hier spricht Lordadmiral Atlan an Bord der AVIGNON«, ergriff ich das Wort. »Greta Gale, ich möchte mit Ihnen reden. Ich fordere Sie auf, sich über Interkom zu melden. Wenn Sie weiterhin so störrisch bleiben wie bisher, sehe ich mich gezwungen, Waffen gegen Sie einzusetzen.«

Zu meiner Überraschung kam die Flüchtige der Aufforderung auf Anhieb nach. Ihr Abbild erschien in einem Holo. Sie war eine gutaussehende Frau, doch das intensive Leben hatte seine Spuren in dem fast noch jugendlichen Gesicht hinterlassen. Die großporige Haut wirkte wie die einer viel älteren Frau, und das lange blonde Haar war stumpf. Ihr irrer Blick huschte unstet hin und her.

Die Nachwirkungen ihrer Aufenthalte in dem Gatusain, diagnostizierte der Extrasinn das Offensichtliche. *Weder an Li noch an ihr gehen die Behandlungen spurlos vorbei. Vielleicht ist auch sie bereits dem Tod geweiht. Ich warne dich eindringlich davor, ein ähnliches Schicksal für dich auszuschließen, nur weil du die Flausen eines Kristallprinzen im Kopf hast.*

Ich werde es nicht vergessen.

»Ich tue dir den Gefallen, mich zu melden, weil ich es will«, übermittelte Gale.

Ich überhörte die plump-vertrauliche Anrede und ging in die Offensive. »Sie haben beschlossen, sich zu ergeben. Soviel Vernunft hätte ich Ihnen, ehrlich gesagt, nicht zugetraut.«

»Das hat nichts mit Vernunft zu tun, sondern damit, dass du es verdienst, dass ich mich bei dir melde.«

»Inwiefern habe ich das verdient? Ich bin hier, damit man Ihnen wegen des Aufstands in Kunshun und den damit verbundenen Toten auf Terra den Prozess machen kann.«

Gelächter antwortete mir. »Kein Mensch auf Rhodans korrupter Erde ist fähig, mir den Prozess zu machen. Jeder Ankläger wird sich meiner Interpretation der Vorfälle anschließen, jeder Richter mich freisprechen.«

»Nicht mehr, wenn Ihnen die Unterstützung des gestohlenen Sarkophags fehlt.«

»Ich habe ihn nicht gestohlen. Er ist für mich bestimmt. Außerdem ist seine korrekte Bezeichnung Gatusain. So wie ich dich einschätze, hast du das inzwischen herausgefunden. Benutzt du Tristan, indem du ihn in den Gatusain steckst und danach ausquetschst?«

Ich war beeindruckt. Auch Gale hatte erkannt, was sich mir nur mit Hilfe des Logiksektors erschlossen hatte. Diese Frau hatte es allein, ohne eine solche mentale Unterstützung, in Erfahrung gebracht. Sie zu unterschätzen, wäre ein großer Fehler gewesen, mochte sie der Wirklichkeit auch noch so entrückt sein. Hatte sie noch mehr herausgefunden? Ich ging davon aus. Wenn sie erst in einer Energiezelle hockte, würde sie mit ihren Erfahrungen herausrücken, um für den bevorstehenden Prozess wenigstens ein paar Pluspunkte zu sammeln.

»Hat es dir die Sprache verschlagen?«, hakte Gale nach. »Ich kenne die richtige Bezeichnung für die Muscheln von Gasuijamuo. Hat Tristan ebenfalls eine solche Bekanntschaft gemacht?«

Ich verstand nicht, wovon sie sprach. Wer war Gasuijamuo? Offenbar war ihr etwas anderes wiederfahren als mir – oder, wovon sie ausging, als Tristan Li. »Ich fordere Sie noch einmal auf, sich zu ergeben. Geben Sie die Kontrolle über die ESHNAPUR an den Kommandanten Karim Shoutain und seine Besatzung zurück.«

»Du weißt, dass ich das nicht tun werde. Lass das Versteckspiel. Glaubst du, ich habe nicht begriffen, weshalb du mich so hartnäckig verfolgst? Du bist fasziniert von mir, und ich will dir etwas verraten. Mir geht es nicht anders, was dich betrifft. Wir sind füreinander geschaffen.«

Ich glaubte, meinen Ohren nicht zu trauen. Ob die Bestrahlungen auch an diesem Verlust des Realitätssinns schuld waren? Oder gehörte der Unsinn, den Gale von sich gab, zu ihrer Strategie? Aus den Augenwinkeln meinte ich ein Grinsen im Gesicht Cada Legoves zu sehen. Unterdessen näherten wir uns der ESHNAPUR weiter. Tarra gab mir durch ein Handzeichen zu verstehen, dass deren Bordsysteme ihren Status beibehielten.

»Ich lade Sie ein, an Bord der AVIGNON zu kommen. Dann können wir in Ruhe über alles reden.«

»Wozu reden? Ist nicht offensichtlich, was wir beide, du und ich, gemeinsam haben? Wir sind allen um uns herum überlegen.« Fiebriger Glanz lag in Gales Augen. »Wenn wir uns vereinen, sind wir in der Lage, ein neues Geschlecht des Homo Sapiens zu gründen. Wir krallen uns einen Planeten, der uns gefällt, und werden über seine Bevölkerung herrschen.«

Das ist kein Spiel. Sie ist verrückt geworden.

Das bezweifelte ich. Ich war der festen Überzeugung, dass Gale mit ihrem wirren Geschwätz ein Ziel verfolgte.

Dieses Ziel hat sie dir eben genannt, beharrte der Extrasinn auf seinem Standpunkt. *Es ist unzweifelhaft, dass auch dein Wahrnehmungsvermögen partiell gestört ist. Du verlässt dich auf deine Gefühle, statt auf die Logik zu hören.*

Ich dachte, für meine Logik bist du zuständig.

In der Tat. Deshalb solltest du auf mich hören.

Ich hatte Mühe, den Appell des Logiksektors zu erfassen. Für einen Moment verlor ich den Faden. Er täuschte sich mit seiner Annahme, ich nähme Greta auf die leichte Schulter. Hatte ich nicht klar zu verstehen gegeben, für wie gefährlich ich sie hielt? Meine Gedankenkette geriet durcheinander, sortierte sich aber gleich wieder. Bevor ich dazu kam, mich erneut an Gale zu wenden, gellte Tarras Stimme durch die Zentrale.

»Die ESHNAPUR fährt die Waffensysteme hoch! Sie setzen ihre Transformkanone ein!«

Die Entfernung zwischen beiden Schiffen betrug noch 20.000 Kilometer. Die Abstrahlung einer Transformbombe und deren Rematerialisation im Ziel geschah wie bei einem Fiktivtransmitter annähernd zeitverlustfrei und ließ keine Gelegenheit für ein Ausweichmanöver. Mit einem einzigen Schuss war unseren Schirmstaffeln allerdings kaum beizukommen. Dass ich an die manipulierte Besatzung der ESHNAPUR dachte, hieß nicht, dass ich einem Angriff untätig zusah.

»Gegenschlag vorbereiten. Punktbeschuss mit Impulswaffen.« Sollte die Warnung nicht ausreichen, würde ich schwerere Geschütze auffahren. Ich sah mich zur Ortungsstation um. »Wo bleibt die Bombe?«

»Da kommt ... etwas anderes«, keuchte Tarra. »Ein silbriges Netz rematerialisiert. Es hat sich direkt auf unseren Schirm gelegt und macht unseren Flug mit.«

»Unsere Schirmstaffeln brechen zusammen. Waffensysteme ausgefallen!«, meldete Eppenroq. »Wir können nicht feuern! Verdammt, was passiert da?«

Luella Tarras Fingerspitzen flogen über die Bedienungselemente ihrer Einrichtungen. »Das Netz neutralisiert jegliche Ausprägung von Hyperenergie.«

»Paratron ist unten. 5-D-Feldstruktur der HÜ-Schirme versagt. Die Staffeln kollabieren.«

»Fluchtkurs!«, befahl ich. Wenn die unbekannte Waffe unseren Antrieb erwischte, saßen wir fest.

»Aggregate ausgefallen.« Legove lieferte die nächste Hiobsbotschaft mit versteinerter Miene. »Impulsantrieb zusammengebrochen. Das Abschirmfeld des Kalups kann ebenfalls nicht aufgebaut werden. Sprung in den Linearraum ausgeschlossen.«

Emcheba stieß einen überraschten Schrei aus. Über der Konsole vor ihm tanzten silbrige Fäden. Ehe ich mich versah, bildeten sie sich über weiteren Einrichtungen, verharrten sekundenlang, zitternd und tastend, als orientierten sie sich. »Elmsfeuer«, fürchtete er. »Energetische Entladungen. Aber wie und wodurch?«

Nein, es war etwas anderes. »Zurück!«, rief ich meinen Spezialisten zu. »Nichts anfassen! Das Zeug könnte gefährlich sein.«

»Es ist irgendwie ... semimateriell, wie Schneeflocken, die sich auflösen. Es sieht aus, als ergieße sich das Netz ins Schiffsinnere und verteile sich über sämtliche Maschinen.«

Das Geflimmer legte sich auf die Konsolen und drang in sie ein. Ich trat vor und streckte eine Hand aus. Das Kribbeln in den Fingerspitzen bildete ich mir wohl nur ein. Es verging, ehe ich die Hände zurückziehen konnte. »Keine Gefahr«, gab ich Entwarnung.

»Dafür ist der Großteil der Systeme inaktiv. Es wurden nur die Instrumente verschont, die nicht auf Hyperbasis arbeiten.«

Etwas bremste unseren Flug ab. Schon verlor die AVIGNON rapide an Geschwindigkeit. Ich fühlte mich nackt und dem Gegner schutzlos ausgeliefert. An Bord gab es keine hyperenergetische Aktivität mehr, wie die internen Sensoren zeigten.

»Wieso versagen die konventionellen Impulstriebwerke?«

»Weil im Verlauf des Impulskonverters Hyperwellen zum Einsatz kommen«, erklärte ich. »Lassen sich die Schutzschirme wieder hochfahren?«

»Negativ, Sir. Die Aggregate reagieren nicht. Auch der Antrieb tut keinen Mucks mehr.«

Ich erwartete keine erfreulichere Antwort. Wir waren wehrlos. Ich starrte in die Holos. Uns blieb keine Option. Die doppelwandige Terkonit-Panzerung der Schiffshülle hielt dem direkten Treffer aus einem Transformgeschütz nicht stand. Der nächste Schuss würde unser Ende bedeuten.

Greta Gale triumphierte. Gasuijamuos Plan funktionierte. Atlans Bande zappelte in dem Netz, das Gasuijamuo ihr zur Verfügung gestellt und dessen Wirkungsweise er ihr erklärt hatte.

Das Netz aus nur Mikrometer großen Geschossen des Kohärenzgestöbers, dessen Pseudo-Körper in dem Gatusain eingelagert waren, beeinträchtigte die hyperenergetischen Funktionen der Bordsysteme der AVIGNON und brachte sie zum Erliegen. Mit dem Transformgeschütz abgefeuert, platzten die Hüllen der Mikrogeschosse bei der Rematerialisation am Schutzschirm, auf den sie prallten. Ihr Inhalt wurde an die Grenze des hyperenergetischen Aufrisses abgeleitet, hakte sich dort, an der Grenze zwischen Normalraum und Hyperraum fest und begann seine unheilvolle Tätigkeit. Die hyperdimensionalen Bestandteile des Gestöbers, die in einem für die Technik nur erahnbar hohen Bereich des UHF-Spektrums angesiedelt waren, verhinderten an der Friktionszone zwischen Raum und Halbraum jedweden Energieabfluss. Der Aufriss schloss sich also wieder, und der Schirm fiel in sich zusammen. Daraufhin rasten die nicht aufgebrauchten Teile des Gestöbers wie magisch angezogen auf weitere hyperenergetische Quellen der AVIGNON zu. Sie kümmerten sich um alle Aggregate, die im Schiff hyperenergetische Effekte steuerten oder auch nur Hyperenergie emittierten, und neutralisierten sie. Die Bestandteile des Kohärenzgestöbers setzten sich an diesen Quellen fest und verschlossen sie für eine unbestimmte Dauer.

Der Vorgang klang unglaublich kompliziert, war es zweifellos auch und wurde höchstens von Eierköpfen wie Geoffry Abel Waringer verstanden, wenn ihnen diese Informationen zugänglich waren, doch das focht Greta nicht an. Für sie zählte allein die Wirkung, und die war durchschlagend. Denn Atlan, den Greta umworben und in Sicherheit gewiegt hatte, war auf einen derartigen Angriff nicht vorbereitet, ganz davon abgesehen, dass es keinen Schutzmechanismus gegen das Gestöber gab, wie Gasuijamuo versichert hatte.

»Du wolltest den Arkoniden aus dem Weltall pusten«, erinnerte Svin Heyburn. »Die Gelegenheit dazu war nie so gut wie jetzt. Was zögerst du?«

Korfein Walsh grinste übers ganze Gesicht. »Greta will noch ein bisschen mit dem hochwohlgeborenen Lordadmiral spielen. Sie ist die Katze, und er ist die Maus, die schließlich in ihrem Rachen endet. So ist es doch, Greta?«

»Sicher, Korf«, bestätigte sie.

»Du hast das doch nicht ernst gemeint, dich mit dem Arkoniden verbünden zu wollen?«

Ein Schub sexuellen Verlangens befiel die Frau. Nein, verbünden wollte sie sich nicht mit Atlan, jedenfalls nicht in einer gleichberechtigten Partnerschaft. Haben wollte sie ihn dennoch, und sie würde ihn bekommen. Der Lordadmiral der USO als ihr treu ergebener Sklave, die Vorstellung wirkte geradezu euphorisierend.

»Die AVIGNON treibt im Raum«, stellte Karim Shoutain fest. »Haben Sie Anweisungen für mich?«

»Besitzt dein Schiff so etwas wie einen Traktorstrahl?«

»Selbstverständlich.«

»Ich will, dass du die AVIGNON einfängst. Wir nehmen sie ins Schlepptau.«

»Wozu die Umstände?« Missmutig betrachtete Heyburn das Abbild des USO-Kreuzers. »Warum riskierst du, dass sie sich berappeln? Wenn sie ihre Systeme reparieren, haben wir sie wieder am Hals.«

»Die Gefahr besteht nicht.« Das hatte Gasuijamuo Greta versprochen. Einmal eingesetzt und wirksam, lähmte das Kohärenzgestöber die Systeme. Ein Raumschiff, das von dem Gestöber außer Gefecht gesetzt wurde, war nicht mehr als ein Wrack, solange Gasuijamuos Waffe wirkte.

»Was ist mit ihrem Funk? Wenn sie um Hilfe rufen, haben wir bald die halbe USO auf den Fersen«, gab Walsh zu bedenken.

»Nicht einmal dazu sind sie in der Lage. Sie können nicht funken.«

»Bist du sicher?«

»Natürlich bin ich sicher«, brauste Greta auf. Es gefiel ihr nicht, dass ihr Triumph über Atlan nicht entsprechend gewürdigt wurde. Sie wandte sich an Shoutain. »Ist es möglich, die Hyperfunkanlagen der AVIGNON durch gezielten Punktbeschuss zu beschädigen?«

»Wie Sie sagten, ist das ist nicht nötig«, antwortete der Kommandant. »Unsere Instrumente zeigen, dass ihr Hyperfunk ebenso zerstört ist wie alles andere.«

»Ich habe dich nicht um deine Meinung gebeten. Veranlasse es.«

Shoutain tat, wie ihm befohlen, und ließ gezielt auf die Funkantennen der AVIGNON feuern. Greta lachte glockenhell. Irgendwann würde sie diesen Trottel wieder in die geistige Freiheit entlassen, damit er mit vollen Sinnen begriff, dass er den Feuerbefehl auf ein Schiff mit Lordadmiral Atlan an Bord gegeben hatte. Für obrigkeitshörige Kriecher wie ihn war das schlimmer als eine körperliche Verletzung.

Sie dachte über ihre weiteren Schritte nach. Die Sehnsucht nach einer eigenen Welt wurde übermächtig. Zu gern wäre Greta zur Erde zurückgekehrt und hätte sie unterworfen, doch die Schwierigkeiten waren unüberwindlich. Sie hatte die Macht über Kunshun übernehmen können, doch gegen den gesamten Staatsapparat Terras kam sie nicht an, zumal das Solare Imperium hinter der menschlichen Zentralwelt stand und sie niemals im Stich lassen würde. Blieb eine andere Welt. Bewohnt musste sie sein, denn Greta brauchte Untergebene, über die sie herrschen konnte. War das gelungen, besaß sie einen Stützpunkt, um ihre Macht auszubauen.

»Was ist nun mit diesem Arkoniden?«, bohrte Heyburn. »Willst du ihn nicht endlich umbringen?«

»Nein.«

Die beiden ehemaligen MEINLEID-Angehörigen sahen Greta an. »Darum ging es doch die ganze Zeit. Wenn unsere Flucht nicht bis in alle Ewigkeit weitergehen soll, müssen wir Atlan ausschalten.«

»Das ist uns durch meine Genialität gelungen.« Natürlich hatte Greta diesen Dummköpfen nicht verraten, wie sie an die Waffe aus dem Gatusain gekommen war. »Atlan stellt keine Bedrohung mehr für uns dar, kann uns lebend aber viel mehr nutzen als tot. Ich werde ihn kontrollieren wie alle anderen.«

»Sieh dich vor«, warnte Walsh. »Mit ihm wirst du nicht so leichtes Spiel haben wie mit der Besatzung der ESHNAPUR. Mit den Erfahrungen des Unsterblichen kannst du nicht mithalten.«

»Woher willst du das wissen?« Das drohende Funkeln in Gretas Augen machte Walsh klar, dass es besser für ihn war, ihre Fähigkeiten nicht in Frage zu stellen, besonders wenn es um ihre Überlegenheit über Atlan ging, den sie schon auf Knien vor sich rutschen sah. Unter ihrem Einfluss würde er das ihr künftig untergebene Volk knechten und dabei all seine hehren Ideale verraten. Die Vorstellung bereitete ihr große Freude.

»Ich kann nur hoffen, dass du keinen Fehler begehst.« Heyburn drehte eine leere Flasche zwischen den Fingern. »Wohin fliegen wir?«

Eine berechtigte Frage, fand Greta. »Kommandant, ich brauche einen Planeten.«

»Einen Planeten?« Karim Shoutain sah sie verständnislos an.

»Eine Welt, die meinen Vorstellungen entspricht.« Gale nannte die Vorgaben, die zu erfüllen waren. »Als Händler besitzt du Kartenmaterial. Schau in den Datenspeichern nach, was du mir bieten kannst.«

Shoutain machte sich unverzüglich an die Arbeit und wurde bald fündig. »Ich schlage Orgoch vor. Nach dem wenigen, was über ihn bekannt ist, weist er für Menschen geeignete Lebensbedingungen auf. Die Atmosphärenzusammensetzung ähnelt der der Erde.«

»Ist er bewohnt?«

»Von einem Volk humanoider Säuger, technisch nicht besonders weit entwickelt«, las der Kommandant die eingeblendeten Daten ab. »Mehr ist nicht bekannt.«

»Reichlich wenig«, monierte Heyburn. »Schlampige Arbeit von Reginald Bulls Explorerflotte. Die Kerle fliegen seit fast neunhundert Jahren durch die Milchstraße und kriegen nichts auf die Reihe. Zahlen wir dafür Steuern?«

»Sag nicht, du hast jemals Steuern bezahlt«, zweifelte Walsh.

»Ich habe in Kunshun vom Steueraufkommen anderer Leute gelebt«, konterte Heyburn. »Genau wie du. Aber es geht ums Prinzip.«

»Die Explorerflotte hatte laut den Unterlagen nichts mit der Katalogisierung des Systems zu tun«, warf Shoutain ein. »Es wurde nur durch Zufall entdeckt, von einem Prospektor, der auf der Flucht vor Piraten war. Orgoch ist der vierte von acht Planeten der G2-Sonne Zimthys, die mit Sol vergleichbar ist. Orgoch befindet sich von der Erde aus gesehen 4950 Lichtjahre entfernt in Richtung der galaktischen Eastside und liegt damit außerhalb des terranischen Einflussgebiets, im Bereich des sogenannten Rosettennebels NGC 2244 im Sternbild des Einhorns, weitab der offiziellen Schifffahrtsrouten.«

»Klingt beeindruckend«, fand Walsh.

»Bist du neuerdings Experte für Raumfahrt oder Astronomie?«

»Ich bin Experte für praktische Lösungen. Die Aussicht, bald wieder festen Planetenboden unter den Füßen zu haben, erleichtert mich. Wir sind nicht für ein Leben auf Raumschiffen geschaffen, Greta. Wir sind nicht wie Rhodan und die anderen.«

Die abgeschiedene Lage Orgochs begeisterte Greta viel mehr. Das Solare Imperium hatte keinen Zugriff darauf, würde sie dort weder vermuten noch durch einen dummen Zufall ausfindig machen. Greta nickte zufrieden bei den Möglichkeiten, die sich ihr boten. Bessere Bedingungen für die Schaffung eines neuen Menschengeschlechts konnte sie sich nicht wünschen.

Von der Keimzelle ihres neuen Reichs aus konnte sie ihren Machtbereich in aller Ruhe ausdehnen.

»Wir sehen uns Orgoch an«, entschied sie. »Die AVIGNON bleibt im Schlepptau.«

Aus den einzelnen Abteilungen trafen Anfragen wegen der Maschinenausfälle ein. Ich konnte nicht mehr tun, als unsere Hilflosigkeit einzugestehen. Abfinden indes tat ich mich damit nicht. Trotz der offensichtlichen Sinnlosigkeit stemmten wir uns gegen unser Schicksal und versuchten uns aus dem Klammergriff des Traktorstrahls zu befreien. Meine Spezialisten arbeiteten schweigend, auf ihre Aufgaben konzentriert. Die Anspannung in der Zentrale ließ sich mit Händen greifen, ebenso die Hilflosigkeit. Das Netz, wie wir es mangels besseren Wissens nannten, von der ESHNAPUR mit einer Transformkanone abgeschossen, hatte so gut wie alle Schiffssysteme lahmgelegt. Trotz der verzweifelten Bemühungen gelang es nicht, auch nur eines davon wieder hoch zu fahren. Die Wissenschaftler brachen ihre Zelte im Lagerraum ab. Die meisten ihrer Messgeräte funktionierten nicht mehr, und der Rest wurde in unserer prekären Lage an anderer Stelle gebraucht.

»Was ist das für eine Waffe, die solchen Schaden anrichtet? Davon habe ich noch nie gehört, Sir.«

»Ich auch nicht«, gab ich zurück. Cres Eppenroqs Frage war mehr als berechtigt. »Sie gehört nicht zum Inventar der ESHNAPUR. Weder Solares Imperium noch die USO kennen Derartiges, auch kein anderes der uns bekannten Völker.«

»Carsualscher Bund oder Dabrifa?«

»Darüber wären Galbraith Deightons SolAb-Agenten informiert. Außerdem, wie sollte deren Waffe an Bord der ESHNAPUR kommen?«

»Vielleicht hat Gale weitere Artefakte gefunden, unter denen diese Waffe war«, mutmaßte Taffy.

Meine Überlegung ging in eine ähnliche Richtung. Besaß ihr Gatusain weitere Funktionen, von denen wir erste eine erlebt hatten? Ich konnte die Möglichkeit nicht ausschließen, da sich diese Geräte nicht in die Karten schauen ließen. Die Untersuchungen unserer Wissenschaftler waren im Sande verlaufen.

Wenn Gales Gatusain zusätzliche Fähigkeiten besitzt, verhält sich das bei dem, den du benutzt, vielleicht ähnlich, machte mich der Extrasinn aufmerksam.

Die Aussicht behagte mir. Im Gegenzug ärgerte mich, dass ich nicht selbst darauf kam, sondern mich darauf hinweisen lassen musste. Zwar war dies eine der Aufgaben des Logiksektors, doch sie sollte nicht bei offensichtlichen Gegebenheiten nötig werden. Litt ich unter stärkeren Beeinträchtigungen, als ich mir selbst eingestehen wollte? Ich nahm mir vor, während meiner nächsten Schlafphase im Lagerraum auf bisher unbemerkte Fähigkeiten des Sarkophags zu achten.

Wie willst du das anstellen, wenn du schläfst?

Mit wird schon was einfallen, kanzelte ich das Ergebnis der ARK SUMMIA, des Erweckungsvorgangs meines brachliegenden Gehirnteils, ab.

»Sie feuern wieder!« Luella Tarras Warnruf bestätigte meine Befürchtungen des drohenden Endes.

»Ausweichmanöver möglich?«

Legove hob in einer Geste der Verzweiflung die Hände. »Der Traktorstrahl hält uns fest. Selbst ohne ihn würden die Aggregate nicht mal Minimalschub liefern. Antigrav funktioniert, aber der nützt uns nur etwas in Planetennähe. Wir sind dieser Person auf Gedeih und Verderb ausgeliefert.«

»Direkter Treffer.« Luella drehte sich verwirrt um. »Sie haben lediglich Desintegratoren eingesetzt, um unsere Hyperfunkanlage zu zerstören. Das ist ihnen leider vorbildlich gelungen.«

»Eigenartig«, wunderte sich Emcheba. »Das silbrige Netz hat den Funk außer Gefecht gesetzt. Es sieht so aus, als traute Greta ihrer eigenen Waffe nicht.«

»Oder die Wirkung des Netzes lässt nach einer Weile nach, und sie will sichergehen, dass wir keinen Hilferuf senden, sobald unser Funk wieder funktioniert.« Vielleicht würde uns irgendwann auch der Antrieb wieder zur Verfügung stehen. Dummerweise blieben diese Überlegungen Spekulation, die uns in der gegenwärtigen Lage nicht halfen.

Ein sanfter Ruck ging durch die AVIGNON.

Die Finger des Kommandanten veranstalteten einen Trommelwirbel auf der Lehne seines Sessels. »Die ESHNAPUR nimmt Fahrt auf. Sie schleppt uns. Dieses Miststück von Greta Gale verfügt über mein Schiff. Wenn ich die in die Finger kriege, kann sie was erleben.«

Von diesem Erfolg waren wir weiter entfernt denn je. Zu allem Überfluss waren wir in punkto Kursbestimmung praktisch blind und taub. Solange das Netz wirkte, hatten wir keinen Handlungsspielraum. Es wäre Gale ein Leichtes gewesen, die AVIGNON zu zerstören und sich in Sicherheit zu bringen. Dank meines Stillschweigens ahnte niemand auf der Erde, wohin es uns verschlagen hatte. Hilfe stand nicht in Aussicht. Dass Greta anders vorging, uns geradezu an sich band, zeigte, dass sie neue Pläne für uns hatte.

Ganz speziell für dich, behauptete der Extrasinn. *Akzeptiere die Tatsache, dass auch sie nur eine Frau ist, die deinem Charme und Charisma nicht widerstehen kann.*

»Vorschläge?«, überging ich seinen Kommentar. Ich sah mich unter meinen Spezialisten um. »Wenn jemand eine Idee hat, ist jetzt der richtige Zeitpunkt, sie zu äußern.«

Ira Connaire kratzte sich am Kinn. »Inwieweit ist es möglich, den Antigrav zu benutzen, um näher an die ESHNAPUR heranzukommen, wenn wir deren Schwerkraft ausnutzen? Auf Festkörperwaffen, die nicht auf Hyperbasis arbeiten, haben wir Zugriff. Wir könnten Gale damit ein bisschen kitzeln.«

»Das wäre nicht mal ein Kitzeln für den Schutzschirm der ESHNAPUR. Außerdem besitzen wir keine Manövriermöglichkeit. Der gegen uns eingesetzte Traktorstrahl übertrifft die Leistung des Antigravs. Diese Furie hat uns mattgesetzt.«

Die Minuten verstrichen und dehnten sich zu Stunden. Nichts hasste ich mehr, als mir das Geschehen von anderen diktieren zu lassen, statt selbst in die Offensive gehen zu können. In genau dieser Zwangslage befanden wir uns, was dazu führte, dass ich ruhelos durch die Zentrale wanderte. Das Wissen, nichts, aber auch gar nichts ausrichten zu können, machte mich wahnsinnig. Ich trieb die Besatzung an, sich mit dem Phänomen zu beschäftigen, das uns lähmte. Meine eigenen Gedanken kreisten um das Relikt im Lagerraum. Wenn es eine ähnliche Waffe enthielte wie das silbrige Netz, waren wir nicht einmal dazu imstande, sie einzusetzen, weil unser Transformgeschütz den Dienst versagte. Das hielt mich nicht davon ab, den Versuch zu unternehmen, obwohl mir der Einwand des Extrasinns in den Ohren nachklang. Wie sollte ich etwas entdecken, das den Wissenschaftlern bisher entgangen war, wenn ich schlief?

Ich verließ die Zentrale und ging zum Lagerraum, in dem ich mehr Zeit verbrachte als in meinem Quartier. Notlicht flammte auf, aus konventionellen Energiequellen gespeist. Niemand erwartete mich, als ich eintrat. Die Wissenschaftler hatten ein paar Geräte abgebaut und mitgenommen. Die Apparate, die ich sah, waren inaktiv und nutzlos. Am Eingangsschott hingegen gab es keine Beeinträchtigung, da es ohne hyperenergetische Komponente auskam. Seine positronische Sicherung mit meiner Vorrangkennung war inzwischen Routine. Ich erledigte sie mit zwei Handgriffen und widmete meine Aufmerksamkeit der Austernmuschel. Sie war verschlossen.

»Was verbirgst du?«, murmelte ich vor mich hin. Ich griff nach dem Deckel, dessen Oberfläche sich kühl anfühlte. Für einen furchtbaren Moment beschlich mich Angst, auch der Gatusain könnte durch das Netz Schaden genommen haben. Ich öffnete ihn und atmete erleichtert auf, als ich in seinem Inneren das gewohnte Licht sah. Ich stieg hinein, zog den Deckel zu mir herunter und bereitete mich darauf vor einzuschlafen.

Diesmal geschah es nicht. Ich wartete.

Cyriane Drays, von den Vorkommnissen unterrichtet, haderte in der Medoabteilung mit den medizinischen Erkenntnissen. Vor jeder Untersuchung Tristan Lis hoffte sie auf eine Besserung seines Zustands, und jedes Mal wurde sie enttäuscht. Sein Zustand verschlechterte sich, Psyche und Physis wurden zunehmend in Mitleidenschaft gezogen. Hatte Tristan in dem Sarkophag gelegen und sich seine benötigte Strahlendosis abgeholt, schien Zuversicht angebracht zu sein, doch der Eindruck täuschte. Seine manischen Phasen wurden kürzer, die Dosierung der Psychopharmaka erhöhte sich.

»Ich fühle mich blendend«, behauptete Li. »Ich glaube, wir können Ihre blöden Drogen bald absetzen.«

»Das geht nicht. Es sind die Medikamente, die Sie stabilisieren«, bedauerte die Medikerin.

»Das behaupten Sie, doch es gibt keinen Beweis dafür. Ich bin nicht auf das Zeug angewiesen, das Sie mir verabreichen. Auch ohne es bleibe ich stabil, wenn ich regelmäßig in die Auster steige.«

Drays spürte, dass Tristan seine Zuversicht nicht nur vortäuschte. Er fühlte sich tatsächlich stark genug, um ohne den täglichen Drogencocktail über die Runden zu kommen. Leider war das eine fatale Fehleinschätzung, daran hegte die Ärztin keinen Zweifel. Sie würde nachlassen, sobald seine euphorische Phase abebbte und Li in Depressionen verfiel. Die Befunde ließen keinen Interpretationsspielraum zu. Der körperliche Zerfall ihres Patienten beschleunigte sich.

»Wie wäre es, wenn wir es ausprobieren?«, schlug Cleany Havedge vor.

Die Bordärztin bedachte ihn mit einem vorwurfsvollen Blick. Sie hätte ihm etwas mehr Vernunft zugetraut. Es war nicht zu übersehen, dass sich zwischen Havedge und Li gewisse Bande gebildet hatten.

Der Kurator, zweifellos ein besorgter und fürsorglicher Mann mit einer Menge Feingefühl, hatte, soweit sie informiert war, keine eigenen Kinder. Anscheinend versuchte er nachzuholen, was er in der Einsamkeit seines Museums im Leben versäumt hatte. Dabei übersah er, dass das hier kein Planspiel war. Es ging um Leben oder Tod für Li.

Im Grunde nur noch um den Tod, dachte Drays mit einem Anflug von Bitterkeit. »Soll ich Ihnen sagen, was dann geschieht, Mister Havedge?«

»Ich bitte darum. Tristan hat ein Recht, es zu erfahren.«

»Ohne die Medikamente ist er in kürzester Zeit ein Wrack, es sei denn, er würde gar nicht mehr aus diesem Ding heraussteigen.« Cyriane sah Li eindringlich an. »Das wiederum ist aber nicht möglich, wie ich mitbekommen habe. Der Sarkophag bestimmt die Länge der Ruhephasen, Tristan, nicht Sie tun es. Sie haben keinen Einfluss darauf. Es tut mir leid, wenn meine Worte schonungslos klingen. Ich hoffe, sie helfen, Sie aufzurütteln.«

»Ärzte irren«, behauptete Havedge. Er rang mit den Händen und wandte sich an seinen Schützling. »In diesem Fall jedoch, fürchte ich, liegen sie richtig.«

»Auch mir wäre eine positive Diagnose lieber. Konzentrieren wir uns auf die Fakten. Wenn Sie die akzeptieren, Tristan, und sich danach verhalten, finden wir womöglich eine Lösung.«

Li blickte betreten drein, ohne sich unterkriegen zu lassen. Ein Beimischung in seinen Medikamenten sorgte dafür, dass er nicht in Depressionen verfiel. »Nett von Ihnen, Doktor. Dabei glauben Sie so wenig daran wie ich. Ich habe mit meinem Leben abgeschlossen und nur noch ein Ziel vor Augen. Ich werde Olgej rächen. Und jetzt hat die verdammte Greta uns an der Leine, und wir sind hilflos. Das darf nicht sein. Ich lasse nicht zu, dass Greta ihrer verdienten Strafe entgeht.«

»Dem Lordadmiral wird etwas einfallen«, gab sich Havedge zuversichtlich.

»Genau«, bestätigte Drays. »Das war immer so, seit ich in der USO bin. Wir sind für heute fertig.«

Li sprang auf und bedankte sich. Sein innerer Antrieb ließ ihm keine Ruhe. Gegen die Dämonen, die ihn trieben, besaß die Ärztin kein Mittel. Überhaupt fühlte sie sich ziemlich hilflos, was Tristan anging. Die beiden unterschiedlichen Männer verließen die Medoabteilung, ohne zu sagen, was sie vorhatten. Die dunkelhäutige Spezialistin seufzte und inspizierte die medizinischen Einrichtungen. Ein Teil davon war ausgefallen. Hyperenergetische Vorgänge fanden in allen Schiffssektionen statt, mal mehr, mal weniger stark ausgeprägt. So gesehen, war die medizinische Abteilung mit den geringen Beeinträchtigungen gut bedient. Auf Dauer war der Zustand trotzdem unhaltbar.

»Ich erkundige mich in der Zentrale nach dem Stand der Dinge«, teilte sie ihrem Stab mit und verließ den Raum. Im Korridor fiel ihr auf, wie still es im Schiff war. Zahlreiche Betriebsgeräusche der Bordsysteme, die man sonst nur unterschwellig wahrnahm, waren verstummt, weil die Maschinen brach lagen. Cyriane fühlte sich ins Innere eines Geisterschiffs versetzt. *So schlimm sind die Zustände nicht.* Immerhin gab es Leben an Bord, das allerdings in den Händen Greta Gales lag. Nicht nur Atlan jagte sie, sondern auch der junge Li. Es gefiel Cyriane nicht, dass der einzige Umstand, der ihn antrieb, seine Sehnsucht nach Rache war. Sie wünschte, er würde mehr aus der Zeit machen, die ihm noch blieb. Etwas Sinnvolles, etwas, das weniger martialisch klang. Doch was sollte er an Bord eines Raumschiffs, das unter fremder Kontrolle stand, anfangen?

In der Zentrale, die sie wenige Minuten später betrat, herrschten die gleichen Bedingungen wie in den Gängen und Korridoren. Es fehlten gewohnte Hintergrundgeräusche, sonst ein steter Quell elektronischer Aktivität. Die Menschen hatten sich der Veränderung angepasst. Kaum jemand sprach ein Wort. Stumm arbeiteten die Spezialisten an den wenigen Geräten, die ihnen weiterhin zur Verfügung standen. Drays sah sich vergeblich nach dem USO-Chef um.

»Wo ist der Lordadmiral?«, fragte sie. »Ich habe mit ihm zu reden.«

Eppenroq zuckte mit den Achseln. »Hat die Zentrale verlassen. Ist bestimmt in sein Quartier gegangen, um sich eine Stunde aufs Ohr zu legen.«

»Hat er das gesagt?«

»Dann müsste ich nicht spekulieren.« Eppenroq sah von seinem Pult auf. »Kann auch sein, dass er wichtige Dinge zu erledigen hat, die keinen was angehen.«

»Der Lordadmiral ist der Chef und keinem von uns Rechenschaft schuldig«, schickte Ira Connaire hinterher. »Er wird wissen, was er tut.«

Drays glaubte einen zweifelnden Unterton aus den Worten zu hören. »Gehört er in dieser heiklen Situation nicht auf seinen Kommandoposten?«

Sie erhielt keine Antwort. Es war offenkundig, dass die Spezialisten sich zu diesem Thema ihren Teil dachten, aber niemand darüber reden wollte. Die Ärztin ging den Weg zurück, den sie gekommen war, und überlegte, was zu tun war. In seinem Quartier wollte sie Atlan nicht stören, wenn er schlief.

Und wenn er das nicht tat?

Ein Verdacht keimte in ihr, den sie schon früher gehegt hatte und den möglicherweise die Zentralebesatzung teilte. Sie begab sich zu dem Lagerraum, in dem der Sarkophag untergebracht war. Als sie vor dem Schott stand, zögerte sie einzutreten. Eine innere Stimme versuchte sie davon abzuhalten, weil sie ihre düstere Ahnung nicht bestätigt sehen wollte. Hin- und hergerissen zwischen ihrem Pflichtbewusstsein und Rücksichtnahme auf den ersten Mann der USO lauschte sie. Nichts war zu hören. Sie gab sich einen Ruck und betätigte das Bedienungsfeld neben dem Eingang.

Nichts geschah. Das Schott war verschlossen. Dazu gab es keine Veranlassung. Wer hatte diese überflüssige Vorsichtsmaßnahme getroffen? Schutzbedarf gegen unbefugtes Betreten des Lagerraums bestand an Bord der AVIGNON nicht. Die Medikerin wählte eine Überbrückung und wurde erneut zurückgewiesen. Die positronische Arretierung verweigerte sich mit dem Hinweis auf eine Vorrangschaltung durch Atlan. Sie war von drinnen vorgenommen wurden.

Cyriane Drays Verdacht erhärtete sich. Ihr war klar, was sie zu tun hatte.

Waheijathiu

Dieses Mal war es anders. Ich schlief nicht ein, sondern dämmerte vor mich hin, schutzlos einer Flut von Bildern ausgesetzt. Decaree Farou, in ein hauchdünnes Nichts gekleidet, reichte mir ein Glas Champagner, warum nur nahm es Cyriane mir aus der Hand und schüttete den kostbaren Inhalt auf den Boden? Wie Gummikügelchen sprangen die Luftbläschen in alle Richtungen davon. Eine Flotte miniaturisierter Dolans machte Jagd auf sie, schnell war der Boden übersät mit schleimigen Trümmern wie tote Quallen. Patty Ochomsova schwenkte eine antike Kehrschaufel vor meinen Augen, »hab es satt, deine Sauereien wegzuwischen«. Ich wollte etwas erwidern, aber ich brachte keinen Ton heraus. Stattdessen beobachtete ich die Raumschlacht. Manche Luftblasen schwollen zu Golfbällen an. Ein Mädchen fing einen auf, Triumph in den Augen. Camara Zaintz, knabenhaft dünn, drohte mir mit dem Finger. *Komm nur her*, schien sie zu sagen, mit verzerrten Gesichtszügen, das Gesicht flackerte, wechselte in ein anderes über: Mirona Thetin, die Herrin der Sterne, blickte mich hohntriefend an. Das Flackern, stroboskopartig, schmerzhaft. Ich wollte die Augen schließen und bemerkte, dass sie schon geschlossen waren. In grellem Scheinwerferlicht streckte mir Greta Gale, nur Zentimeter vor mir, ihre Brüste entgegen, zischelte »neues Menschengeschlecht, neues Menschengeschlecht«. Voller Abscheu wandte ich mich ab, was erstaunlicherweise klappte. Ich war nun mobil, tastete mich durch ein finsteres Labyrinth, in dessen Nischen Gestalten lauerten. Eine bis fast zur Unkenntlichkeit von Säure entstellte Neife Varidis bot mir ihr Ohr an, Tristan Li, dessen Beine zu Staub zerfallenen waren, wedelte mit seinen Armen. Ich floh in einen engen Seitengang, der sich als Rutschbahn entpuppte und mich geradewegs in die Arme

Tante Tipas warf. Überall feixende Gäste, ausgestreckt in offenen Austernmuscheln, die als Liegeplätze fungierten. Auf der Bühne des Jägerwirts, des schillerndsten Nachtclubs Orbanas, versammelte sich ein Salonorchester aus Gatasern. *Tanz mit mir, Arkonide, tanz, du sollst tanzen, in zehntausend Jahren wirst du doch irgendwas Gescheites gelernt haben*. Der Hökerer schubste die Piratenlady zur Seite. Und verwandelte sich in Marie Antoinette. Sie schwebte in meinen Armen zu blechernen Walzerklängen, war leicht wie eine Feder, kein Wunder, hatte ihr Trilith Okt mit dem Vibromesser eine Hälfte des Körpers kunstvoll wegfiletiert, *man kann einen Zellaktivator nicht teilen*. Mein Extrasinn hielt mal wieder eine Moralpredigt … Normalität verdrängte das irre Kaleidoskop, wohltuende Dunkelheit herrschte im Gatusain, endlich Schlaf …

Ich bin bereit, mit dir zu kommunizieren.

Zu gütig. Es war neu, dass der Extrasinn mich explizit darauf hinwies. Er hatte noch nie mit seiner Meinung hinterm Berg gehalten, gefragt oder ungefragt. *Wieso diese Zurückhaltung?*

Das war nicht ich, der dich eben kontaktiert hat, erklärte der Logiksektor.

Ich bin Waheijathiu, vernahm ich eine andere Gedankenstimme, und nun wurde mir der Unterschied bewusst. Sie kam nicht aus meinem eigenen Kopf, sondern drang von außen zu mir durch. Von außerhalb meines Körpers, doch aus dem Inneren des Sarkophags.

Waheijathiu? Wer bist du?

Navigator Waheijathiu, konkretisierte die Stimme ihre Aussage. *Ich habe die Identität meines ehemaligen Besitzers angenommen. Sein Name war Waheijathiu. Ich bin nun er, und ich agiere stellvertretend in seinem Namen.*

Der Begriff Navigator brachte eine Saite in mir zum Klingen. Der Extrasinn hatte diese Wesen erwähnt, die er im Gegensatz zu mir in einem meiner Träume in dem Gatusain gesehen hatte. Es war nicht nur eine haltlose Vision gewesen. Mehr steckte dahinter. Erlangte ich diese Informationen nur, weil ich nicht schlief?

Wer sind die Navigatoren? Die Bezeichnung konnte auf die Führung eines Raumschiffs hindeuten, mochte aber auch einen ganz anderen Hintergrund haben, sogar mit der einstigen Führung des Gatusains zu tun haben.

Waheijathiu schwieg. Ich lauschte in den Gedankenraum, der mich umgab. Nebelfetzen trieben hindurch, ohne Gehalt und Aussagekraft. Waheijathiu weigerte sich, auf die Frage einzugehen. Stattdessen antwortete er auf meine Überlegung, die ich davor gehegt hatte. *Ich brauche dich in wachem Zustand, damit du nicht dem Irrtum erliegst, lediglich einen Traum zu durchleben, der nichts mit der Realität zu tun hat. Ich bin Realität, bin das Gehirn des, wie du bereits weißt, Gatusains. Ich bin nicht körperlich, sondern ein Rudimentärbewusstsein, das aus tiefem Schlaf erwacht ist.*

Schlagartig?

Vor einer Weile.

Ein Rudimentärbewusstsein?

Es ist der treffendste Ausdruck für mein Dasein.

Wieso meldest du dich erst jetzt?

Einige Bilder hast du bereits empfangen. Ich habe sie nicht bewusst an dich gerichtet. Es waren unterschwellige Eindrücke. Ich wartete mit der Kontaktaufnahme, bis ich zu uneingeschränkter Kommunikation fähig war. Dieser Moment ist gekommen, dank der Aktivimpulse, die zunächst Tristan Li und dann du absondertest.

Du sprichst von unterschwelligen Eindrücken. Ich habe eine Szene miterlebt, meinen Schätzungen zufolge um 6000 vor Christus, als die Illochim auf der Erde landeten. Ich verfolgte sie aus der Sicht eines urzeitlichen Menschen namens Heaq. Ein anderes Mal wohnte ich dem Leben des Illochim Quetec bei. Deren menschliche Bewusstseine liegen nicht in dir verborgen?

Nein, du vermutest richtig. Was du durchlebtest, waren lediglich Erinnerungen, die der Gatusain aufzeichnete. Sie haben nichts mit meinem Rudimentärbewusstsein zu tun.

Ich war endgültig wach, hatte die letzten Reste von Müdigkeit abgeschüttelt und war wieder mitten in der Wirklichkeit angekommen. Ich tastete nach dem Sarkophagdeckel, drückte ihn wenige Zentimeter in die Höhe. Er setzte mir keinen Widerstand entgegen. Das erwachte Bewusstsein hielt mich nicht. Ein Aussteigen war mir jederzeit möglich. Ich verspürte keinen Drang dazu, weil ich viel zu wissbegierig war, welche weiteren Informationen Waheijathiu bereit hielt. Zu gern hätte ich mehr über die Navigatoren erfahren, weil sie sich auf der Erde aufgehalten hatten. Wer waren sie? Woher stammte dieses Volk? Ich übermittelte die Fragen, doch wieder schwieg Waheijathiu. Mir kam eine Idee, ihn aus der Reserve zu locken.

Die Navigatoren sind Verwandte der Illochim. Zwischen euch und ihnen besteht eine Verbindung.

Die besteht in der Tat, allerdings nicht so, wie du annimmst. Ich empfing einen verärgerten Unterton. *Mein Besitzer war auf der Suche nach einem Illochim namens Gasuijamuo.*

Gasuijamuo, diesen Namen hatte Greta Gale erwähnt. Weitere Verbindungen taten sich auf. Ich vermutete, dass Gasuijamuo das Sekundärbewusstsein von Gales Gatusain war, oder zumindest etwas Ähnliches. Was war aus dem echten Waheijathiu geworden, was aus seinem Gegenspieler, denn um nichts anderes handelte es sich? Ich war sicher, dass es sich bei ihnen um Gegner handelte.

Ja. Das war alles. Mehr verriet mir der Navigator nicht, dafür der Extrasinn. Wieder gelangte er an verborgenes Wissen, das mir vorenthalten blieb. Die beiden Sarkophage waren in tiefer Feindschaft verbunden, wie es einst ihre Besitzer gewesen waren. Die Konstruktion verhinderte, dass sie gegeneinander antraten. Sie benötigten, um handeln zu können, die permanente Zufuhr von Aktivleben, wie Waheijathiu es bei sich nannte. Blieb es aus, verfielen sie in den Schlaf, aus dem der Navigator kürzlich erwacht war. Mein Verdacht bestätigte sich damit. Durch Gales Benutzung des zweiten Sarkophags war auch dessen Bewusstsein erwacht, nämlich Gasuijamuo.

Du bist hinter ihm her. Ich werde dir beistehen, offerierte die Gedankenstimme in meinem Kopf.

Ich bin nicht hinter Gasuijamuo her, stellte ich klar.

Sondern hinter der Menschenfrau namens Greta Gale, die ihn entführt hat. Das glaubst du, doch es stimmt nicht. Es mag von vornherein die Absicht der Frau gewesen sein, sich den Gatusain zunutze zu machen. Ich garantiere dir, dass es trotzdem umgekehrt ist. Gasuijamuo nutzt sie für seine Zwecke aus.

Waheijathius Behauptung erschreckte mich. Wenn Gasuijamuo Greta quasi dirigierte, gelang dem Navigator das bei mir ebenfalls? Versuchte er mich in eine bestimmte Richtung zu manipulieren? Der Extrasinn enthielt sich eines Kommentars.

Die Manipulation anderer Lebewesen ist also der Sinn der Gatusain?, versuchte ich es auf einem anderen Weg. *Und gilt das speziell für Menschen?* Form und Größe der Sarkophage sprachen dafür. Bei der Verbreitung humanoider Völker im Universum war das allerdings nur bedingt ein Indikator.

Die Gatusain dienen nicht der Manipulation. Sie sind Ruhebecken, in denen die Illochim ihre Probleme ablagern und mit Hilfe der Rudimentärbewusstseine aufarbeiten. In diesen Bewusstseinsfragmenten werden die Gedanken der Illochim aufbewahrt, die diese nicht immer benötigten.

In ihrer Funktion als Ratgeber waren sie dem Extrasinn nicht unähnlich.

Und doch völlig unterschiedlich und gefährlich, warnte mich der Logiksektor, der abermals einen Funken mehr mitbekam als ich. *Im Laufe der Jahre nehmen die Rudimentärbewusstseine nämlich immer mehr die Persönlichkeit ihrer Besitzer an. Sie müssen sogar von Zeit zu Zeit durch neue ersetzt werden, da sie sonst zu große Selbstständigkeit erlangen.*

Was, wie ich vermutete, im Falle von Waheijathiu und Gasuijamuo geschehen war, die aus eigenem Antrieb operierten. Die Informationen und das wirre Gestammel Gales verdichteten sich zu einem Bild. Die Sarkophage waren Gefäße für willentlich abgesondertes Gedankengut, das sich im Laufe der Zeit verselbständigte. Illochim und Navigatoren hatten sich mit ihnen ihre eigenen Berater geschaffen. Der Vorgang klang nach Hybris, hatte aber offenbar Bestand. Die Rudimentärbewusstseine Waheijathius und Gasuijamuos hatten Jahrtausende auf der Erde geschlafen und, wie es aussah, ihre früheren Besitzer überlebt. Damit nicht genug, wirkten sie in deren Sinne weiter. Mehr über dieses Volk wusste ich damit immer noch nicht – oder über diese Völker. Ich erinnerte mich an ihr Aussehen aus meiner früheren »Sitzung«. Sie sahen sich so ähnlich, dass es logisch war, von einer nahen Verwandtschaft auszugehen.

Warum war Waheijathiu, der körperliche Waheijathiu, hinter Gasuijamuo her? Was ist mit den beiden geschehen? Ich täusche mich wohl nicht, wenn ich davon ausgehe, dass sie tot sind.

Der Navigator schwieg, betreten, wie mir schien. Der Extrasinn erlangte keine Erkenntnisse, die meine Fragen beantworteten. Das Versteckspiel begann mich zu ärgern. Eine weitere Frage lag mir auf der Seele.

Wieso verschlechtert sich Tristan Lis Zustand? Es geht ihm nicht gut. Er wird sterben, wenn wir nichts unternehmen. Wie kann ich ihm helfen, oder kannst du das?

Er ist schwach. Er ist nicht ergiebig genug, um mich in ausreichendem Maß mit dem zu versorgen, was ich benötige. Ich lasse ihn gewähren, weil er meinen Erweckungsprozess einleitete, doch ich kann ihm nichts mehr abgewinnen. Du bist ungleich wertvoller. Dein Wissen, deine Gedanken und Erinnerungen machen dich zu einem idealen Gast.

Zu einem Gast, dem Waheijathiu ebenso wie Li die Lebenskraft entzieht, prognostizierte der Extrasinn.

Du hast meine Frage nicht beantwortet, warf ich dem Navigator vor. *Wie kann ich Tristan Li helfen?*

Die Besitzer der Gatusain sind starke Charaktere. Terraner sind dieser zehrenden Leidenschaft nicht gewachsen. Sie fühlen sich geistig überfordert und gelangen in ein Abhängigkeitsverhältnis.

In eine Sucht, ich weiß. Kann man sich daraus lösen?

Das ist nicht mein Problem.

Die Kälte des Impulses stieß mich ab. Waheijathiu hatte mit Tristans Leben abgeschlossen. Etwa auch mit meinem? Er hatte von Terranern gesprochen. Reagierten Arkoniden anders auf die Wirkung des Artefakts? Sicher nicht. Von meiner Sucht abgesehen, fühlte ich mich zwar wohl, doch so ging es allen Süchtigen, selbst Li. Deshalb durfte ich meine Selbsteinschätzung nicht überbewerten.

Wir haben das gleiche Ziel, fuhr Waheijathiu fort. *Wir wollen Greta Gale und den Gatusain Gasuijamuos ausschalten, beziehungsweise in dessen Besitz kommen. Von daher ist es nur logisch, dass wir zusammenarbeiten.*

Und wenn ich mich weigere? Du kannst keinen Schritt tun, wenn ich es nicht gestatte. Tief in meinem Inneren befürchtete ich, mir etwas vorzumachen. Das Abhängigkeitsverhältnis von dem Sarkophag, dem ich unterworfen war, brachte gewisse Einschränkungen mit sich.

Auch du besitzt mit deinem Raumschiff keine Bewegungsfreiheit, konterte Waheijathiu. *Gasuijamuos Verbündete hat dafür gesorgt. Ich kann dir helfen, die Schwierigkeiten, in denen du steckst, bis zu einem gewissen Grad zu überwinden.*

Ein unerwartetes Angebot. *Wie soll das geschehen?*

Wir bezeichnen das, was du Netz nennst, als Kohärenzgestöber. Es ist eine Waffe Gasuijamuos. Ich kann es für eine gewisse, allerdings nur sehr kurze Zeitspanne neutralisieren und so mithelfen, dem Einfluss deiner Gegner zu entkommen. Wenn es soweit ist, musst du dich beeilen. Lange kann ich die Neutralisierung des Kohärenzgestöbers nicht aufrecht erhalten. Ich weiß nicht, wie viel Zeit dir bleibt.

Unserer Gegner. Es machte keinen Unterschied. Waheijathius Angebot war zu verlockend, um es in den Wind zu schlagen. Ich signalisierte ihm mein Einverständnis und drückte den Sarkophagdeckel in die Höhe.

»Wie kommen Sie hier herein?«, fragte Atlan.

Cyriane Drays' Ahnung hatte die Medikerin nicht getrogen. Sie erhielt die Bestätigung, als der Lordadmiral aus dem Sarkophag stieg. Er brauchte sich nicht zu orientieren, sondern war hellwach. In seinem Gesicht zeichnete sich Überraschung ab, weil sie vor ihm stand.

»In einem Notfall bin ich als Leiterin des medizinischen Stabes mit meiner Vollmacht berechtigt, jeden Raum dieses Schiffs zu betreten. Das ändert sich nicht, wenn Sie sich für besonders schlau halten und ihre USO-Vorrangkennung benutzen ... Sir.« Sie fühlte sich unwohl. Wie gern hätte sie sich geirrt. Nun gab es kein Zurück. »Ich sah nur einen Grund für Ihr Verhalten.«

Atlan runzelte die Stirn. Offenbar war es ihm nicht weniger peinlich, bei der Benutzung des Artefakts erwischt worden zu sein, noch dazu von der Frau, die ihn ausdrücklich vor dessen abermaliger Benutzung gewarnt hatte.

»Verhält es sich so, wie ich befürchte, Sir?«

»Sie meinen, ob ich auf die Besuche der Muschel angewiesen bin? Ob ich, wie Tristan, süchtig geworden bin?«

»Das meine ich, Sir.«

Er nickte. »Es ist sinnlos, diese Tatsache zu leugnen. Ich bin mir der Fakten bewusst. Die Sucht trat bereits beim ersten Besuch ein, von dem Sie mich abzuhalten versuchten. Sie hatten den richtigen Riecher, zugegeben. Es ist müßig, darüber zu diskutieren. Wir müssen mit der Situation so umgehen, wie sie nun einmal ist. Sehen Sie eine Chance, meine Sucht zu heilen?«

Drays war erstaunt über die Offenheit, mit der Atlan ihr begegnete. Sie hatte Ausflüchte erwartet, sogar eine Zurechtweisung, weil sie angeblich ihre Kompetenzen überschritt – was sie natürlich nicht tat. Stattdessen überraschte er sie mit nüchterner Abgeklärtheit. Beim zweiten Nachdenken sagte sie sich, dass ein solch souveränes Auftreten einem Mann wie ihm viel ähnlicher sah als um den heißen Brei herumzureden.

»Nun, Dr. Drays?«

»Tut mir leid, Sir, ich sehe so wenig Chancen wie bei Tristan.«

»Das dachte ich mir. Unsere Überlegungen decken sich. Sind Sie die Einzige, die etwas bemerkt hat?«

»Ich war in der Zentrale, weil ich Sie suchte. Niemand äußerte sich zu Ihrem Verschwinden. Es war ja wohl nicht das erste Mal. Dazu in dieser Lage, wo Gale uns schachmatt gesetzt hat.« Die Medikerin fuhr sich durch das blauschwarze Haar. »Wie gesagt, niemand hat einen Verdacht vorgebracht, doch Ihre Leute werden sich ihren Teil denken. Es muss ganz schön hart für sie sein, wenn Sie aus gewissen Gründen Ihren Kommandoposten verlassen, Sir. Das soll kein Vorwurf sein.«

»Es ist nicht nötig, sich zu entschuldigen.« Der Arkonide winkte ab, gönnte ihr sogar ein Lächeln. »Schließlich haben Sie recht, Cyriane.«

»Ich schlage vor, Sie trotzdem zu untersuchen. Ein wenig Hoffnung bleibt. Sie erwähnten selbst Ihren Extrasinn und verschiedene weitere Faktoren, die Tristan fehlen. Sie könnten bewirken, dass der Suchtfaktor bei Ihnen nicht so ausgeprägt ist wie bei ihm.« Sie glaubte nicht wirklich daran, doch einen Versuch war es wert.

»Wie geht es dem jungen Mann?«

»Eher schlechter als besser. Er wollte die Psychopharmaka absetzen, hat sich aber gefügt, sie weiterhin zu nehmen. Er fühlt sich geistig stark, obwohl er die Folgen deutlich vor Augen hat. Erinnert Sie das an jemanden, Sir?«

»Ihnen liegt anscheinend viel daran, mich aus der Reserve zu locken.«

Drays druckste herum. Sie hatte eine Idee, wagte aber kaum, sie auszusprechen. Sie verschränkte die Arme vor der Brust und holte tief Luft. »Also gut. Wenn aus der Reserve locken, dann körperlich.«

»Wie darf ich das verstehen?«

»Wenn wieder der Drang übermächtig wird, sich in den Sarkophag zu legen, brauchen Sie eine Ablenkung, Sir, und zwar eine, die so stark ist, dass Sie Ihre Sucht, zumindest für den Augenblick, vergessen. Ich meine, ich schlage vor ...«

»Dass ich mich auf einem gewissen Gebiet körperlich betätige?«

»Bis zur Erschöpfung, Sir. Ich spreche aus rein medizinischer Sicht.«

»Sie reden von Sex?« Der Arkonide schien erheitert. Kein Wunder. Es hieß, dass trotz fotografischem Gedächtnis nicht einmal er selbst wusste, wie viele Gefährtinnen er in seinem langen Leben gehabt hatte.

»Gewissermaßen.« Die Ärztin wurde rot. Auch ohne in einen Spiegel zu sehen, registrierte sie den Vorgang. Das war ihr noch nie bei einem Mann passiert.

»Dazu bedürfte es einer Partnerin. Haben Sie diesbezüglich Vorschläge?«

Cyriane gab sich einen Ruck, bevor ihr endgültig die Stimme versagte. »Ich bin die Leiterin des medizinischen Stabes. Daher wäre es nur logisch, dass ich es bin, die sich zur Verfügung stellt.«

»Aus rein medizinischer Sicht natürlich.«

»Ja, Sir.«

Atlan lächelte abermals, länger diesmal. »Ich werde darüber nachdenken, Cyriane. Zunächst muss ich mich in die Zentrale begeben und dafür sorgen, dass die AVIGNON freikommt.«

»Ich dachte, wir sind hilflos gegen den Traktorstrahl der ESHNAPUR.«

»Ein ehemaliger Kristallprinz hat stets einen letzten Trumpf im Ärmel«, versicherte der Arkonide. »Wir sehen uns später.«

Drays sah Atlan nach, als er den Lagerraum verließ. Hoffentlich kam er auf ihren Vorschlag zurück. Denn die medizinische Sicht der Dinge war eine Sache, die zwischenmenschliche eine andere. Sie marschierte los und folgte ihm in die Zentrale.

Erwartungsgemäß waren die Aggregate der AVIGNON weiterhin ausgefallen. Es gelang den Technikern nicht, sie während des Kohärenzgestöbers zu reparieren. Unauffällig sah ich mich um, während ich zu meinem Kommandosessel ging und darin Platz nahm. Niemand gab durch Körpersprache oder Mimik zu verstehen, dass er annahm, ich käme soeben von dem Sarkophag. Beinahe beiläufig wurde meine Rückkehr in die Zentrale zur Kenntnis genommen. Einzig Tristan Li und Cleany

Havedge, zu meinem Missfallen beide im Herzen des Kreuzers zugegen, musterten mich ungeniert.

»Lage unverändert?«

»Soweit wir das bei den uns zur Verfügung stehenden Möglichkeiten beurteilen können, ja«, antwortete Legove. Er klang frustriert. »Ich wäre zufrieden, wenn nur ein Teil der Instrumente wieder zum Leben erwachte.«

Der Kommandant ahnte nicht, dass ich ihm mit mehr dienen konnte, wenn Waheijathiu Wort hielt. Ich wappnete mich mit Geduld, weil ich keine Ahnung hatte, wie lange der Navigator für die Vorbereitungen brauchte. Ich rechnete ihm hoch an, dass er überhaupt angeboten hatte, uns zu helfen, auf eine Art, die nur den Gatusain zur Verfügung stand.

Waheijathiu handelt nicht selbstlos, erinnerte der Extrasinn. *Wäre er nicht auf dich angewiesen, hätte er kein Hilfsangebot unterbreitet. Er tat es nur, um selbst seine Handlungsfähigkeit zurückzuerlangen.*

Das ist mir klar.

Dir ist hingegen nicht klar, dass es sich keineswegs um das Gute der beiden Rudimentärbewusstseine handelt, versetzte mein stummer Mahner. *In ihren selbstsüchtigen Ambitionen stehen sich Waheijathiu und Gasuijamuo in nichts nach. Waheijathius primäres Ziel ist es, den gegnerischen Gatusain zu vernichten. Deshalb seine Hetzjagd. Danach will er in Erfahrung bringen, ob sein Illochim-Besitzer vor Jahrtausenden gestorben ist oder noch lebt.*

Das hatte der Navigator mir verschwiegen. Den Extrasinn hatte er nicht täuschen können. Er fürchtete möglicherweise, dass ich nicht auf sein Spiel einging, wenn ich sämtliche Fakten kannte.

Du wärst so oder so darauf eingegangen, weil du ihn so sehr brauchst wie er dich. Ohne seine Intervention kommt die AVIGNON nicht frei.

Auch das ist mir klar.

Auch der Umstand, dass Waheijathiu dich verführt? Er will, dass du wieder und wieder zu ihm kommst, und zwingt dich damit in immer größere Abhängigkeit.

Dagegen konnte ich mich ohnehin nicht stemmen, solange ich süchtig war. Cyriane Drays' Idee kam mir in den Sinn. Ich hätte nicht suchtkrank sein müssen, um von der Offerte angetan zu sein. Die Medikerin war eine ausgesprochen attraktive Frau, bei der es nicht leicht fiel, nein zu sagen.

»Ich erhalte Werte!«, rief Luella Tarra plötzlich. »Raumüberwachung springt an. Wir befinden uns im Anflug auf einen Planeten.«

»Antriebsaggregate erhalten Energiezufluss auf geringem Niveau«, fügte Legove hinzu. »Tendenz steigend. Noch ein paar Minuten, und wir erlangen Zugriff auf die Maschinen.«

»Die internen Sensoren zeigen einen Vorgang im Lagerraum mit dem Sarkophag an. Etwas geschieht mit diesem Ding, Sir. Es emittiert einen in ihrer Zusammensetzung unbekannten Strahlenschauer. Aufschlüsselung ist nicht möglich.«

Waheijathiu hatte nicht zu viel versprochen. Er setzte seine Mittel ein, um das von Gasuijamuo geschickte Gestöber zu neutralisieren. Es gelang tatsächlich. Ein System nach dem anderen erwachte zum Leben, übermittelte Bereitschaft. Wir drangen in die Atmosphäre des unbekannten Planeten ein.

»Das Netz besteht aus Myriaden winziger Geschosse von Mikrometergröße.«

»Kohärenzgestöber«, murmelte ich.

»Die Geschossumhüllungen bestehen aus semimateriellen Feldern, der Inhalt selbst aus höherdimensionaler Substanz, deren Emissionsfeld diffus bleibt. Eine völlig fremdartige Technologie, die unsere Instrumente nur ansatzweise durchschauen.«

»Lässt sich ermitteln, wo wir sind?«

»Im Zimthys-System, von der Erde aus 4950 Lichtjahre Richtung galaktische Eastside gelegen. Unter uns liegt Orgoch, der vierte Planet.«

Ein paar weitere Daten über diese unerkundete Welt folgten. Es war bekannt, dass sie von einer Zivilisation auf niedriger Entwicklungsstufe bevölkert war und abseits der Schifffahrtsrouten lag. Darüber hinaus tappten wir im Dunkeln. Greta hatte ein Sonnensystem ausgewählt, in dem man sie so schnell nicht finden würde. Dieses Biest ging taktisch geschickt vor. Vereinzelte Holokuben etablierten sich, Monitoren flammten auf. Ich zählte die Sekunden, bis endlich jemand die erlösenden Worte aussprach. Inzwischen wusste Gale, dass wir drauf und dran waren, ihr durch die Finger zu schlüpfen. War sie in der Lage, das Kohärenzgestöber zu verstärken? Verfügte sie über weitere Optionen?

»Wir bekommen Zugriff auf den Antrieb«, jubelte Milon Taffy.

Auf diese Meldung hatte ich gewartet. »Legove, vollen Impulsschub. Bringen Sie uns aus dem Erfassungsbereich des Traktorstrahls.«

Verbissen kauerte Legove im Pilotensitz. Die Anspannung war in seinem Gesicht abzulesen. »Wir lösen uns ... kommen frei. Wo bleiben die Schutzschirme, bevor Gale uns ein zweites Mal erwischt?«

»Nichts zu machen. Sie fahren nicht hoch.«

»Fluchtkurs dicht über der Planetenoberfläche«, stieß ich aus. Bevor wir Gegenmaßnahmen gegen die ESHNAPUR einleiteten, brauchte ich Klar-Meldungen für sämtliche Maschinen und Einrichtungen. »Waffensysteme?«

»Negativ, Sir. Dafür kommen die Schirme jetzt doch. HÜ-Staffeln bauen sich auf. Paratron fluktuiert, bleibt bei knapp fünfzig Prozent Leistung. Na, immerhin etwas. Daran wird sich Greta eine Weile die Zähne ausbeißen.«

Irgendwer stieß einen begeisterten Schrei aus. Plötzlich waren unsere Chancen gestiegen, uns zunächst in Sicherheit zu bringen und später den Spieß umzudrehen. Doch noch war es nicht soweit. Nur ein Teil der Instrumente arbeitete wieder wie gewohnt. Wir brauchten volle Einsatzbereitschaft. Bis wir die erlangten, blieb die ESHNAPUR uns überlegen. Wenn Waheijathius Neutralisierung des Kohärenzgestöbers endete, mussten wir aus dem Wirkungsbereich entkommen sein.

Die AVIGNON raste der Planetenoberfläche entgegen. Die ESHNAPUR folgte ihr.

»Ihr seid unfähig! Ich sollte euch alle aus dem Schiff werfen!« Greta Gale tobte vor Wut. Atlan war es gelungen, sich mit der AVIGNON von dem Traktorstrahl zu befreien. Sie verstand nicht, wie das geschehen konnte, da Gasuijamuos Kohärenzgestöber die Bordsysteme der Verfolger außer Kraft gesetzt hatte. Ließ das Gestöber in seiner Wirkung nach? In dem Fall musste Gasuijamuo eine zweite Ladung einsetzen.

»Unser Gegner ist nicht irgendwer, sondern der Lordadmiral der USO«, sagte Svin Heyburn grinsend. Ihm schienen die Ereignisse Spaß zu machen, woran der Alkohol schuld war. Seit dem Aufbruch von der Erde war er nicht mehr nüchtern gewesen. »Ich hatte dich gewarnt, nicht mit Atlan zu spielen. Du hättest ihn gleich töten sollen, als die Gelegenheit dazu bestand.«

»Sehr hilfreich! Halt deinen Mund, wenn du keine produktiven Vorschläge hast.« Greta war nahe daran, ihn als Ventil für ihre Rage zu benutzen.

»Sie entkommen uns nicht«, lenkte Karim Shoutain sie ab. »Noch nicht all ihre Systeme arbeiten wieder. Wir bleiben dran.«

Greta glaubte ihm kein Wort. Wahrscheinlich hatte er sich mit Atlans Mannschaft verschworen. Argwöhnisch musterte sie die Raumfahrer in der Zentrale der ESHNAPUR. Wer sonst noch gehörte zur Verschwörung? Sie dachte an den Unbekannten, der sie verfolgte, an den Unsichtbaren, den sie nie zu Gesicht bekam und dem es gelang, jeden seiner Schritte vor ihr zu verbergen. Sie straffte ihre Gestalt und räusperte sich, als ihr das eigene Verhalten bewusst wurde. Die Leute sahen sie schon an.

Feiglinge! Sie fürchteten sich davor, dass Greta ihre Drohung wahr machte und sie aus einer Luftschleuse beförderte. Aus dieser Höhe war das eine sehr unangenehme Vorstellung. Greta unterdrückte ein Kichern. Atlan entkam ihr trotzdem nicht. Ihre speziellen Pläne für seine Zukunft gab sie nicht auf.

»Ich habe etwas zu erledigen. Gnade dir Gott, wenn wir die AVIGNON verlieren«, drohte sie dem Kommandanten.

»Das werden wir nicht«, versprach er.

Seine nächsten Worte hörte Greta nicht mehr. Sie stürmte aus der Zentrale und lief zu ihrem Quartier. Jorim Kilshasin lag unbekleidet im Bett, wo er sich jederzeit zu ihrer Verfügung zu halten hatte. Sie hatte ihn glatt vergessen.

Er sah auf. »Kann ich Ihnen dienlich sein, Herrin?«

»Halt die Klappe«, fauchte Greta. Sie sorgte sich nicht, dass er während ihrer Abwesenheit heimlich den Gatusain benutzte, da sie es ihm ausdrücklich verboten hatte und er nicht in der Lage war, sich gegen ihren Willen zu stemmen. Wie alle anderen war er nur eine Marionette. Wenn sie seiner überdrüssig war, würde sie ihn in die Wüste schicken und sich einen anderen Liebhaber nehmen. Atlan, ging es ihr durch den Kopf. Sie wollte den Arkoniden in ihrem Bett und zu ihren Füßen. Durch die Dummheit der Besatzung war die Aussicht darauf in weite Ferne gerückt.

Sie legte sich in die Muschel. Inzwischen schlief sie nicht mehr gleich ein, wie es anfangs geschehen war. Gasuijamuo erkannte, was sie zu ihm trieb, und handelte dementsprechend. Jetzt ging es ihr darum, seine Hilfe einzuholen. Inzwischen wusste sie auch, dass sie seine Stimme niemals gehört, sondern sie wirklich nur wahrgenommen hatte. Er sprach auf lautlosem Weg zu ihr, und danach richtete sie sich. Sie öffnete ihren Geist und legte ihr Dilemma da, wozu es keiner langen Worte bedurfte.

Es ist Waheijathiu, zischte Gasuijamuo.

Waheijathiu?

Ich ahne es, kann ihn fast körperlich spüren. Er ist da, mein Widersacher in dem anderen Gatusain. Er hat mich vor langer Zeit verfolgt. Nun tut er es wieder. Das Rudimentärbewusstsein eines verfluchten Navigators. Es hilft unseren Feinden. Es besitzt die Fähigkeit, das Kohärenzgestöber zu einem gewissen Grad zu neutralisieren.

Verstärke es, forderte Greta. *Oder schicke ihnen ein Neues.*

Gasuijamuo bedauerte, dass weder die eine noch die andere Option bestand. *Der Einsatz des Kohärenzgestöbers war eine einmalige Sache. Mehr davon steht mir nicht zur Verfügung. Die Menge reichte gerade für das Schiff unserer Verfolger aus.*

Greta zuckte zusammen. *Dann werden sie entkommen, doch damit gibt sich Atlan nicht zufrieden. Er wird nicht ruhen, bis er uns vernichtet hat. Uns beide, dich und mich.*

Es liegt an dir, das zu verhindern. Waheijathiu kann das Gestöber nur vorübergehend neutralisieren. Wenn seine Kraft nachlässt, wirkt es wieder, allerdings nicht mehr in der ursprünglichen Intensität. Du musst sofort handeln. Geh und vernichte die AVIGNON.

Mit Atlan an Bord? Wenn sie das tat, verlor sie ihn, bevor sie ihn überhaupt hatte. Der Rest der Besatzung der AVIGNON war ihr gleichgültig. In Atlan sah sie so etwas wie eine Messlatte, an der sie sich orientieren wollte. Wenn sie ihn unterwarf, gelang ihr das bei der ganzen Galaxis. Sie war nicht willens, ihn zu opfern. Sie sann nach einer anderen Lösung.

Geh und tu, was ich dir aufgetragen habe, drängte Gasuijamuo. *Keine Widerrede mehr, sonst ist es zu spät.*

Greta verließ den Gatusain und ihr Quartier. Ja, sie würde tun, was Gasuijamuo von ihr verlangte. Er tat es zu ihrer beider Sicherheit. Es ging um jede Minute, und Greta rannte, so schnell sie konnte. In den verlassenen Korridoren der ESHNAPUR fühlte sie sich wieder verfolgt, gleichzeitig beseelt von neuer Kraft, die sie während der Verständigung mit Gasuijamuo empfangen hatte. Sie sehnte den Augenblick herbei, in dem der Unbekannte sich ihr in den Weg stellte. Er war machtlos gegen sie. Sie würde ihn geistig zerschmettern. Er tat ihr den Gefallen nicht. Niemand lief ihr unterwegs über den Weg. Sogar ihre Furcht davor, dass der AVIGNON die Flucht gelänge, war vergangen und mutete ihr im Nachhinein lächerlich an.

»Atlan bekommt gleich Probleme«, kündigte sie an. »Die Systeme der AVIGNON werden erneut ausfallen. Vorbereitungen treffen, Kommandant.«

»Vorbereitungen wofür?«, fragte Shoutain.

»Für einen Angriff. Sobald die AVIGNON an Geschwindigkeit verliert, schlagen wir zu und vernichten sie.«

»Du hast deine Meinung also geändert«, wunderte sich Korfein Walsh. Heyburn hockte mit geschlossenen Augen in einem Kontursessel. Leises Schnarchen war zu vernehmen.

»Das habe ich«, bestätigte Greta. Die Zeit der Spielchen war vorbei. Gasuijamuo hatte ihr den rechten Weg gewiesen. Sie brauchte niemanden, um ihr Reich zu errichten. Nicht Simmi Orloff oder sonst wen von MEINLEID. Schon gar nicht brauchte sie Atlan, den Emporkömmling aus dem Volk der degenerierten Arkoniden. Die Zeit war gekommen, reinen Tisch zu machen und die Vergangenheit endgütig hinter sich zu lassen. Niemand war da, Greta aufzuhalten. Die beeinflusste Besatzung parierte aufs Wort.

»Waffensysteme einsatzbereit«, sagte Shoutain.

Greta lächelte. Sie hob eine Hand und ballte sie zur Faust. »Feuer!«

»Direkter Treffer! Paratron hat sich verabschiedet.«

Der Schutzschirm war nach dem Wiederentstehen zu schwach gewesen. Ich hatte es befürchtet. Die Erstarkung des Kohärenzgestöbers schritt in gleichem Maße fort, wie Waheijathius Neutralisierung nachließ. Die Entwicklung war abzusehen. Uns blieben allenfalls ein paar Minuten, um dem drohenden Verhängnis zu entgehen, wieder von einem Traktorstrahl erfasst zu werden.

Es sieht ganz so aus, als ob Gale keinen Wert mehr darauf legt, uns einzufangen, zweifelte der Extrasinn.

Aufgrund des Einsatzes aller Waffensysteme gegen die AVIGNON konnte ich ihm nicht widersprechen. Ich schien nicht mehr erste Wahl zu sein, wenn es darum ging, Gretas neues Menschengeschlecht zu schaffen. Wir feuerten mit dem zurück, was uns zur Verfügung stand. Es war wenig genug und belastete die intakten Schutzschirme der ESHNAPUR kaum.

Cada Legove legte ein Ausweichmanöver nach dem anderen hin. Wir rasten über die Höhen eines Gebirgszugs von den

Ausmaßen der irdischen Alpen. In der Zentrale war Stille eingetreten. Meine Spezialisten bewerteten unsere Chancen ähnlich gering wie ich. Ira Connaire fluchte auf die zerschossene Hyperfunkanlage. Ein Hilferuf war unmöglich. In einem Holo entdeckte ich eine Ansiedlung am Fuß der Berge, von der aus eine schliche Straße in die Ferne führte.

»Der Antrieb stottert«, beschwerte sich Legove. »Die ESHNAPUR holt weiter auf.«

Das war gar nicht nötig, um uns zur Landung zu zwingen. Was würde danach geschehen? Gale bezog Stärke aus dem Gatusain, genau wie ich. Welcher von beiden war mächtiger, Gasuijamuo oder Waheijathiu? Ich tippte auf den Navigator, weil der Illochim schon vor Jahrtausenden geflohen war, statt sich ihm zu stellen. Letztlich war es egal. In einem direkten – auch geistigen – Kampf zwischen Greta und mir gab es einen sicheren Sieger, und das war ich. Daran hegte ich nicht den geringsten Zweifel.

Vor meinen Augen kollabierten die formgestalteten Lichtphotonen des Holos. Das Gestöber setzte sich durch, schaltete ein System nach dem anderen ab. Wir fingen weitere Treffer ein.

»HÜ-Staffeln flackern, Sir.«

»Wirkungstreffer durchgedrungen!«

Mein Herz verkrampfte sich, als ich mir die Folgen ausmalte. Ein schwerer Schlag erschütterte den Kreuzer und brachte die Kugelzelle zum Schwingen. Unter meinem Hintern vibrierte der Kontursessel. Schreie wurden ausgestoßen, während gleichzeitig durchdringender Alarm einsetzte.

»Schadensmeldungen aus mehreren Schiffssektionen«, meldete Taffy. »Der Nordpol des Schiffes ist zerstört. Es gibt Dutzende von Toten.«

Mein Zorn auf Greta Gale verwandelte sich in Hass, ein Gefühl, mit dem sie selbst sich am besten auskannte. Elmsfeuer tanzten auf den Oberflächen der Pulte. Ein Entladungsblitz spannte sich bläulich zwischen zwei Konsolen, zuckte knisternd hin und her und sprang, ehe irgendwer reagieren konnte, auf Nachim Emcheba zu. Er schrie auf, als die Entladung in seine Brust fuhr, wo sie einen hässlichen schwarzen Fleck auf der Uniform hinterließ.

»Großteil der Antriebsaggregate ausgefallen. Wir können uns kaum noch in der Luft halten.« Legove versuchte zu verhindern, was nicht mehr zu verhindern war. »Absturz steht unmittelbar bevor.«

»Dr. Drays, kümmern Sie sich um Emcheba!«

Aus den Augenwinkeln sah ich, dass sie schon über den Cheflogistiker gebeugt stand, um ihm Erste Hilfe zu leisten.

»Schirme kollabiert.« Das war Eppenroq. »Diesmal haben sie es endgültig hinter sich.«

Schlimmer konnte es nicht kommen. Wenn die AVIGNON ungestürzt auf dem Planeten einschlug, bedeutete das die völlige Zerstörung. Ich wählte die einzige Option, von der ich mir eine Rettung für die Besatzung versprach. »Wir geben die AVIGNON auf. Alle Besatzungsmitglieder begeben sich unverzüglich in die Beiboote!«, startete ich einen Rundruf. »Dies ist keine Übung. USO-Notfallplan Kappa-Xi. Verlassen Sie umgehend das Schiff!«

»Wenn die Antriebe funktionieren«, gab Connaire zu bedenken.

»Zumindest die Antigravs arbeiten. Das reicht für eine Landung.«

Ringsum mehrten sich die Zeichen des Untergangs. Funken sprühend versagten Instrumente, in den Atemwegen beißender Rauch breitete sich in der Zentrale aus. Hier und da leckten Flammen über die Arbeitsbuchten der Spezialisten. Zumindest die automatischen Löscheinrichtungen sprangen an und brachten ein Dutzend Brandherde unter Kontrolle.

Cyriane Drays kam schwankend auf die Beine und hielt sich an einer Lehne fest. »Emcheba ist tot. Ich konnte nichts mehr für ihn tun.« Sie machte Anstalten, sich zum Ausgang zu begeben. »Ich sehe nach, ob mir das woanders besser gelingt.«

Ich erhob mich, um ihr nachzusetzen und den Rest der Zentralebesatzung mitzunehmen. Wir mussten ohnehin hier raus, solange es noch ging.

Hier drin ist es am sichersten, protestierte der Extrasinn mit ungewohnter Schärfe. *Ich empfehle dringend, den Absturz in der zentralen Kugelzelle zu erleben. Sie ist durch extrastarke Prallfelder geschützt.*

Noch. Doch für wie lange?

Lange genug hoffentlich, wenn Waheijathiu den Rest seiner Neutralisierungskräfte gegen das Gestöber zur Aufrechterhaltung der Prallfelder einsetzt.

Waheijathiu. Der Gatusain. In dem Chaos hatte ich ihn glatt vergessen. Meine Gedanken überschlugen sich. Die Kugelzelle der AVIGNON war gewissermaßen schwimmend gelagert, was mit dem Experimentalcharakter des Kreuzers zu erklären war. Es gab keinen Präzedenzfall, ob die Wirkung hielt, was die Behauptungen der Ingenieure versprachen. Nichtsdestotrotz stimmte ich dem Extrasinn zu.

»Connaire und Taffy, mitbekommen«, befahl ich. »Cyriane, Sie bleiben in der Zentrale. Das Gleiche gilt für alle anderen, auch für unsere beiden Zivilisten.« Die Anweisung war überflüssig. Cleany Havedge und Tristan Li kauerten starr in ihren Sesseln und ließen die Stöße, die durch das Schiff fegten, über sich ergehen. »Schutzanzüge anlegen.«

»Was haben Sie vor, Sir?«, fragte Taffy draußen.

»Wir holen den Sarkophag aus dem Laderaum und schaffen ihn in die Zentrale. Ohne ihn ist Li spätestens in zwei Tagen tot.«

Unterwegs stießen wir überall auf Spuren der Zerstörung. Wir hasteten durch die Korridore, gerieten ein ums andere Mal ins Taumeln, wenn Erschütterungen durch das Schiff liefen, das nur noch ein Wrack war. Ein weiterer Treffer würde uns den Rest geben, die AVIGNON in der Luft zerstören und nicht einmal die Aussicht auf eine Notlandung lassen. Wir stürzten ab, dachte ich fatalistisch.

Als wir endlich beim Lagerraum ankamen, schien eine halbe Ewigkeit vergangen zu sein. Der Schottrahmen war verzogen, die Automatik außer Betrieb. Mit vereinten Kräften stemmten wir das Schott auf.

Connaire und ich hoben den Gatusain an. Taffy hatte ich mitgenommen, damit er uns den Weg ebnete, falls wir auf Hindernisse stießen. Der Deckel war nicht ganz verschlossen. Als ich das Artefakt berührte, empfand ich Waheijathius Nähe.

Ich erkenne, was geschieht, übermittelte er mir. *Meine Kraft ist beinahe aufgebraucht. Ich werde die restliche Strahlenmenge dazu benutzen, die die Zentrale sichernden Prallfelder zu stabilisieren, wie du es erwartest. Den Erfolg garantiere ich nicht.* Zum ersten Mal meinte ich Verunsicherung in der Botschaft des Gatusains zu vernehmen. Wie wir alle hatte er sein Ende vor Augen.

Wir trugen den Sarkophag in die Zentrale, so schnell uns die Beine mit unserer Last trugen, taumelten, stolperten vorwärts. Da keine Hindernisse aus dem Weg zu räumen waren, unterstützte Taffy uns, und wir kamen zügig voran. Wobei zügig ein Begriff war, den ich selten als so relativ empfunden hatte wie in diesem Moment. Traf uns ein weiterer Schuss, wurde aus Relativität Endgültigkeit. Bohrten wir uns in die Planetenoberfläche, bevor wir den Plan in die Tat umsetzten, galt das Gleiche.

Wir kamen lebendig an. Ich wunderte mich mehr darüber, als dass ich mich freute.

»Wir haben eben noch mitbekommen, wie die ESHNAPUR abgedreht ist«, empfing uns Eppenroq. »Ich fürchte, Gale bläst zur Jagd auf die Rettungsboote. Mit uns hat sie abgeschlossen.«

Ich traute dem Miststück zu, dass sie die Beiboote gnadenlos abschoss. Wenn sie das tat, war sie eine viel größere Verbrecherin, als ich bisher angenommen hatte. Wir platzierten den Gatusain inmitten der Zentrale und sicherten ihn.

»Höhe über Grund?«, wollte ich wissen, wobei ich anstelle der schlichten Bordkombi einen Schutzanzug anlegte, wie ihn die übrigen einschließlich Havedge und Li inzwischen trugen. Mit einem Wink gab ich Connaire und Taffy zu verstehen, meinem Beispiel zu folgen.

»Die Ortung gibt keinen Piep mehr von sich«, enttäuschte mich Luella Tarra. »Optische Außenbeobachtung stark eingeschränkt.«

Sämtliche Holos waren ausgefallen. Über den Panoramabildschirm liefen Verzerrungen, schnell wechselnde abstrakte Bildsymbole, Linien und Muster, die mich an die Fiktivspiele erinnerten, mit denen sich lethargische Arkoniden vor über tausend Jahren die Zeit vertrieben hatten. Was ich sah, löste jedoch weder ekstatische Glücksgefühle noch Wohlbefinden aus, sondern zeugte von der Zerstörungsorgie, die uns heimgesucht hatte. Für eine Sekunde erhaschte ich einen Blick nach draußen. In der Ferne zeichneten sich die Berge vor dem Himmel ab. Wir stürzten auf eine baumbewachsene Ebene zu, die keine zwei Kilometer unter uns lag.

Cleany Havedge hatte es ebenfalls gesehen. »Das Schiff wird zerschmettert«, jammerte er. Seine Stimme zitterte.

»Das ... das gibt es doch nicht«, stammelte Legove. »Die Manövrierdüsen haben kurz gezündet. Sie sind schon wieder aus, haben unseren freien Fall aber gewaltig abgebremst.«

Dafür war Waheijathiu verantwortlich. Ich schielte zu dem Sarkophag hinüber, gedrängt von dem Verlangen, Kontakt zum Navigator aufzunehmen. Den Impuls unterdrückend, trieb ich meine Spezialisten an. »Sichere Positionen einnehmen. Mechanische Gurte verwenden.« Die waren zwar Spielzeuge im Vergleich zu den Antigravfeldern, welche die Sessel sonst bei einem Notfall schützten, doch wir mussten mit dem auskommen, was geblieben war. Der kleinste Strohhalm erhöhte unsere Überlebenschancen.

Es ächzte in der Schiffszelle. Tief aus ihrem Inneren drangen Geräusche, wie sie die AVIGNON nie zuvor ausgestoßen hatte. Ich kannte sie von früheren Gelegenheiten, bei denen ich in einem Wrack gesessen hatte. Es war der Todeskampf eines Raumschiffs. Irgendwo heulte Feueralarm, wo die verbliebenen Feuerlöscheinrichtungen sich erfolglos bemühten, die außer Kontrolle geratenen Brände zu löschen.

Ich warf mich in den Kommandostand und sah mich um. Ihre Ausbildung hatte die USO-Spezialisten gelehrt, ruhig und gelassen auf das Unvermeidliche zu warten. Der Kurator hatte den Kopf zwischen die Schultern gezogen und erweckte den

Eindruck eines Trauerkloßes. Er stand kurz davor, in Tränen auszubrechen. Tristan Lis Gesicht war wie aus Stein gemeißelt. Seine Lippen bebten, formten stumm immer wieder dasselbe Wort, das seinen Gemütszustand am besten ausdrückte.

»Greta«, las ich von seinen Lippen ab. Dass wir nicht wussten, ob wir den Absturz überlebten, hinderte ihn nicht daran, seine Rachegelüste zu pflegen.

Im Bauch des ehemals stolzen Kreuzers krachte es ohrenbetäubend. Das Schiff brach auseinander, bevor es aufschlug. Die Zelle verformte sich. Gleich reihenweise vernahm ich jetzt Explosionen. Meine Zweifel daran, dass es richtig gewesen war, nicht mit einem Beiboot auszusteigen, wuchsen. Ich wurde durchgeschüttelt, in meinem Sitz hin und her geworfen. Die Gesichter meiner Kameraden verschwammen vor meinen Augen.

Dann schlugen wir auf.

Unbesiegbar. Unüberwindlich. Unangreifbar.

Es gab keinen Superlativ, der Greta Gale gerecht wurde. Es war so leicht gewesen, die Verfolger von der USO auszuschalten. Sie rannten wie die Hasen. Genauer, sie flohen mit Beibooten aus dem Wrack, das einst die AVIGNON gewesen war. Die Ratten verließen buchstäblich das sinkende Schiff.

»Die Kiste kracht runter, aber es ist niemand mehr an Bord«, kommentierte Walsh den Absturz. Ihm schien nicht ganz wohl bei der Tatsache zu sein. »Die Überlebenden werden uns das Leben schwer machen.«

»Das werden sie nicht, wenn sie zu Fuß unterwegs sind, ohne technische Hilfsmittel.«

»Und wie willst du das anstellen? Sie bleiben mobil, obwohl du den Kreuzer erwischt hast.«

Greta beobachtete die Ein-Mann-Jäger, die sich ins Freie ergossen, die Drei-Mann-Zerstörer und Shifts. Die Menschen an Bord waren wehrlos. Sie zögerte, den entscheidenden Befehl zu geben. Er war unabdingbar, wenn sie nicht ständig Gefahr laufen wollte, beim Aufbau ihres künftigen Reiches gestört zu werden. Der Moment der Schwäche verging. »Sämtliche Beiboote abschießen.«

»Abschießen?« Karim Shoutain verkrampfte. Er ballte die Hände zu Fäusten. Trotz seiner Schwäche erlebte er einen inneren Widerstreit der Gefühle. Sein Unterbewusstsein sträubte sich dagegen, wehrlose Menschen zu töten.

»Worauf wartest du?«, herrschte Greta ihn an. »Es ist nicht nötig, die Boote zu vernichten. Deine Leute sollen auf die Triebwerke schießen und sie vollständig zerstören. Ich will, dass sie nie wieder fliegen.« Eventuelle Überlebende konnte sie später ebenso unterwerfen wie die Besatzung der ESHNAPUR und die Primitiven von Orgoch, die noch nichts von ihrem »Glück« ahnten.

Karim Shoutain gab den Befehl weiter. Der Kreuzer jagte hinter den Beibooten her und brachte sie der Reihe nach zur Strecke. Regungslos verfolgte Greta das Scheibenschießen. Einige brachten eine Notlandung zustande, andere stürzten ab oder explodierten im Flug. Es war ein geringer Preis für das neue Reich, dessen Keimzelle auf dieser Welt entstand.

Am Boden waren rauchende Wracks zu sehen, im weiten Umkreis verstreute Trümmer von Jägern, trudelnde Shifts, die ihre letzten Manöver durchführten und sich danach nie wieder bewegen würden. In der Ferne bohrte sich die AVIGNON in den Boden. Der Anblick war atemberaubend. Die Kugelzelle wurde in sich gestaucht, die Terkonit-Panzerung wie Papier gefaltet. Eine Wolke aus Gestein, Sand und Staub wirbelte in die Höhe, in der der Kreuzer verschwand. Blitze drangen daraus hervor, die Begleiterscheinungen von multiplen Explosionen, die das Schiff zerrissen. Greta triumphierte. Gasuijamuos Waffe hatte ganze Arbeit geleistet.

Sie fragte sich, was aus dem Arkoniden geworden war. Ein Mann mit seinen Fähigkeiten starb nicht so schnell. Sicher steckte er in einem der Beiboote. Noch blieb Zeit, nach ihm zu suchen und das ursprüngliche Vorhaben gemeinsam mit ihm durchzuführen.

Nein, Greta verdrängte das Verlangen nach ihm. Gasuijamuo hatte ihr zu verstehen gegeben, dass es ein Fehler war, Atlan an ihrer Seite zu dulden. Mit seinen Fähigkeiten war er ein ständiger Gefahrenherd für ihre Ambitionen. Sie löste sich, so schwer es ihr fiel, auch gedanklich von ihm. Ohne Funk, ohne jedwede Technik war er in der Wildnis verloren. Das Kohärenzgestöber wirkte weiterhin, wusste sie, und legte Ausrüstungsgegenstände wie Handfeuerwaffen oder Individualschirme von Schutzanzügen lahm.

Wenn Atlan jemals wieder auftaucht, werde ich ihn trotzdem unterwerfen, dachte Greta grimmig. Ob es Gasuijamuo gefiel oder nicht.

»Der Absturz der AVIGNON hat ein Erdbeben ausgelöst«, sagte Shoutain. »Es gibt großräumige Zerstörungen um das Aufschlagsgebiet.«

»Das ist nicht unser Problem.« Etwas anderes beschäftigte Greta viel mehr. Was war mit dem Gatusain geschehen, den Gasuijamuo als Waheijathiu bezeichnet hatte? Hatte Atlan ihn bei seiner Flucht von Bord mitgenommen, oder war der Sarkophag mit dem Schiff zerstört worden? Die Wahrscheinlichkeit war groß. Existierte er hingegen noch, würde sie sich zu gegebener Zeit um ihn kümmern, genau wie um die versprengten Überlebenden des Absturzes. Zunächst gab es Dringlicheres zu tun, nämlich die Vorbereitungen für die Machtergreifung zu treffen.

Greta wandte den Blick von den Holos ab, hin zu Karim Shoutain. »Bring uns weg von hier«, forderte sie ihn auf. »Suchen wir nach dem richtigen Ort für die Landung.«

Der Druck trieb mir die Luft aus den Lungen, und die Welt versank in einem Kaleidoskop aus Bildern und Tönen. Unzählige verschiedene Geräusche des Untergangs drangen gleichzeitig auf mich ein. Metallisches Kreischen, Klopfen und ein Stakkato hämmernder Schläge, übermäßig laut und scheinbar aus jeder Schiffssektion gleichzeitig kommend, dazu das Zischen und Pfeifen von zerrissenen Versorgungsleitungen und das Donnergrollen von Explosionen. Über allem lag das Heulen des Alarms. Der Druck auf meinen Ohren wurde unerträglich. Die Kakophonie ließ mich vorübergehend taub werden. Ich schrie auf, ohne es zu hören.

Jede Faser meines Körpers schmerzte. Mein Kopf schien in einem Schraubstock zu stecken, die Gurte schnitten in meine Brust. Sie hielten, fasste ich einen klaren Gedanken, blutrote Schlieren vor den Augen, die es mir unmöglich machten zu erkennen, was in der Zentrale geschah. Alles um mich herum drehte sich. Ich drehte mich. Das Schiff drehte sich, überschlug sich, ungebremst, unkontrolliert.

Stoßwellen pflanzten sich durch den Schiffskörper fort, die Wände knirschten. Waheijathiu schaffte es dafür zu sorgen, dass die Prallschirme dem Kohärenzgestöber trotzten. Ich verlor jedes Zeitgefühl, während die Gewalten am Kommandostand zerrten und meinen Sessel aus der Verankerung zu reißen drohten.

Meinen Spezialisten ging es kaum besser als mir. Ich versuchte Havedge und Li zu rufen. Meine Stimme versagte mir den Dienst. Mehr als ein Krächzen brachte ich nicht heraus.

Mein Blick klärte sich. Aus oben wurde unten, aus unten oben. Himmelsrichtungen ließen sich nicht unterscheiden. Die Einrichtung vollführte einen bizarren Tanz, jeder Gegenstand in meinem Blickfeld vibrierte, hatte seine Konturen verloren und verschwamm. Ich sah den Gatusain inmitten des Durcheinanders ruhen, unbeeindruckt, herrschaftlich. Elmsfeuer tanzten über die Konsolen der Peripheriegeräte. An mehreren Stellen züngelten Flammen über die Bedienungsfelder. Qualm stieg auf. Die Löscheinrichtungen versagten. Schon erhöhte sich die Temperatur in der Kernzelle. Viel Zeit blieb uns nicht, bis wir erstickten oder verbrannten.

Ich erhielt eine Reihe von Körpertreffern von unsichtbaren Fäusten, die sich an allem und jedem austobten.

Irgendwo zerriss Metall wie Papier. Der schauerliche Ton ließ mir das Blut in den Adern gefrieren und fraß sich in mein

Innerstes. Ich begrüßte ihn, bedeutete er doch, dass ich wieder hören konnte. Ich vernahm Schreie und Flüche, Schmerzbekundungen, nur keinen zusammenhängenden Satz.

»Spezialisten!«, schrie ich gegen den Lärm an. Ich hustete, als mir Qualm in die Atemwege drang. »Durchhalten! Es ist gleich vorüber!«

Noch nicht. Es war, als steckten wir in den schlimmsten Ausläufern eines Wirbelsturms. Das Schiff, was davon noch übrig war, bäumte sich ein letztes Mal auf. Ich wurde tief in meinen Sitz gepresst, um gleich darauf gegen den Gurt geschleudert zu werden. Er gab nach, nur eine Handbreit, und fixierte mich, als ich mich schon wie ein Geschoss durch die Zentrale rasen sah.

Das Taktikpult explodierte, eine Stichflamme raste der Dekke entgegen. Dahinter war die Wand zerknüllt, über eine Fläche von mehreren Quadratmetern eingedrückt. Noch hielt sie stand, gestützt von den Prallfeldern, denen allein wir zu verdanken hatten, dass wir nicht längst tot waren. Die Eindrücke vermittelten mir eine Vorstellung davon, wie es außerhalb der Zentrale aussah, wo keine Schutzschirme und keine Prallfelder wirkten. Abermals wurde mir die Luft aus dem Leib gepresst. Ich wartete auf das nächste Verhängnis, doch nichts geschah. Das Schiff war zum Stillstand gekommen. Ich gestattete mir nicht den Luxus, meiner Erleichterung freien Lauf zu lassen, denn das Donnern weiterer Explosionen drang an meine Ohren.

Den Gurt lösen und auf die Beine kommen waren eins, gleichzeitig verschaffte ich mir einen Überblick.

Keine Toten! Die erste Erkenntnis war die Wichtigste. Um Wehwehchen konnte sich die Ärztin später kümmern. Eile war geboten, damit es nicht zu Schlimmerem kam. Die Überlebenden keuchten und husteten in den Rauchschwaden. Die Absauganlage hatte wie alle Geräte den Geist aufgegeben. Es gab keine Lufterneuerung.

»Alle raus hier!«, trieb ich meine Spezialisten an. In mehreren Ecken der Zentrale brannte es lichterloh. Es herrschten über sechzig Grad Celsius, und die Temperatur stieg noch weiter.

Connaire und Taffy wuchteten den Gatusain in die Höhe und wandten sich zum Ausgang. Ich entdeckte einen Handfeuerlöscher und ergriff ihn. Havedge und Li hielten sich besser als erwartet. Sie stützten sich gegenseitig und folgten Tarra, Eppenroq und Drays. Ich setzte mich mit dem Löscher an die Spitze.

Unterwegs erfasste ich das ganze Ausmaß der Zerstörung. An keinem anderen Ort als in der speziell gesicherten Zentrale hätten wir überlebt. Ich leistete den Ingenieuren, die die schwimmend gelagerte Kernzelle konstruiert hatten, stumme Abbitte für meine Zweifel. Das Experiment war ein voller Erfolg. Auf unserem Weg nach draußen passierten wir verformte Wände und verdrehte Korridore. Schotten waren aus ihren Verankerungen gerissen, Turbolifts zerknüllt und Antigravschächte zerquetscht. Überall brannte es.

Wir kämpften uns über Behelfsrampen und Nottreppen zu einem Ausgang vor, ständig in Gefahr, zwischen zwei Feuern eingeschlossen zu werden. Die Hitze machte uns zu schaffen. Ohne den Feuerlöscher säßen wir längst fest. Einmal wurden wir von den Beinen gerissen, als in unserer Nähe etwas explodierte. Unermüdlich trieb ich meine Begleiter an. Emchebas Leichnam hatten wir zurücklassen müssen. Das durfte keinem weiteren Mann und keiner Frau passieren.

Am Ende unserer Kräfte erreichten wir einen Notausstieg inmitten von Flammen. Ich benutzte den Feuerlöscher, bis sein Inhalt erschöpft war. Das Feuer hatte die mechanische Verriegelung erhitzt, die zwischen uns und der Freiheit lag. Ich zog die Ärmel meines Schutzanzugs über die Hände und machte mich an dem Schott zu schaffen. Obwohl es mir gelang, die Arretierung zu lösen, passierte nichts.

»Der Rahmen ist verzogen.«

»Feuer am Ende des Korridors«, klagte Havedge. »Es nähert sich uns.«

Legove trat neben mich und versetzte dem Schott einen Tritt. Es löste sich aus dem Rahmen, und gemeinsam schafften wir es, einen Durchgang zu schaffen, der breit genug war, uns passieren zu lassen. Wenn wir den Gatusain hochkant stellten, passte er ebenfalls hindurch. Als ich den Kopf durch die Öffnung steckte, offenbarte sich mir das nächste Hindernis. Wir befanden uns sieben oder acht Meter über dem Boden, kein Problem für mich und die USO-Agenten, doch an Havedges Gesicht sah ich, was er bei dem Höhenunterschied empfand – Todesangst.

»Spezialisten zuerst!«

Sie sprangen der Reihe nach. Nur Legove blieb hinter mir, was ich schweigend zur Kenntnis nahm. Ich schob den Sarkophag, zögernd, weil ich Angst hatte, ihn zu beschädigen, in den Durchlass. Unsinn. In Tausenden von Jahren hatte er ganz andere mechanische Belastungen ausgehalten als einen solchen Sturz. Ich gab ihm einen Stoß, und er kippte vornüber, neigte sich und fiel in die Tiefe. Die Spezialisten nahmen sich seiner an und trugen ihn von dem Wrack fort.

»Jetzt Sie, Kurator«, drängte ich. Ich überhörte Havedges Gejammer und dirigierte ihn in eine Position oberhalb der Abbruchkante. Legove und ich packten je eine seiner Hände und ließen ihn hinab, soweit es uns möglich war. Er schrie wie am Spieß, als er die letzten fünf Meter fiel.

»Tristan, Sie sind dran«, forderte ich Li auf und hielt auch ihm meine Hand hin, um ihm zu helfen.

»Ich sterbe doch sowieso, Sir.« Er trat an mir vorbei und sprang, kam auf, knickte in den Knien ein und rollte sich fast so geschickt ab wie meine Spezialisten. Der tägliche Überlebenskampf in den Slums von Kunshun zahlte sich aus.

Ich folgte ihm auf dem Fuß.

Cada Legove drehte sich noch einmal um und warf einen Blick zurück in die sich ausbreitende Flammenhölle. Dann stieß er sich ab. Der Kommandant verließ als letzter sein Schiff.

Verloren auf Orogoch

Craft Lemörf drückte sich die Nase an der Kanzel des Shifts platt. »Die AVIGNON bricht auseinander. Der Lordadmiral ist noch an Bord. Wir müssen etwas unternehmen, um ihn zu retten. Ohne uns ist er verloren.«

»Mit uns auch. Ganz davon abgesehen, können wir nicht das Geringste tun, um ihm zu helfen.« Sashmo Task steuerte den Flugpanzer weg von dem abstürzenden Wrack des Kreuzers, der sich mit hoher Geschwindigkeit in entgegengesetzter Richtung entfernte.

»Woran machen Sie das fest?«

»An unserem fehlenden Antrieb.«

»Wir fliegen doch. Ob in die eine oder andere Richtung, bleibt sich gleich.«

Task winkte ab. »Fliegen ist was anderes. Die Impulstriebwerke sind genauso lahmgelegt wie die Bordsysteme der AVIGNON. Nur der Antigrav arbeitet noch, stotternd, wie nicht zu überhören ist. Die Gewichtsreduktion packt es, was ich von der Abstoßfunktion nicht behaupten kann. Mit anderen Worten, wir kommen runter, aber keinen Meter mehr hoch. Manövrieren ist erst recht nicht drin. Ich bin schon froh, dass wir nicht runterkrachen wie ein Stein.«

Wie zur Bestätigung drangen wenig vertrauenerweckende Geräusche aus der Antriebssektion. Der Shift sackte ab, fiel fünfzig Meter schwerelos, bis es Task gelang, ihn abzufangen. Im Passagier- und Lastenbereich wurden Protestschreie laut. Acht Männer und Frauen hockten dort dicht gedrängt. Auf die Ausrüstung hatte man aus Platz- und Zeitmangel verzichten müssen.

Lemörf stieß einen Fluch aus. »Gleich kommt es knüppelhart.«

»Was ist los?« Der Pilot erkannte die Bedrohung, als ein Schatten auf den Shift fiel. Am Himmel zeichnete sich die ESHNAPUR ab.

»Dieses Miststück Greta Gale hat nicht vor, irgendwen entkommen zu lassen. Der HÜ-Schirm wäre hilfreich.«

»Beim nächsten Mal wieder«, seufzte Task. »Köpfe einziehen dahinten! Wir werden angegriffen.« Er initiierte ein Ausweichmanöver und gewann den Eindruck, einen Felsbrocken zu steuern. »Nichts zu machen.«

»Die ESHNAPUR setzt ihr Desintegratorgeschütz ein. Wenn ich dieses Weib jemals in die Finger kriege, reiße ich ihr alle Barthaare einzeln aus.«

Die Aussicht darauf wurde mit jeder Sekunde kleiner. Der Strahl fraß sich in den Heckbereich des Shifts und löste die Materie auf. Ein Schlag erschütterte den Panzer und riss ihn aus der Bahn. Er drehte sich um seine eigene Achse, während sich die Planetenoberfläche rasend schnell näherte. Verzweifelt versuchte Task die Fluglage zu stabilisieren.

»Gleitflug!«

»Probiere ich bereits.« Bei einem Gefährt von achtzehn Tonnen Gewicht ähnelte der Versuch eher einem Taschenspielertrick als einem Flugmanöver. Immerhin schaffte der Pilot es, den Flugpanzer in eine aufrechte Lage zu bringen. »Ich kriege die Nase nach oben. Ein bisschen noch, dann bohren wir uns nicht frontal in die Erde.«

Lemörf stieß die Luft aus und murmelte eine unverständliche Litanei, die in einem Schmerzensschrei endete, als der Shift aufprallte. Es ächzte und knirschte in der Pilotenzelle. Risse zogen sich durch das Glassit der Kanzel, vor der Dreck aufspritzte.

Im Laderaum wechselten sich Flüche und Schreie ab, während der Shift vom Boden abprallte, zwanzig Meter durch die Luft flog und abermals aufschlug, dabei allmählich an Geschwindigkeit verlierend. Seine Schnauze stellte sich in die Luft, senkte sich wieder, der Panzer überschlug sich.

Und blieb endlich liegen.

In Tasks Mund breitete sich metallischer Geschmack aus. Er hatte sich auf die Unterlippe gebissen. Es war nicht so schlimm. »Lemörf?«

Ein Stöhnen antwortete ihm. »Nichts gebrochen, glaube ich.« Lemörfs Atem ging pfeifend. »Wir müssen raus, bevor diese Irre noch mal auf uns feuert.«

Sie öffneten die Ausstiege zu beiden Seiten und rollten sich ins Freie. Task blieb auf dem Rücken liegen und suchte den Himmel ab. Die ESHNAPUR war verschwunden. Es drohte keine unmittelbare Gefahr. Der Pilot stieg auf die Beine, streckte sich und kam zu dem Schluss, keine Verletzungen davongetragen zu haben. Er spuckte das Blut aus und sah nach Lemörf, der ebenfalls unverletzt war. Seine Hoffnung, dass die Passagiere ähnliches Glück gehabt hatten, erfüllte sich nicht.

Tasks Gesicht verhärtete sich. Es gab vier Tote. Zwei Männer waren verletzt, ein Mann und eine Frau glimpflich davongekommen. Außer Schnittwunden, Abschürfungen und ein paar Prellungen hatte niemand ernsthafte Blessuren. Die Überlebenden behandelten die Verletzten und bestatteten die Toten.

»Denken Sie, was ich denke?«, fragte Lemörf.

Task nickte. »Wir sind nicht die Einzigen. Gale hat sämtliche Beiboote der Reihe nach abgeschossen. Wir sitzen fest.«

»Tun wir nicht. Uns bleibt immer noch die Möglichkeit, uns zu Fuß auf die Suche nach der AVIGNON zu machen«, schlug Tonkem Röndga vor.

»Und wo wollen Sie suchen? Die AVIGNON hatte eine Irrsinnsgeschwindigkeit drauf, als wir sie aus den Augen verloren haben. Sie ist womöglich Hunderte Kilometer von uns entfernt abgestürzt. Wir müssen in Betracht ziehen, dass von denen, die noch an Bord waren, keiner überlebt hat.«

»Der Lordadmiral ist am Leben.« Röndga musterte Task vorwurfsvoll. »Sie werfen die Flinte ziemlich schnell ins Korn.«

»Ich wäge ab, was sinnvoll ist und was nicht. Auf einer fremden Welt auf gut Glück zu Fuß loszulaufen, ist ausgesprochen sinnlos. Wenn der Lordadmiral noch lebt, und davon gehen wir alle aus, wird er etwas unternehmen, um seine versprengte Besatzung zu finden.« *Außer er ist genauso hilflos wie wir,* schob Task in Gedanken hinterher. »Ich schlage vor, dass wir zunächst abwarten. Wir haben ausreichende Mengen an Nahrungsmittelkonzentraten an Bord, und Wasser gibt es auf dieser Welt, wie wir aus der Luft gesehen haben, in Hülle und Fülle.«

Röndga verzog das Gesicht. »Wie lange wollen wir warten? Greta Gale hat vier unserer Kameraden auf dem Gewissen, und wer weiß wie viele weitere. Die Vorstellung, dass sie abhaut, stört mich.«

»Sie wird nicht abhauen«, warf Craft Lemörf ein. »Gale hat über Funk ganz schön rumgetönt von einem Reich, das sie errichten will. Sie hat diese Welt nicht zufällig angeflogen. Hier will sie mit ihrem Größenwahn Ernst machen. Soll sie es versuchen. Sie wird erkennen, dass mit der USO nicht gut Kirschenessen ist.«

»Trotzdem lehne ich es ab, untätig im Shift herumzusitzen. Erkunden wir zumindest die nähere Umgebung.«

Task nickte. »Ein guter Vorschlag.«

Der Schiffsrumpf war geborsten, die Anzahl an Rissen und Brüchen unüberschaubar. Die ursprüngliche Kugelform der Zelle war nicht mehr zu bestimmen. Stauchungen hatten den Kreuzer deformiert. In eine schwarze Qualmwolke gehüllt, lag das brennende Wrack am Ende einer feurigen Schneise, die es selbst geschlagen hatte. Hinter sich entwurzelte, gekappte oder umgeknickte Bäume, in Sturzrichtung ein aufgeworfener Wall aus Erde, Buschwerk, Stämmen und Kronen, war es zum Stillstand gekommen, doch nicht zur Ruhe. Immer noch ertönten Explosionen im Inneren und zerrissen den Aufbau. Greta Gale und das Bewusstsein ihres Gatusains hatten ganze Arbeit geleistet.

Wir – meine Spezialisten, die beiden Zivilisten und ich – standen weitab, ausreichenden Sicherheitsabstand zwischen uns und dem, was von der AVIGNON übrig geblieben war. Nachdem Waheijathiu die Prallfelder nicht länger stützte, brach die innere Kugelzelle wie der Rest des Raumers zusammen. Eine Rückkehr ins Schiff war ausgeschlossen. Sinnlos zu warten, bis es vollständig ausgebrannt war. Nach der Zerstörungsorgie fänden wir nichts mehr darin, was uns noch von Nutzen sein konnte. Unsere Ausrüstung war extrem bescheiden. Wir hatten nicht viel mehr bei uns als das, was wir am Körper trugen.

Cleany Havedge zitterte am ganzen Leib und war zu keiner Regung fähig. Tristan Li verfolgte den Akt der Zerstörung mit der gleichen jugendlichen Neugier, die ihn zur Entdeckung des Sarkophags im Untergrund von Kunshun getrieben hatte.

»Greta hat wieder gewonnen«, murmelte er und spie verächtlich aus. »Wir sitzen ohne Schiff fest, und sie haut auf Nimmerwiedersehen ab.«

»Das glaube ich nicht. Vermutlich will sie hier das neue Reich errichten, von dem sie gefaselt hat.«

»Sie wollen mich nur trösten«, sagte Li.

Ich antwortete nicht, sondern zerbrach mir den Kopf über unser weiteres Vorgehen. Wenn Gale tatsächlich glaubte, dass sie mich abgeschüttelt hatte, kannte sie mich schlecht. Ich dachte nicht daran aufzugeben.

»Funktionen der Schutzanzüge überprüfen«, ordnete ich an und machte mich an den Check meines eigenen Anzugs. Was ich feststellte, war ernüchternd. Weder Hyperfunk noch Antigrav funktionierten, der Schutzschirm ließ sich nicht aufbauen. Ich hatte es geahnt. Nur Gasuijamuos Kohärenzgestöber konnte dafür verantwortlich sein, das selbst auf diese kleinen Einheiten wirkte. Wie lange behielt es seine Wirkung bei? Ich musste Waheijathiu danach fragen, womit ich beim nächsten Problem angelangt war. Hier konnte ich mich nicht mehr unbeobachtet in den Sarkophag legen.

»Nichts klappt«, sagte Cada Legove.

Luella Tarra und Cris Eppenroq nickten bestätigend. Bei Ira Connaire, Milon Taffy und Cyriane Drays sah es nicht besser aus. Auch ihre Anzugsysteme waren ausgeschaltet. Damit waren unsere Optionen auf ein Minimum beschränkt. Uns blieb nichts anderes übrig, als unsere Füße zu benutzen. Ich hatte diese leidvolle Erfahrung unzählige Male auf unzähligen Planeten gemacht. Sie schreckte mich nicht. Blieb abzuwarten, wie meine Begleiter einen tage- oder gar wochenlangen Marsch durch unbekanntes Gelände verkrafteten. Um die Zähigkeit der Spezialisten machte ich mir dabei weniger Sorgen, um Havedges und Lis Leistungsvermögen umso mehr. Besonders der Kurator war kaum einmal aus seinem Museum herausgekommen.

Ich zog meinen Kombistrahler, ohne mich übertriebenen Hoffnungen hinzugeben, legte auf einen Baum an und drückte ab. Nichts geschah.

»Armbandgeräte?«

»Ebenfalls nichts«, sagte Eppenroq nach einem Versuch.

»Eine Pleite auf ganzer Linie«, resümierte Connaire. »Zumindest habe ich ein Vibratormesser dabei.«

Das hatte ich ebenfalls. Die Vibro-Funktion ließ sich zwar ebenfalls nicht betätigen, doch in unserer Lage waren die bloßen Klingen ein Geschenk des Himmels. Ich schielte zu dem Sarkophag hinüber. Wir mussten ihn tragen oder auf andere Weise transportieren. Ihn zurück zu lassen kam nicht in Frage. Tristan war auf seine Benutzung angewiesen, und ich nicht minder.

»Zwei Messer sind unsere gesamte Bewaffnung«, fasste ich zusammen. »Das ist wenig genug in Anbetracht der Tatsache, dass wir nicht wissen, wo wir sind und was uns auf dieser Welt erwartet.«

»Was ist mit den Beibooten?«, fragte die Medikerin. »Die Besatzungen stecken in derselben Bredouille wie wir. Suchen wir nach ihnen?«

Das war eine gute Frage, die ich mir auch schon gestellt hatte. Es widerstrebte mir, uns nicht um den Rest der Mannschaft zu kümmern. Leider sah ich keine Möglichkeit dazu. »Wir haben keinen Anhaltspunkt, wo wir mit der Suche beginnen sollten. Die AVIGNON ist blind auf den Planeten zugerast. Selbst die Richtung, aus der sie kam, können wir nur vermuten.«

»Mit einem Beiboot wären wir viel beweglicher«, gab Taffy zu bedenken. Etwas anderes bedachte er nicht.

»Die Besatzungen der Beiboote hätten sich hinter die AVIGNON gesetzt, wenn sie dazu in der Lage gewesen wären. Da sie es nicht getan haben, besaßen sie die Option nicht.«

Ich blickte in betretene Gesichter. Alle dachten an das, was ich bereits nach dem Ausbootbefehl befürchtet hatte. Gale hatte die Beiboote abgeschossen, eine aus ihrer Sicht logische Konsequenz, nachdem sie den USO-Kreuzer zum Absturz gebracht hatte.

»Glauben Sie, dass unsere Kameraden noch leben, Sir?«, fragte die Ortungsspezialistin.

»Wenn, dann schlagen sie sich auf eigene Faust durch. Sie alle haben eine USO-Ausbildung genossen und wissen, wie sie sich zu verhalten haben. Wir können zur Zeit nichts für sie tun. Dazu sind wir imstande, sobald wir Gale ausgeschaltet haben.«

»Sehr zuversichtlich«, fand Havedge die Sprache wieder. »Etwas zu zuversichtlich, wenn Sie mich fragen.«

»Ich frage Sie aber nicht«, gab ich kalt zurück, weil ich keine Zweifel hegte, dass wir das Miststück stellen würden. Da der Gatusain an meiner Seite war, war meine Zuversicht entsprechend groß. Ich lauschte in mich hinein und empfand meine Überzeugung als Wohltat. Gale konnte sich nicht auf Dauer vor mir verstecken.

»Greta Gale zu finden ist genauso aussichtslos wie die Suche nach den Beibooten«, hakte der Kurator nach. »Wo wollen wir anfangen? Sie kann auf die andere Seite des Planeten geflogen sein. In welche Richtung gehen wir?« Er sprach das Wort »gehen« wie einen Fluch aus, was meine Befürchtung vertiefte, dass er sich noch als Klotz am Bein erweisen würde. Doch ich hatte seiner Teilnahme an unserem Flug zugestimmt und war somit für ihn verantwortlich.

Dummerweise hätte ich mit der Beantwortung seiner Frage meine Sucht nach dem Gatusain verraten. Wenn ich einen Hinweis über Gales Aufenthaltsort erhielt, dann in dem Sarkophag. Natürlich hatte Havedge recht damit, dass eine Suche auf gut Glück von vornherein zum Scheitern verurteilt war, doch ich vertraute auf hilfreiche Hinweise seitens Waheijathiu. Womit ich wieder bei meinem Problem angelangt war. Ich konnte nicht unter den Augen aller in den Sarkophag steigen.

Gesteh deine Sucht, riet mir der Extrasinn. *Auf Dauer lässt sie sich nicht verbergen. Je eher du das Versteckspiel beendest, desto besser für euch alle.*

Es braucht nicht jeder davon zu wissen. Ich lege keinen Wert auf Getuschel hinter meinem Rücken, ließ ich ihn wissen.

Niemand wird tuscheln. Deine weinerliche Zurückhaltung steht sowohl dem Chef der USO als auch dem Mann Atlan schlecht zu Gesicht. Bist nicht du es, der das Einstehen für Fehler propagiert? Wo ist dein Rückgrat geblieben?

Das saß. Ich fühlte mich, als hätte der Extrasinn mich körperlich geohrfeigt. Ich konnte kein Gegenargument gegen seine Vorwürfe anführen.

»Doktor?« Ich nahm die Bordmedikerin beiseite.

»Lordadmiral?«

In kurzen Worten schilderte ich ihr das Dilemma. Sie nickte bedächtig. »Wenn Sie hoffen, dass ich dem Extrasinn widerspreche, sind Sie auf dem Holzweg. Ich stimme ihm ausdrücklich zu.«

»Das dachte ich mir. Ich frage Sie nach den psychologischen Auswirkungen eines solchen Geständnisses. Wie werden die Spezialisten reagieren?«

»Fürchten Sie, dass Ihre Leute Ihnen die Gefolgschaft verweigern?

»Nein.« Ich war sicher, dass es dazu niemals käme. »Mir geht es um die moralischen Implikationen.«

»Es gibt keine Einschränkungen, was Ihre Überlegungen und Entscheidungen betrifft? Sie sind Herr Ihrer Sinne und werden nicht beeinflusst? Bei allem Respekt, Sir, aber ich muss diese Frage stellen, denn ein ferngesteuerter Anführer könnte unser aller Ende bedeuten.«

»Hatten Sie den Eindruck, dass ich von einem fremden Willen gelenkt werde?«

»Nein, Sir. Doch dieses Wissen liegt allein bei Ihnen. Ohne eingehende Untersuchung vermag ich nur nach meinen Eindrücken zu entscheiden.«

»Die täuschen Sie nicht«, versicherte ich. »Glauben Sie mir, Doktor. Die Abhängigkeit beeinflusst weder mein Denken noch meine Entscheidungen.«

»Dann ist es gut.« Die Ärztin schien mit meiner Antwort zufrieden. Lediglich auf ihrer Stirn bildete sich eine steile Falte. Mein Abbild spiegelte sich in ihren Mandelaugen. »Erinnern Sie sich?«, fragte sie. »Ich hatte Sie gewarnt, doch letztlich sehe ich auch, weshalb Sie den Schritt taten und sich dem Sarkophag anvertrauten. Wie es aussieht, kommen Sie weiterhin nicht darum herum, solange wir nach Greta Gale suchen. Das ist einsichtig, und niemand wird es dem Chef der USO übel nehmen.«

Und wenn doch, musst du damit leben, versetzte der Extrasinn.

Schon gut. Ich habe deinen Standpunkt verstanden.

»Einverstanden. Begleiten Sie mich.«

Wir gingen zu der Gruppe zurück. Ich stemmte die Hände in die Hüften und weihte meine Begleiter ein.

Die blonde Frau badete in Euphorie. Sie hatte nicht nur Atlan besiegt und dessen Kreuzer zerstört, sondern die ausgeschleusten Rettungsboote der Reihe nach abgeschossen. Keins davon würde sich jemals wieder in die Luft erheben. Greta verschwendete keinen Gedanken an die Menschen, die bei den Abstürzen ums Leben gekommen waren. Sie hätten die ESHNAPUR eben nicht verfolgen sollen. USO-Angehörige lebten mit der Gefahr. Wer es wagte, sich mit Greta Gale anzulegen, beschwor die Konsequenzen herauf.

In den Holos der Außenbeobachtung zeichnete sich das Land ab, über das die ESHNAPUR flog. Schier endlose Steppen wechselten sich mit bewaldeten Hügeln und mit zerklüfteten

Gebirgen ab. Es gab keine Meere wie auf der Erde, stattdessen ein unüberschaubares System von Flussläufen, die sich in zahlreiche Seenplatten ergossen.

»Ganz schön romantisch«, fand Svin Heyburn. »Aber wo sind die Einheimischen, über die du regieren willst? Bisher haben wir noch keinen einzigen zu Gesicht bekommen. Ich frage mich, ob die Informationen unserer Gastgeber stimmen.« Er wandte sich an Karim Shoutain. »Kann es sein, dass deine Datenbanken nicht auf dem neuesten Stand sind?«

»Ich erwähnte, dass es über Orgoch nur spärliche Informationen gibt. Ich gehe jedoch davon aus, dass das Wenige, was wir wissen, zutrifft.«

»Er geht davon aus«, spottete Heyburn. »Damit kommen wir nicht weit, Greta. Mach dich schon mal mit dem Gedanken vertraut, dass wir nach einem anderen Planeten suchen müssen. Ohne Verfolger können wir das in Ruhe tun. Übrigens, hast du schon mal daran gedacht, dass die USO Himmel und Hölle in Bewegung setzt, wenn publik wird, dass du ihren großen Häuptling Atlan abgeschossen hast? Sie werden dich hetzen, bis sie dich haben.«

»Kannst du endlich mal mit dem Geplapper aufhören?«

»Ich plappere nicht, ich beratschlage dich. Einer muss es tun.«

»Ausgerechnet du«, höhnte Greta. Sie brauchte keinen Berater, der die meiste Zeit betrunken war. Wenn sie es genau überdachte, brauchte sie überhaupt keinen Berater. Keiner der Dummköpfe an Bord konnte sich mit ihr messen. Was glaubte dieser Einfaltspinsel von Heyburn, wer er war? Er konnte sich glücklich schätzen, dass sie ihn an ihrer Seite duldete und nicht längst aus dem Schiff geworfen hatte.

»Du wirst noch merken, was du an mir hast«, behauptete er mit säuerlicher Miene, klug genug, daraufhin den Mund zu halten und Greta nicht zu verärgern.

Um weitere Verfolger sorgte sie sich ohnehin nicht. Weder ahnte irgendwer, wo sie sich aufhielt, noch, was auf Orgoch geschehen war. Es gab keine Zeugen, die ihr Wissen weitergeben konnten, weil die Überlebenden auf dieser Welt festsaßen und irgendwann sowieso nach ihrer Pfeife tanzen würden. Greta nahm die Landschaftsbilder in sich auf. Ihr gefiel, was sie sah. Orgoch war eine gute Zuflucht. Sie war nicht geneigt, den Planet wieder zu verlassen. Dass sie bisher keine Bewohner entdeckt hatten, bedeutete noch lange nicht, dass keine vorkamen. Svin entwickelte sich zunehmend zum Schwarzseher, obwohl kein Grund dazu bestand. Die Holos zeigten einen Fluss, der mäandrierend nach Westen floss.

»Folge dem Fluss in Richtung Quelle«, wies sie Shoutain an.

»Besitzt du keine Geräte, mit denen du nach Lebenszeichen suchen kannst?«, fragte Walsh.

»Ein Scan nach Lebewesen ist möglich«, entgegnete der Kommandant. »Soll ich ihn veranlassen?«

»Natürlich!«, platzte es aus Greta heraus. Sie ärgerte sich, dass sie nicht selbst auf diese Idee gekommen war. Sie überspielte ihren Patzer mit einem Lob. »Sehr gut, Korf. Du bist auf das Naheliegende gekommen. Ich war neugierig, wer von euch beiden die Idee als Erster haben würde. Solche Vorschläge erwarte ich von einem Berater.«

Walsh grinste, Heyburn presste die Lippen zusammen. Shoutain veranlasste die Ortung nach Lebenszeichen. Er wirkte müde und zerfahren. Es machte sich bemerkbar, dass er seit der Flucht von der Erde wenig geschlafen hatte. Er nützte Greta nicht viel, wenn er seine Mannschaft nicht im Griff hatte. Sie überlegte, ihn zum Schlafen in seine Kabine zu schicken, entschied sich aber dagegen. Der Zeitpunkt der Landung war abzusehen. Dann konnte er nachholen, was er versäumt hatte.

Die ESHNAPUR überflog eine weite Ebene, die von Buschwerk und Kolonien von Nadelbäumen geprägt war. Ihre Spitzen wiegten sich im Wind. Am Horizont stieg das Gelände an, ging über in bewaldete Hügel, hinter denen die scharfgezeichneten Grate einer Gebirgskette vor dem Himmel verliefen.

»Da unten bewegt sich was!«, rief Heyburn.

»Tiere«, erklärte Shoutain. »Den Anzeigen zufolge ist es nicht mehr weit.«

Damit war das Problem der Nahrungsmittelbeschaffung geklärt, sollten die Bordvorräte erschöpft sein. Greta hatte keine Ahnung, welche Mengen Proviant ein Raumschiff fasste. Sie beobachtete die Herde Vierbeiner, die etwas kleiner waren als irdische Antilopen. Sie ästen am Ufer eines Flusslaufs und zeigten keine Anzeichen von Scheu, als der Kreuzer über sie hinwegflog.

»Am Fuß des Hügels stehen Gebäude«, sagte Shoutain.

»Gebäude?«, echote Heyburn. »Das sind armselige Hütten. Mit den Bewohnern kann es nicht weit her sein. Was sagte der Kommandant? Nicht besonders weit entwickelt? Ich nenne das primitiv. Mal ganz ehrlich, Greta, ein paar Wilde sollen die Keimzelle deines neuen Reichs bilden?«

»Die Keimzelle sind wir«, widersprach Greta. *Auch wenn ich bei einem Dummkopf wie dir meine Zweifel habe.* Es gefiel ihr, dass es sich bei den Einheimischen offenbar um ein schlichtes Volk handelte, das sich leicht unterwerfen ließ. Ihre Euphorie hielt unvermindert an, malte ihr die Zukunft in den schönsten Farben. Sie unterdrückte ihr Verlangen, als sie an Jorim Kilshasin in ihrem Quartier dachte. Der Kommandant hatte seinen Stellvertreter vermisst, und Greta hatte ihm deutlich zu verstehen gegeben, dass Kilshasin eine neue Aufgabe hatte und bis auf Weiteres nicht zur Verfügung stand. Ein Lächeln huschte über ihr Gesicht. Er besaß Fähigkeiten, die sie anfangs nicht von ihm erwartet hatte.

Die überwiegend flachen Gebäude wurden rasch größer, entpuppten sich als Dorf, das um einen zentralen Platz herum gruppiert war und an drei Seiten von Wald flankiert wurde. Zur Ebene hin, wo ein Bach floss, lag es offen. Die Bauten waren so klein, dass ein Mensch schwerlich Platz darin gefunden hätte. Was sagte das über die Körpergröße der Bewohner aus?

Die Frage wurde beantwortet, als ein Humanoider ins Freie trat. Er maß nicht mehr als einen Meter Körperlänge. Greta war froh, dass Svin keinen unqualifizierten Kommentar abgab. Sie verschränkte die Arme vor der Brust und befahl die Landung.

Zu guter Letzt setzte ich meine Leute darüber in Kenntnis, wie es mir mit Waheijathius Hilfe gelungen war, den Absturz der AVIGNON zu mildern. »Ohne den Navigator wäre es nicht so glimpflich für uns verlaufen.«

Tristan Li starrte mich an. »Ich bin nicht der einzige Süchtige? Sie auch? Darauf wäre ich nie gekommen. Sie verbergen die Sucht viel besser als ich.« Er war total verdattert und trat von einem Fuß auf den anderen. Da ich den Sarkophag erwähnt hatte, fühlte Li offenbar den Zwang, ihm einen weiteren Besuch abzustatten.

»Wie geht es Ihnen?«, fragte ich, um von mir selbst abzulenken.

Havedge zog eine sorgenvolle Miene. »Das sieht man doch. Tristan benötigt eine Ruhephase.«

»Doktor?«, bat ich die Ärztin um ihre Meinung.

»Gewähren wir sie ihm«, stimmte sie zu.

Ich gab Li einen Wink. Umgehend nutzte er die Gelegenheit, sich die nächste Strahlendosis abzuholen. Mit gemischten Gefühlen verfolgte ich, wie er in den Gatusain stieg und den Deckel über sich schloss. Ein Anflug von Neid streifte mich, von Argwohn. Der Sarkophag gehörte mir, mir allein. Der archaische Impuls kam tief aus meinem Innersten. Mein Verstand hielt dagegen, dass besitzergreifendes Verlangen völlig unsinnig sei, und erlangte die Oberhand. Das war für mich ein Beweis dafür, dass ich nicht beeinflusst wurde, sondern weiterhin Herr meines eigenen Willens war.

»Dieses Kohärenzgestöber, von dem Sie gesprochen haben, Sir, ist also auch dafür verantwortlich, dass unsere Ausrüstung nicht funktioniert?«

Ich nickte Eppenroq zu.

»Kann Waheijathiu nicht noch einmal hilfreich eingreifen?«

»In dieser Hinsicht hat er sich völlig verausgabt.«

»Zu schade. Mit einem einzigen funktionierenden Impulsstrahler würde ich unsere Freundin vom Himmel holen, sollte sie noch mal vorbeikommen.«

»Schön wär's, Spezialist.«

Während wir warteten, galt meine Aufmerksamkeit der AVIGNON. Noch immer spuckte das Wrack Feuer und Rauch. Es folgten keine weiteren Explosionen. Nach meinem Eingeständnis sprach mich keiner meiner Leute auf meine Sucht an. Nahmen sie sie stillschweigend zur Kenntnis, wie Spezialisten es gewohnt waren, Fakten zu akzeptieren, oder war ihnen das Thema zu peinlich, um es aufzugreifen?

Nenn es Taktgefühl, schlug der Extrasinn vor.

»An eins haben wir bisher nicht gedacht. Es stellt sich ein zusätzliches Problem, was Tristan angeht«, sagte Drays. »Wir haben keine Medikamente für ihn. Nicht vergessen, dass die Psychopharmaka ein wichtiger Bestandteil seiner Behandlung waren. Darauf muss er künftig verzichten.«

»Welche Folgen erwarten Sie?«

Die Ärztin zuckte mit den Achseln. »Extreme Stimmungsschwankungen zwischen Hochgefühlen und Depressionen. Das dürften Sie inzwischen von sich selbst kennen, Sir. Bei Tristan wird es eskalieren, wenn wir nicht auf ihn acht geben. Ich befürchte zudem Orientierungsverluste und Störungen seiner Persönlichkeit.«

Sie musterte mich eindringlich.

Ich schüttelte den Kopf, um ihr zu verstehen zu geben, dass ich keine solchen Probleme hatte. Jedenfalls waren sie längst nicht so gravierend wie bei Li. Ich nahm mir vor, penibel darauf zu achten, wie sich meine Stimmungen entwickelten.

»Ich passe auf den Jungen auf«, versprach der Kurator.

Nach zwei Stunden hatten wir Li wieder. Er strotzte vor Elan und Unternehmungsdrang. »Sir, wann brechen wir auf, um nach Greta zu suchen?«

»Sobald ich weiß, wo sie ist. Das werde ich jetzt herausfinden.« Zumindest hoffte ich das. Dazu war ich auf Waheijathiu angewiesen. Ohne ihn ging gar nichts. Ich legte mich in den Gatusain, peinlich berührt von der Tatsache, dass es zum ersten Mal vor all den Zeugen geschah. Das Unbehagen verging, kaum dass ich die Impulse des Rudimentärbewusstseins, wie Waheijathiu sich selbst bezeichnet hatte, empfing. Es war anders als bei meinen anfänglichen Ruhephasen in der Muschel, bei denen ich sofort in tiefen Schlaf gefallen war. Ich wusste nicht, ob ich wachte oder schlief, fühlte mich einfach nur wohl.

Gasuijamuo ist entkommen, meldete sich der Navigator. *Das ist ihm schon früher gelungen. Es darf nicht abermals geschehen.*

Das wird es nicht, wenn du mir den Weg weist. Empfängst du ihn?

Das tue ich. Seine Impulse verstummen nicht. Er ist weit weg. Die Entfernung bleibt mir verborgen, nur die Richtung seines Aufenthaltsortes liegt vor mir. Du wirst ihm folgen.

Das ist meine Absicht.

Waheijathiu war zufrieden. Bilder stürzten auf mich ein, Fragmente einer weiteren Aufzeichnung aus der Vergangenheit. Diesmal erschloss sich mir der Inhalt nicht. Alles blieb vage und verschwommen. Waheijathiu steuerte den Vorgang nicht willentlich, und er legte keinen Wert darauf, mir eine weitere Episode aus der Geschichte von Larsaf III zu zeigen. Auch sie drehte sich um die Besiedelung durch die Illochim. Mehr als ein paar zusammenhanglose Bilder dieser engelsgleichen Wesen extrahierte der Extrasinn nicht.

Ich kam vollständig zu mir und kehrte in die Wirklichkeit zurück. Sorgfältig verschloss ich den Gatusain von außen. Ich würde den Navigator nicht enttäuschen. Es war nur eine Frage der Zeit, wann ich Gale und Gasuijamuo einholte. Ich schaute die Schneise zurück, die die AVIGNON geschlagen hatte. Dort entlang mussten wir.

»Wissen Sie Bescheid, Sir?« Lis Augen glänzten fiebrig, als lese er meine Gedanken. »Ist das der Weg? Er ist es, nicht wahr?«

Ich nickte. »Spezialisten, wir tragen den Sarkophag abwechselnd, immer zu zweit. Ich übernehme die erste Schicht.«

»Ich helfe Ihnen, Sir.« Li war nicht zu bremsen. Sein Eifer war förderlich, konnte sich aber im entscheidenden Moment ins Gegenteil verkehren, wenn er sich nicht unter Kontrolle hatte. Ich würde darauf achten, dass er uns nicht durch Unbedachtheit und blinde Wut in Gefahr brachte. Sein Trachten nach Rache steigerte sich, und ich fragte mich, bis zu welchem Punkt es ihn treiben würde.

Du weißt es genau, warf mir der Extrasinn vor. *Entweder Li bekommt seine Rache, oder er brennt innerlich aus.*

Was immer darunter vorzustellen war, ich wollte nicht darüber nachdenken. Keine Sekunde zweifelte ich an einem durchschlagenden Erfolg unserer Expedition. Gale war uns nicht gewachsen, war mir nicht gewachsen. Grimmig gab ich den Befehl zum Aufbruch.

Stunden später hatten wir den Wald verlassen und marschierten durch eine Ebene, in der niedriges Buschwerk vorherrschte. Moos dämpfte jeden meiner Schritte, und zuweilen hatte ich den Eindruck, zu versinken. An vielen Stellen wuchsen knorrige Wurzeln aus dem Boden an die Oberfläche, seltsamerweise auch dort, wo keine Bäume in der Nähe waren.

»Haben Sie keinen Hinweis darauf, wie weit wir durch diese Einöde laufen müssen?«, fragte Havedge voller Ungeduld. Dabei waren wir erst seit ein paar Stunden unterwegs. Sein Gesicht war von der Anstrengung gerötet. Sein Atem ging schwer.

»Waheijathiu spürte die Präsenz des zweiten Sarkophags, mehr nicht. Vielleicht steht die ESHNAPUR hinter dem nächsten Hügel.«

»Oder Tausende von Kilometern entfernt«, schnaubte der Kurator. Seine anfängliche Freude an dem Ausflug war vergangen, seitdem feststand, dass er nicht ständig in einem Kontursessel saß, sondern sich für ihn ungewohnten körperlichen Anstrengungen unterziehen musste.

Meine Gedanken kreisten um Greta Gale. Hatte sie uns tatsächlich abgeschrieben, oder würde sie sich auf die Suche nach eventuellen Überlebenden machen? Ich hielt nach Beibooten der ESHNAPUR Ausschau. Gegen sie hatten wir ohne Waffen und Schutzschirme keine Überlebenschance. Wenn Gale davon ausging, dass wir bei dem Absturz umgekommen waren, hatten wir hingegen den Überraschungseffekt auf unserer Seite. Kam ich nahe genug an sie heran, um sie aus dem Verkehr zu ziehen, lösten sich alle anderen Probleme von selbst.

Der Extrasinn war wesentlich pessimistischer. *Sie hat die Unterstützung einer beeinflussten Besatzung, die sie gegen dich einsetzen wird. Zudem täte dir ein wenig von Havedges Skepsis gut. Gale kann sich auf der anderen Seite des Planeten aufhalten oder auf die Idee kommen, diese Welt wieder zu verlassen. Realistisch betrachtet, sind deine Aussichten, sie zu stellen und zu besiegen, minimal.*

Wie oft waren sie das schon, und ich habe trotzdem triumphiert?, entgegnete ich .

Jede Situation ist anders. Berufe dich also nicht auf deine Erfolge, für die du dir hier nichts kaufen kannst.

Ich stimmte ihm zu. Wie kam ich auf die Idee, gegen Gale bestehen zu können, die über ein intaktes Raumschiff mit all seinen offensiven und defensiven Waffensysteme verfügte? Ein Schutzschirm ließ sich nicht mit einer Messerklinge knacken. Es war vermessen, mich in der Pose des Siegers zu sehen, wo doch alles gegen mich sprach.

Merkst du etwas? Deine vor wenigen Stunden gehegte Zuversicht beginnt sich ins Gegenteil zu verkehren, machte mich der Extrasinn auf meinen Stimmungsumschwung aufmerksam.

»Da vorn bewegt sich etwas«, riss mich Ira Connaire, der gemeinsam mit Milon Taffy den Sarkophag trug, aus meinem stummen Zwiegespräch und hinderte mich daran, den Vorwurf des Logiksektors zu entkräftigen.

Ich hielt Ausschau mach dem, was Connaire meinte. Zunächst sah ich nur ein Tier, schlank und etwa unterarmlang. Es bewegte sich auf drei Beinpaaren, hielt inne und streckte den Kopf in unsere Richtung, wobei es einen schrillen Ton produzierte, der an das Schnaufen einer archaischen Dampflokomotive erinnerte. Ein gutes Dutzend Artgenossen des Sechsbeiners waren plötzlich an seiner Seite.

»Wo kommen die denn her?«, wunderte sich Li.

»Aus dem Boden«, antwortete der Kurator. »Oder zwischen dem Buschwerk hervor? Sie waren einfach da. Sie haben keine

Angst vor uns, und das gefällt mir gar nicht. Die Viecher sehen aus wie Nager. Hoffentlich halten sie uns nicht für wohlschmeckend.«

Tristan schüttelte sich. »Malen Sie nicht den Teufel an die Wand, Cleany. Für die sind wir als Beute eine Nummer zu groß.«

»Es reicht schon, wenn wir gebissen werden«, warnte Drays. »Da ich vor dem Absturz keine Gelegenheit mehr hatte, die Medoabteilung aufzusuchen, kann ich nicht mal mit Antiseptika dienen, um eine Wunde zu säubern. Im Ernstfall greife ich auf die klassische Variante zurück. Der Lordadmiral wird sich an die vor Jahrtausenden praktizierte Methode erinnern.«

»Die Wunde ausbrennen.«

Havedge wurde blass. Er bückte sich über einen Busch, brach einen kräftigen Ast ab und befreite ihn von Zweigen und Laub. »Diese Monster sollen mir bloß nicht zu nahe kommen.«

»Beruhigen Sie sich, Kurator«, forderte ich ihn auf. »Die Tiere sind bloß neugierig. Sie greifen nicht an.«

Wie zur Bestätigung verschwanden die Sechsbeiner. Als ich die Stelle untersuchte, fand ich mehrere faustgroße Löcher in dem Moos. Sie sahen aus wie kürzlich entstanden. Die Ränder waren abgefressen worden, darunter befand sich keine Öffnung, die in den Boden führte. Die Tiere hatten sich geradewegs durch die Erde gegraben, als wären sie mit ihr verwachsen. Ich richtete mich auf und sah, dass Connaire und Taffy den Gatusain abgesetzt hatten. Li scharwenzelte um das Artefakt herum. Benötigte er seine nächste Dosis? Ohne seine Medikamente, hatte die Ärztin vorausgesagt, würden die Intervalle zwischen seinen Ruhephasen ständig kürzer. Bis zum Exitus. Es gab nichts, was wir dagegen tun konnten, außer die ESHNAPUR zu finden und ihre medizinischen Einrichtungen in Besitz zu nehmen.

Auf einmal gab der Boden unter meinen Füßen nach. Ich sackte ein und drohte im Erdreich zu versinken. Ich zappelte und schlug um mich, doch da war nichts, woran ich mich festhalten konnte.

»Sir, was ist los?«, vernahm ich Cada Legoves Stimme.

»Das sehen Sie doch!«, schrie ich zurück, während ich mich erfolglos gegen das Verhängnis stemmte. Anscheinend hatten die Nager den Boden unterhöhlt, und er trug mein Gewicht nicht mehr. Das meiner Begleiter hingegen schon.

Du erleidest eine Bewusstseinsstörung! Die Impulse des Extrasinns schnitten durch meinen Verstand und vertrieben die Bilder, die ich für real hielt. Dann spürte ich eine Hand an meinem Oberarm. Ich drehte den Kopf, Legoves Gesicht direkt vor meinem.

»Alles in Ordnung, Sir?«

Ich nickte, sah wieder klar. Der Boden unter meinen Füßen war stabil, hielt mich. Ich stand da und suchte nach dem Loch, das mich beinahe verschlungen hatte. Es existierte nicht, hatte sich nicht im Untergrund gebildet, sondern allein in meinem Verstand. Die Erkenntnis schockierte mich. Ich sah zu Li hinüber. Hatte es auch bei ihm so angefangen?

»Kann ich etwas für Sie tun?« Cyriane Drays ergriff unauffällig meine Hand.

Ich erinnerte mich an das Angebot, das sie mir an Bord der AVIGNON gemacht hatte, und wünschte, ich hätte die Frage bejahen können. Es ging nicht, selbst wenn ich darauf eingegangen wäre. Wir waren nicht allein. Wohin hätten wir uns zurückziehen sollen? Ich räusperte mich, schüttelte den Kopf und blickte abschätzend zum Himmel empor.

»Wir setzen unseren Weg fort. In einer Stunde wird es dämmern. Dann errichten wir ein Nachtlager. Li braucht seinen Aufenthalt in dem Gatusain.«

Ich schob Tristan vor, doch in Wahrheit redete ich von mir selbst.

Der Lichtwagen

Uchta schnüffelte und nahm den Geruch von Lebensjahren und Weisheit in sich auf. Er stand regungslos da, ergriffen von dem Besuch, der seinem Bau etwas Würdevolles verlieh. Zwölf Tage hatte er darauf gewartet, dass Argoth endlich kam, um Uchta und Jidside seine Aufwartung zu machen. Es war Sitte, dass das in den ersten zwei Tagdekaden nach der Ankunft geschah. Erschien der Sippenälteste bis zum Verstreichen dieser Zeitspanne nicht, warf das kein gutes Licht auf den Bau. Uchta kannte nur einen Fall, da der Alte den mit Nachwuchs gesegneten Bau missachtet hatte. Es hieß, es sei wegen Krankheit geschehen, doch wen interessierten später die Gründe, wenn man eingestehen musste, dass der Älteste der Sippe den Ankömmling nicht mit seinem Licht gesegnet hatte? Jidside und Uchta blieb dieses Los erspart. Zwölf Tage waren seit Scholks Ankunft auf Orgoch vergangen, und Argoth war endlich gekommen.

Er bewegte sich schwerfällig. Argoth tastete sich seinem hohen Alter entsprechend vorsichtig voran. Seine sechszehigen Greiffüße bedienten sich jeder Wurzel, die den Boden des Baues durchbrach, um sich daran zu klammern. Seine Füße schienen mit dem Wurzelwerk zu verschmelzen, eine Symbiose einzugehen. Erst im hohen Alter, wenn sie nahe daran waren, wieder eins zu werden mit dem Boden, aus dem der Lichtwagen sie brachte, gelangten Kanacht zu dieser Perfektion.

Sechs Jahre, dachte Uchta, eine unglaubliche Lebensleistung. Nur zwei andere in der Sippe waren ähnlich alt. Einer von ihnen würde Argoths Nachfolger werden, wenn er die Welt auf der Pritsche des Lichtwagens verließ. Uchta würde denjenigen nur kennenlernen, wenn er ein weiteres Kind zeugte und die Ankunft vollzogen wurde.

Argoth stimmte die Litanei der Begrüßung an und sonderte einen duftenden Schwall ab, der seine Ehrerbietung für den Ankömmling bekundete. Er berührte seine Stirn und anschließend die Wand neben dem Eingang mit allen zwölf Fingern seiner Hände, durchmaß den Raum und wiederholte das Ritual auf der gegenüberliegenden Seite. Uchta saugte die Stille in sich ein, atmete die Glückshormone seiner Gefährtin, die mit gekreuzten Beinen auf der Lagerstatt saß, und warf ihr einen liebevollen Blick zu. Ihr Bau war gereinigt, wie so viele Male zuvor, wenn die Familie einen Ankömmling empfangen hatte.

»Zeig mir das Kind«, bat Argoth. Seine Stimme war viel kräftiger, als es sein siecher Körper erwarten ließ.

Jidside öffnete ihren Sirtel. Töne drangen zwischen den Fleischlappen über ihrer Brust und dem Bauch hervor, sanfte, scheue Töne, wie sie nur ein Ankömmling ausstieß. Jidside hatte Scholk nicht nur in ihrem Sirtel ausgetragen, er wurde in seinem Inneren gesäugt und verbrachte die ersten zwei Monde seines Lebens darin. Die Übergangsphase, in der er sich immer häufiger nach draußen wagte, seine Umgebung zu erkunden begann und nur zum Essen und Schlafen in den Sirtel zurückkroch, dauerte einen weiteren Mond. Zaghaft streckte er den Kopf aus der Öffnung.

»Der Lichtwagen war freundlich zu euch«, lobte Argoth.

»Das empfinden auch wir so«, freute sich Jidside.

Uchta unterdrückte seinen Stolz. Seine Sorgen, der Älteste käme nicht in ihren Bau, waren unbegründet gewesen. Wie hatte er nur daran zweifeln können, dass das Schicksal es gut mit Scholk meinte? Seinem Kind war ein besonderes Leben beschieden.

Scholk lächelte in die Welt hinaus. Noch waren seine großen Augen schwarz. Jedes Mal, wenn Uchta hineinsah, glaubte er durch einen unendlichen Abgrund direkt in die Seele seines Kindes zu schauen. Nach dem ersten Lebensjahr, wenn er ausgewachsen war, nähmen seine Augen einen der bei Männern typischen blauen Farbtöne an. Er betrachtete den Alten, den er nicht kannte, gab ein paar gutturale Laute von sich und kroch in den Sirtel zurück.

»Er ist müde«, entschuldigte Jidside sich.

»Das ist das Recht der Ankömmlinge. Der Schlaf kräftigt sie und lässt sie wachsen.« Argoth ging abermals von einer Wand zur anderen und klopfte dagegen. Der Rhythmus war das Zeichen für die Angehörigen der Familie, aus den Nebenhöhlen herüberzukommen.

»Scholk ist vom Ankömmling zum Akzeptierten geworden«, empfing Uchta sie. »Der Älteste hat den Bau gereinigt.«

Rasch füllte sich der Raum mit Kanacht. Sie umringten Jidside und berührten ihren Sirtel, wie es Tradition war. Kinder sollten von klein an die Gerüche der Familienmitglieder wahrnehmen, damit sie wussten, zu wem sie gehörten, wenn sie den Sirtel endgültig verließen.

»Ich danke dir«, wandte Uchta sich an Argoth. »Und ich bitte dich, weiterhin unser Gast zu sein. Wir haben Speisen bereitgestellt, die wir mit dir teilen möchten.«

»Ich nehme dein Angebot dankend an.«

Es kam selten vor, dass der Älteste der Einladung nach dem Ritual folgte. Uchta war überwältigt von der Gunst, die ihm zuteil wurde. Die Gerüche der Familie erfüllten den Bau, vermittelten ihre Gefühle, die Uchta mit nie gekannter Intensität überfielen. Er verließ den Bau, um zum Himmel emporzuschauen und frische Luft zu atmen.

Was er erblickte, ließ ihn vor dem Eingang erstarren.

»Du nennst diese Ansammlung schäbiger Hütten eine Stadt?« Svin Heyburn machte eine abwertende Handbewegung. »Die Einwohner sollen deine Untergebenen werden, die Keimzelle deines Reichs? Ich hielt deine Ambitionen für größer.«

Seine Begabung, Greta auf die Nerven zu gehen, wuchs stündlich. Sie sah großzügig darüber hinweg, denn sie war bester Laune. »Es ist keine Stadt, sondern eine Ansiedlung«, erklärte sie gut gelaunt. »Du hast immer noch nicht begriffen, worum es geht. Die Bewohner dieser Welt sind mir im Grunde gleichgültig. Sie sind meine Versuchskaninchen. Mit ihrer Hilfe werde ich herausfinden, wie viele Personen ich unterwerfen kann. Das ist wichtig, wenn ich meine Macht später auf zivilisiertere Planeten ausdehne.«

»Laut Karim Shoutain gibt es davon in der Nähe keine.«

»Na und? Ich besitze ein Raumschiff, mit dem man schnell von einem Sonnensystem zum nächsten gelangt. Es ist der Grundstein für meine künftige Flotte.«

Neben Heyburn und Walsh führte Greta eine sechsköpfige Eskorte an, gebildet aus willfährigen Besatzungsmitgliedern der ESHNAPUR. Der Kreuzer stand unweit der Siedlung und warf seinen Schatten auf sie. Ein gebeugt gehender Einwohner trat zwischen den Gebäuden hervor und kam den Besuchern entgegen. Er zeigte keine Scheu vor den Unbekannten.

»Mutiger Bursche«, sagte Walsh beeindruckt. »Dabei sind wir bestimmt die ersten Fremden aus dem Weltall, die er zu Gesicht bekommt.«

»Ich sähe es auch lieber, diese Primitiven würden uns als Götter mit dem gebotenen Respekt empfangen.« Heyburn grinste. »Aber vielleicht schicken sie uns ein Opfer, um uns zu besänftigen. Dabei ist Greta die Sanftmut in Person.«

Die Anführerin ignorierte sein Geschwätz. Sie betrachtete den in grobe Kleidung gehüllten Humanoiden, der drei Meter vor ihr stehen blieb. Er war eindeutig männlich und bestätigte, was sie vor der Landung in dem Holo gesehen hatte. Er hatte einen schmalen, leptosomen Körperbau, maß nicht mehr als einen Meter und sprach, als er den Mund öffnete, mit melodisch klingender Stimme. Greta trug einen Translator um den Hals, der augenblicklich mit der Analyse der fremden Sprache begann.

»Ein Zerrbild«, beschwerte sich Heyburn. »Ob die alle so aussehen, oder ob man uns ein besonders schmuckvolles Exemplar geschickt hat?«

Auch Greta staunte über die ungewöhnlichen Proportionen des Humanoiden. Im Vergleich zum Rest des Körpers waren sowohl Füße als auch Kopf, der allein ein Viertel der Körpergröße ausmachte, überproportional groß. Aus ihm stachen riesige, lidlose Augen hervor, gegen die das schmale, spitze Kinn und die zierliche Nase verblassten. Besonders markant war das Schädeloberteil, flach, breit und nur mit wenigen, dünnen Haaren versehen. Insgesamt erweckte der Kopf den Eindruck eines auf der Spitze stehenden Dreiecks. Die Haut des Humanoiden war ledrig und mausgrau, die Füße nackt.

Er musste den Kopf in den Nacken legen, um sie anzuschauen. Das Blau seiner Augen wechselte den Farbton. Es schien ein Eigenleben zu besitzen und passte nicht recht zu dem faltigen Gesicht, in das es eingebettet lag wie funkelnde Saphire in eine Scholle aus Dreck. Er redete ohne Unterlass auf Greta ein, als wüsste er, was sie von ihm erwartete.

»So ist es richtig«, forderte sie ihn auf. Sie hob die Hände und führte sie an die Lippen. »Sprich weiter, immer weiter, dann verstehen wir uns bald.«

»Wieso bist du nicht zu Reginald Bulls Explorerflotte gegangen? Da hättest du Karriere im Umgang mit Außerirdischen machen können. Welch eine Verschwendung deiner Fähigkeiten!«

Walsh lachte auf. »Vergiss es, Svin. Greta hat eine Heidenangst vor Mäusen und Ratten. Stell dir vor, sie wäre an Bord eines Explorers auf die Angehörigen von Guckys Mausbibern getroffen. Sie hätte schreiend Reißaus genommen und Rhodans Imperium die schwerste diplomatische Krise seit Bestehen beschert.«

»Umso besser. Das hätte uns eine Menge Arbeit abgenommen. Dann hätten Adams und seine Geldsäcke nämlich keine Zeit gehabt, Kunshun zugrunde zu richten.«

Greta lächelte. Auf der Erde hatte sie selten persönlich mit Extraterrestriern zu tun gehabt, sich aber eine Menge Trivideos zu Gemüte geführt. Sie beging nicht den Fehler, ein Wesen anhand seines Aussehens zu beurteilen. Die Fähigkeiten des von Korf genannten Ilts waren ein Paradebeispiel dafür, dass die Natur zuweilen einen bizarren Sinn für Humor besaß.

Anders war nicht zu erklären, dass Gucky einen Raumanzug mit Dienstgradabzeichen trug, statt in einem Käfig im Zoo von Terrania zu sitzen. Auch der kleine Graue mochte Fähigkeiten besitzen, die sein Äußeres nicht verriet.

»... Argoth ...«, verstand sie einen Begriff, den der Graue mehrmals wiederholte und den der Translator übernahm.

»Argoth«, wiederholte Greta. »Ist das dein Name?«

»Argoth, mein Name.« Der Translator hatte die Grundstruktur der fremden Sprache analysiert und machte sich an die Übersetzung. »Ich heiße euch im Namen der Kanacht auf Orgoch willkommen.«

»Ich danke dir. Du sprichst für die Kanacht? Bist du ihr Anführer? Haben sie dich geschickt, weil sie Angst vor uns haben?«

»Es gibt keinen Grund, Angst zu haben. Ich bin der Sippenälteste und komme meiner Pflicht nach.« Argoth streckte einen Arm aus und deutete himmelwärts. »Seid ihr Wesen von den Sternen?«

Die Frage überraschte Greta. Sie klang zu aufgeklärt für ein scheinbar primitives Volk wie dieses, das den Ortungen zufolge keinerlei Technik besaß. Ebenso verwunderlich war Argoths Überzeugung, keine Angst vor den Besuchern haben zu müssen. Da er sie nicht kannte, musste er mit allem rechnen. Greta vermutete, dass die Kanacht noch niemals einen Feind gehabt hatten und deshalb kein Misstrauen den Menschen gegenüber hegten. Das vereinfachte ihren Plan, von dessen Gelingen sie ohnehin überzeigt war. Sie nannte ihren und die Namen ihrer Begleiter. »Wir sind Menschen und stammen von der Erde.«

»Wir sind Götter«, polterte Heyburn dazwischen.

»Verwirre ihn nicht«, zischte Greta. »Merkst du nicht, dass alles bestens läuft?«

»Götter? Diesen Begriff verstehe ich nicht«, sagte der Alte.

Heyburn stöhnte auf. »Das haben wir den Salat. Was sagt man dazu? Sie wissen nicht, was Götter sind. Übermächtige Wesen, die höher sind als ihr.«

»Höher als wir?«

»Die euch geschaffen haben. Denen ihr dafür dankbar sein müsst. Die ihr immer anbetet, weil ihr göttliches Licht mit euch ist.«

Argoth wiegte den Kopf. Trotz seines fremdartigen Aussehens hatte Greta nicht das Gefühl, dass er von Svins Worten beeindruckt war. Stattdessen deutete er auf das Raumschiff. »Ist das ein Wagen, der durch die Lüfte fliegt?«

»Durch die Lüfte und noch viel höher hinaus. Warum führst du uns nicht in dein Dorf? Ich möchte die anderen Kanacht kennen lernen, sie alle.« Greta stellte die Frage zurückhaltend, doch dabei spielte sie die suggestive Macht aus, die der Sarkophag ihr verlieh. Heyburns großspuriges Auftreten war angebracht, solange es sich auf Greta bezog. Er selbst gehorchte ihr wie alle anderen.

»Folgt mir«, bat der Alte. Er setzte sich in Bewegung und ging den Weg zurück, den er gekommen war. Seine Füße hoben sich kaum vom Boden, glitten darüber hinweg und behielten ständigen Kontakt zum Untergrund. Durch ihre Größe sah es aus, als watschelte er wie eine Ente.

Bevor Heyburn weitere dumme Bemerkungen machte, gab Greta ihm mit einer herrischen Geste zu verstehen, ihr das Reden zu überlassen. Er schaffte es sonst noch zu verderben, was sich so gut anließ. Ohne Gegenwehr zog sie in die Siedlung der Kanacht ein. Der Tag konnte nicht besser ausklingen.

Hunderte von Kanacht, Dutzende aus jeder Familie, hatten sich auf dem zentralen Platz versammelt, auf dem sonst die Ernte von den Feldern und das Fleisch der erlegten Tiere feilgeboten wurde. Ein solcher Anlass war in der Geschichte der Kanacht noch nie vorgekommen. Die wenigen unter ihnen, die die vom Himmel fallende Kugel zuerst gesehen hatten, waren von Tür zu Tür geeilt, um die Gemeinschaft zu informieren und die Entscheidung des Sippenältesten zu vernehmen. Uchta war einer von ihnen gewesen.

Sofort hatte Argoth an Wesen aus dem Kosmos gedacht. Bei all den unzähligen Lichtpünktchen am Firmament, die Sonnen waren wie die eigene, war kein Kanacht so vermessen zu glauben, er sei allein im Universum. Irgendwann würden andere kommen und Orgoch besuchen, das war eine allgemein akzeptierte Erwartung. Dass dieses einmalige Ereignis ausgerechnet während ihrer eigenen, nur wenige Jahre währenden Lebensspanne eintrat, erwartete niemand. Gleichwohl fürchtete sich niemand.

Einzig Argoth spürte die Zweifel. Dabei war er es gewesen, der Zeit seines Lebens Freundschaft zu möglichen Besuchern propagiert hatte. Er war verunsichert, woran die Menschen die Schuld trugen. Einige ihrer Aussagen hatten ihn zum Nachdenken angeregt, zum Zweifeln gar. Die Kanacht glaubten nicht an Götter. Gleichwohl ihnen das theoretische Konzept eines Götterhimmels vertraut war, hatten sie sich niemals damit auseinander gesetzt. Die Tiere auf Orgoch waren ungleich langlebiger. Mit Intelligenz gesegnet, wäre es an ihnen gewesen, sich mit Dingen zu beschäftigen, für die den Kanacht keine Zeit blieb. Manchmal beneidete Argoth sie um ihre Lebensspanne.

Die Menschen jedenfalls waren keine Götter, sondern intelligente, wenn auch weiter entwickelte Wesen, wie ihr Schiff zeigte. Weshalb behaupteten sie, Götter zu sein? Argoth hatte eine düstere Ahnung, und die gefiel ihm überhaupt nicht.

Sein Geruchssinn hatte ihn nie zuvor im Stich gelassen. Die sozialen Kontakte der Kanacht funktionierten über olfaktorische Reize, und er war ein Meister dieser Reizaufnahme. In manchen Situationen war kein gesprochenes Wort nötig, damit er Intention, Stimmung und Gefühle seines Gesprächspartners allein durch dessen Duftmarken ermittelte. Bei den Besuchern, die sich Menschen nannten, war ihm das kaum möglich. Was er von ihnen empfing, blieb den Rezeptoren in seinen Riechschleimhäuten verborgen – weitgehend. In ihren Körpern spielten sich andere Prozesse ab, die sie »sauer« riechen ließen.

Etwas stimmte nicht mit ihnen. Soviel stellte Argoth fest, auch ohne dass er ihre Duftmoleküle charakterisieren konnte.

Er durchbrach die Reihen der Kanacht und ging bis zur Mitte des Platzes. Fast alle waren sie gekommen. Sie schwiegen, verfolgten andächtig jede Bewegung der um mehrere Köpfe größeren Besucher. Ein paar Dorfbewohner vermisste Argoth. Vermutlich hielten sie sich auf den Feldern auf, waren auf der Jagd oder mit ihren Booten unten am Fluss beim Fischfang und hatten nichts von der Ankunft des Schiffs mitbekommen.

Ohne einen Grund nennen zu können, war Argoth froh, dass sie fehlten. Er wusste, dass seine Erleichterung darüber in seinem besonders ausgeprägten Instinkt begründet lag, der ihn so selten getrogen hatte wie sein Geruchssinn. Er hob ihn aus seinem Volk heraus und verlieh ihm Fähigkeiten, die niemand außer ihm besaß. Eine davon benutzte er jetzt. Er klammerte sich mit den Zehen an eine Wurzel, spürte das Leben in dem knorrigen Ausläufer und fühlte sich gleich wohler.

Wir sind verbunden, dachte er. *Alles ist miteinander verbunden. Alles Leben ist im Fluss und tauscht sich aus.* Das galt nicht nur für die Kanacht, sondern auch für Tiere und Pflanzen.

»Der Besuch, auf den wir so lange gewartet haben, ist eingetroffen«, verkündete er. »Begrüßt die Menschen von der Erde.«

Zahlreiche Stimmen erhoben sich, Gemurmel setzte ein. Es verstummte schlagartig wieder, als die Menschenfrau, die sich Argoth als Greta Gale vorgestellt hatte, zu sprechen begann. Er versuchte in dem teigigen Gesicht zu lesen. Es war unmöglich. Für Argoth lieferte ihre Mimik Grimassen, die kein Kanacht beim schlimmsten Magendrücken aufgesetzt hätte.

»Ich freue mich, hier zu sein«, sagte Greta Gale. »Heute beginnt für das Volk der Kanacht eine neue Ära, die sie aus ihrer Isolation reißt. Ihr könnt euch glücklich schätzen, denn Orgoch wird zur Keimzelle eines neuen Reichs.«

Wovon sprach die Frau? Argoth lauschte auf etwas hinter den Worten. Es war nicht der Klang, nicht der Tonfall. In dem, was sie sagte, schwang eine unterschwellige Botschaft mit. Sie löste Widerwillen in Argoth aus, verwirrte seine Gedanken, wollte ihn zu einem Denken bringen, das nicht sein eigenes war. War geschah mit ihm? Was geschah mit ihnen allen? Sein Blick glitt über die versammelten Kanacht. Sie standen da und lauschten, nicht von denselben Zweifeln ergriffen, die ihn befallen hatten. Sie nahmen als normal hin, was sie hörten.

»Ab sofort führe ich euch an«, drangen die Worte der Menschenfrau an seine Gehörorgane. »Ihr werdet mir gehorchen und tun, was ich euch auftrage.«

Argoth neigte den Kopf, ein Zeichen für seine Ablehnung. »Wieso?«, rief er. Er begriff nicht, weshalb die Frage ihm so schwer fiel. Sie hallte in seinem Kopf. Ein unerklärlicher Druck lastete auf seinem Geist. Argoth schloss die Hautfalten und bedeckte seine Augen. Augenblicklich fühlte er sich besser. »Was willst du uns auftragen, und wieso sollen wir gehorchen?« Argoth zog die Hautfalten zurück und sah Greta Gale.

Als brächen seine Worte einen Bann, setzte Unruhe unter den Kanacht ein. Ein paar wandten sich zum Gehen, doch etwas hielt sie. Eine innere Stimme befahl ihnen, auf ihren Plätzen zu verharren. Frei waren sie nicht mehr. Argoths sechs Zehen umklammerten die Wurzel. Sein Leben drang in sie ein, und ihr Leben strömte in seinen Körper. *Alles ist miteinander verbunden. Das werden die Menschen begreifen.*

»Hört mir zu!« Greta Gales Stimme steigerte sich zu einem Schreien. Ihr Geruch verstärkte sich und blieb doch nichtssagend. »Ihr werdet mir gehorchen! Ich erwarte ...« Ihre Worte endeten.

Der Sippenälteste witterte seine Artgenossen. Verwirrung und Desorientierung beherrschten die Kanacht. Sie wollten fliehen, weil sie nicht begriffen, was mit ihnen geschah. Ein Zwang hielt sie, gestattete ihnen ein paar Schritte, hielt sie fest, gab sie wieder frei. Sie wurden ihn nicht los. Er begleitete sie, als sie sich verstreuten und in ihre Bauten heimkehrten.

Die Menschenfrau stand unschlüssig da. Ihre Mimik sah zum Fürchten aus. Sie starrte in die Ferne und verhielt sich kaum anders als die fehlgeleiteten Kanacht. Plötzlich drehte sie sich um und lief davon. Ihre Begleiter zögerten, dann folgten sie ihr. Argoth wollte der Frau ebenfalls nachsetzen, um von ihr zu erfahren, was soeben geschehen und was über seine Leute gekommen war. Jung an Jahren und mit so langen Beinen war sie für Argoth allerdings viel zu schnell.

Die Dorfbewohner verstreuten sich. Argoth entdeckte Uchta und Jidside. Er löste seine Zehen von der Wurzel und humpelte hinter ihnen her.

»Ihr werdet mir gehorchen! Ich erwarte ...«

Eine gesichtslose Masse Kleinwüchsiger glotzte sie an. Sie starrten und starrten, unbeweglich, anklagend. Wie konnten gesichtslose Masken Vorwürfe und Emotionen transportieren? Greta erinnerte sich, dass es Kanacht waren, jene Kanacht, die sie unterwerfen wollte. Ihr fehlte die Kraft, Orgochs Planetenbewohner zu überwinden.

Sie gab den Versuch auf und wendete sich ab, um das Weite zu suchen. Eine Gestalt hatte sich unter die Kanacht gemischt. Das Gesicht war unkenntlich. Wer verbarg sich dahinter? Greta begann am ganzen Körper zu zittern. Der unheimliche Verfolger hatte sie eingeholt. Er fand sie immer wieder. Was wollte er von ihr? Seine Hartnäckigkeit zeigte, dass er niemals aufgeben würde ... Bis sie tot war.

Wie von Furien gehetzt, rannte Greta los. Ihre Begleiter waren ihr gleichgültig, in diesem Moment der Panik mehr noch als ohnehin. Als sie sich umschaute, zerstreuten sich die Kanacht. Der Verfolger war verschwunden. Damit konnte er Greta nicht täuschen. Er ließ sie nicht aus den Augen und lauerte darauf, dass sie einen Fehler machte. Wenn sie stehen blieb, reichte das vielleicht schon aus, damit er seine Klauen nach ihr ausstreckte.

Die Dämmerung hatte eingesetzt. Tierstimmen drangen an Gretas Ohren, Rufe aus der Steppe, dazwischen Vogelzwitschern. Kiwitt, kiwitt – komm mit, komm mit. Sie ignorierte den Lockruf des Sensenmannes. Über eine Antigravrampe floh sie in die ESHNAPUR. Im Schutz der stählernen Wände fühlte sie sich gleich etwas sicherer. Ihr Herzschlag beruhigte sich.

Sei nicht töricht. Lass dich nicht täuschen. Sie sind hinter dir her. Wer auch immer ...

Greta sah auf, als Heyburn, Walsh und die Eskorte sie einholten. Unwillkürlich erwartete sie ihren Verfolger, der sich diesen Dummköpfen angeschlossen hatte. Er kam nicht.

»Wo wart ihr?«, schrie sie, außer sich vor Zorn. Die Welt drehte sich um sie. »Eure Aufgabe ist es, auf mich aufzupassen. Stattdessen lasst ihr mich allein.«

»Du bist abgehauen, nicht wir. Komm mal wieder runter, damit man vernünftig mit dir reden kann«, sagte Heyburn.

»Du wagst es, mir zu widersprechen?« Greta drohte die Kontrolle über sich zu verlieren. Sie riss sich zusammen, um keine Dummheit zu begehen. »Verschwinde, geh mir aus den Augen. Verschwindet, ihr alle.«

Svin und die sechs Männer der Besatzung gingen. Walsh blieb zurück.

»Was willst du noch hier?«, herrschte sie ihn an. »Glaubst du, für dich gilt eine Sonderregelung?«

»Ich mache mir Sorgen um dich.«

»Du? Um mich?« Gretas Gelächter hallte durch die Einstiegsschleuse. Die Kanacht gehorchten ihr nicht, Svin war aufmüpfig, und Korf wagte es, ihr zu widersprechen. Ein Verdacht kam ihr. »Du bist es. Du bist der Gesichtslose, der mich verfolgt.«

»Von was für einem Gesichtslosen sprichst du? Greta, du hast Halluzinationen. Ist ja auch kein Wunder. Geh in deine Kabine und leg dich in dieses Ding, von dem du so fasziniert bist. Danach geht es dir besser.«

»Ding?« Er sprach von ihrem Gatusain, von dem Sarkophag, der ihr allein gehörte. Von ihrem Schatz. Das war der Beweis. Nur ihr Verfolger würde sich so respektlos äußern und von einem Ding sprechen. Sie zog ein Messer und rammte es dem Verräter in den Bauch. Ungläubig, den Mund geöffnet, stierte Korf sie an, bis sein Blick brach.

Greta ließ den erschlafften Körper los. Mit einem hatte Walsh recht. Sie hielt es nicht mehr aus, in ihren Sarkophag zu kommen. Sie lief in ihre Kabine, ignorierte Jorim Kilshasin, der nackt in ihrem Bett lag, und vertraute sich dem Gatusain an. Sie schlief sofort ein. Als sie wieder aufwachte, sah die Welt ganz anders aus. Sie fühlte sich wie neu geboren, befreit von jeglichen Zweifeln. Ein zweites Mal kämen die Kanacht nicht so glimpflich davon. Erst als sie ihre blutigen Hände bemerkte, erinnerte sie sich, was geschehen war.

Sie entkleidete sich, trat in die Hygienezelle und rief nach Kilshasin. »Jorim, bei Fuß! Ich benötige deine Dienste.«

»Darf ich eintreten?« Argoth stand vor der Schwelle von Uchtas Bau. Obwohl er der Sippenälteste war, erschien ihm ein Besuch, der nicht aufgrund seiner Position erfolgte, unangemessen.

Der junge Vater betrachtete ihn lange, was Argoth in seiner Befürchtung bestätigte. Der Mann war desorientiert. Etwas Unbekanntes hatte sich auf seinen Geist gelegt, eine den Kanacht unbekannte Kraft. War es eine Krankheit, ein Virus, den die Menschen nach Orgoch gebracht hatten?

»Wie geht es der Mutter und dem Ankömmling?«

»Dem Ankömmling? Oh, er ist wohlauf. Beide sind wohlauf. Danke der Nachfrage.« Uchta schien sich zu besinnen, dass es respektlos war, den Sippenältesten nicht hereinzubitten. Er gab die Schwelle frei, was gleichbedeutend mit einer Einladung war.

Argoth trat ein und gewahrte ein Dutzend und mehr Familienangehörige im Gemeinschaftsraum, und ein Gefühl von Wärme beschlich ihn. Kanacht wurden in einen bestehenden Familienverband hineingeboren, aus dem sie sich nie lösten. Ihre Lebenserwartung ließ keine Zeit, einen eigenen Bau zu errichten. Im Bedarfsfall wurde er einfach erweitert. Argoths Leben war anders verlaufen als das seiner Artgenossen. Seine Fähigkeiten hatten ihn zu einem Außenseiter der eigenen Familie und der Sippe gemacht, und er hatte früh sein Dorf verlassen und sich auf Wanderschaft begeben, was jeglichem Sozialverhalten der Kanacht widersprach. Erst sein Ausbrechen hatte ihm seine Befähigung vollends nahe gelegt, ihm zugleich jedoch ein Leben in Einsamkeit und Enthaltsamkeit beschert. Lange schon hatte er sich damit abgefunden, doch er wollte vermeiden, dass es anderen erging, wie es ihm ergangen war.

»Du ehrst meinen Bau, indem du ihn zum zweiten Mal betrittst«, verjagten Uchtas Worte Argoths Grübeln. »Bitte verzeihe mir meine Verwunderung. Ich kenne niemanden, der das gleiche Glück erfahren hat wie ich.«

Der Älteste zögerte, auf den Grund seines Besuchs zu sprechen zu kommen. Er lauschte in sich hinein und kam zu der Erkenntnis, dass sein Zögern nicht aus ihm selbst herrührte. Es hatte damit zu tun, was den Kanacht bei Gretas Gales Ansprache widerfahren war. Ihr war zu gehorchen, hatte sie verlangt. Eine Stimme in Argoths Kopf sagte ihm, dass die Menschenfrau das Recht hatte, dies zu verlangen, eine zweite widersprach der ersten heftig.

»Du schweigst«, stellte Jidside fest, die sich zu Uchta gesellt hatte. Das Heben und Senken ihres Sirtels verriet, dass der Ankömmling darin gesäugt wurde. »Haben wir dir Anlass gegeben, unzufrieden mit uns zu sein?«

»Nein«, wehrte Argoth ab. »Ihr habt alles richtig gemacht. Ich hing für einen Moment meinen Gedanken nach. Verzeiht, das war unhöflich. Was haltet ihr von unseren Besuchern?«

»Sie sind seltsam«, antwortete Uchta.

»Aber ungefährlich«, fügte Jidside hinzu. »Wir haben sie willkommen geheißen, wie es unsere Pflicht war, und sie haben sich verhalten, wie es sich für Besucher geziemt. Höflich und zurückhaltend. Wenn sie Hilfe brauchen, werden wir sie ihnen gern gewähren.«

»Du hast keine Zweifel an ihnen?«

»Wieso sollte ich? Sie haben sich gebührlich benommen und nichts gefordert.«

Doch, das hatten sie. Argoth wunderte sich über die Behauptung. Die Menschen hatten ihr Verlangen nach Gehorsam unmissverständlich ausgesprochen. Jidside war unter denjenigen gewesen, die ihnen gelauscht hatten. Sie hatte die Worte vernommen, doch sie erinnerte sich offensichtlich nicht daran. Wie war das möglich?

»Du würdest ihnen also helfen?«

»Natürlich. Ist das nicht unsere Pflicht?«

»Du scheinst anderer Meinung zu sein«, ahnte Uchta.

Es kam darauf an, wie weit diese Hilfe ging. »Ich frage anders. Du würdest alles tun, was sie verlangen?«

»Ich begreife nicht, worauf du hinaus willst«, wich Jidside aus. »Vielleicht verstehe ich es, wenn du es mir erklärst.«

Die Menschen manipulieren uns, wollte Argoth sagen. Er schaffte es nicht, die Worte auszusprechen, so sehr er sich auch mühte. Was Greta Gale gesagt hatte, wirkte in ihm. Ging es Uchta, Jidside, der ganzen Sippe gar, ähnlich wie ihm? Dachten sie nach, ohne darüber sprechen zu können? Der Älteste hegte einen viel schrecklicheren Verdacht, nämlich den, dass sie alle nicht einmal zu den Fragen fähig waren, die er sich selbst stellte. Unwillkürlich tat er zwei Schritte und suchte den Kontakt zu einer Wurzel. Als seine Zehen sich um das Holz schmiegten, ging es ihm besser.

Aussprechen, was ihn beschäftigte, konnte er trotzdem nicht.

»Das Schiff der Menschen ist gewaltig«, wechselte Uchta das Thema. »Viel größer als all unsere Karren zusammen. Glaubst du, dass es der Himmelswagen ist?«

Argoth sah ihn verblüfft an. »Der Himmelswagen? Wie kommst du auf diese Idee?«

»Weil er zeitgleich mit Scholk ankam.«

Eine gute Überlegung, fand der Älteste. Dennoch nicht mehr als ein Zufall. »Du weißt, dass es keinen Himmelswagen gibt«, wies er Uchta zurecht. »Er ist lediglich eine Umschreibung für das Wunder der Empfängnis. Wir stellen ihn uns im Himmel und im Boden zugleich vor, im Feuer, im Wasser und in der Luft. Überall. Die Vorstellung beflügelt unsere Träume, doch jedes Kind weiß, dass er nicht existiert.«

Uchta machte eine zustimmende Geste.

»Denkt ihr, die Menschen werden uns wieder verlassen?«, fragte Argoth.

»Nein«, sagte Jidside im Brustton der Überzeugung.

»Nein«, stimmte Uchta ihr zu.

»Wie könnt ihr so sicher sein?«

Argoth erhielt keine Antwort. Er hatte auch keine erwartet. Die Überzeugung, dass die Menschenfrau und ihre Sippe nicht vorhatten, Orgoch wieder zu verlassen, teilte der Älteste mit Uchta und Jidside. Die Menschen hatten Pläne. Sie wollten mehr, viel mehr, und die Kanacht würden sie dabei unterstützen.

Greta Gale machte sich Vorwürfe, weil sie am Vortag unvorbereitet vor die Kanacht getreten war. Zu viel Zeit war davor vergangen, seit sie dem Gatusain einen Besuch abgestattet hatte. Gasuijamuo hatte sie darauf hingewiesen, einen solchen Fehler kein zweites Mal zu begehen. Sie brauchte all ihre Überzeugungskraft, um ihre Pläne zu verwirklichen. Wenn sie seine Ratschläge befolgte, konnte nichts schiefgehen. Ihr eigenes Machtbewusstsein und die zusätzliche Überzeugungskraft, die Gasuijamuo ihr verlieh, unterwarfen jedes Bewusstsein.

Lachend zerstreute Greta die Vorwürfe. Sie hatte keinen Grund, sich selbst zu bezichtigen, denn sie hatte eine wertvolle Erfahrung gemacht. Selbst ohne Unterstützung des Sarkophags, beziehungsweise mit der Restenergie, die sie gespeichert hatte, war es Greta gelungen, die Kanacht zu beeinflussen. Zwar nicht in dem Maße, wie sie das beabsichtigte, aber immerhin.

Ein neuer Tag war angebrochen, an dem sie alles besser zu machen gedachte. Vergessen waren die gesichtslos starrenden Kanacht, die ihrem Einfluss widerstanden hatten, vergessen war ihr Verfolger und zu einem machtlosen Phantom verkommen, das keine Gefahr für sie darstellte.

Die Welt ist mein, dachte Greta, als sie ihr Quartier verließ. Sie begann mit dem morgendlichen Ritual, das sie an Bord der

ESHNAPUR eingeführt hatte. Sämtliche Besatzungsmitglieder hatten sich in einem Lagerraum einzufinden, wo sie die Macht ihrer Anführerin zu spüren bekamen. Es waren hundertfünfzig Männer und Frauen, die ihr aufs Wort gehorchten. Die Erfahrung war nach der Vorbereitung des Aufstands in Kunshun nichts Neues. Allerdings gab es einen wesentlichen Unterschied. Die Aufständischen hatten Gretas Meinung geteilt und die gleichen Ziele verfolgt und deshalb nur einen Anstoß benötigt, um sie zu willfährigen Werkzeugen zu machen. Bei der Besatzung des Handelsraumers sah das anders aus. Ihr Willen musste um 180 Grad gedreht werden, was Greta gelungen war.

Zufrieden verließ sie den Lagerraum, nachdem sie wieder sechs Mann als Eskorte ausgewählte hatte. Draußen traf sie auf Svin Heyburn. Er war aufgeregt und stürzte sich gleich auf sie. »Hast du die Vorbereitungen getroffen, die ich dir aufgetragen habe?«, kam Greta ihm zuvor.

»Ich habe getan, was du willst, so wie immer. Das Beiboot steht bereit. Wozu willst du es benutzen? Wir sind in ein paar Minuten zu Fuß bei den Kanacht.« Er redete wie ein Wasserfall. »Gestern sind wir auch zu Fuß gegangen.«

»Es macht zusätzlichen Eindruck.«

»Hast du den nötig?«

Nein, das hatte Greta nicht. Die Benutzung eines Beiboots war ein Vergnügen, dem sie sich gerne hingab. Eine Anführerin wie sie musste standesgemäß auftreten. Sie war viel zu guter Laune, um Svin ihre Beweggründe zu erklären. Ihr entging nicht, dass ihn noch etwas anderes beschäftigte. Natürlich konnte sie sich denken, was ihn so in Aufruhr versetzte. Bis auf einen Mann, den sie als Pilot für das Beiboot einteilte, schickte sie die Eskorte als Vorauskommando aus dem Schiff. Nachdem sie gegangen waren, wandte sie sich wieder an Heyburn. »Du bist ganz schön aufgeregt. Willst du mich etwas fragen?«

»Ich habe Korf gefunden. Er ist tot«, platzte es aus Svin heraus. Er war blass um die Nase und rang fahrig mit den Händen. »Waren das die Kanacht?«

»Nein«, gab Greta bereitwillig zu. »Sie haben nichts mit seinem Tod zu tun.«

»Was ist geschehen? Nun sprich doch endlich.«

»Das Schicksal hat ihn ereilt. Er hatte einen Unfall. Mehr gibt es dazu nicht zu sagen. Ich will nichts mehr zu diesem Thema hören, also verkneif es dir.«

Am gestrigen Abend hatte sie die Kontrolle über sich verloren und buchstäblich rot gesehen. Walsh war ihr als Feind erschienen, als der größte Alptraum, den sie sich vorstellen konnte. Es lag nicht an ihm, hätte jeden treffen können. Korf war einfach zum falschen Zeitpunkt am falschen Ort gewesen. Zudem hatte er sich selten dämlich angestellt. Manchmal passierten Dinge geradezu zwangsläufig. Greta hatte einen Anhänger weniger, so sah sie die Sache. Persönlich leid um den Toten tat es ihr nicht. Heyburn schwieg.

Er konnte nicht anders, weil er nicht gegen den suggestiven Befehl ankam. Sie fand Gefallen an seiner Geschwätzigkeit, doch manchmal war es des Guten zu viel. So wie jetzt. Dafür gestattete Greta, dass er an ihrer Seite blieb, als sie das Beiboot bestieg.

»Bring uns zum Dorfplatz«, befahl sie dem Piloten. »Dreh eine Runde über den Gebäuden, damit die Kanacht sich an unseren Anblick gewöhnen. Ich hatte gestern nicht besonders viel Zeit für sie.« Greta kicherte. Inzwischen amüsierte sie sich über die vermeintliche Gefahr, vor der sie Hals über Kopf geflohen war. »Heute ist das anders. Sie haben meine uneingeschränkte Aufmerksamkeit verdient.«

Heyburn spähte ins Freie. Beim Überfliegen sahen die Gebäude der Kanacht aus wie bucklige Erhebungen. Sie verwuchsen mit dem Boden, waren aber strikt voneinander abgetrennt. »Sie hausen wie die Maulwürfe. Wie viele Kanacht mögen in einem Haus leben?«

»Eine Menge«, schätzte Greta. Sie beobachtete, wie ein Strom der kleinwüchsigen Wesen aus einem Eingang quoll. Es waren fünfzehn oder mehr. »Es sieht aus, als leben sie in Großfamilien zusammen.«

»Wie heimelig. Ich könnte mir was Schöneres vorstellen, als mit der ganzen Blase unter einem Dach zu wohnen. Unsere Leute treiben sie ins Freie. Offenbar hast du nicht genug Eindruck hinterlassen, dass sie von allein rauskommen.«

»Wann sollen sie das denn deiner Meinung nach tun? Ich habe sie nicht zu einer weiteren Versammlung bestellt, ihnen keinen Zeitpunkt genannt, wann ich wiederkomme.« Greta grinste in sich hinein. Svin dachte immer nur in Ansätzen, niemals bis zum Ende einer Überlegung. Deshalb nahm sie ihm seine aufsässigen Bemerkungen nicht übel. Er konnte einfach nicht anders. Ihm generell den Mund zu verbieten, hätte sie um den einen oder anderen erheiternden Beweis seiner Schusseligkeit gebracht.

»Das wirst du heute nachholen?«

»Worauf du dich verlassen kannst, mein Lieber. Sie werden wie Wachs in meinen Händen sein.« Greta sprühte vor Zuversicht. Unruhig rutschte sie hin und her. Es hielt sie kaum auf ihrem Sitz.

»Wenn du die Kanacht besser unter Kontrolle bekommst als gestern, läuft die Sache wie geschmiert. Naja, eigentlich hattest du das bis zu einem gewissen Grad. Was meinst du, wie weit gehorchen sie dir bereits?«

»Wen interessiert das schon? Stell mir die Frage in einer halben Stunde noch einmal.« Sie klopfte dem Pilot auf die Schulter. Es war das Zeichen zur Landung.

Das Beiboot senkte sich auf den Dorfplatz hinab. Bereitwillig machten die Kanacht Platz, zogen sich zu den Hauswänden zurück und verteilten sich zwischen Holzkarren, die als Marktstände fungierten. Greta sprang ins Freie, kaum dass der Antrieb erstorben war. Eine Komposition unterschiedlicher Gerüchte empfing sie, die sie sekundenlang auf sich einwirken ließ. Das würzige Aroma beflügelte sie zusätzlich. Sie konnte es nicht mehr erwarten, ihre Macht auszuüben.

Die fünf Männer ihrer Eskorte gesellten sich zu ihr. »Es war nicht schwierig, die Kanacht aus den Häusern zu holen. Es war, als hätten sie auf uns gewartet. Sobald wir ein Haus betraten, begrüßten sie uns und folgten uns.«

So viel zu Heyburns Frage, dachte die blonde Frau. Ihr gestriger Schwächeanfall mochte die Suggestivwirkung auf die Dorfbewohner relativiert haben, nicht ausgeschaltet. Hinzu kam, dass die Kleinen generell freudig und offenherzig auf die Besucher zugingen. Mit übertriebener Gastfreundschaft schaufelte man sich sein eigenes Grab.

»Wo ist Argoth?«, fiel Heyburn das Fehlen des alten Kanacht auf.

»Argoth?«, fragte Shoutains Raumfahrer.

»Der Dorfälteste.«

Der Raumfahrer hob ratlos die Schultern. »Wir haben sonst niemanden gesehen. Das hier sind alle. Sollen wir nach ihm suchen?«

Greta winkte ab. »Wir brauchen ihn nicht. Wahrscheinlich hat der alte Knabe Schwierigkeiten, sich auf den Beinen zu halten.« Sie breitete die Arme aus und begann zu den Dorfbewohnern zu sprechen.

Die Kanacht schlossen den Ring um ihre neue Herrscherin enger. Sie lauschten ergriffen.

Geister, Geister!

Die Nacht verlief ereignislos. Tristan Li und ich benutzten den Sarkophag und erhielten unsere Dosen. Während meiner Ruhephase darin erlangte ich keine weiteren Erkenntnisse. Waheijathiu schärfte mir die Notwendigkeit ein, Gretas Gales Verfolgung voranzutreiben. Oder worum es ihm ging, die Verfolgung Gasuijamuos. Ich versuchte, etwas mehr über die Beziehung zwischen den beiden Bewusstseinsfragmenten zu erfahren, über die Beziehung und Unterschiede zwischen Illochim und Navigatoren allgemein. Der Geist in meinem Gatusain war nicht sehr mitteilsam. Vielleicht fehlte es ihm selbst an Informationen aus der Vergangenheit, und er schwieg, weil er mir seine Unkenntnis nicht eingestehen wollte.

Als wir früh am nächsten Morgen unser Nachtlager, das aus nicht mehr als ein paar Schlafstellen unter freiem Himmel bestand, abbrachen, war Li als erster aufbruchbereit. Er löschte die schwelenden Reste des Feuers, das wir am Abend zuvor entzündet hatten, und nervte den Rest der Gruppe. Nicht einmal Cleany Havedge, der sich mehr und mehr zu seinem väterlichen Freund entwickelte, konnte ihn beruhigen. Wir nahmen ein paar Nahrungskonzentrate zu uns und tranken Wasser aus einem Bach.

»Ich wittere Greta«, behauptete der junge Mann. »Sie ist in der Nähe.«

Da war ich anderer Meinung, und das lag nicht an Waheijathiu. Wir schienen in einem verlassenen Landstrich abgestürzt zu sein. Hier fand Gale nicht das, was sie suchte, nämlich Anerkennung durch Lebewesen, über die sie ihre Macht ausüben konnte. Tristan wollte sich dieser Argumentation nicht anschließen. Nicht zum ersten Mal gewahrte ich den fiebrigen Blick in seinen Augen. Seine Abhängigkeit und der Rachedurst, der sein klares Denken verdunkelte, ergaben eine fatale Mischung.

Erschwerend fehlten die Medikamente, die ihn psychisch stabilisiert hatten.

»Wir können nicht losrennen«, redete die Medikerin auf ihn ein. »Wie der Lordadmiral bereits sagte, könnte uns ein tage- oder gar wochenlanger Marsch bevorstehen. Wir müssen unsere Kräfte einteilen.«

»Sie haben gut reden«, begehrte Li auf. Sein Blick flackerte. Seine geballten Hände zitterten. »Ihnen steht unbegrenzte Zeit zur Verfügung, mir nicht. Sie verrecken nicht, ich aber schon.«

»Wir werden eine Lösung finden.«

»Unsinn, und das wissen Sie genau. Verschonen Sie mich also mit Ihrem Mitleid. Es ist verlogen. So etwas gab es in Kunshun nicht.«

»Die Ärztin meint es nur gut mit Ihnen, Tristan«, mischte sich der Kurator ein.

»Wenn sie das wirklich tut, soll sie sich um ihren eigenen Kram kümmern. Sie war an Bord der AVIGNON nicht in der Lage, etwas für mich zu tun, sie kann es hier schon gar nicht. Müssen Frauen immer weiterreden, wenn längst alles gesagt und nichts mehr zu ändern ist?«

Um Lis Mütchen zu kühlen, verdonnerte ich ihn dazu, gemeinsam mit mir den Sarkophag zu tragen. Er protestierte nicht, sondern packte an. Fast schien er dankbar zu sein, durch körperliche Anstrengung von seinen Rachegelüsten abgelenkt zu werden.

Wir folgten dem Bachlauf Richtung Norden, während die Sonne höher stieg und es wärmer wurde. Bald herrschten Temperaturen jenseits der 20 Grad. Legove und Tarra übernahmen den Gatusain, später Eppenroq und Taffy, schließlich Connaire und Drays, jeweils in Schichten von einer halben Stunde. Bis auf Havedge kamen alle an die Reihe. Anfangs hielt der Kurator Schritt, doch nach zwei Stunden fiel er zurück, und wir waren gezwungen, unser Tempo dem seinen anzupassen, um ihn nicht zu verlieren. Er schnaufte wie ein Nilpferd und verfluchte den Umstand, auch nur einen Fuß auf die AVIGNON gesetzt zu haben.

»Nehmen Sie es mir nicht übel, aber jetzt sind Sie fast komisch, Cleany.« Tristan brachte tatsächlich ein Lächeln zustande, obwohl er seit unserem Aufbruch verdrossen vor sich hin schwieg.

»Wird wohl so sein«, gab der Kurator zu. »Trotzdem hätte ich keinen Schritt aus meinem Museum getan, wenn ich geahnt hätte, dass dieses Raumschiff als Wrack endet. Wer wird sich um all die Schätze im Museum kümmern, wenn ich nicht da bin?«

»Das sind Sie bald wieder. Es ist nur eine Frage der Zeit, bis Sie alles entstauben und neu sortieren können, Cleany.«

Lis Zuversicht für Havedge war so ausgeprägt wie der Fatalismus seinem eigenen Schicksal gegenüber. Hätte ich Hoffnung für Tristan gesehen, hätte ich sie ausgedrückt. Doch mit einem lag er völlig richtig. Er hatte ein Recht auf die Wahrheit. Sein Mut beeindruckte mich. Er sah seinem Ende so gelassen entgegen, wie es Lemy Danger getan hatte.

Bleib auch du bei der Wahrheit. Lis Verhalten ist keine Gelassenheit, sondern Gleichgültigkeit, korrigierte mich der Extrasinn. *Ohne sein Streben nach Rache hätte er längst aufgegeben.*

Dann hat dieses Streben ja einen positiven Sinn, gab ich zu bedenken.

Welches ist das deine, süchtiger Narr? Oder sollte ich besser fragen: Welches ist das Streben Waheijathius?

Vor allem liegt ihm daran, dass ich mein Ziel erreiche und Gretas Gatusain sicherstelle.

Der Bachverlauf änderte sich nach Osten hin. Wir mussten weiter nach Norden. Ich ordnete eine Rast an, in der wir etwas aßen, tranken und uns in dem kühlen Wasser erfrischten. Nachdem wir uns ausgeruht hatten, setzten wir unseren Weg fort, die meiste Zeit schweigend. Einzig Havedge plapperte trotz der besonders für ihn großen Belastung vor sich hin. Viele Kilometer freien Geländes lagen vor uns. Es gab keine landschaftlichen Gegebenheit, die als Versteck oder Unterstand dienen konnte. Zumindest war nicht mit schwerem Wetter zu rechnen. Der Himmel war blau. Das Land, durch das wir marschierten, wurde zunehmend öder. Anstelle der Bäume bekamen wir Krüppelgewächse zu sehen, die Büsche wurden dornig. Der Untergrund war holprig und von einer Art Flechte bewachsen, die raschelte und zerfiel, wo man sie betrat. Gelegentlich entdeckte ich Bodentiere, nicht größer als eine Faust. Wenn wir ihnen zu nahe kamen, sprangen sie auf und flüchteten in die Büsche.

Havedge stieß einen Fluch aus, als er stolperte und der Länge nach hinfiel.

Cyriane Drays beugte sich über ihn und half ihm auf die Beine. »Eigenartig«, sagte sie.

»Was ist eigenartig?«, wollte ich wissen.

»Der Kurator ist über eine Wurzel gestolpert. Sie sind überall. Dabei gibt es weit und breit keine Bäume, von denen sie stammen könnten.«

»Wahrscheinlich davon.« Ich deutete auf ein paar Krüppelgewächse, grotesk verwachsene Gehölze, die kein Grün trugen. Sie sonderten eine Art Harz ab. »Die Wurzeln verbinden sie untereinander«, mutmaßte ich.

In der Folgezeit wurde das Wurzelwerk dichter, die Gehölze nahmen an Zahl zu und weiteten sich zu einem regelrechten Feld aus. Der Anblick war skurril. Weit entfernte Exemplare sahen aus wie Menschen in verkrümmter Haltung.

»Diesen Dingern nicht zu nahe kommen«, warnte Drays. Sie blieb stehen und stieß mit dem Fuß gegen etwas, das ich nicht auf Anhieb erkannte.

»Was gibt es, Doktor?« Ich trat neben sie und betrachtete ihren Fund. Es war ein Gerippe, von seiner Größe her zu den flinken Bodentieren passend.

»Das ist bereits das dritte skelettierte Tier, das ich sehe. Die Knochen lagen alle am Fuß dieser Gehölze. Ich schließe nicht aus, dass es einen Zusammenhang gibt. Dieses Harz ...«

»... ist möglicherweise tödlich«, fiel ich ihr ins Wort. »Gute Beobachtungsgabe, Cyriane. Nichts anfassen, und sehen wir zu, dass wir so schnell wie möglich hier rauskommen.«

In der Ferne stieg das Gelände sanft ab. Gewaltige Bäume säumten den Hügel. Wir erreichten seinen Fuß, als die Sonne unterging. Wir alle waren erleichtert, das Feld mit den Krüppelgehölzen hinter uns gelassen zu haben. Noch mehrmals hatten wir verendete Tiere gesehen.

Der Wald musste uralt sein. Die Baumstämme reichten weit über hundert Meter in den Himmel, knorrig wie die Gehölze in der Ebene, die hinter uns lag, doch von geradem Wuchs und mit glatter Rinde. Im Restlicht des endenden Tages schimmerten sie bläulichschwarz. Statt Ästen und Zweigen trugen sie Lamellen, die aussahen wie aus Tauen geflochten. *Tentakel,* ging es mir durch den Kopf. Zu Dutzenden hingen sie an den Bäumen herunter. Mir wurde schwindelig, als ich an einem Stamm in die Höhe blickte. Inzwischen waren Wolken aufgezogen. Sie rasten darüber hinweg.

»Ein seltsamer Wald«, unkte Drays. »Er erinnert mich an Gespenstergeschichten, die ich als Kind gelesen habe.«

»Sie glauben an Geister, Doktor?« Ich war irritiert. Gemeinhin ließ sich die Bordärztin ausschließlich von ihrem Verstand leiten. Emotionen kamen nur ins Spiel, wenn es um mich ging, wie sie mir unterwegs wieder zweimal zu verstehen gegeben hatte. Ihr Angebot, mich durch außergewöhnliche Behandlungsmethoden von meiner Sucht abzulenken, hatte nicht allein therapeutische Gründe.

»Derzeit plagen mich nur die Geister, die Tristan und Sie heimsuchen, Sir. Dem Jungen geht es schlechter.«

Ich hatte es bemerkt. Zum Endes unseres Marsches hin war er immer wortkarger geworden. Man konnte förmlich zusehen, wie er in sich zusammenfiel. »Reden Sie mit ihm. Muntern Sie ihn auf.«

»Das habe ich versucht. Er hört nicht mehr auf mich. Vielleicht haben Sie mehr Glück.«

Ich presste die Lippen aufeinander. Ich, mehr Glück? Ganz gewiss nicht. Ich fühlte mich ausgelaugt und hätte gern alles hingeworfen. Die Jagd auf Gale und den zweiten Sarkophag war aussichtslos auf einer fremden Welt und ohne technische Hilfsmittel. Woher kam diese Selbstüberschätzung, ich könne jede Aufgabe bewältigen, selbst diese? Nein, es war sinnlos, dass wir uns weiterhin plagten. Die Erkenntnis zerstörte mich am Boden.

Das tut sie nicht. Kein Selbstmitleid, Gos'athor. Es ist der Zyklus, dem du unterworfen bist, schärfte mir der Extrasinn ein. *Nach der Benutzung des Gatusain himmelhoch jauchzend, mit stetig abfallender Energiekurve, später zu Tode betrübt. Stemm dich dagegen und sei deinen Leuten ein Vorbild.*

Du hast leicht reden. Du machst nicht durch, was ich durchmache.

Und erspar mir dein weinerliches Gejammer, Kristallprinz.

Ich biss auf die Zähne, gleichwohl alles in mir danach schrie, mich auf den Boden zu setzen und dem Schicksal seinen Lauf zu lassen, wie Tristan es tat. Ich sah abschätzend zum Himmel empor. Noch ließen die Lichtverhältnisse eine Orientierung zu. »Wir gehen weiter, tiefer in den Wald hinein. Es sieht nach Regen aus. Da drin sind wir geschützter, falls wir keinen Unterstand finden.«

Das taten wir nicht. Keine Stunde später, wir waren tief in den Wald vorgestoßen, war es dunkel. Weiter zu gehen, wäre fahrlässig gewesen. Wir platzierten den Sarkophag unter einem Baum, und ich entzündete wie am Abend zuvor ein Feuer. Meine Vergangenheit auf Larsaf III hatte mich gelehrt, mit den Mitteln der Natur auszukommen, wenn ich kein Feuerzeug bei mir trug, und das tat keiner von uns. Schon Minuten später züngelten Flammen über das aufgeschichtete Holz.

Unterdessen war Li unbemerkt in den Sarkophag geklettert, was auch meine Absicht war. Ich hockte mich neben das Feuer und wappnete mich mit Geduld, wobei ich mich auf die Quintessenz der Dagor-Lehre konzentrierte. *Der Körper ist nichts, der Geist ist alles. Er hat die völlige Herrschaft über das Fleisch.* Mein Problem hingegen war der Geist. Trotzdem halfen mir die Konzentrationsübungen und spezielle Atemtechniken dabei, mich zu entspannen.

Zwei Stunden vergingen, bis Tristan wieder zum Vorschein kam. Er war erholt. Ich ordnete ihm trotzdem an, sich hinzulegen und seinen Schlaf auf natürlichem Weg fortzusetzen. Er tat, wie ihm geheißen. Ein paar Meter entfernt lag Cyriane. Ihr Angebot war sehr verlockend. Ich zögerte ein paar Sekunden. Aber meine Beine schienen von alleine die kurze Distanz zurücklegen zu wollen. *In Bewegung kann man besser nachdenken,* dachte ich belustigt. *Wie schön sie ist … wenn sie schläft*. Wozu ich jetzt aber am meisten Lust verspürte, war ein kurzer Sprung in die Muschel. Der Rest der Gruppe schlief bereits. Ich hoffte, dass Havedges Schnarchen nicht den ganzen Wald absägte, während ich im Gatusain lag.

Nach einem letzten Blick auf sie stieg ich seufzend in das Artefakt und empfing meine Glücksdosis, bis mich Waheijathiu aufscheuchte. *Etwas geschieht,* signalisierte er mir. *Gefahr droht.*

Sashmo Task erinnerte sich lebhaft an seine letzten Worte. »Ein guter Vorschlag«, hatte er gesagt, als Tonkem Röndga die Erkundung der Absturzstelle gefordert hatte. »Tun Sie das. Ich kümmere mich inzwischen um den Shift.«

»Was gibt es da noch zu kümmern?«

»Es ist einen Versuch wert. Wer mir bei den Reparatur hilft, bleibt hier, der Rest schließt sich Röndga an.«

»Reparatur? Bei den Reparaturversuchen! Denn dabei wird es bleiben.«

»Das fürchte ich auch«, hatte sich Craft Lemörf auf Röndgas Seite geschlagen. Gemeinsam mit dem Rest der Gruppe hatten die beiden sich an die Erkundung der Umgebung gemacht. Task war allein zurückgeblieben, in den Shift gestiegen und hatte sich an die Arbeit gemacht.

Inzwischen beschäftigte er sich seit Stunden mit den Bordsystemen, ohne sie zum Laufen zu bringen. Schließlich unterbrach er seine Bemühungen. Die Instrumente waren unwiederbringlich ausgefallen. Die mitleidigen Blicke seiner Kameraden trafen ihn, als er aus dem Shift stieg. Sie hatten es gewusst, er selbst auch. Trotzdem hatte ihn sein Ehrgeiz getrieben, wenigstens ein paar Funktionen Leben einzuhauchen.

»Da sind ja alle wieder versammelt«, stellte er ernüchtert fest und ließ sich berichten, was der Erkundungstrupp entdeckt hatte. Es war nicht viel.

»Es gibt verschiedene Tierarten«, sagte Lemörf. »Weder ließen sie sich von uns stören, noch zeigten sie Anzeichen von Aggressivität. Ein paar davon sahen schmackhaft aus.«

Röndga verzog angewidert das Gesicht. »Das waren Nager, wenn ich mich nicht irre. Mit anderen Worten: Ratten.«

»Je nach Zubereitung stellen Ratten eine Delikatesse dar.«

»Sie sind ja bekannt dafür, dass Sie alles essen, was die Kantine hergibt, selbst wenn es noch so eklig aussieht. Ich hingegen habe einen empfindlichen Magen.«

»Einen schwachen Magen«, konterte Lemörf, »der schon beim Anblick von Blues-Gerichten streikt. Ich erinnere mich daran, wie Sie mal bei Freigang in einem Feinschmeckerlokal der Gataser in Atlan-Village nicht einen einzigen Muurt-Wurm gegessen haben, nur weil man diese Spezialität lebend genießt.«

»Das hatte damit gar nichts zu tun. Diese kleinen Biester haben mir mit ihrer Scheinintelligenz telepathisch dermaßen zugesetzt, dass ich fürchtete, mich nach ihrem Verzehr in die ältere Schwester von Tipa Riordan zu verwandeln.«

Task grinste. Der instinktive Schutzmechanismus von Muurt-Würmern gegen Fressfeinde war bekannt. Ebenso bekannt war, dass USO-Spezialisten während des Survival-Trainings auf Extremwelten so ziemlich alles zu sich nahmen, was sich ihnen bot. Ob die Nahrung dabei lebendig oder tot war, blieb um des reinen Überlebens willen zweitrangig. Röndgas Abscheu war also gespielt.

»Welche Erfolge haben Sie vorzuweisen?«, bohrte Lemörf ins Tasks Wunde.

»Ich habe eine Inventarliste erstellt.« Task tippte sich mit dem Zeigefinger gegen die Stirn. »Verhungern werden wir nicht, auch ohne Ratten und Muurt-Würmer. Im Shift liegen genug Konzentratriegel. Außerdem besitzen wir ein paar Messer, Seile und sonstige Kleinigkeiten. Das ist alles, womit wir auskommen müssen. Energiewaffen fallen jedenfalls aus, sollten wir angegriffen werden.«

»Sie rechnen mit Feinden?«

»In dieser Umgebung eher mit wilden Tieren. Es könnte welche geben, die größer sind als die von Ihnen entdeckten Nager.«

»So wie die, die da hinten am Firmament kreuzen?«

Task glaubte an einen Scherz, doch es war keiner. *Wenn man vom Teufel spricht und nicht angeschnallt ist, holte er einen,* dachte er. Ein Schwarm Vögel, vielleicht Flugechsen, zeichnete sich vor dem Blau des Himmels ab. Er schätzte ihre Spannweite auf zehn Meter.

»Die kommen hoffentlich nicht, um uns zu begrüßen.«

Task schüttelte den Kopf. Die Flugwesen drehten ab. Trotzdem war es besser, sich auf unangenehme Überraschungen vorzubereiten. »Wir brauchen ein paar kräftige Äste, aus denen wir mit den Messern Speere machen.«

»Speere gegen Muurt-Würmer«, murmelte Röndga. »Was sind wir Terraner bloß für Barbaren.«

Wind pfiff mir um die Nase. Die Umgebung war in ein seltsames Licht getaucht, das nicht vom Feuer herrührte. Der Baum, unter dem es prasselte, leuchtete bläulich. Der ganze Stamm schien von innen heraus zu pulsieren. Für einen Moment hielt ich es für einen natürlichen Vorgang des Waldes, bis mir auffiel, dass die anderen Bäume dem Phänomen nicht unterworfen waren.

Ich begriff. Das Feuer! Der Baum reagierte darauf, dass die Flammen dem Holz zusetzten.

Über mir rauschte es. Ehe ich den Kopf heben konnte, traf mich ein dumpfer Schlag, der mich von den Beinen holte. Geistig und körperlich gleichermaßen erholt, reagierte ich gedankenschnell, rollte mich ab und wich einer Bewegung aus, die ich von oben auf mich zukommen sah. Der Baum setzte seine

Tentakel gegen mich ein. Plötzlich waren sie überall, drangen von allen Seiten auf mich ein. Erlitt ich wieder eine Bewusstseinsstörung?

Nein, versicherte der Extrasinn. *Du erleidest die Wirklichkeit.* Sein Zynismus war rührend.

»Aufstehen!«, schrie ich, sprang zu meinen Kameraden und schüttelte sie. »Die Köpfe unten behalten.«

»Was ist los?«, murmelte Li schlaftrunken. Ein Schlag traf ihn und warf ihn zurück. Die Tentakel wirkten wie Peitschen. Auch Eppenroq und Connaire wurden getroffen, als sie sich unbedacht aufrichteten.

Ich wich weiteren Schlägen aus, tauchte zwischen den hölzernen Waffen hindurch und trat das Feuer aus. Die Glut schwelte weiter, hatte längst auf den Fuß des Baumriesen übergegriffen. Es war zu spät. Der versengte Baum war »sauer« auf uns. Sein Leuchten intensivierte sich, färbte den Boden, das Unterholz und sogar meine Leute blau.

»Es greift auf den ganzen Wald über!«, rief Taffy mir zu. »Wir müssen fliehen.«

Das Rauschen steigerte sich zu einem durchdringenden Heulen, die Windstöße verwandelten sich in Sturm. Leben kam in die Tentakel ringsum. Sie peitschten die Luft, auf der Suche nach denen, die sie erweckt hatten. Es wurden immer mehr. Von irgendwoher vernahm ich Havedges Hilferufe. Überall generierten sich Bewegungen, denen wir auf Dauer nicht ausweichen konnten. Doch uns blieb keine andere Wahl.

»Kommen Sie endlich, Sir«, drängte Drays. »Dort vorn scheint am ehesten ein Durchkommen möglich.«

»Genau diesen Weg nehmen wir«, entschied ich. *Nicht ohne den Gatusain.* »Tristan, helfen Sie mir!«

Sofort war er an meiner Seite, zweifellos von den gleichen Ängsten geplagt wie ich. Wenn wir den Sarkophag zurückließen, bedeutete das unser Ende. Wir hoben ihn an und zogen uns zurück, so schnell die Last es zuließ. Schläge prasselten auf mich ein. Lis Schreie waren von Wut und Schmerzen gleichermaßen geprägt.

»Durchhalten! Alle zusammenbleiben! Spezialisten, achten Sie auf den Kurator!«

Ich vernahm eine Bestätigung. Rufe eilten durcheinander, die ich kaum noch einem Absender zuordnen konnte. Ich verließ mich auf die Spezialisten. Mit ihrer Ausbildung waren sie Normalsterblichen weit überlegen und darauf gedrillt, sich in Extremsituationen zu behaupten. Wir stolperten mehr als zu gehen. Ich zog den Kopf ein, damit mich kein Treffer außer Gefecht setzte. Der Sarkophag schien plötzlich das doppelte Gewicht zu besitzen.

Der Wald beruhigte sich nicht. Inzwischen leuchteten sämtliche Bäume blau, es war taghell. Die Tentakel produzierten surreale Muster, wo sie durch die Luft peitschten. Immer wieder drangen wüste Flüche an mein Ohr.

»Weiter! Weiter!«, schrie ich gegen das Heulen an. Irgendwo endete dieser verdammte Wald.

So gut es ging, hielt ich mich von den Stämmen fern. Die Tentakel besaßen eine eingeschränkte Reichweite, doch die Baume wuchsen dicht beieinander, und es gelang kaum einmal. Verzweifelt hielt ich nach einer sicheren Passage Ausschau. Es gab keine.

Hinter mir stieß Li einen Schrei aus. Der Gatusain schlug mir in den Rücken, in die Kniekehlen. Ich fiel, rappelte mich sofort wieder auf, gewahrte Li. Er blutete aus einer Kopfwunde.

»Getroffen worden?«

»Gestolpert.« Er klang benommen. Es half nichts.

»Aufstehen! Oder wir sterben.«

Er ergriff die Ränder der Muschel, und wir taumelten weiter. Die Schläge, die ich abbekam, zählte ich nicht mehr. Jede Stelle meine Oberkörpers schien zu schmerzen, tiefer gelangten die Tentakel nicht. Die Kopftreffer steckte ich weg, weil es nicht anders ging. In Abständen von ein paar Sekunden brüllte ich einfach los, um meinen Spezialisten den Weg zu weisen, den ich nahm. Wir durften uns nicht verlieren.

Die Flucht nach vorn geriet immer mechanischer. Wie von allein bewegten sich meine Beine. Donnergrollen erfüllte die

Luft. Zu allem Überfluss holte uns das Unwetter ein, vor dem wir Schutz im Wald gesucht hatten. Ich mobilisierte meine letzten Reserven, angetrieben von der Kraft, die der Gatusain mir spendete. In den hintersten Winkeln meines Verstandes wisperte Waheijathiu, aufmunternd, drängend. Zwingend. Die anderen erfuhren diese Unterstützung nicht, nur Li.

Ein besonders mächtiger Tentakel sauste auf mich zu. Ich sah ihn zu spät, um ihm auszuweichen. Er fuhr mir in den Magen, raubte mir den Atem. Der Wald verschwamm vor meinen Augen. Ein paar Schritte gelangen mir noch, dann kippte ich vornüber. Der Sarkophag überschlug sich, knallte gegen einen Baumstamm.

»Sir!« Lis Stimme kam wie aus weiter Ferne.

Ich versuchte mich aufzurappeln, schaffte es nicht, bekam keine Luft. Ich konnte mich nicht erheben, war dem Toben der Natur ausgeliefert. Ich wollte Tristan bedeuten, sich in Sicherheit zu bringen. Aber meine Stimme versagte mir den Dienst. Wasser klatschte mir ins Gesicht. Übergangslos setzte der Regen ein, goss es wie aus Eimern.

»Sir, Sir!«

»Hauen Sie ab«, brachte ich hervor.

»Sir, nein. Sehen Sie doch. Der Wald beruhigt sich. Er ... er lässt uns in Ruhe.«

Auf dem Rücken liegend, gewahrte ich die Veränderung. Die Tentakel kamen zur Ruhe, zogen sich zurück und verloren ihr Eigenleben. Das Leuchten der Stämme verblasste und erlosch.

»Wieso, Sir? Was bedeutet das?«

Ich ahnte es. »Der Regen rettet uns. Er hat die Glut gelöscht.«

Li lachte. »Hier sind wir!«, rief er aus Leibeskräften. »Lordadmiral Atlan braucht Hilfe.«

Bis meine Spezialisten eintrafen, war ich bis auf die Haut durchnässt und wieder auf dem Damm. Sie waren vollzählig. Selbst Cleany Havedge stapfte ohne Unterstützung durch den Morast. Ich untersuchte den Gatusain. Er war unversehrt wie schon nach dem Fall aus der AVIGNON.

»Worauf warten wir?«, fragte Cada Legove.

Ich sah mich um. Der Wald lag still und friedlich da. Ich traute dem Braten nicht und gab das Zeichen zum Aufbruch. Im strömenden Regen setzten wir unseren Weg fort. Es dauerte nicht lange, bis wir an den Waldrand gelangten. Wir benutzten die letzten Bäume zum Unterstellen. Keiner meiner Begleiter schlug vor, ein Feuer zu entzünden, um uns und unsere Anzüge zu trocknen.

Scherzhaft drohte ich Cyriane Drays mit erhobenem Finger. »Keine Gespenstergeschichten mehr, Doktor, oder Sie verrichten künftig Innendienst auf Tahun.«

Todesahnung

Vor der riesigen Kugel verloren sich die Bauten der Kanacht. Argoth wünschte, das Schiff wäre niemals gelandet. Was mit den Dorfbewohnern geschah, ließ ihn frösteln. Sie verloren ihren Willen, ohne es zu bemerken. Sie hätten alles für die Menschen getan und gedacht, es aus eigenen Stücken zu tun. Dabei wurden sie dazu gezwungen. Die Frau von den Sternen verschleierte ihre Absichten nicht einmal. In den frühen Stunden jedes Tages kam sie in den Ort, versammelte sämtliche Bewohner und schwor sie auf das ein, was sie von ihnen erwartete.

Kein Kanacht sträubte sich gegen die Einflüsterungen, nur Argoth. Greta Gales Worte lösten auch in ihm etwas aus, doch er konnte sich dagegen wehren. Nach dem ersten Mal nahm er nicht mehr an den Zusammenkünften teil, aus Angst, dass schließlich auch er der Macht der Menschenfrau erlag.

An diesem Tag ging er sehr früh zum Bau von Uchtas Familie. Uchta ließ ihn ein. Er war nicht unfreundlich zu dem Sippenältesten, doch längst nicht mehr so aufmerksam wie zuvor. Er schien mit etwas anderem beschäftigt zu sein. Seine Gedanken drifteten ab. Er trug den Geruch von Gehorsam statt von Unbeschwertheit, wie es ein junger Vater hätte tun sollen.

»Darf ich den Ankömmling sehen?«, fragte Argoth.

Jidside öffnete ihren Sirtel und holte den schlafenden Scholk hervor. Geweckt vom Licht, stieß er eine Folge klagender Laute aus. Kinder besaßen bis zum ersten Lebensjahr schwarze Augen, dann änderte sich die Farbe bei den männlichen zu Blau und bei den weiblichen zu Rot bis Braun. Die von Scholk glänzten in mattem Schwarz. Sie waren wie zwei abgrundtiefe Brunnen, in deren Tiefe kein Lichtstrahl fiel. Den Erzählungen von Argoths Eltern zufolge hatten seine Augen in jungen Wochen ähnlich ausgesehen.

»Darf ich ihn halten?«

Jidside schreckte zurück. »Was hast du vor?«

»Ihn nur kurz halten. Dem Ankömmling wird nichts geschehen. Ich möchte etwas ausprobieren. Oder vertraust du mir nicht?« *Nicht mehr,* fügte der Älteste hinzu, *weil ihr jetzt der Menschenfrau vertraut?*

»Sei vorsichtig. Er ist sehr zart.«

»Ich habe schon früher Ankömmlinge gehalten.« Argoth nahm Scholk an sich und musterte ihn lange. Das Schwarz der Augen berührte ihn. Sie waren wie ein Spiegel, in dem er sich sah, nur dass seine eigene Zeit fast abgelaufen war. Das Schicksal spielte ihm in die Hände, wenn es getan hatte, was er annahm. Er ging in die Hocke und führte den kleinen Körper zu einer der Wurzeln. Weiter brauchte er ihn nicht zu leiten. Scholk streckte eine Hand aus und legte sie auf den Ausläufer. Dort verweilte sie, bis Argoth auf die Beine stieg. Der Ankömmling roch nach Unschuld und Reinheit. Noch war er nicht angesteckt von dem, was seine Eltern befallen hatte. Dazu durfte es auch nicht kommen.

»Ich verstehe nicht, was du tust«, wunderte sich Uchta.

»Eines Tages wirst du das vielleicht.« Argoth reichte das Kind an seine Mutter zurück. »Nimm ihn, und pass gut auf ihn auf. Er ist ein ganz besonderer Nachwuchs.«

»Natürlich ist er das, ganz wie sein Vater.«

»Werdet ihr heute wieder hinausgehen, wenn Greta Gale ins Dorf kommt?«

»Natürlich werden wir das. Alle tun es, auch du.«

»Ich auch, sicher«, log der Älteste. Er suchte nach vorsichtigen Worten, um vorzutragen, weshalb er hergekommen war. »Ich möchte euch um etwas bitten. Scholk ist zu jung für eine solche Versammlung unter freiem Himmel. Sie könnte ihn aufregen. Lasst ihn im Bau.«

»Wir stellst du dir das vor?«, empörte sich Jidside. Ihr Aufbegehren war ein weiterer Beweis dafür, dass sie nicht sie selbst war. Vor Wochenfrist hätte sie nicht gewagt, den Sippenältesten auf diese Art anzufahren.

»Ein anderer kann auf Scholk aufpassen, solange ihr draußen seid.«

»Wer denn? Alle sind draußen.«

Argoth hätte beinahe einen Fehler begangen. Er roch Jidsides Widerstand. »Es war eine törichte Idee«, lenkte er ein. Greta Gale durfte nichts von seinem Anliegen erfahren. Er traute der Menschenfrau zu, dass sie etwas für Kanacht Unvorstellbares tat. Wenn sie begriff, dass ihr bei dem Ältesten nicht gelang, was ihr beim Rest der Sippe geglückt war, rückte sein Lebensende in greifbare Nähe. Er lachte. Sein Leben neigte sich ohnehin dem letzten Tag entgegen. Er hatte keine Angst vor der Menschenfrau. Nicht um sich sorgte er sich, sondern um die Dorfgemeinschaft, um die Familien der Sippe. Nun ganz besonders um Scholk, dessen Schicksal es war, sich unbeeinflusst zu entwikkeln, bis er dereinst seine Fähigkeiten erkannte. Wie er dann entschied, sein Leben fortzusetzen, blieb ihm überlassen.

»Dies ist vielleicht mein letzter Besuch bei euch«, kündigte Argoth an.

»Du willst nicht wiederkommen?« Uchta trat vor ihn hin. »Scholks Augen leuchten, wenn er dich sieht.«

»Ich kann bald nicht mehr kommen. Mein Leben geht zu Ende.«

»Du ... wirst sterben? Das geht nicht.«

Wieder lachte Argoth, amüsiert von soviel Naivität. Die Worte ließen Uchtas Unbekümmertheit aufblitzen. Das freute Argoth. »Ich bin alt und spüre, wie das Leben mich verlässt.«

»Was soll dann aus dem Dorf werden?«

»Mein Nachfolger wird sich um euch kümmern. Gehe ich, tritt Widrich an meine Stelle.«

Oder die Menschenfrau wird euch sagen, was werden wird, falls niemand kommt, um sie aufzuhalten, dachte der Älteste. Die Angst davor verbreitete Kälte in seinem Körper. Gleichzeitig erwachte, zum letzten Mal in seinem Leben, der Drang, die Kanacht zu beschützen. Einen Weg gab es, denn alles auf Orgoch war miteinander verbunden. Alles Leben war im Fluss und tauschte sich aus.

Es klopfte an der Tür, als Argoth gehen wollte. Er hatte eine düstere Ahnung, wer draußen stand.

Du machst deine Sache gut, lobte Gasuijamuo. *Die Kanacht stehen unter deinem Einfluss.*

So wie die Besatzung der ESHNAPUR. Greta Gale platzte vor Stolz, und das ließ sie alle um sich herum spüren. Jeden Morgen begab sie sich ins Lager der Kanacht und beeinflusste *ihre* Bevölkerung. Sie ließ sich mit Herrin ansprechen. Vor zwei Tagen hatte sie ihren Verfolger zuletzt gesehen. Mit Walshs Tod war er verschwunden, was kein Zufall gewesen sein konnte. Korf war der Gesichtslose gewesen, der ihr zugesetzt hatte, obwohl sie nicht begriff, wie es ihm gelungen war, sich ihren Suggestionen zu widersetzen. Er hatte nichts anderes als den Tod verdient. Das galt für jeden, der ihre göttliche Überlegenheit nicht anerkannte oder sich ihr in den Weg stellte.

Greta streifte durchs Dorf und kostete ihre Macht aus. Nie zuvor hatte sie so viel Zuneigung erfahren, auch nicht als MEINLEID-Anführerin in Kunshun. Sie fand, dass ihr das zustand. Greta war eine gute Herrscherin. Die Kanacht hatten Glück, und das vermittelte sie ihnen.

»Wie lange willst du dich auf deinen Lorbeeren ausruhen?«, fragte Heyburn. »Du hast sie unter Kontrolle. Es ist unnötig, jeden Tag wieder herzukommen.«

»Es macht mir Spaß.« Greta hatte sich daran gewöhnt, dass sie Svin nicht mehr ohne Alkoholflasche zu sehen bekam. Er hatte einen schier unerschöpflichen Vorrat davon im Lagerraum der ESHNAPUR gefunden und gab sich Mühe, ihn systematisch zu verbrauchen. Greta ließ ihn gewähren. Seine Bemühungen, »Baluchman« Simmi nachzueifern, blieben unbeholfen. Nicht mal ein richtiger Mann wie Jorim Kilshasin war er, was er durch sein pubertäres Gehabe zu überspielen versuchte.

»Dein Spaß in allen Ehren, wo aber bleiben deine Ambitionen? Wozu Zeit verstreichen lassen? Unterwirf weitere Siedlungen. Betonst du nicht ständig, Orgoch sei nur der erste Schritt auf deinem Weg ins Weltall?«

Greta blieb vor einem Hauseingang stehen. »Der zweite Schritt folgt bald. Hast du schon eins ihrer Häuser betreten?«

»Der Kanacht? Nein. Was soll ich darin?«

»Dir fehlt jede Phantasie, jedes Einfühlungsvermögen.« Sie merkte, wie es in Svin arbeitete. Mit der ihm eigenen Bauernschläue war er sich seiner Defizite bewusst, deshalb hing er an ihrem Rockzipfel. Gemeinsam mit ihr und durch sie spekulierte er darauf, ihren Weg an die Macht zu teilen. Nun, ein paar Stufen gestattete sie ihm. Auf Dauer hatte sie nicht vor, ihn neben sich zu ertragen. Derzeit war Jorim, den sie anfangs als Notlösung für ihr Bett betrachtet hatte, ihr Favorit. Er kannte ein paar Liebestechniken, die nicht einmal der verdorbene Simmi beherrscht hatte.

Heyburn seufzte, ergeben wie immer. »Gehen wir hinein.« Er trat vor, um die Tür zu öffnen.

»Warte«, hielt Greta ihn auf. »Bezeuge den nötigen Respekt vor meinen Untertanen. Ich platze auch nicht einfach in dein Schlafzimmer hinein.«

»Warum eigentlich nicht?«

»Weil mir schlecht würde.« Sie betrachtete die schmucklose Tür. Wie machte man die Hausbewohner darauf aufmerksam, dass man davor stand und Einlass begehrte? Greta probierte es mit der Methode, die auf der Erde seit Jahrtausenden Verwendung fand. Sie klopfte gegen das Holz. Tatsächlich vernahm sie gleich darauf sich nähernde Schritte, und die Tür öffnete sich. Ein männlicher Kanacht stand vor ihr.

Er starrte sie an. Das Blau seiner Augen fluktuierte.

»Willst du mich nicht hereinbitten?«

Sein lippenloser Mund bebte. »Willkommen in meinem Bau, Herrin. Ich ahnte nicht ... Ich habe nicht erwartet ...«

»Natürlich hast du das nicht.« Der Translator arbeitete perfekt. Die Übersetzung übermittelte Greta sogar den Tonfall ihres Gesprächspartners. Er drohte vor Ehrfurcht zu erstarren. Ein solches Gerät hätte sie vor Jahren gebraucht, als sich mittellose Außerirdische unter Kunshun herumgetrieben hatten, die so wenig Solar besaßen wie Kenntnis des Interkosmo.

»Ich bin Uchta«, sagte der Kanacht, der sein Haus als Bau bezeichnet hatte.

Fremdartige Gerüche drangen in Gretas Nase. Der Raum beherbergte mehrere Kanacht. Einen davon kannte sie. Es war der Älteste, der die Besucher beim ersten Kontakt begrüßt hatte.

»So ein Zufall«, sagte Heyburn. »Argoth. Ich vermisse dich jedes Mal, wenn sich dein Volk versammelt, um der Herrin zu lauschen.«

Argoth stützte sich auf einen Stock. Greta kam er noch älter vor als bei ihrem ersten Zusammentreffen. »Du irrst dich«, entgegnete er. »Ich bin stets zugegen. Ich bin alt und klein. Man übersieht mich leicht.«

Greta entging nicht Svins Argwohn. Wie so häufig verkannte er die Sachlage. Argoth war nicht in der Lage zu lügen. Wie alle Kanacht in diesem Dorf stand er unter ihrem Bann.

»Ich muss gehen«, sagte er.

Die Menschen ließen ihn passieren. Uchta schloss die Tür hinter ihm.

»Dies ist Jidside, meine Partnerin. Sie trägt Scholk in ihrem Sirtel.«

Scholk war Nachwuchs, vermutete Greta. Ein Kind. Sie sah, dass der Fleischlappen über dem Bauch der weiblichen Kanacht sich bewegte. Der Anblick stieß sie ab. Er hatte etwas Animalisches.

»Scholk ist schon fünf Tage alt«, erklärte Uchta. »Anfangs konnten wir unser Glück kaum fassen, doch inzwischen haben wir uns an ihn gewöhnt.«

»Anfangs?«, echote Heyburn. »Schon fünf Tage alt, sagst du? Was sind schon fünf Tage im Leben? Gar nichts.«

Ein Verdacht kam Greta. Obwohl sie sich nie um die kosmischen Freunde der Menschheit geschert hatte, wusste sie, dass Mausbiber bis zu sechshundert Jahre alt wurden und Haluter sogar noch viel älter. Umgekehrt war also vorstellbar, dass es Intelligenzwesen gab, die eine ungleich geringere Lebenserwartung hatten als Terraner. »Wie alt werdet ihr?«

»Wir haben eine durchschnittliche Lebensdauer von drei bis vier Jahren«, erklärte Jidside, die rotbraune Augen hatte. »Mit fünf gilt man als Greis, und es gibt sogar einige unter uns, die sechs Jahre alt werden, so wie Argoth.«

Heyburn stieß einen undefinierbaren Laut aus. »Wie bei Wellensittichen. Ab wann sind eure Kinder erwachsen?«

Entweder Kinder oder erwachsen, du Dummkopf, dachte Greta. Die Frage war dennoch interessant.

»Wir bezeichnen uns als Erwachsene , sobald die Zeugungs- und Gebärfähigkeit eintritt. Dies geschieht im Lauf des ersten Lebensjahres.«

»Na, dann Prost.« Heyburn leerte seine Flasche und ließ sie achtlos fallen. »Hast du genug gesehen, oder wollen wir hier Wurzeln schlagen? Davon gibt es in dieser Bude sowieso zu viele.«

Greta betrachtete den offen liegenden Boden. An mehreren Stellen trat Wurzelwerk zu Tage. Weitere Eindrücke verwirrten sie. In diesem Haus wohnten augenscheinlich zahlreiche Kanacht auf engem Raum zusammen. Es gab kaum Platz für Privatsphäre, auch wenn eine Menge Durchlässe in angrenzende Bereiche führten.

Sie waren unverschlossen. In Kunshun war es für Greta und Simmi selbstverständlich gewesen, sich überall dort zu lieben, wo es ihnen gerade in den Sinn kam, auch vor den Augen anderer. Nach der Flucht von der Erde und dem Einzug in ihr Quartier konnte sie sich nicht mehr vorstellen, wieder so zu leben. Sie wandte sich zur Tür, öffnete sie und verließ das Gebäude.

Heyburn folgte ihr. »Ein tolles Volk, das du dir als deine ersten Untertanen ausgesucht hast. Das da drin hat alles bestätigt, was ich bisher gesehen und mir zusammengereimt habe.«

»Betrachte es als Prüfung.« Greta hatte sich rasch wieder gefangen. Ein Stück abseits entdeckte sie Argoth. Er stand im Schatten eines anderen Gebäudes und beobachtete sie.

»Reden wir noch einmal mit dem Ältesten«, regte Heyburn an, der Argoth ebenfalls gesehen hatte. »Denk, was du willst, aber er verbirgt etwas vor uns.«

Greta schritt schnurstracks auf das Beiboot zu. »Vergiss ihn. Du hast gehört, was diese Jidside gesagt hat. Für Kanachtverhältnisse ist er steinalt und macht es wahrscheinlich nicht mehr lange. Was sollte er vor uns verbergen? Hör auf damit, Verschwörungen zu wittern. Wir haben alles unter Kontrolle.«

Dass Greta genau in diesem Augenblick wieder von der Vision des unheimlichen Verfolgers heimgesucht wurde, verschwieg sie Svin. Sie beschleunigte ihre Schritte und floh in das bereitstehende Beiboot.

Der Sippenälteste sah Greta Gale lange nach. Das kleine Schiff trug sie zu dem großen. In dessen Innerem gab es wahrscheinlich eine Menge davon. Sie erhöhten die Mobilität der Menschen. Argoth hielt das für eine praktische Erfindung, die er ähnlich entworfen hätte. Es gab viele Überlegungen zu technischen Einrichtungen. Die Kanacht waren geschickt in dieser Hinsicht, und Technik war ihnen kein fremder Begriff. Trotzdem hatten sie selbst auf technische Bauwerke verzichtet, weil die Zeit zu deren Errichtung fehlte. Die Aufrechterhaltung der Art und die Weitervermittlung von Wissen hatten stets im Vordergrund gestanden.

Argoth begab sich zu seinem Bau, der unscheinbar am Rand des Dorfes lag. Er war kleiner als die meisten anderen, weil er nach der kurzen Phase der Wanderschaft sein Leben ohne Familie verbracht hatte und keine Anbauten hinzugekommen waren. Trotzdem war der Bau dank der vorangegangenen Generationen groß, viel zu groß für Argoth allein. Jeden Tag hatte er Unterricht abgehalten, zuletzt vor dem Erscheinen der Menschen. Niemand kam mehr, um ihm zuzuhören. Lieber lauschten sie auf dem Dorfplatz den Einflüsterungen Greta Gales.

Er ging in den Gemeinschaftsraum, wo er jungen Kanacht Wurzel- und Himmelskunde gelehrt hatte. Mehr als ein paar Minuten des Verharrens gönnte er sich nicht. In ihnen reifte seine Entscheidung, das zu tun, was er schon in Uchtas Bau überlegt hatte. Die Menschen waren nicht als Freunde gekommen. Sie waren nicht länger willkommen. Besucher wie sie mussten vertrieben werden, damit ihr schädlicher Einfluss endete. Zeit war nun knapp geworden, jeder verbleibende Atemzug kostbar.

Prächtig gediehen die Wurzeln am Boden, die alles auf Orgoch miteinander verbanden. Argoth entschied sich für einen besonders großen Ausläufer und klammerte sich mit seinen zwölf Zehen daran fest. Er spürte die Weiten seiner Welt, sah Gegenden, die er nicht einmal aus Erzählungen kannte. Er sah Wesen, und sie sahen ihn. Er empfing sie, wie sie ihn empfingen.

Alles auf Orgoch ist miteinander verbunden. Alles Leben ist im Fluss und tauscht sich aus.

Außer den Menschen, denn die Menschen waren als Eroberer gekommen. *Eroberer.* Der neue Begriff, den es zuvor nicht gegeben hatte, prägte sich in Argoths Verstand und eilte um die ganze Welt. *Sie sind Eroberer. Nehmt euch vor ihnen in acht. Verjagt sie, bevor sie euch verderben.*

Es war getan. Es kostete Argoth Überwindung, sich von der Wurzel zu lösen. Gern wäre er die verbleibende Zeitspanne geblieben und an Ort und Stelle gestorben, wie er es sich immer gewünscht hatte. Greta Gale hatte diesen Traum zerstört.

Argoth ergriff seinen Stock und verließ den Bau. Das Dorf begann bereits vor seinen Augen zu verschwimmen. Trotz allem lächelte er. Es war soweit. Er durchquerte das Dorf, ohne sich umzusehen, und ging mit schlurfenden Schritten zu dem Schiff der Fremden. Er vernahm die Rufe der Kanacht, ohne ihren Inhalt zu verstehen. Einzelne schlossen sich ihm an, dann mehr und mehr. Sie folgten ihm, registrierte er glücklich, auch wenn sie nicht wussten, zu welchem Zweck.

Mit jedem Schritt wurde Argoth müder, doch er blieb nicht stehen. Erst außerhalb des Dorfes hielt er inne, als das Schiff der Menschen gewaltig vor ihm aufragte. Es war keine Bedrohung für ihn. Vielmehr bedrohte er es durch seine kleine, unscheinbare Existenz.

»Geht fort von uns«, erhob Argoth die Stimme. »Wir wollen euch auf Orgoch nicht länger dulden. Ihr habt Schaden angerichtet. Damit ist es nun vorbei.«

Er verstummte, als die Kräfte ihn endgültig verließen. Argoth hörte die Kanacht, die sich ihm angeschlossen hatten. Sie lärmten. Allein das war ein gutes Zeichen. Er spürte etwas Vertrautes unter seinen Füßen. Instinktiv hatten seine Zehen eine Wurzel gefunden, an die sie sich klammerten, wie sie es bereits getan hatten, als er ein Ankömmling gewesen war. Argoth sah ganz Orgoch. Er dachte an Scholk und ging frohen Mutes davon.

Greta Gale, deren blonde Haare wie eine Standarte hinter ihr herflatterten, hatte sich sicher gefühlt und sich damit selbst etwas vorgemacht. Es war immer noch hinter ihr her, dieses verfluchte Phantom, das sie da draußen wieder gesehen hatte. Das Phantom war ein Mann. Ein Mann aus ihrer Vergangenheit? Sie hasste ihn, wünschte ihm den Tod an den Hals. Die ganze Galaxis sollte verbrennen, wenn sein Bild nur endlich verschwand und ihr Reich Bestand hatte. Wieso war er wieder da? Sie hatte Walsh umgebracht und mit dem Mord an ihm ihren Geist befreit. Davon ging sie fälschlicherweise aus. In Wahrheit verfolgte er sie weiterhin, war ihre Nemesis.

Greta lief durch die Ringkorridore der ESHNAPUR. Sie war sich ihrer selbst so sicher – und war es doch nicht. Stunden zuvor noch ohne Einschränkung, nun wieder bepackt mit Zweifeln und psychotischen Schüben, die ihr aufgezwungen wurden. Irgendwoher. Von irgendwem. Denn aus ihr selbst kamen sie nicht. Greta kannte keine Angst, war keinen Psychosen unterworfen. Sie war göttlichen Charakters und mit göttlichen Machtmitteln ausgestattet. Ihre Gedanken jagten sich, ihre Emotionen schlugen Purzelbäume inmitten eines

Schlachtfelds von Feinden, die sie belauerten, ihr schön taten, ihr schmeichelten und hinter ihrem Rücken gegen sie intrigierten und mit ihrem ärgsten Feind, dem gesichtslosen Verfolger, kollaborierten.

Die Ankunft in ihrem Quartier war eine Erlösung, die Zuflucht in dem Gatusain der einzige Ausweg. Ihr Geist schwamm sich frei, ihre Seele jubilierte. Gasuijamuos schützende Hand legte sich über sie. Seine Impulse beruhigten, stabilisierten, kräftigten und transportierten an die Oberfläche, was Greta von Natur aus in sich trug. Ihre Stärke. Den Anspruch auf Macht. Sie schlief ein, und alles fügte sich wie vorherbestimmt. Das Schlechte wendete sich zum Guten. Aus Schwäche wurde Stärke. Greta drängte nach mehr und wurde aus dem Schlaf gerissen, kaum dass sie in ihn eingetaucht war. Von außen drang ein Klopfen herein. Jemand machte sich an dem Sarkophag zu schaffen. Ihr Quartier war verriegelt. Nur Jorim hielt sich außer ihr darin auf. Wieso wagte er es, sie bei der heiligsten Prozedur zu stören? Diese Ungeheuerlichkeit würde ihn teuer zu stehen kommen. Als sie den Sarkophag öffnete, war es tatsächlich er, der sie störte.

»Bist du wahnsinnig geworden?«

Kilshasin zuckte unter ihren Worten zusammen wie unter Schlägen. »Verzeihung, Herrin. Die Zentrale ruft. Heyburn verlangt, Sie auf jeden Fall zu wecken. Draußen geschieht etwas, das Ihre Anwesenheit in der Zentrale erfordert.«

Greta lauschte der Stimme in ihrem Kopf nach. Sie war verstummt, gegen ihren Willen. »Also schön. Aber wehe dir, wenn es nicht wirklich wichtig ist. Dann werfe ich dich neben diesem Spinner Heyburn aus der oberen Polkuppel.«

»Ich habe versucht, ihn davon zu überzeugen, dass ...«

»Spar deine Spucke.« Jorims Angstschweiß reizte Greta. Sie verdrängte ihr Verlangen, verließ das Quartier und lief in die Zentrale. Zu Gretas Verwunderung war sie von den Raumfahrern verlassen. Nur Svin hockte in einem Sessel.

»Was geht hier vor? Was soll dieser Unsinn? Wo ist die Besatzung?«

»Ich habe sie rausgeworfen. Es muss ja nicht jeder mitbekommen, was da draußen vor sich geht. Argoth kommt vom Dorf herüber. Er führt einen Zug Kanacht an.«

»Argoth? Der Dorfälteste?«

»Eben der. Du hast ihn sicher nicht herbestellt. Und die anderen Primitiven auch nicht.«

Greta funkelte Heyburn an. Er hatte ihre Untergebenen nicht als Primitive zu bezeichnen, auch wenn sie in mancherlei Hinsicht etwas rückständig waren. Sie sparte sich eine Zurechtweisung. Er hatte richtig gehandelt, sie in die Zentrale zu beordern. In einem Holo verfolgte sie den Aufmarsch. Argoth verharrte nur hundert Meter vor dem Schiff.

»Der Kerl kann sich kaum auf den Beinen halten. Ist der besoffen?«

»So wie du?«, fauchte Greta. »Sicher nicht. Er will etwas sagen.«

Die Stimme des alten Kanacht wurde in die Zentrale übertragen. »Geht fort von uns«, ertönten seine Worte. »Wir wollen euch auf Orgoch nicht länger dulden. Ihr habt Schaden angerichtet. Damit ist es nun vorbei.«

»Aufruhr.« Heyburn kicherte wie irre. Er benahm sich wie ein Gnom an den Königshöfen vergangener irdischer Zeiten, der Narrenfreiheit hatte. »Rebellion. Der pure Anarchismus. Wenn du nichts unternimmst, versinkt dein neues Reich in Schutt und Asche.«

»Ich bringe ihn um!« Gretas Stimme überschlug sich.

»Den Triumph gönnt er dir nicht. Wenn mich nicht alles täuscht, ist er soeben in die ewigen Jagdgründe eingegangen.«

Greta stürmte aus der Zentrale. Inzwischen kannte sie jeden Korridor, jeden Seitengang und jeden Antigravschacht. Sie begab sich zur Hauptschleuse und ließ sich von einer Antigravrampe zu den aufmarschierten Kanacht hinab tragen. Fragen flogen ihr entgegen. Die Verunsicherung der Dorfbevölkerung lag buchstäblich in der Luft.

»Beruhigt euch«, appellierte Greta an die Kanacht. »Argoth war alt, und er war verwirrt. Am Ende wusste er nicht mehr, was er sagte. Vergesst seine Worte.« Sie war nur kurz in dem Sarkophag gewesen. Es hatte ausgereicht. Ihre Überzeugungskraft wirkte augenblicklich auf die Kanacht. »Kehrt zurück ins Dorf. Geht nach Hause. Ich werde morgen wieder zu euch sprechen.«

Die kleinwüchsigen Wesen gehorchten. Ohne zu murren, kamen sie der Aufforderung nach. Der Zwischenfall hatte keine Spuren bei ihnen hinterlassen. Das gab den Ausschlag für Greta. Bisher hatte sie sich zurückgehalten. Das war vorbei. Morgen begann die Eroberung ganz Orgochs.

Eine friedliche Welt

An einen normalen Marsch war mit dem Sarkophag nicht zu denken. Sein Gewicht von etwas über dreißig Kilo behinderte uns, sonst wären wir viel schneller voran gekommen. Mehrmals machte Cyriane Drays mich auf meine Stimmungsschwankungen aufmerksam. Als ob ich die nicht selbst bemerkte! Tristan Li und ich holten uns, sobald erforderlich, unsere Bestrahlungsdosis. Ich versuchte, die nächste Ruhephase immer möglichst lange hinauszuzögern, was zu Desorientierung und Depressionen führte. Ich wusste bei jedem Mal, woran es lag und dass es mir besser ging, sobald ich erhielt, was ich brauchte, doch dieses Wissen half nur wenig. Die Zeit des Wartens war die Hölle. So gut es ging, überbrückte ich sie mit Dagor-Übungen.

Li kam mit einer Bestrahlung am Tag nicht mehr aus. Legten wir tagsüber eine Rast ein, um uns zu stärken, kletterte er schnell in die Muschel. Ein paar zusätzliche Minuten halfen ihm, über die Runden zu kommen. Er gab sich alle Mühe uns weis zu machen, er sei halbwegs in Ordnung, und bei dem Kurator gelang ihm das. Mir konnte er nichts vormachen, der Ärztin schon gar nicht.

Drei Tage waren vergangen, seit wir den lebenden Wald durchquert hatten. Unsere Schrammen waren halbwegs verheilt, die Prellungen schmerzten nicht mehr. Wir marschierten durch unwegsames Gelände. Es machte das Weiterkommen zu einer Tortur. Notgedrungen mussten wir uns, was Tempo und Pausen betraf, an Cleany Havedge anpassen. Ein wenig tat er mir leid, doch ich konnte nicht mehr für ihn tun, als ihm immer wieder Ruhephasen zu gönnen.

»Schon wieder diese Wurzeln.« Drays war neben mich getreten und blieb an meiner Seite, als wir dem Verlauf eines Pfades folgten, den Tiere getreten hatten. Sehen ließen sie sich nicht, doch manchmal hörten wir ein Rascheln, wenn sie durchs Unterholz liefen. »Die Ausläufer kommen von dem Wald im Osten herüber. Der ist ein paar Kilometer weit entfernt. Wozu produzieren die Bäume solche Wurzeln?«

»Vielleicht finden sie die Mineralien, die sie benötigen, nicht überall und haben sich angepasst.«

»In dem Fall wüchsen sie hier und nicht so weit entfernt. Dafür hätte die Natur schon gesorgt.«

Ich stimmte ihr zu. Entweder gab es eine andere Erklärung, oder wir wurden Zeuge einer Laune der Natur, die sich nicht erklären ließ. Mein fotografisches Gedächtnis machte mich auf etwas aufmerksam. »In dem Wald, der uns angegriffen hat, drangen die Wurzeln auch an die Oberfläche. Tristan ist über eine gestolpert. Das wäre zwischen all diesen Baumriesen nicht ungewöhnlich, hätten sie nicht vom Wald aus auf das dahinter liegende freie Feld hinausgeführt.«

»Ich habe es gesehen«, bestätigte Drays meine Erinnerung. »Ich habe nicht ständig darauf geachtet, doch ich glaube, die Wurzeln haben uns auf jedem Abschnitt unseres Marsches begleitet.«

Plötzlich heulte Li auf. Er warf den Kopf in den Nacken und rief etwas Unverständliches. Seine Stimme war hohl und schien ihm nicht zu gehören. Gleich darauf blieb er stehen und sah wirr in alle Richtungen. Havedge redete auf ihn ein. Tristan starrte ihn an wie einen Fremden, dem er nie zuvor begegnet war, und stapfte weiter.

»Er verliert die Orientierung«, sagte die Medikerin. »Das wird in immer kürzeren Abständen geschehen.«

»Können Sie nichts tun, um ihn ein klein wenig zu stabilisieren?«

»Gar nichts. Ist dieser Waheijathiu, den Sie ein paar Mal erwähnten, nicht dazu in der Lage?«

»Er tut, was er kann. Die Kraft, die Tristan noch besitzt, bezieht er aus dem Gatusain.« Und aus seinem Hass gegen Gale.

»Darf ich einen Verdacht äußern, Sir?«

»Selbstverständlich.«

»Die Verfolgung Greta Gales ist richtig und wichtig. Wir müssen sie aufhalten.«

»Da sind wir einer Meinung.«

»Bis wohin erfüllen wir damit unsere Pflicht als USO-Agenten, besonders Sie als deren Chef, und wo beginnt der Wille Waheijathius, der Sie antreibt? Denn das tut er doch, Sir? Korrigieren Sie mich, wenn ich mich irre.«

Die Frage war ziemlich unverblümt. Ich hatte meinen Begleitern notgedrungen meine Sucht gestanden. Mehr preiszugeben behagte mir nicht. Ich suchte nach einer Antwort, die der Ärztin den Wind aus den Segeln nahm.

Komm nicht auf die Idee, eine USO-Spezialistin anzulügen, warnte mich der Extrasinn. *Zwangsläufig kommt der Tag, an dem du es dir vorwerfen würdest. Wenn dir nichts Besseres einfällt, schweig. Drays wird sich ihren Teil denken.*

Waheijathiu peitschte mich zwar voran, doch er beeinflusste mich nicht. Ich war jederzeit Herr meiner Gedanken und meines Willens. Sogar während eines Tiefs wusste ich, was ich tat. Statt zu schweigen, wechselte ich abrupt das Thema. »Ich frage mich, was Gale auf dieser Welt will. Es gibt keine Ortschaften, keine Infrastruktur, nichts was auf eine intelligente Planetenbevölkerung hindeutet.«

»Vielleicht hat die ESHNAPUR den Planeten wieder verlassen«, ging Drays auf mein Ausweichmanöver ein.

»Ohne den zweiten Sarkophag? Waheijathiu empfängt seine Ausstrahlung. Er ist noch hier.«

»Das behauptet dieser mysteriöse Navigator. Sind Sie schon mal auf die Idee gekommen, dass er Ihnen etwas vormacht? Angeblich verfolgt der Navigator den Illochim seit Jahrtausenden. Da nimmt er es mit der Wahrheit vielleicht nicht mehr so genau, um endlich sein Ziel zu erreichen. Aber falls er Ihnen wirklich die Wahrheit mitteilt, haben wir Anlass zur Sorge. Denn wenn Waheijathiu Gasuijamuo wittert, ist das umgekehrt genauso.«

Daran hatte ich bisher nicht gedacht, und Waheijathiu hatte nichts Entsprechendes angemerkt. Das hätte er getan, um nicht in eine Falle Gretas zu laufen. Also ahnte Gasuijamuo nicht, dass wir kamen. Oder?

Richtig: Oder?, lamentiert der Extrasinn. *Du drehst es dir, wie es dir am besten in den Kram passt. Das ist nicht deine Art, sondern ein Zeichen von psychischer Instabilität.*

Ich sah zu Li hinüber. Seine Schritte waren unsicher, was ihn nicht aufhielt. Er schleppte sich weiter. Sein Motor war der Hunger nach Rache, so wie die Gier nach Macht Greta Gale antrieb. Meine eigenen Intentionen waren nur edel und dienten dem Allgemeinwohl, konnte ich mir einen sarkastischen Seitenhieb gegen mich selbst nicht verkneifen. Dem Logiksektor schien es zu gefallen. Er schwieg.

Ich versuchte abzuschätzen, wie viele Kilometer wir bis zum Abend hinter uns brachten, wie viele wir insgesamt in den vergangenen Tagen bewältigt hatten. Hundert, zweihundert? Ich vermochte es nicht zu sagen. Einmal erblickte ich Tiere am Himmel, Echsen mit beträchtlicher Flügelspannweite. Sie nahmen keine Notiz von uns, waren nicht einmal neugierig über die für sie ungewohnten Gestalten.

Als die Dämmerung einsetzte, bekam Li einen Anfall. Er fiel auf die Knie und begann zu schreien. Sofort waren die Ärztin und ich bei ihm. Ich hielt ihn, damit Drays ihn untersuchen konnte, so gut es ohne Ausrüstung möglich war. In Tristans Augen irrlichterte es, seine Wangen und die Stirn glühten. Er gebärdete sich wie wild in meinem Griff und versuchte sich loszureißen. Havedge eilte zu Hilfe und fixierte den Kopf des Jungen.

»Er muss sofort in den Sarkophag.« Die Stimme unserer Medikerin klang dünn und gepresst .

Ich nickte. Gemeinsam legten wir Li in den Gatusain. Sein Schreien erstarb, das Toben ließ nach. Er war nicht bei Sinnen, doch instinktiv merkte er, was wir mit ihm taten. Seine Augen lagen tief in den Höhlen, sein Wangen waren eingefallen.

»Wir brauchen Wasser. Wenn er aufwacht, muss er sofort trinken.«

Wir führten kein Gefäß mit uns. Große Blätter taten es auch. Connaire, Taffy und Eppenroq schwärmten aus, um Wasser zu besorgen. In Cyrianes Gesicht zeichneten sich tiefe Sorgenfalten ab.

»Doktor?«, fragte ich nur.

»Das war knapp«, eröffnete sie. »Ein paar Minuten später, und Li wäre kollabiert. Beim nächsten Mal garantiere ich für nichts.«

»Wir dürfen nicht mehr so lange warten«, forderte der Kurator. »Wir müssen ihn früher in den Sarkophag legen, damit es nicht so dramatisch wird wie gerade eben.«

Drays' Gesicht verfinsterte sich. »Damit ist es nicht mehr getan.«

»Was wollen Sie damit sagen?« Havedge sah mich durchdringend an. »Wir müssen etwas tun, Sir. Wir können Tristan nicht sterben lassen.«

Ich blickte betreten zu Boden. Was sich abzeichnete, ließ sich nicht mehr aufhalten. Nicht für Li, nicht für mich. Ich erkannte das ganze Ausmaß der Sinnlosigkeit unserer Expedition. Wozu sich länger etwas vormachen? Wir hatten bereits verloren. Am Himmel standen Sternbilder, die ich nicht einordnen konnte. Ich ließ mich auf dem Boden nieder.

Steh auf, du Narr, traktierte mich der Extrasinn. *Kämpfe gegen die Depressionen an. Sie werden vergehen, wenn du nach Li in den Gatusain steigst.*

Ich antwortete nicht, blieb sitzen.

Auf die Beine, Khasurn-Großmeister Mascaren da Gonozal!

Ich erhob mich, entnahm meinem Anzug einen Konzentratwürfel, stopfte ihn in den Mund und kaute lustlos darauf herum. Der Abend war gekommen, und ich fürchtete mich vor dem nächsten Tag. Bis dahin lag eine Ewigkeit vor mir. Die Muschel war besetzt. Mit jeder Faser meines Körpers lechzte ich danach, sie zu benutzen. In wie vielen Stunden würde Li ihr entsteigen und Platz für mich machen? Ich rannte hin und her wie ein Tiger in seinem Käfig.

»Sir, ich habe mit Ihnen zu reden, unter vier Augen«, verlangte die Ärztin. »Kommen Sie mit.« Sie führte mich vom Rest der Gruppe weg, bis wir weit außer Hörweite waren. »Es ist unübersehbar, was mit Ihnen los ist. Sie halten es nicht mehr aus, deshalb muss ich zu der medizinischen Maßnahme greifen, die ich als letzten Ausweg sehe.«

Mein Kopf war wie leer. Die Sucht quälte mich. Ich begriff nicht, was Drays meinte, bis sie ihren Schutzanzug öffnete. Sie streifte ihn ab und zog mich zu sich heran. Ich sträubte mich ein wenig, dachte an Decaree Farou.

»Ärztliche Anweisung«, beharrte Cyriane. »Dagegen ist kein Widerspruch zulässig.«

Was blieb mir anderes übrig? Ich fügte mich in mein Schicksal.

Sie gaben das Warten auf, weil die Aussicht auf Hilfe schwand. Nach eingehender Beratung kamen die sechs Männer und die Frau überein, das Beibootwrack zu verlassen und sich auf den Weg zu machen. Sie entschieden sich spontan für eine Richtung, weil jede so gut oder schlecht war wie die andere. Bewaffnet mit Messern und Speeren, ein paar Seilen und den Anzugtaschen voll Konzentraten gingen sie in die Richtung, in der die Flugwesen verschwunden waren. Die Tiere hatten die Menschen gesehen und waren davongeflogen. Zwei leere Behälter wurden mitgenommen, die für Boden- oder Gewebeproben bei Außenmissionen gedacht waren, um unterwegs Trinkwasser zu sammeln.

Nach einer Stunde verließen die gestrandeten Raumfahrer den Bereich, den sie in den Tagen zuvor erkundet hatten, und marschierten durch unbekanntes Terrain. Vor ihnen erstreckte sich eine Ebene, die von hüfthohem Gras bewachsen war. Dutzende unterschiedlicher Blumensorten, deren Farben das ganze Spektrum des Regenbogens wiedergaben, sprenkelten das grüne Feld.

»Ziemlich unübersichtlich«, fand Xenna Reezal, eine blonde Kosmobiologin und die einzige Frau in der Gruppe. »Ich rate zur Vorsicht. Dort drin leben sicher zahlreiche Tierarten, die uns nicht unbedingt alle freundlich gesinnt sind.«

»Was heißt das?«

»Dass mir ein übersichtlicheres Gelände lieber wäre.«

»Als Kosmobiologin so schreckhaft?«

»Nur angemessen vorsichtig.«

Sashmo Task überflog die Ausdehnungen der Steppe. Sie erstreckte sich viele Kilometer in alle Richtungen. »Umkehren halte ich für eine schlechte Idee«, sagte er. »Ich halte nicht viel davon, einen Weg zurückzugehen, den ich soeben bewältigt habe. Wenn wir uns mit den natürlichen Gegebenheit nicht arrangieren können, hätten wir in dem Shift hocken bleiben können bis zum Sankt Nimmerleinstag.«

»Und das kann dauern«, flötete Tonkem Röndga und ging weiter.

»Das Schlimmste, was uns passieren kann, ist, dass uns der Himmel auf den Kopf fällt oder wir auf ein Gelege Muurt-Würmer stoßen«, scherzte Craft Lemörf und folgte Röndga.

Damit war die Entscheidung gefallen. Task und die anderen drei Männer, Ülter Lemper, Walter Kovip und Chaime Thaille, schlossen sich an. Im Gänsemarsch ging es eine Stunde lang einfach geradeaus, ohne dass etwas Ungewöhnliches geschah. Das einzige, was Task auffiel, war das verflochtene Wurzelwerk, das nicht von den Gräsern stammte. Irgendwann nahm er ein Rauschen wahr.

»Ein Fluss.« Er orientierte sich nach Gehör und deutete nach rechts hinüber. »Da drüben. Folgen wir seinem Verlauf.«

Nach 200 Metern stießen sie auf das Flussbett, das von saftigen Grassoden flankiert war. Sie waren durchsetzt mit Blumenkolonien, deren knallgelbe Blüten Schwärme von Insekten anlockten. Der Fluss selbst war breit und flach. Behäbig bahnte er sich seinen Weg durch die Landschaft. Sein diesseitiges Ufer war gangbar.

»Da haben Sie es übersichtlicher«, versetzte Task.

»Übersichtlich und idyllisch.«

Task schnaufte und übernahm die Spitze der Gruppe. Hoffentlich erwies sich das Idyll nicht als trügerisch. Irgendwo auf dieser Welt trieb sich schließlich Greta Gale herum, die nicht davor zurückgeschreckt war, erst die AVIGNON und danach die Rettungsboote abzuschießen. Ihre Skrupellosigkeit zeigte, dass sie zu allem fähig war. Zwar hatte sie sich zunächst nicht weiter um die Überlebenden gekümmert, ihre Absicht inzwischen aber womöglich geändert.

»Halten Sie ständig nach Gleitern Ausschau«, forderte er die Gruppe auf. »Wenn am Horizont einer auftaucht, verstecken wir uns im Gras.«

»Das mit dem Gras würde ich mir noch mal überlegen.« Reezal deutete auf eine ufernahe Stelle, wo der Untergrund in Bewegung war.

»Keine hektischen Bewegungen«, mahnte Task zur Ruhe. Zwischen den Soden, wo sich eine Wasserlache angesammelt hatte, wimmelten schlanke Körper durcheinander. Er schätzte zwanzig Schlangen, etwa einen Meter lang, mit angelegten Flügeln. Ihre Schuppen reflektierten das Licht und schimmerten in der Sonne. Ein paar streckten den Menschen ihre Köpfe entgegen. Sie züngelten und zischten.

»Gehen wir weiter, ganz vorsichtig.« Röndga hielt einen Speer umklammert. Er setzte einen Fuß vor den anderen, der Rest der Gruppe folgte.

»Sie auch, Task«, flüsterte die Biologin. »Stehen Sie nicht da wie angewurzelt. Kommen Sie.«

Task nickte und entfernte sich von dem Nest. Plötzlich entfalteten zwei Schlangen ihre Flügel und erhoben sich in die Luft. Als sei es eine Aufforderung, folgten weitere. Task sprang auf und zückte sein Messer, um sich gegen den Angriff zu verteidigen. Er erfolgte nicht. Die Schlangen überflogen den Fluss und stürzten sich ins Wasser.

»Amphibisch«, kommentierte Reezal.

»Und ohne Interesse an uns.« Gedankenverloren sah Lemörf den Tieren nach, die unter der Wasseroberfläche dahinjagten, sie hundert Meter weiter durchstießen, in die Luft aufstiegen und auf der anderen Flussseite davonflogen. »Genau wie die Flugechsen, die wir beim Shift gesehen haben. Was auf den ersten Blick bedrohlich aussieht, erweist sich als harmlos. Ich gewinne immer mehr den Eindruck, dass die Tiere dieser Welt friedlich sind.«

»Wahrscheinlich nur, solange man sie in Ruhe lässt.«

»Nichts anderes haben wir vor. Das bedeutet, es wird nicht gejagt. Unsere Konzentrate halten eine Weile vor. Setzen wir unseren Weg fort.«

Nach zwei Stunden ging die Grassteppe allmählich in Buschwerk und Dickicht über, das von kleinen Baumgruppen durchzogen war. Das Flussufer wurde zusehends schmaler, zu einem Sims, den die Raumfahrer hintereinander benutzten, bis auch der abbrach. Der Fluss wand sich zwischen dornengespickten Büschen hindurch, die wie Mangroven auf Stelzwurzeln am und im Wasser wucherten.

»Ende der Fahnenstange«, brachte Kovip es auf den Punkt. »Hier geht es für uns nicht weiter.«

»Also doch ein Umweg.« Task wandte sich an Röndga und Lemörf. »Darf ich um Ihre Hilfe bitten, meine Herren? Räuberleiter.« Er ließ sich von ihnen hochheben. »Danke, es reicht schon. Wir halten uns westlich. In der Richtung ist es, wie es unsere Biologin bevorzugt, übersichtlicher.«

Sie füllten die Behälter mit Wasser und gingen bis zum Abend weiter. Zur Nachtruhe teilte Task Wachposten ein. Sie waren überflüssig. Die erste Nacht unter freiem Himmel verstrich ereignislos.

Die Ärztin schenkte mir ein Lächeln, als sie an mir vorbeiging. Ich fühlte mich blendend, und daran hatte sie ihren Anteil. Ich war zuversichtlich, von Furcht keine Spur mehr. Euphorie war an die Stelle der Depressionen getreten. Ich durchlebte eine Hochphase. Der Extrasinn hatte recht gehabt mit seinen Vorhaltungen. Es war mir bereits am Vorabend klar gewesen. Mein gutes Gewissen ließ sich zu keinem Kommentar herab.

Luella Tarra und ich trugen den Gatusain. Die Ortungsspezialistin überzeugte zunehmend durch ihre Kraft und Ausdauer. Drays und Havedge kümmerten sich um Tristan. Sie blieben ständig an seiner Seite. Er redete so gut wie nicht, gab nur mürrische Kommentare ab, wenn er angesprochen wurde.

Der Tag schritt voran und gestaltete sich so ereignislos wie der vorangegangene. Das Gelände änderte sich einstweilen nicht. Das Buschwerk begleitete uns kilometerweit, und immer noch keine Anzeichen von Zivilisation. Wenn diese Welt von einer intelligenten Spezies bevölkert war, dann nicht sehr zahlreich, oder sie verstand es, sich geschickt zu verbergen.

»Da sind wieder diese Flugechsen«, machte Legove uns aufmerksam.

Sie waren nicht so weit entfernt wie am Vortag, und ich erkannte Einzelheiten. Die Tiere hatten eine braune, ledrige Haut, ihre Flügelspannweite betrug etwa zehn Meter. Sie waren mit spitz zulaufenden Schnäbeln und Greiffüßen ausgestattet. Ich tippte auf Pflanzenfresser.

»Wir haben ihre Neugier geweckt. Sie nähern sich.«

Die angewinkelten Flügel trugen die Echsen gemächlich durch die Luft. Sie schienen keine Angst vor uns zu haben. Das konnte bedeuten, dass sie keine natürlichen Feinde hatten. Plötzlich stießen sie nach vorn und rasten auf uns zu.

»Vorsicht!«, schrie ich. »Sie greifen an!«

Ich ließ den Sarkophag los und zog mein Messer. Connaire tat es mir gleich. Das Flügelschlagen der Echsen bewegte die Luft. Klackende Laute ausstoßend, attackierten sie meine Leute, die versuchten, die Angreifer mit den Händen abzuwehren. Havedge verteidigte sich mit seinem Stock, den er seit Tagen mitschleppte.

Ich verletzte ein Tier mit dem Messer, als es mit seinen Füßen nach mir griff. Es gab einen schrillen Laut von sich und drehte ab. An seiner Stelle setzte ein anderes nach, und sie kamen sich ins Gehege. Zudem erwiesen sie sich als recht schwerfällig.

»Durch ihre Größe behindern die Viecher sich gegenseitig!«, rief Legove. Er brüllte und wedelte mit den Armen. Tatsächlich zeigten die Echsen sich davon beeindruckt, doch nur kurz, dann stürzten sie sich wieder auf uns.

»Wir werden sie nicht los!«

Taffy gab einen Schmerzensschrei von sich. Es hatte ihn am Arm erwischt. Drays und Tarra kauerten Rücken an Rücken im Dickicht und benutzten seine Enge als Deckung. Havedge war gestürzt und hatte seinen Stock verloren. Zitternd lag er auf dem Rücken. Li raffte das Holzstück an sich und schützte den Kurator unter Einsatz seiner eigenen Gesundheit. Mit der freien Hand packte er Havedge und schleifte ihn in meine Richtung. Tristan hatte die gleiche Idee wie ich.

»Zusammenrücken!«, forderte ich meine Leute auf. »Damit erschweren wir ihnen den Anflug.«

Wir tauchten unter den Greiffüßen hindurch. Nun erwies sich das Buschwerk als Glücksfall, denn es behinderte die Tiere, wenn sie dem Bode zu nahe kamen. Sie drehten ab, kamen aber sofort wieder. Gleich zwei stürzten sich auf Cyriane. Sie wich der einen Echse aus und übersah die andere, die sich ihr von hinten näherte.

Mit einem Satz war ich heran, das Messer schwenkend. Eppenroq warf sich dem Tier entgegen und bekam einen Greiffuß zu fassen, irritierte es damit für den entscheidenden Sekundenbruchteil, den ich brauchte, um einen Stich gegen den Körper zu platzieren. Das Flügelwesen fauchte und keifte, erhob sich in die Luft, nicht ohne Eppenroq zu umklammern. Entsetzt sah ich, wie es ihm den Spitzschnabel in den Leib rammte.

»Cris!«, schrie Taffy. »Springen!«

Eppenroq sprang nicht, er fiel. Regungslos blieb er liegen. Der Erfolg schien die Echsen zu beflügeln. Mit Vehemenz stürzten sie sich auf uns herab. Zwei Messer waren zu wenig, ging es mir durch den Kopf. Wir würden nicht lange standhalten. Rufe mischten sich in das Gezeter der Geflügelten. Ein Tier stürzte ins Gesträuch, von einem Speer getroffen.

Einheimische, war mein erster Gedanke.

Plötzlich tauchten Menschen zwischen den Büschen auf. Sie trugen Schutzanzüge. Es war die Besatzung eines Beiboots. Sie führte weitere Speere und Messer mit sich, und der Kampf war rasch entschieden. Eine weitere Echse verlor ihr Leben, dann floh der Rest des Schwarms.

Drays eilte zu Eppenroq und beugte sich über ihn. Ihr Kopfschütteln bedeutete, dass jede Hilfe für ihn zu spät kam. Er war tot. Wie durch ein Wunder waren wir anderen unverletzt geblieben, wenn man von dem Biss an Taffys Oberarm absah.

»Sashmo Task, Sir«, stellte sich einer der Männer vor und nannte die Namen seiner sechs Begleiter. In knappen Worten berichtete er von den Umständen, welche die Gruppe zu uns geführt hatten. »Ist etwas vorgefallen, was den Angriff der Tiere provoziert hat, Sir?«

»Sie stürzten sich aus heiterem Himmel auf uns«, erklärte ich. »Wieso fragen Sie?«

»Weil wir ihre Bekanntschaft unterwegs ebenfalls machten. Sie haben uns ignoriert.«

»Das ging uns gestern genauso. Heute schienen die Tiere wie verwandelt.« Und das hatte einen Spezialisten das Leben gekostet. Eine Ahnung sagte mir, dass dies nur der erste Angriff gewesen war und uns weitere bevorstanden.

»Ganz so friedlich, wie ich gedacht habe, ist diese Welt wohl doch nicht«, seufzte Task

Wir bestatteten Cris Eppenroq. Mehr konnten wir nicht mehr für ihn tun.

Alles tauscht sich aus

»Über hundert Kilometer voneinander entfernt. Orgoch ist wirklich nur minimal besiedelt« unkte Heyburn. »Hier kommen wir auf keinen grünen Zweig.«

»Die Einwohner dieses Dorfes werden mein Volk vergrößern«, frohlockte Greta Gale. »Du hast immer noch nicht begriffen, dass Orgoch ein Testfeld ist. Ich fange klein an und lote meine Fähigkeiten, die Massen zu beeinflussen, Stück für Stück aus. Aber wozu erkläre ich dir das überhaupt? Es geht dich nichts an.«

Die Ansiedlung war etwas kleiner als die zuerst entdeckte. Der Shift, eine zivile Variante, senkte sich dem Dorfrand entgegen.

»Geht es mich auch nichts an, dass keine Kanacht zu sehen sind?«, nervte Heyburn. »Das Dorf ist verlassen. Da lebt vielleicht seit Generationen niemand mehr – wobei ›seit Generationen‹ bei der Kurzlebigkeit der Kanacht nicht viel aussagt. Jedenfalls sehe ich deine Felle davonschwimmen. Hier vergrößerst du dein Volk nicht.«

»Und diese Handkarren da unten? Frisches Obst oder Gemüse liegt darauf. Glaubst du, es hat sich selbst geerntet und aufgeladen?«

»Seltsam. Wo sind dann die Kanacht? Wenn sie sich verstecken, verhalten sie sich ganz anders als die, die wir kennen.«

»Sie fürchten sich vor dem Shift.«

»Warum die hier, und die anderen nicht?«

Die Frage war leider berechtigt, gab Greta zu. Sie verfolgte den Verlauf der Gassen zwischen den buckligen Häusern, während sich das Beiboot dem Boden näherte. Nicht ein Kleinwüchsiger hielt sich im Freien auf. Versteckten sie sich in ihren Bauten, oder hatten sie Zuflucht im bewaldeten Umland gesucht? Nein, dazu war ihnen keine Zeit geblieben.

Was soll dieses Versteckspiel?, dachte Greta verwirrt. *Kommt heraus und begrüßt eure künftige Herrscherin.*

Der Shift landete, und die sechsköpfige Eskorte stieg aus dem Passagierraum. Heyburn stellte sich vor ihnen auf. »Irgendwas stimmt hier nicht. Ihr seid für die Sicherheit der Chefin verantwortlich«, schärfte er ihnen ein. »Haltet eure Waffen bereit und die Augen auf.«

Mit der Flasche Aldebaran-Rum in der Hand bot er eine lächerliche Figur dar. Die Raumfahrer von der ESHNAPUR nickten trotzdem, was Greta ein Lächeln entlockte. Sie fühlte sich nicht in Gefahr. Die Kanacht waren viel zu friedfertig, um eine Bedrohung darzustellen, aber wenn Svin den starken Mann spielen wollte, sollte er seinen Spaß haben.

Greta ging zum ersten Haus am Dorfrand und blieb vor der Tür stehen. Sie lauschte. Kein Geräusch drang aus dem Inneren. Überhaupt war es still im Dorf. Die Schritte der Raumfahrer hallten unnatürlich laut. Ihre Kanacht waren dagegen stets zu hören. Sie unterhielten sich, schwatzten miteinander und stellten alle möglichen Dinge an, die nicht geräuschlos abliefen. Wieso war es hier anders? Wäre ihr wieder der Verfolger erschienen, hätte Greta an eine Verschwörung geglaubt, doch sie sah völlig klar. *Diesen Unheimlichen habe ich mir eingebildet – alles nur ein Anflug von Panik und Angst, gefördert durch meine Isolation an Bord. Wer Macht ausüben will, muss Einsamkeit ertragen können,* belehrte sie sich.

Entschlossen stieß sie die Tür auf und trat in den Kanachtbau ein. Er war verlassen. Die Gerüche von Gewürzen lagen in der Luft. Die Bewohner hatten sich noch vor kurzem hier aufgehalten. Svins Vorsicht war nicht unangebracht. Greta ging ins Freie, wo er und die Eskorte warteten.

»Durchsucht die anderen Gebäude«, verlangte sie und wandte sich dem Nachbarhaus zu. »Macht schon. Irgendwo stecken die Kanacht. Von dem ersten, den wir erwischen, erwarte ich eine Erklärung, und wehe, sie gefällt mir nicht.«

»Dann Rübe ab«, lamentierte Heyburn. Er hatte die Flasche in einer Tasche verstaut und fuchtelte mit einem Strahler herum.

»Halt dich zurück«, ermahnte ihn Greta. »Ohne meine Erlaubnis benutzt du die Waffe nicht.« Der direkte Befehl hielt ihn im Zaum, während Greta ihm sonst ziemlich viel Handlungsspielraum ließ. Sie wollte nicht riskieren, dass er in alkoholseligem Übereifer ein Massaker veranstaltete, weil er die Kontrolle über sich verlor.

Weitere Gebäude wurden durchsucht, sie waren ausnahmslos verlassen. Sie fanden verschiedene Hinweise darauf, dass es kurz zuvor noch nicht so gewesen war.

Greta fühlte sich beobachtet. *Nicht schon wieder ein Trugbild,* flehte sie. Zitternd blieb sie stehen, zögerte, sich der Wahrheit zu stellen – oder dem, was sie dafür hielt. Sie atmete tief ein und fuhr herum. Nichts! Da war niemand. Das Gefühl, aufmerksam beobachtet zu werden, blieb. Es war anders als die Panikattacken, die sie sonst erlitt.

Greta stemmte die Hände in die Hüften. »Ihr könnt euch nicht ewig verstecken!«, rief sie mit aktiviertem Translator. »Wir gehen hier nicht weg. Irgendwann müsst ihr herauskommen.«

Heyburn kam aus einem Gebäude gestürmt, die Männer der Eskorte aus anderen. »Was ist passiert?«, wollte Svin wissen.

»Gar nichts. Bleib gelassen.«

»Warum schreist du? Ich dachte, du bist in Gefahr.«

»Weil ich sicher sein will, dass man mich hört. Die Kanacht ...« Weiter kam Greta nicht. Plötzlich brach um sie herum Chaos aus. Sie gewahrte einen Mann der Eskorte, der sich an den Kopf griff und zu Boden ging. Ein Hagel aus Wurfgeschossen, Steine und Gebrauchsgegenstände, ergoss sich über die Menschen.

»Deckung!«, schrie Heyburn. »Sie sind auf den Dächern!«

»Zum Shift!« Greta huschte an Wänden entlang, die leidlich Schutz vor den Geschossen boten. Trotzdem wäre sie ein paar Mal fast getroffen worden. Warum griffen diese Kanacht sie an?

Svin stürmte die Gasse entlang und zog sie mit sich. Die Männer der Eskorte eröffneten das Feuer auf die Hausdächer. Schreie ertönten, wenn sie einen Angreifer trafen.

»Schieß doch!«, herrschte Greta Heyburn an.

Er feuerte im Laufen. »Du hattest es mir verboten«, keuchte er.

Dummer Junge! Doch es stimmte. Greta konnte ihm keinen Vorwurf machen. Selbst bei der direkten Gefahr kam er nicht gegen ihre Suggestivimpulse an. Er zielte und traf überraschend gut. Ein Kanacht stürzte vom Dach, blieb regungslos liegen. Der Geschosshagel kam für Sekunden zum Erliegen. Als er wieder einsetzte, waren Greta und Svin aus der Gasse heraus. Das Dorf lag hinter ihnen.

»Wir müssen sie mit den Waffen des Shifts zur Räson bringen.«

»Wer will das machen? Du? Wir brauchen die Eskorte.«

Heyburn gab den Männern, die sich auf dem Rückzug befanden, Feuerschutz. Sie wurden mehrmals getroffen. Verbissen kämpften sie sich weiter, schleppten den Bewusstlosen mit sich. Der Geschosshagel endete, als die Menschen aus dem Bereich der Angreifer entkamen. Auf den Dächern wurden Bewegungen sichtbar, als die Kanacht sich erhoben. Sie konnten nicht nachsetzen, da die Dächer nicht miteinander verbunden waren.

»Unterwirf sie«, forderte Heyburn.

»Wie denn? Da oben vernehmen sie nur meine Stimme. Ich muss ihnen von Angesicht zu Angesicht gegenüberstehen. Wenn wir versuchen, sie da runterzuholen, bewerfen sie uns wieder.«

»Dein gehorsames Volk. Ich beende diesen Aufstand jetzt, sofern du keine Einwände hast.«

Eines Tages würde ihm sein loses Mundwerk zum Verhängnis werden. Einstweilen brauchte Greta ihn noch. Er war der einzige Kampfgefährte von MEINLEID, der ihr geblieben war. Das verband, selbst wenn er noch so ein Dummkopf war. Sie gab ihm durch ein Nicken zu verstehen, dass er die Erlaubnis hatte, für Ordnung zu sorgen.

»Los, in den Shift«, trieb Heyburn einen der Raumfahrer an. »Du fliegst. Wir nehmen die Kanacht von oben unter Feuer. Nur betäuben, richtig Greta?«

»Das empfehle ich dir. Wenn jemand ein Exempel statuiert, dann ich.«

Die beiden Männer rannten zum Beiboot und stiegen ein. Gleich darauf erwachte der Antigravantrieb, und es stieg in die Luft. Es schwebte über Gretas Kopf dahin, auf die Gebäude zu. Kanacht erhoben sich aus ihren Verstecken und bewarfen den Shift mit allem, was sie hatten. Natürlich richteten sie damit nicht das Geringste gegen das gepanzerte Fahrzeug aus, das nicht einmal auf seine Schutzschirme angewiesen war. Als es Svin zu bunt wurde, traten die Paralysatoren in Aktion. Greta erkannte es daran, dass die Kanacht reihenweise das Bewusstsein verloren. Sie wartete, bis das Beiboot landete.

»Alle ausgeschaltet?«

»Was ich anfange, mache ich richtig«, protzte Heyburn.

»Kann der Shift einen Traktorstrahl erzeugen?«, fragte Greta den Piloten.

Er schüttelte den Kopf.

Damit stand Greta vor dem nächsten Problem. Der Aufwand, die Dorfbewohner einzeln oder in kleinen Gruppen zu beeinflussen, war zu groß. Wenn sie aufwachten, musste sie zu allen gleichzeitig sprechen können. »Wie lange hält die Paralyse an?«

»Eine Stunde, bei der Konstitution der Kanacht vielleicht zwei.«

Genug Zeit also, um ihren Plan auszuführen. Greta war zufrieden. »Funke den Kommandanten an. Er soll mit der ESHNAPUR herkommen.«

Der Ausdruck »böses Erwachen« bekäme für die Kanacht eine ganz neue Bedeutung.

Soplou stand zwischen zwei Bauten und blinzelte in die Sonne, als ein Instinkt ihn warnte. Es war nicht der eigene, sondern der Instinkt Orgochs. *Sie sind Eroberer. Nehmt euch vor ihnen in acht. Verjagt sie, bevor sie euch verderben.*

Der Instinkt Orgochs offenbarte sich den Kanacht (und den Tieren) selten. Wenn er es tat, hatte er guten Grund dazu. Dieser ihnen gemeinsame Instinkt hatte die Kanacht noch nie getrogen, obwohl er weder deutlich, klarumrissen, noch überschaubar war. Nur unterschwellig wirkte er, wie es ein Instinkt nun einmal tat.

Was waren Eroberer? Wer waren Eroberer?

Soplou wusste es nicht. Der Begriff existierte nicht in seinem Wortschatz. Er wandte den Blick von der Sonne ab, blind für ein paar Augenblicke, und überlegte, wie er sich verhalten sollte. Den Instinkt zu ignorieren verbot sich von allein, denn damit ignorierte er auch Orgoch, und das ging nicht, weil er nur Teil eines größeren Ganzen war. *Alles auf Orgoch ist miteinander verbunden. Alles Leben ist im Fluss und tauscht sich aus.* Es war eine Litanei, die eine Menge Wahrheit enthielt.

Während er in Richtung der Felder schlenderte, beobachtete er die Kanacht, denen er begegnete. Sie ließen sich nichts anmerken, dabei hatte der Instinkt Orgochs auch sie gestreift. Es war nie anders gewesen. Sie waren miteinander verbunden, tauschten sich aus. Soplou witterte ihre Nachdenklichkeit. Es erging ihnen wie ihm selbst.

Er passierte die letzten Bauten und sah die Felder im Sonnenlicht vor sich leuchten. Die bevorstehende Ernte nahm sich gut aus. Spogisknollen, Luchbohnen und ganz besonders die fruchtigen Pulkabeeren, von denen er nicht genug bekommen konnte, gediehen prächtig auf seinem Abschnitt. Kein Wunder, hegte und pflegte er sie doch ganz besonders gut. Soplou regte sie zum Wachstum an, indem er an manchen Abenden, wenn sein Tagwerk endete, sanft mit ihnen sprach. Sie hörten ihn, denn alles auf Orgoch war miteinander verbunden.

Er säuberte Blätter und Früchte von Schädlingen und richtete neue Triebe auf. Fahrig befestigte er sie an den eigens zu diesem Zweck gezogenen Rispen. Es wollte nicht recht gelingen. Ständig glitten sie ihm durch die sechsfingrigen Hände. An diesem Tag fand er nicht die richtige Einstellung zu seiner Tätigkeit. Er trank etwas Wasser aus einem der natürlich entstandenen Rinnsale, zwischen denen die Kanacht die Beete anzulegen pflegten, und ließ sich zum Verschnaufen auf einer Wurzel nieder.

Soplou hatte eine Eingebung, was Eroberer waren. Der Begriff blieb fremd, doch seine Bedeutung erschloss sich auf einmal. Es blieb keine Zeit, weiterhin zu grübeln. Soplou erhob sich, strich mit den nackten Füßen über die Wurzel und eilte ins Dorf zurück. Kein Zweifel behinderte ihn. Er wusste genau, was er zu tun hatte. Seiner Familie ging es wie ihm. Gemeinsam sammelten sie einen Haufen Steine und schafften ihn auf das Dach seines Hauses. So versunken war Soplou in die Vorbereitungen gegen die Eroberer, dass er erst nach deren Beendigung sah, dass alle Dorfbewohner das Gleiche taten wie er.

Er nahm einen Wasservorrat mit aufs Dach und verbarg sich hinter einem Vorsprung.

Karim Shoutain verschwendete keine Zeit, das gefiel Greta. Zehn Minuten nach dem Funkruf war die ESHNAPUR vor Ort. Greta sorgte dafür, dass sie nicht landete, sondern, über dem Dorf schwebend, die betäubten Kanacht mit Traktorstrahlen aufnahm und sie auf ein freies Feld bugsierte und dort ablegte.

»Die werden sich wundern«, prophezeite Heyburn die Reaktion beim Aufwachen der Kanacht. »Dir ist jetzt wohl klar, dass wir nicht allerorts mit so offenen Armen empfangen werden wie im ersten Dorf.«

Genau das wunderte Greta. Sie glaubte nicht, dass die Sippen zweier Dörfer so grundverschieden auf Besucher reagierten. »Sie wurden gegen uns aufgehetzt«, verlieh sie ihrer Überzeugung Ausdruck.

»Wer soll das getan haben? Die Kanacht hier wussten bis eben nicht, dass wir kommen. Davon abgesehen gibt es niemanden, der sie vor uns gewarnt haben könnte. Finde dich damit ab, dass wir beim ersten Mal Glück hatten.«

Greta dachte nicht daran. In diesem Zusammenhang akzeptierte sie weder Glück noch Pech. »Dieser Argoth«, stieß sie aus. »Er ist dafür verantwortlich.«

»Der Alte? Der tote Alte? Wahrscheinlich hat er aus dem Jenseits zu den Kanacht gesprochen.« Heyburn spuckte einen Schluck Rum aus. Er betrachtete die Flasche, wiegte sie in der Hand und warf sie weg. »Du siehst Gespenster, Greta. Ich habe schon eine ganze Weile den Eindruck, dass du Halluzinationen hast, nicht erst seit Korfs überraschendem Ableben.«

Die Frau zuckte zusammen. Woher wusste Svin davon? Sie hatte mit keinem Menschen über ihre Panikattacken gesprochen, sie selbst vor Gasuijamuo geheim gehalten. Was vermutlich gar nicht ging, gestand sie sich ein. Gasuijamuo machte man nichts vor. Svin hingegen konnte keine Ahnung haben. War es nur wieder ein Beispiel für sein dummes Gerede, oder führte er etwas gegen sie im Schilde?

Die ersten Kanacht kamen nach zwei Stunden wieder zu sich. Sie klagten über Kopfschmerzen und Unwohlsein. Die Paralysestrahlen hatten sie stärker umgehauen als Terraner. Sie sahen sich um und fanden sich inmitten der zum Großteil noch betäubten Sippe wieder. Als sie sich aufrichten wollten, schritt Greta ein.

»Sitzen bleiben«, ordnete sie an, auf die Reaktion der Kanacht gespannt. Sie bestand, wie erwartet, aus Gehorsam. Nach und nach wurden weitere Kanacht wach. Greta erteilte allen den gleichen Befehl. Niemand lehnte sich dagegen auf. Nach einer halben Stunde weilte auch der Letzte wieder unter den Lebenden.

»Es sind gut dreihundert«, schätzte Heyburn. »Kein Problem für dich.«

»Kommt näher!« Der Translator übersetzte ihre Worte. Die Kanacht gehorchten.

»Wir kommen als Freunde zu euch«, erhob Greta die Stimme. Sie stand auf einem Podest, das sie sich aus der ESHNAPUR hatte bringen lassen, und überschaute die versammelten Kanacht. »Wir wollen euch nichts tun. Ihr habt uns feindselig empfangen. Wieso?«

Ein Kanacht setzte zur Antwort an, dann noch einer und noch einer. Sekunden später redeten alle durcheinander, und der Translator gab sinnloses Zeug von sich. Das Stimmengewirr beeinträchtigte seine Funktionalität. Greta erkannte, dass sie einen Fehler begangen hatte.

»Das klingt wie bei den Schiffer-Chören«, kommentierte Heyburn die Kakophonie. »Ich finde, sie sollten synchron singen.«

»Und ich finde, du solltest deine Klappe halten.« Greta richtete ihre Aufmerksamkeit wieder auf die Kanacht. »Also gut, schweigt, alle. Von heute an untersteht ihr mir. Ihr werdet mich als eure Herrscherin annehmen und in meinem Sinne handeln. Allmächtig trete ich vor euch, deshalb habt ihr mich mit Herrin anzusprechen. Wenn ich euch etwas auftrage, werdet ihr es tun, und wenn ich euch etwas untersage, unterlasst ihr es. Nur auf diese Weise kann das künftige Zusammenleben funktionieren, denn Großes erwartet euch. Von Orgoch aus werden wir ins Weltall aufbrechen, um mein Imperium zu festigen. Ihr könnt stolz auf euch sein, denn ihr seid die Keimzelle eines Sternenreichs, wie es die Galaxis noch nicht gesehen hat.«

Die Kanacht sahen zu Greta hinauf und schwiegen.

»Besonders stolz scheinen sie nicht zu sein«, raunte Heyburn.

»Weil ich ihnen den Mund verboten habe.« Greta deutete auf einen Kanacht in der ersten Reihe. »Tritt einen Schritt vor.«

Zögernd kam der Angesprochene der Aufforderung nach. Zwar stand er unter ihrem Bann, traute sich aber nicht recht, ihr zu nahe zu kommen.

»Wie ist dein Name?«

»Soplou, Herrin.«

»Ihr habt uns angegriffen, Soplou. Wieso?«

»Alles auf Orgoch ist miteinander verbunden«, antwortete der Mann. »Alles Leben ist im Fluss und tauscht sich aus.«

»Was für ein Geschwätz«, fand Heyburn. »Kannst du etwas deutlicher werden? Was bedeutet das? Was haben wir mit diesem Unsinn zu tun?«

»Der Instinkt Orgochs warnte uns vor euch. Ihr seid die Eroberer, die er uns ankündigte. Wir sollen uns gegen euch zur Wehr setzen und euch verjagen.«

»Der Instinkt Orgochs? Der Bursche hat sie nicht mehr alle.« Heyburn sah Greta an. »Hast du eine Ahnung, wovon er spricht?«

Vielleicht von dem Sippenältesten Argoth? Greta erinnerte sich an die Drohungen, die Argoth kurz vor seinem Tod an die Adresse der Menschen ausgestoßen hatte. Doch welche Verbindung bestand zwischen ihm und den Bewohnern dieses Dorfes? Keine. Außerdem hatte er keine Gelegenheit mehr gehabt, irgendwen zu warnen. Andererseits hatte es jemand getan. Die Kanacht hatten sich nicht zufällig mit Steinen bewaffnet, auf ihren Hausdächern verschanzt und auf angebliche Eroberer gewartet. Was ging auf Orgoch vor sich, das die Terraner nicht verstanden?

»Kennst du einen Argoth?«

»Nein, Herrin«, antwortete Soplou.

»Habt ihr Kontakt zu Kanacht anderer Dörfer?«

»Nein, Herrin. Die Reisewege sind zu lang. Wir haben keine Zeit dafür.«

»Keine Zeit?«

»Wegen ihrer Kurzlebigkeit, nehme ich an«, warf Svin ein. »Wenn wir nur vier Jahre zu leben hätten, würden wir uns auch möglichst viel um uns selbst kümmern und bloß keinen Tag verschwenden.«

»So viel Einfühlungsvermögen hätte ich dir gar nicht zugetraut«, murmelte Greta geistesabwesend. Das brachte sie alles nicht weiter. Dieses Dorf war vor ihrer Ankunft gewarnt worden. Durch Atlan und seine USO-Lakaien? Unmöglich. Die irrten, so sie nicht tot waren, durch die Wildnis dieser Welt. Wer dann? Greta verdrängte die Frage. Bedenklicher war, dass sich jederzeit überall wiederholen konnte, was geschehen war. Bei der weiteren Expansion war daher Vorsicht geboten. In ihrem Kopf nahmen Pläne Form an, wie sie sich gegen weitere Angriffe wappnen würde.

»Woher wusstest du, dass wir kommen, Soplou? Wie hast du das Wissen erlangt?«

»Es war in mir. Orgochs Instinkt hat es mir gegeben.«

»Klingt fast, als besäßen die Kanacht einen Sarkophag, der ihnen etwas einflüstert«, scherzte Svin. »Aber mal im Ernst. Für mich klingt das Geschwätz dieses Burschen hanebüchen. Besser, du hörst nicht auf ihn. Er redet wirres Zeug.«

»Woher wussten die Dorfbewohner dann, dass wir kommen?«

»Was weiß ich.« Heyburn warf theatralisch die Hände in die Luft. »Zufall. Eine Massenpsychose.«

Svin wich der Frage aus und drückte sich vor einer Antwort. Das war typisch für ihn. Er war nicht zum Anführer geboren, so gern er auch neben Greta bestanden hätte. Auch ihr fiel nichts ein. Für den Moment gab es Greta auf, nach einer Erklärung zu suchen. In den Lagerräumen der ESHNAPUR war genug Platz, um dreihundert Kanacht zu transportieren. Sie musste die Anzahl der Wesen, die sie kontrollierte, ständig erhöhen, bis sie an ihre Leistungsgrenze kam, und diese dann stetig steigern.

»Haltet ihr uns immer noch für Eroberer, die ihr vertreiben müsst?«

»Nein, Herrin.«

»Das ist gut, denn ihr werdet mich an Bord meines Himmelsschiffes begleiten.«

Greta spürte einen Impuls Gasuijamuos, nicht gleich aufzubrechen. Zuvor hatte sie etwas zu erledigen. Sie hatte nach dem Angriff selbst daran gedacht, es aber nicht wirklich in Erwägung gezogen. Nun, da der Illochim sie darauf hinwies, sah sie die Notwendigkeit umso mehr ein. »Begleitet mich in euer Dorf!«, forderte sie die Kanacht auf. Sie stieg von dem Podest herunter und marschierte los, den Zug der Kanacht hinter sich, bis sie zwischen den Gebäuden ankam.

»Was hast du vor?«, wunderte sich Heyburn.

»Das wirst du gleich erleben. Gönn mir eine kleine Überraschung zur allgemeinen Aufmunterung. Soplou, hast du einen Strick in deinem Haus?«

»Ja, Herrin.«

»Geh und hole ihn.«

Soplou ging davon, und Greta sah sich nach einer Örtlichkeit um, wo sie ihr Vorhaben in die Tat umsetzen konnte. Sie entdeckte einen hölzernen Vorsprung, der sich für ihre Zwecke eignete. Als der Kanacht zurückkam, dirigierte sie ihn direkt dorthin. Sie nahm ihm den Strick ab und reichte ihn an Svin weiter.

»Anbinden!«

»Was soll ich tun?«

»Soplou anbinden. So schwer kann das nicht sein. Also mach schon.«

»Was immer du willst.«

Heyburn befestigte die Hände des Kanacht an dem Vorsprung. Der kleine Körper spannte sich. Greta fuhr ihm mit dem Zeigefinger über die zierliche Nase, das schmale Gesicht und die breite Stirn. Sie las das Unverständnis in seinen Augen, während sie noch einmal die Erinnerung durchlebte, mit der Gasuijamuo sie konfrontiert hatte. Mit einer geschmeidigen Bewegung zog sie ein Messer und rammte es Soplou in den Bauch. Er stöhnte auf. Entsetzte Schreie ertönten unter den Versammelten. Sie ließen Greta kalt. Gasuijamuo hatte Recht. Manchmal musste Macht demonstriert werden.

»Niemand wird mich jemals wieder angreifen.« Greta schlitzte den Kanacht bis zum Hals auf, dann säuberte sie das Messer an seiner Kleidung. »Und jetzt«, verkündete sie gut gelaunt, »gehen wir an Bord, mein Volk.«

Angriffe

Wir hatten eine Hügelkette überwunden und sahen auf eine Seenplatte hinab, die sich bis zum Horizont hinzog. Dass unsere Gruppe auf fünfzehn Personen angewachsen war, gestattete es uns, die Last des Sarkophags auf weitere Schultern zu verteilen. Außerdem hatten wir Vorsichtsmaßnahmen gegen weitere Angriffe getroffen. Wir besaßen diverse Messer, hatten weitere Speere gefertigt und trugen ständig zwei brennende Fackeln bei uns.

Sashmo Tasks Bericht über den Abschuss des Shifts ließ mir keine Ruhe. Gale hatte Jagd auf die Beiboote gemacht und sie gnadenlos ausgeschaltet. Wie viele USO-Agenten hatten dabei den Tod gefunden? Ich wusste es nicht, jedenfalls zu viele. Jedem einzelnen war ich es schuldig, die Frau dingfest zu machen. War ihr Vorgehen in Kunshun schon rücksichtslos und mörderisch gewesen, geriet es auf Orgoch vollends außer Kontrolle.

Am Fuß der Hügel stillten wir unseren Durst an einem Bach und nahmen Konzentrate zu uns. Raumfahrer waren an diese Art der Ernährung gewohnt. Der Kurator bevorzugte, wie sich unschwer sehen ließ, opulentere Verköstigung. Er betrachtete den grauen Brocken mit Widerwillen, bevor er sich nach langem Zögern überwand, ihn in den Mund zu stecken.

»Ekelhaft und fad«, beschwerte er sich nicht zum ersten Mal. »Das Zeug klebt einem den Gaumen zusammen.«

»Seien Sie froh, dass wir die Konzentrate haben«, hielt ich ihm vor. »Es geht darum zu überleben, nicht Ihren persönlichen Geschmack zu befriedigen.«

Ein paar Tage zuvor hatten wir Teile der toten Echse über einem Feuer gebraten. Beim ersten Bissen hatte Havedge ausgespuckt. Das Fleisch war ihm zu zäh, bitter und ohne Salz und andere Gewürze nicht zu genießen. Er war und blieb das, was man gemeinhin einen Sesselfurzer nannte. Li hatte solche Probleme nicht. Er schien nicht einmal zu bemerken, was er aß. Aus Kunshun war er nicht verwöhnt, und seine Gleichgültigkeit nahm zu. Nur wenn die Sprache auf Greta kam, überwand er seine Lethargie.

»Wir kommen ihr näher«, flüsterte er. Seine Stimme war brüchig, sein Gesicht ausdruckslos. Mein Mitleid mit ihm wuchs in gleichem Maß wie meine Verachtung für die Frau, die wir jagten. Ich hoffte, es ging ihr ähnlich schlecht wie Tristan, obwohl ich nicht annahm, dass das ihrem Fanatismus Abbruch tat.

»Halten Sie durch?«, fragte ich ihn. Ich kannte die Antwort. Nicht mehr lange, das war unübersehbar. Wenn er zusammenbrach, blieb uns nichts anderes übrig, als ihn auf einer Trage zu transportieren. Ich würde ihn ebenso wenig zurücklassen wie einen Spezialisten.

»Ich halte durch«, behaupte er. Entweder machte er sich selbst etwas vor, oder er hatte den Bezug zur Realität verloren. »Ich sterbe erst, nachdem ich Greta tot gesehen habe.«

»Sie sterben nicht, Tristan«, versicherte Havedge.

Li lachte leise. »Nein, natürlich nicht, Cleany. Und wenn doch, dann nicht einsam. In Kunshun hätte es niemanden gekümmert, nachdem Olgej nicht mehr da war. Hier weiß ich, dass wenigstens einer um mich trauern wird.«

Ich gewahrte, dass der Kurator schwer schluckte, und gab das Zeichen zum Aufbruch. Wir gelangten an einen See und folgten seinem Ufer in westlicher Richtung. Er war gesäumt von niedriger Vegetation. Sporadisch ragten Bäume dazwischen auf, doppelt mannshohe Nadelhölzer. In der Ferne zog ein Schwarm Vögel über dem Wasser seine Kreise. Der landeinwärts fahrende Wind trug ihr Geschrei zu uns herüber. Andere Rufe mischten sich darunter, die nicht vom See kamen, schrille, pfeifende Töne, die ich nicht zum ersten Mal vernahm.

»Tiere!«, stieß Luella Tarra aus.

Plötzlich waren sie da, die schlanken, unterarmlangen Sechsbeiner, auf die wir vor ein paar Tagen gestoßen waren. Damals waren sie passiv geblieben. Heulend griffen sie an. Zuerst sah ich nur ein paar, doch es wurden immer mehr. Ein Tier kam direkt auf mich zu. In seinem Maul blitzten spitze Zähne.

»Aufpassen!«, rief ich meinen Begleitern zu. »Achtet auf eure Beine!«

Wir verteidigten uns mit den Speeren, die wir wie Lanzen handhabten, um die Sechsbeiner auf Distanz zu halten. Connaire spießte einen Angreifer auf, der schauerliches Heulen erklingen ließ. Seine Artgenossen attackierten uns umso heftiger. Ich schwenkte eine Fackel und trieb sie zurück, Sekunden nur, dann teilten sie sich und griffen von den Seiten an.

»Die andere Fackel! Sie fürchten sich vor dem Feuer!«

Schon war Legove heran. Er machte einen Ausfallschritt und stand inmitten der Tiere, holte mit der Fackel aus, schlug zu und schleuderte eines weg. Die Herde sprang keifend auseinander. Taffy, Drays und Task nutzten die Verwirrung, um mit ihren Speeren weitere Beute zu machen.

Wir wichen zurück bis ans Wasser, hatten unsere Formation gefunden. Die Sechsbeiner setzten über die Kadaver ihrer Artgenossen hinweg und warfen sich uns ein weiteres Mal entgegen. Dank der Speere kamen sie nicht an uns heran.

»Tristan!«, schrie Drays.

Der Junge lag am Boden, krümmte sich unter heftigen Schmerzen. Wir bildeten einen Halbkreis und schirmten ihn ab. Legove traktierte einen Kadaver solange mit der Fackel, bis dessen Fell Feuer fing. Rauch stieg auf, und es stank bestialisch. Der Ansturm der Tiere geriet ins Stocken. Sie zögerten, verunsichert. Legove und ich rückten ihnen mit dem Feuer zu Leibe, trieben sie vor uns her.

»Sie hauen ab«, jubelte Lemörf.

Ich sah nach Li. »Ist er gebissen worden?«

Die Medikerin schüttelte den Kopf. »Er hat einen Anfall. Sein Puls rast.« Sie tastete nach seiner Stirn. »Er glüht. Schnell, in den Sarkophag mit ihm.«

Wir hoben Li auf und legten ihn in den Gatusain. Ich glaubte, einen Impuls von Waheijathiu aufzuschnappen. *Weiter!* Er trieb mich, hetzte mich hinter Gasuijamuo her. Oder bildete ich mir das nur ein, weil ich von meinen eigenen Dämonen getrieben wurde? Ich schloss den Deckel, überhörte Havedges Gejammer, der den Angriff noch nicht verwunden hatte, und klopfte ihm aufmunternd auf die Schulter. Meine Spezialisten sicherten das Gelände für den Fall, dass die Tiere ihr Glück ein weiteres Mal versuchten. Sie kamen nicht.

In den nächsten Tagen wurden wir weitere Male angegriffen. Dabei lernten wir die einheimischen Tiere kennen, die uns bislang unbekannt gewesen waren. Ein paar Mitglieder der Gruppe trugen Verletzungen davon, die zum Glück nicht gefährlich waren und sich auch ohne medizinische Ausrüstung notdürftig behandeln ließen. Es grenzte an ein Wunder, dass wir so glimpflich davonkamen. Das lag an unseren Waffen. Zwar waren sie primitiv, doch sie erfüllten ihren Zweck. Ich war schon oft auf ähnliche Werkzeuge angewiesen gewesen, wenn nichts anderes zur Hand war, und meine Spezialisten lernten schnell.

»Ich verstehe das nicht.« Cyriane Drays sah erschöpft aus. »Das Verhalten der Tierwelt uns gegenüber hat sich grundlegend geändert.«

»Wie meinen Sie das, Doktor?« Inzwischen begann ich an den Ablenkungen, die sie mir in meinen depressiven Phasen zuteil werden ließ, großen Gefallen zu finden.

»Anfangs hat sich die Fauna nicht um uns gekümmert, inzwischen betrachtet sie uns als Feind. Irgendetwas ist für den Stimmungsumschwung verantwortlich. Ich glaube nicht daran, dass es sich um Zufälle handelt. Wäre es nicht so abwegig, würde ich behaupten, Greta Gale steckt dahinter.«

»Sie ist ein Biest mit einer Menge Fähigkeiten«, räumte ich ein. »Aber Tiere beeinflussen kann auch sie nicht. Das funktioniert nur bei Intelligenzwesen, wie Waheijathiu mir versichert hat.«

»Und wenn Gales Gatusain anders wirkt?«

»Zumindest in dieser Hinsicht tut er das nicht.« Ich musste zugeben, dass auch mich die wiederholten Angriffe vor ein Rätsel stellten.

»In anderer Hinsicht schon?«, wollte Drays wissen.

Ich zuckte mit den Achseln. Was ich über Wirkungsweise und Intentionen der beiden Muscheln wusste, hatte ich wahrheitsgemäß weitergegeben. Auch Task und seine Begleiter, die später zu uns gestoßen waren, sind über meine Sucht informiert worden. Mich störte, dass so viele Personen darin eingeweiht waren, doch durch die räumliche Enge der Gruppe war das unvermeidlich.

»Es würde mich freuen, wenn ich Ihnen eines Tages mehr darüber sagen könnte, als ich es heute vermag, Doktor. Dazu müssen wir Gale einholen.«

»Eines Tages? Sie meinen, wenn Sie wieder in USO-1 sind?«

»Warum nicht?«

»Gibt es da nicht eine junge Dame, die mir die Augen auskratzen würde, wenn ich Ihnen zu nahe käme?«

Ich seufzte bei der Erinnerung an meine engste Mitarbeiterin. »Decaree ist nicht weniger um mein Wohlergehen besorgt als Sie. Sie wird es sicher zu schätzen wissen, dass Sie mit ganzem Einsatz für meine Gesundheit sorgen.«

»In dem Fall sollte ich mich vielleicht mit ihr zusammentun, um gemeinsam Ihr Wohlergehen zu garantieren, Lordadmiral.«

Beim Gedanken an so eine Gemeinsamkeit wurde mir ganz warm ums Herz. Tristan Li ging es dagegen ungleich schlechter. Er schleppte sich vorwärts, häufig gestützt von einem Kameraden, wenn er allein nicht weiterkam. Er durchlebte lange Dämmerphasen, um dann für eine Weile völlig klar zu sein. Die lichten Stunden nutzte Havedge, um sich mit dem Jungen zu unterhalten. Es war wenig ergiebig, weil Li immer wieder auf Greta zu sprechen kam. Seine Gedanken kreisten nur noch um Gale und seine Rache an ihr. Etwas anderes existierte in seinem Geist nicht mehr, oder er verdrängte alles, an das er nicht erinnert werden wollte.

»Probieren Sie Ihre *spezielle* Therapie doch mal bei Tristan«, lenkte ich ab.

»Für wen halten Sie mich, Lordadmiral? Selbstverständlich verlangt mein ärztlicher Eid, dass ich auch alles für Li tun würde. Sein Suchtverhalten hat ihm jedoch das kleinste Fünkchen Libido ausgemerzt. Ich hab das überprüft.«

Eifersüchtig, Kristallprinz?, zischelte mein Extrasinn boshaft.

Lis Sucht erinnerte mich an mein eigenes Problem. In meinen depressiven Phasen stellte ich alles infrage. Die Mission, unsere Jagd auf Gale, die Aussicht auf Erfolg. Nach Erhalt meiner Dosis hingegen sah ich die Welt ausschließlich positiv. Jetzt, da ich irgendwo in der Mitte dazwischen steckte, war ich fähig, die beiden extremen Ausprägungen halbwegs objektiv zu beurteilen.

Weder gibst du auf, noch wirst du von Hass und Rachegefühlen gelenkt, auch wenn sie latent vorhanden sind, meldete sich der Extrasinn erneut. *Du arrangierst dich sogar mit deinen extremen Stimmungsschwankungen. Das ist der einzig gangbare Weg, solange deine Sucht anhält.*

Vernehme ich da ausnahmsweise Lob anstelle von Vorhaltungen?, staunte ich.

Du vernimmst meine Unterstützung.

Das war ja auch schon was, zumal meine Zweifel zu erwachen begannen.

Greta lässt ein Dorf versetzen

In den nächsten Tagen und Wochen schwärmten die Beiboote der ESHNAPUR aus und suchten das Land nach weiteren Dörfern ab. Es bestätigte sich, dass die Ansiedlungen der Kanacht weit verstreut lagen und kein Kontakt untereinander stattfand. Was Greta für einen einmaligen Zwischenfall gehalten hatte, wiederholte sich. Die Menschen wurden nirgendwo freundlich empfangen, wie es anfangs geschehen war. Ablehnung schlug ihnen entgegen, die zuweilen in offenen Widerstand ausgeartet wäre, wenn man nicht vorausschauend vorgegangen wäre. Greta war klug genug, Vorsichtsmaßnahmen zu ergreifen, die von vornherein jede Gegenwehr im Keim erstickten. Sie handelte, wie es sich bewährt hatte, ließ sämtliche Kanacht paralysieren, die Hütten durchstöbern, damit sich keine Bewohner versteckten, und ihre potentiellen Anhänger an eine zentrale Stelle bringen.

»Du hattest recht«, sagte Heyburn. »Jemand ist unterwegs und hetzt die Kanacht gegen uns auf. Es gibt keine andere Erklärung dafür, dass diese Zwerge überall über unseren Besuch unterrichtet sind.«

»Kein Kanacht ist so mobil, auch nur einen Bruchteil der Strecke zwischen den Dörfern zu bewältigen«, grübelte Greta laut. Wie immer, wenn etwas geschah, was sie nicht erklären konnte, nahm ihre Stimme einen schrillen Klang an. »Wer auf Orgoch ist in der Lage dazu?«

»Du glaubst ja nicht, dass die Typen von der USO dahinter stecken, so oft ich dich auch vom Gegenteil zu überzeugen versuche.«

»Nein, weil wir sie abgeschossen haben. Die fliegen nicht mehr.« Schließlich hatte sie selbst dafür gesorgt und den Erfolg auf den Holos der ESHNAPUR verfolgt. Und wenn ein Rettungsboot der AVIGNON durch die Maschen geschlüpft war? Sie ärgerte sich, weil dieser Dummkopf von Svin es schaffte, dass sie an sich selbst zu zweifeln begann. Ein aktives Rettungsboot, das auf ihrer Welt sein Unwesen trieb, hätten die Instrumente der ESHNAPUR längst entdeckt. »Atlan war nie ein ernst zu nehmender Gegner für mich, seine USO-Schergen allemal nicht. Du hast gesehen, wie ich mit ihnen umgesprungen bin. Also schlag dir das aus dem Kopf.«

»Dann gibt es nur eine andere Möglichkeit«, behauptete Heyburn trotzig.

»Ach ja? Und die hast du herausgefunden, während ich sie übersehen habe?«

»Ich habe sie nicht herausgefunden. Es ist nur eine Überlegung, für die es keinen Beweis gibt.«

Natürlich nicht. Gäbe es einen, wäre er Greta nicht entgangen. »Heraus mit der Sprache. Zu welcher weisen Einsicht bist du gelangt?«

»Es gibt auf Orgoch irgendwen, von dem wir nichts wissen. Ich tippe auf fremde Raumfahrer, die sich vor uns verstecken, weil sie ihr eigenes Süppchen kochen. Sie haben etwas auf dieser Welt vor, deshalb streben sie danach, dass wir Orgoch wieder verlassen.«

»Fremde Raumfahrer, die blitzschnell zwischen den Dörfern der Kranacht hin und her reisen? Von denen die Ortungseinrichtungen der ESHNAPUR nichts feststellen? Unvorstellbar.«

»Vielleicht sind sie so mächtig, dass sie für uns unsichtbar bleiben.«

Greta stöhnte auf. Einen solchen Quatsch hatte sie selten gehört. Ausgerechnet Svin hatte ihr Halluzinationen unterstellt, dabei war er es, der den Bezug zur Realität verlor. Niemand auf Orgoch konnte es mit Gretas göttlicher Macht aufnehmen.

»Schicke Patrouillen aus«, schlug Heyburn vor. »Die ESHNAPUR hat genug Beiboote an Bord.«

Die brauchte Greta für andere Zwecke. Trotzdem fand sie die Idee gar nicht schlecht. Es würde zwar nichts bringen, nach

Unbekannten zu suchen, die nicht da waren, aber sie erhielt eine Bestätigung, die sie Svin unter die Nase reiben konnte. Sie gab Karim Shoutain die entsprechenden Anweisungen und beobachtete, wie kurz darauf drei Beiboote ausschleusten. Danach machte sie sich umgehend daran, wieder an der Vermehrung ihres Volks zu arbeiten. Zwei weitere Dörfer waren entdeckt worden, mit insgesamt tausend Kanacht, die Greta auf gewohnte Weise schlafen legte. Sie ließ ihnen eine erste grundsätzliche Beeinflussung angedeihen und sie dann mit dem Kreuzer in ihr Basisdorf bringen, dem sie den Namen »Neu-Kunshun« verliehen hatte.

Der zentrale Platz war zu klein geworden für ihr Volk. Stolz blickte Greta auf etwa dreitausend Wesen, die sich ihr angeschlossen hatten. Sie bevorzugte die euphemistische Ausdrucksweise, weil diese Einverständnis beinhaltete.

Sie erhob die Stimme und sprach zu ihren Untertanen. Ihre kurze Rede geriet so emotional, dass sie selbst ergriffen war von dem Anblick, der sich ihr bot. Die Kanacht waren willenlos, ihr bedingungslos ergeben, hingen gebannt an ihren Lippen. Gasuijamuo war äußerst zufrieden mit ihr. Selbst wenn sie nicht in ihrem Sarkophag lag und seine Nähe spürte, war etwas von ihm in ihrem Kopf. Eine Welle von Euphorie erfasste Greta; sie erkannte, dass ihre Kapazitäten noch lange nicht ausgeschöpft waren. Sie bebte vor Erregung, und am Ende brachte sie die Worte kaum noch heraus. Ihr war heiß und kalt, sie zitterte am ganzen Leib. Der Umschwung kam von einem Moment auf den anderen.

Weg von hier, dachte sie, bevor die Kanacht merkten, dass etwas mit ihr nicht stimmte. Sie konnte sich nicht rühren. Ihr Körper schien aus Blei zu bestehen. Erst Halluzinationen, dann Angstzustände, die Vision eines unheimlichen Verfolgers oder körperliche Anfälle. Die verschiedenen Krisen wechselten sich ab, trafen im schlimmsten Fall zusammen.

Nein!

Greta zuckte vom Klang des eigenen Schreis zusammen. Was sollten die Kanacht von ihr denken, wenn sie sich vor ihnen gebärdete wie eine Wilde? Die Kanacht verharrten, warteten auf weitere Worte ihrer Herrin. Sie hatte nicht geschrien, ging es Greta auf. Es war allein in ihrem Kopf geschehen. Sie hatte sich unter Kontrolle. Wer oder was auch immer ihre Macht brechen wollte, scheiterte zwangsläufig. Kläglich, weil er oder es nicht gegen sie ankam. Greta überwand die Sekunden der Schwäche.

»Ihr dürft nach Hause gehen ... mein Volk«, zeigte sie sich großzügig.

Ein Teil der Kranacht verließ das Feld, auf dem die Herrin zu ihnen gesprochen hatte. Die überwiegende Mehrheit blieb. Sie waren unschlüssig. Für einen schrecklichen Moment fürchtete Greta, sie nicht erreicht zu haben.

»Wohin sollen wir gehen, Herrin?«, fragte eine weibliche Kanacht.

Wohin? Greta verstand. Sie hatten all diejenigen Kanacht, die nicht aus Neu-Kunshun stammten, ihrer Heimat beraubt. Nach Hause zu gehen, war ein Befehl, den sie nicht ausführen konnten. Ihre Dörfer waren unerreichbar für sie. Wären sie auf die Idee gekommen, sich auf einen Fußmarsch von hundert oder mehr Kilometern zu machen, hätten sie nicht einmal gewusst, in welche Himmelsrichtung sie sich wenden mussten.

»Wartet!«, rief Greta. »Nehmt die neuen ... Nachbarn mit. Wo genug Platz ist, lasst sie in euren Bauten schlafen. Wer keinen Platz in den Häusern findet, übernachtet im Freien. Es ist mild. Ich werde dafür sorgen, dass euch allen eure eigenen Bauten bald wieder zur Verfügung stehen.«

Sie blickte den abwandernden Kanacht nach. Sie hatte eine Idee, wie sie ihr Versprechen in die Tat umsetzen konnte. Nun waren Karim Shoutain und seine Besatzung gefragt. Bei Händlern wie ihnen setzte Greta ein gewisses Organisationstalent voraus. Die Einrichtungen der ESHNAPUR boten die Voraussetzungen dazu, ihr Vorhaben in die Tat umzusetzen.

Ihre Gedanken purzelten. Shoutain ... die Kanacht ... ESHNAPUR ... Heimat ... Sorge um ihr Volk.

Ihr Vorhaben. Es war klar umrissen und zerrann ihr doch zwischen den Fingern. Vor dem stahlblauen Himmel zeichnete sich die Sichel des Raumkreuzers ab, als handelte es sich um einen Mond, der hinter dem Dorf niedergegangen war. Hinter Neu-Kunshun, das nicht mehr lange ein Dorf bleiben würde, sondern zu einer richtige Stadt anwachsen würde, die ihrem Namen zur Ehre gereichte.

Greta verließ den Ort ihrer Rede, wie magisch angezogen von dem Raumschiff. Von dem, was darin auf sie wartete. Es war der Gatusain, der sie beruhigte. Gasuijamuo, der ihr Kraft verlieh. Und Jorim Kilshasin, der sie befriedigen würde. Ihr Geist war müde, ihr Körper schwach. Sie war eine sechsundzwanzigjährige, gramgebeugte, alte Frau, die sämtliche Last des Universums auf ihren Schultern trug und unter dieser Last zu zerbrechen drohte.

Wer mit göttlicher Macht ausgestattet war, brauchte derlei nicht zu fürchten.

Sie war damit ausgestattet.

Sie hatte nichts und niemanden zu fürchten.

Greta tat es dennoch, und sie brach fast zusammen. Nur fast, weil sie rechtzeitig in ihren Sarkophag stieg.

Greta Gale hatte die halbe Nacht in ihrem Sarkophag verbracht und Kraft getankt. Sie sah sich imstande, einen Berg zu versetzen. Ihr Geist war wach und bebte vor Energie. Gleichzeitig litt sie. Noch nie hatte sie sich körperlich so schlecht gefühlt. Sie kauerte in einem Kontursessel der Kommandozentrale und verfolgte die Handgriffe der Besatzung.

Der Kommandant hatte seine Befehle, die er gewohnt gewissenhaft ausführte. Die ESHNAPUR schwebte in einer Höhe von fünfzig Metern über dem verlassenen Dorf.

»Eine verrückte Idee«, amüsierte sich Heyburn. »Auf so was muss man erst mal kommen.«

Greta warf ihm einen warnenden Blick zu. Sie war nicht in der Stimmung, Kritik an sich, ihren Fähigkeiten oder Plänen zu dulden. Auch stand ihr nicht der Sinn nach Svins Albernheiten.

»Da die Idee von dir stammt, funktioniert sie bestimmt«, war er klug genug, seine unvorsichtige Bemerkung zu relativieren. »Bist du sicher, dass der Traktorstrahl stark genug ist, die Gebäude in die Luft zu heben?«, wandte er sich an Shoutain.

»Wir haben die AVIGNON damit geschleppt«, erinnerte der Kommandant. »Gegen deren Masse ist die der Bauten der Kanacht vernachlässigbar.«

»Bleiben die Gebäude intakt, wenn du sie mit dem Strahl vom Boden löst? Wenn sie in ihre Einzelteile zerfallen, ist uns nicht damit gedient.«

Shoutain stützte sein Kinn auf die Fingerspitzen. Greta merkte, dass er seine Worte genau abwägte, weil er ihre Gemütslage durchschaute. »Ich kann nicht dafür garantieren, weil ich einen solchen Versuch noch nie unternommen habe. Wir setzen zusätzlich zum Traktorstrahl Prall- und Fesselfelder ein, um die Struktur der Gebäude zu stabilisieren. Da wir den Sockel und einen Teil des Bodens mit ausheben, bin ich zuversichtlich.«

Ein Holo lieferte eine Totalansicht des Dorfs, in einem anderen war der Bau zu sehen, den Greta für den Versuch auserkoren hatte. Sie hatte sich für ein Gebäude entschieden, das mit diversen An- und Aufbauten versehen war. Wenn schon, dann gleich richtig. Klappte der Test, bedeutete der Transport der kleineren Hütten keine Schwierigkeit.

»Der Boden vibriert.« Heyburn lehnte sich vor. Ausnahmsweise hielt er eine Tasse mit Kaffee in der Hand und machte einen nüchternen Eindruck. »Ich will verdammt sein. Das ganze Haus löst sich vom Boden.«

Der Untergrund schüttelte sich. Ganz langsam erhob sich das Gebäude in die Luft. Erdreich und Gestein rieselten vom Rand der ausgehobenen Parzelle. Die Prallfelder verhinderten, dass es kollabierte und in sich zusammenfiel. Greta entspannte sich. Sie dachte an ihre Kanacht, die in Neu-Kunshun warteten. Die Alternative wäre gewesen, sie wieder in ihre Dörfer zu bringen, doch Greta wollte möglichst viele von ihnen auf engem Raum zusammentreiben, um das Produkt ihrer Macht jederzeit gegenwärtig zu haben.

Die ESHNAPUR nahm Fahrt auf. Der Pilot steuerte sie mit geringer Geschwindigkeit, beschleunigte allmählich. Greta verfolgte in ihrem Chronograph die Zeit. Keine Viertelstunde verging, bis die ESHNAPUR Neu-Kunshun erreichte. Aus allen Richtungen eilten aufgeregte Kanacht herbei. Sie deuteten zu dem fliegenden Gebäude hinauf und wichen zurück, als es nahe dem Dorf gemächlich zu Boden sank. Greta war rundum zufrieden. Bei dem Zeitaufwand ließ sich ein komplettes Dorf innerhalb eines Tages von seinem alten an den neuen Standort bringen.

»Absoluter Wahnsinn.« Heyburn überschlug sich vor Begeisterung. »Ich habe ja gleich gesagt, dass das eine Wahnsinnsidee von dir ist. Die hätte glatt von mir stammen können. Nach dieser Show fressen die Kanacht dir auch aus der Hand, wenn du sie nicht beeinflusst.«

Apropos fressen, dachte Greta. Bis die Kanacht ihre Landwirtschaft, die ihnen als überwiegende Nahrungsquelle diente, auf die erforderlichen Kapazitäten erweitert hatten, wurden sie mit Nahrungsmitteln der Raumfahrer versorgt. Die Lager der ESHNAPUR waren voll damit.

»Gute Arbeit«, lobte sie Shoutain. »Du wirst mir das verlassene Dorf bis auf die letzte Hütte herholen. Gibt es eine Rückmeldung von den Beibooten, die wir gestern ausgeschickt haben?«

»Zwei sind erfolglos an Bord zurückgekehrt. Sie haben nichts gefunden. Es gibt keine Spuren von Dritten, von denen wir nichts wissen.«

Greta warf Svin einen bezeichnenden Blick zu. »Da siehst du es, du Neunmalkluger«, sagte sie.

Heyburn machte eine wegwerfende Handbewegung. »Das ist noch lange kein Beweis. Was habe ich dir gesagt? Sie könnten uns so überlegen sein, dass wir sie nicht mal wahrnehmen, wenn wir neben ihnen stehen.«

Es war Greta zu albern, darauf einzugehen. »Was ist mit dem dritten Beiboot, Kommandant?«

»Es hat sich noch nicht gemeldet.«

»Anfunken! Ich erwarte einen Bericht der Insassen.«

»Wenn Sie mich fragen, ist dieser Heyburn ein Spinner«, sagte Gustav Bartos, der das Beiboot durch eine Senke steuerte, in deren Mitte sich ein Fluss wand. Das breite Bett war von Sandufern gesäumt, auf denen Schwärme von Wasservögeln nisteten.

»Ich frage Sie aber nicht«, winkte sein Copilot Hagen Laroush ab. »Die Herrin wird ihre Gründe haben, wenn sie auf seine Ratschläge hört.«

»Ist Ihnen noch nicht aufgefallen, dass sie das gar nicht tut? Ich glaube, sie akzeptiert ihn als eine Art Faktotum.«

»Es steht uns nicht zu, ihre Handlungsweise zu hinterfragen. Was sie macht, hat seine Richtigkeit.«

»Sicher. Meine Zweifel betreffen nur diesen Heyburn. Sehen Sie einen Sinn darin, durch die Gegend zu fliegen und nach irgendwelchen Wesen zu suchen, von denen wir genau wissen, dass sie nicht existieren? Sollte es sie geben, könnten sie überall stecken.« Bartos lenkte den Gleiter aus der Senke hinaus, über eine Geländekuppe hinweg, hinter der sich in der Ferne die schimmernde Oberfläche eines Sees abzeichnete. »Aber das tun sie nicht. Wir vergeuden unsere Zeit.«

»Wo ist der Unterschied, ob wir das hier machen oder an Bord der ESHNAPUR?«

»Guter Einwand.« Der Pilot steuerte das Beiboot Richtung See. Im Norden und Westen wurde er von ausgedehntem Wald umschlossen. Schwere Wolken hingen dräuend über dem Wasser und regneten sich aus. Wo sie aufgerissen waren, schufen Lichtvorhänge helle Ausschnitte.

»Drehen Sie ab, oder wollen Sie durch diesen Wolkenbruch fliegen?«

»Ich registriere Lebenszeichen am Seeufer.«

»Da sieh mal einer an.« Laroush grinste. »Ändert das Ihre Meinung über Heyburn? Er ist doch kein Spinner?«

»Spinner bleibt Spinner. Wahrscheinlich haben wir ein weiteres Dorf der Kanacht entdeckt. Das wird die Herrin freuen.«

»Denken Sie daran, dass wir nicht selbstständig Kontakt aufnehmen sollen.«

Bartos behielt den Kurs bei. »Das habe ich nicht vor. Ich will nur sichergehen, dass es tatsächlich Kanacht sind und ich dem Spinner nicht Abbitte leisten muss.«

»Das würde Sie schwer treffen, was?«

»Worauf Sie sich verlassen können.«

Sie flogen extrem niedrig, um nicht schon von Weitem gesehen zu werden. Bald kamen die Gebäude in Sichtweite. Es waren die typisch buckligen Bauten der Kanacht, an deren Erscheinungsbild die Menschen sich gewöhnt hatten, seit sie jeden Tag damit konfrontiert wurden.

»Anhand der Größe schätze ich drei- bis vierhundert Einwohner.« Laroush deutete nach Westen. »Ein paar Dutzend Kanacht arbeiten auf den Feldern. Außer Spesen nichts gewesen. Allmählich habe ich die Nase voll. Wir sind seit gestern unterwegs, und ich könnte eine Mütze Schlaf vertragen. Ich schlage vor, dass wir Bericht erstatten und umkehren.«

Bartos studierte die Anzeigen. »Nicht weit entfernt liegt ein anderes Dorf, dessen Bewohner die Herrin bereits nach Neu-Kunshun umgesiedelt hat. Werfen wir einen Blick darauf. Es ist kein Umweg. Danach fliegen wir zur ESHNAPUR zurück.«

Der Copilot stöhnte auf. »Bestimmt sind wir die Letzten. Außer uns ist keiner so dumm, sich die Nacht um die Ohren zu schlagen und die Suche nach irgendwelchen Phantomen auch heute noch fortzusetzen. Na, von mir aus.«

Bartos drehte ab und ließ die Felder hinter sich. Die Kanacht waren nicht auf sie aufmerksam geworden. Er beschleunigte und flog die gespeicherten Koordinaten an.

»Ich sehe die Bauten. Eine ordentliche Wegstrecke liegt zwischen den beiden Dörfern. Trotzdem verstehe ich nicht, dass es keinen Kontakt zwischen ihnen gibt. Gemeinsam würden die Kanacht schneller eine Technik entwickeln, ein ausgeprägteres Gemeinwesen. Wo bleibt ihr Forscherdrang, wo ihre Neugier?«

»Auf der Strecke, weil sie aufgrund ihrer Lebensweise so entschieden haben«, suchte der Pilot nach einem Erklärungsansatz. »Messen Sie sie nicht mit unseren Maßstäben. Sie könnten Reisen und Expeditionen als Zeitverschwendung betrachten.«

»Wenn sie unter sich bleiben, gibt es keine Weiterentwicklung. Ihr Genpool wird nicht aufgefrischt, was zu Degeneration und Aussterben führt.«

»Bisher nicht. Sie erfreuen sich bester Gesundheit.« Bartos verlangsamte das Gefährt, drückte es tiefer und dirigierte es in eine Gasse zwischen den Bauten. »Jedes ihrer Dörfer wurde um einen zentralen Platz errichtet. Auch wenn die einzelnen Sippen nichts miteinander zu tun haben, offenbaren sich verblüffende Ähnlichkeiten in der Sozialstruktur. Ich halte das für keinen Zufall. Es muss eine Verbindung existieren, die wir nicht erkennen.«

»Das ist ein Pluspunkt für Heyburns Argumentation«, fand Laroush.

»Er argumentiert nicht, er phantasiert. Im Gegensatz zu ihm rede ich nicht von geheimnisvollen Planetenbewohnern, die sich vor uns verstecken und zwischen den einzelnen Dörfern verkehren.«

»Sondern?«

»Keine Ahnung.« Bartos landete das Beiboot.

»Was haben Sie vor?«

»Wonach sieht es denn aus? Wir steigen aus und sehen uns um. Das ist ganz sicher im Sinne der Herrin, besonders wenn wir einen Hinweis entdecken. Wäre das unseren Kameraden gelungen, hätte man uns längst zurück an Bord beordert.«

»Ich habe nichts dagegen, mir die Beine zu vertreten. Darüber hinaus verspreche ich mir keinen Erfolg, dass wir irgendwas finden, was uns auch nur einen Schritt weiterführt.«

Die beiden Männer stiegen aus und standen zwischen den Gebäuden. Es war still ringsum, und nichts bewegte sich. Die Szene wirkte wie eingefroren, wenn Bartos an Neu-Kunshun dachte, wo sich die Kanacht drängten. Nicht mehr lange, da die Herrscherin vorhatte, die aufgegebenen Dörfer nach und nach dorthin zu verlegen. Er ging die Gasse entlang und fragte sich, was er eigentlich suchte. Ein Lächeln glitt durch seine Züge. Wenn er es fand, wusste er es. Fand er nichts, und davon ging er aus, war das auch nicht schlimm, weil sie außer Zeit nichts verloren hatten.

Zeit verliert man nicht, dachte er ironisch. *Sonst könnte man sich bücken und sie wieder aufklauben.*

Er blickte zu Boden, als er mit der Fußspitze gegen ein Hindernis stieß. Es war keine verloren gegangene Zeit, sondern eine Wurzel, wie sie überall aus dem Boden wuchsen. Hinter dem Dorf erhoben sich mächtige Nadelbäume. Es war erstaunlich, wie weit sich das Wurzelwerk ausbreitete. An manchen Stellen schickten die Bäume Orgochs ihre Wurzeln kilometerweit ins Umland, ohne dass eine biologische Notwendigkeit dafür ersichtlich war.

Bartos zog den Kopf ein und betrat eine Hütte. Von innen wirkte sie größer als von außen. Trotzdem war es erstaunlich, wie viele Kanacht als Großfamilie in einer solchen Behausung lebten. Es war die Natur dieser Wesen, was auch erklärte, weshalb sie sich in Neu-Kunshun noch enger zusammenpferchen ließen.

Er stöberte durch die Nebenräume und fand nichts von Interesse. Die Kanacht besaßen wenig Einrichtung und kaum persönliches Eigentum. Der Pilot suchte nach etwas, das als Andenken herhalten konnte. Er fand nichts außer einem aus Holz gefertigten Instrument, das ihn an eine Kinderrassel erinnerte. Einen Takt damit schlagend, schickte er sich an, den Bau zu verlassen.

Draußen ertönte ein spitzer Schrei. Er stammte von Laroush.

Bartos ließ die Rassel fallen und rannte ins Freie. Was er wahrnahm, verstörte ihn.

Sirren und Zischen lag in der Luft, ausgestoßen von geflügelten, schlangenähnlichen Kreaturen, die über den schreienden Laroush herfielen. Er lag auf dem Boden, versuchte die Attacken abzuwehren. Offenbar hatten die Monster ihn überrascht, denn er war nicht dazu gekommen, nach seiner Waffe zu greifen. Aus zahlreichen Wunden blutend, versuchte er sein Gesicht vor den Fangzähnen der Angreifer zu schützen.

Endlich löste sich Bartos aus seiner Erstarrung. Er zog seinen Kombistrahler und gab ein paar ungezielte Schüsse ab. Die Flugschlangen wurden auf ihn aufmerksam. Ein Teil von ihnen ließ von Laroush ab und flog auf ihn zu. Jetzt hatte er die Gelegenheit zu zielen, ohne seinen Kameraden zu gefährden. Er traf. Das Zischeln der Monster verstummte. Sie starben lautlos. Die Überlebenden waren schnell und wendig und zwangen ihn zum Rückzug.

Bartos stolperte ins Haus zurück, strauchelte und rappelte sich wieder auf. Die Angreifer waren heran. Es gelang ihm, zwei weitere Schlangen zu töten, dann spürte er messerscharfe Zähne in seinen Armen und Beinen. Er schrie auf. Sein Blick verschleierte sich. Ihm blieb keine Kraft, die Waffe zu halten. Er spürte einen letzten intensiven Schmerz, und dann gar nichts mehr.

»Gustav Bartos und Hagen Laroush melden sich nicht«, teilte der Funker seinem Kommandanten mit.

»Empfängt das Beiboot uns?«, fragte Shoutain. Ihm war die Sorge um seine Mannschaftsangehörigen anzusehen.

»Definitiv. Wir bekommen eine Peilung vom Boot herein, aber keine Bestätigung unserer Leute.«

»Hoffentlich haben sie nicht trotz anderslautender Befehle auf eigene Faust einen Kontakt hergestellt. Dazu habe ich sie nicht losgeschickt.«

Nicht du hast das getan, sondern ich, dachte Greta. Aufgrund ihrer Einflüsterungen war es den beiden Männern nicht möglich, etwas zu unternehmen, was ihren Befehlen widersprach. Auf die Idee kam Shoutain natürlich nicht, weil er ohne es zu wissen unter dem gleichen Einfluss stand. Es war doch offensichtlich, was nicht stimmte. »Euer Funk ist defekt«, lamentierte Greta. »Untersucht das und lasst es mich wissen, wenn ihr den Fehler gefunden habt.«

»Mit dem Funk ist alles in Ordnung«, entgegnete der zuständige Mann von seiner Anlage her.

Greta funkelte ihn wütend an. Sie verkniff sich einen Kommentar. Wenn er das behauptete, stimmte es wahrscheinlich. Weshalb also meldeten die beiden Männer sich nicht? War ihnen etwas zugestoßen? In dem Beiboot waren sie gegen Angriffe sicher. Hatten sie es verlassen? Generell hatte Greta ihnen das nicht verboten. Gehetzt sah sie sich um. Alle beobachteten sie. Nein, taten sie nicht. Sie bildete es sich nur ein, und das war viel schlimmer. Ein Wunder war es nicht, denn kaum hatte sie einen Erfolg errungen, nämlich die Versetzung des Kanachtdorfes, da erlitt sie einen Rückschlag. Das ging nicht mit rechten Dingen zu. Es steckte irgendein System dahinter.

Wie weit reichte der lange Arm der Atlans und Reginald Bulls?

Reiß dich zusammen und vergiss sie endlich! Sie haben nichts damit zu tun!

Wer dann? Derjenige, der die Kanacht gegen sie aufhetzte? Vielleicht hatte er es wieder getan. Vielleicht hatte er das Beiboot in seine Gewalt gebracht. Oder Bartos und Laroush steckten sowieso dahinter und hatten nur auf eine Gelegenheit hingearbeitet, um ein weiteres Mal gegen sie zu intrigieren.

»Du ziehst ein Gesicht wie sieben Tage Regenwetter«, sagte Heyburn.

»Ist das ein Wunder?«, fuhr Greta auf. »Jeder macht hier, was er will. Disziplinloser Haufen! Wieso melden sich diese Kerle nicht? Wenn ich sie in dic Finger bekomme, können sie was erleben.«

»Ja, wenn. Aber du hast sie noch nicht«, raunte Svin ihr zu. »Darf ich einen Vorschlag machen, oder reißt du mir gleich den Kopf ab? Die sehen schon alle zu uns her.«

Diesmal taten sie es wirklich. Greta atmete tief ein. »Also?«

»Der Funker sagt, es gibt eine Peilung. Fliegen wir mit der ESHNAPUR hin und sehen nach. Wenn wir auf jemanden treffen, der Spielchen mit uns spielt, wird er eine unangenehme Überraschung erleben.«

»Das wollte ich gerade vorschlagen.« Greta musste sich besser zusammennehmen, auch wenn es ihr schlecht ging. Dass sie diesen Dummkopf für sinnvolle Vorschläge brauchte, warf ein schlechtes Licht auf ihre Verfassung. Dabei war sie es, gegen die niemand ankam. »Kommandant, wir starten. Bring uns zu dem Beiboot. Wie lange brauchen wir bis dort?«

»Mit der ESHNAPUR nur ein paar Minuten.«

»Gut. Etwas anderes ist weniger gut. Du bist für deine Leute verantwortlich. Wenn sie Mist gebaut haben, lasse ich dich im Laderaum ... anketten.« Die Vorstellung gefiel Greta so gut, dass sich ihre Laune augenblicklich besserte. Ihre körperliche Erschöpfung blieb unverändert. Sie fühlte sich matt. Mürrisch ließ sie den Start über sich ergehen. In den Holos flog die Landschaft unter dem Schiff dahin, bis das Beiboot in den Sichtbereich kam.

»Sie sind bei einem Dorf gelandet, dessen Bewohner wir umgesiedelt haben«, sagte Shoutain. »Bestimmt haben sie hier nach Spuren gesucht, die Mister Heyburns Vermutungen erhärten.«

Spar dir deine Entschuldigungen! Damit kommst du bei mir nicht durch.

»Ausschnittsvergrößerungen kommen.« Jemand keuchte. »Liebe Güte, das ist ... Laroush. Er ist tot.«

Der Kommandant fuhr aus seinem Sitz in die Höhe. »Wo ist Bartos?«

»Ebenfalls tot«, stieß Greta aus. Daran gab es für sie keinen Zweifel. Ihr gesichtsloser Gegner hatte wieder zugeschlagen.

Karim Shoutain führte eine bewaffnete Gruppe ins Freie, um nach Bartos zu suchen. Die Bestätigung für dessen Tod erhielt Greta wenige Minuten später. Die beiden Männer waren von schlangenähnlichen Tieren geradezu zerfetzt worden. Greta sackte in sich zusammen. Nach den Kanacht stellte sich auch die Fauna Orgochs gegen sie, und die konnte sie nicht unter ihre Kontrolle bringen. All das war kein Zufall.

Sekunden später erhob sich die Natur gegen die ESHNAPUR.

Ausgebrannt

Das Bild prangte am Himmel wie ein Wegweiser. *Hier bin ich. Kommt und holt mich.* Es leuchtete wie der Stern von Bethlehem, der dem Matthäusevangelium zufolge den drei Weisen aus dem Morgenland den Weg zum Geburtsort Christi gewiesen hatte. In einer ähnlichen Machtposition sah Greta sich selbst. Tristan Li hingegen sah sie vor dem Fall aus ihrer Hybris.

Ich bin Gretas Nemesis, redete er sich ein. Wie weit sie auch floh, sie entkam ihm nicht. Was auch immer sie unternahm, es gab keinen Schutz für sie, keine Rettung. Olgejs Kraft schlummerte in ihm und trieb ihn voran. Die liebliche Olgej. In seinem Kopf lieferte sie sich einen immerwährenden Kampf mit Greta, und er stand daneben, zum Zuschauen verurteilt, und konnte nichts für seine Geliebte tun.

Weil er nicht zur Stelle gewesen war, als sie ihn am meisten gebraucht hatte. Er hatte das Artefakt entdeckt, das schließlich ihr Leben kostete. Er hatte Anulphe und Baluchman die Treue gehalten, bis es zu spät war. Simmi war tot, Greta würde es bald sein. Tristan freute sich auf den Moment, da sie ihr Leben durch seine Hand aushauchte. Er sehnte ihren letzten Atemzug herbei. Auge in Auge mit ihm brach ihr Blick, und sie würde sein Lächeln mit hinüber ins Jenseits nehmen. Vor allem aber seinen Hass und seine Verachtung.

Atlan hatte andere Pläne mit ihr. Oder? Wahrscheinlich! Na und? Uninteressant. Tristan akzeptierte keine andere Behandlung Gretas als ihren Tod. Sie gehörte ihm. Ihr Leben stand ihm zu.

Die Landschaft wechselte, und es fiel ihm zunehmend schwerer, sie zu unterscheiden. Er bewegte sich durch eine eintönige Welt, die stetig uniformer wurde. Sie war ihm gleichgültig. Selbst die Menschen um ihn herum verloren zuweilen ihr Aussehen, ihre Gesichter, ihre Konturen. Der Lordadmiral wurde zu Cleany, der Kurator zur Ärztin, die versuchte sich um ihn zu kümmern. Einmal wurde die Medikerin zu Olgej, und Tristan begehrte sie, doch er merkte, dass zwischen ihr und Atlan etwas lief.

Manchmal hatte er das Gefühl, dass alle ihm wegliefen. Sie versuchten ihn abzuschütteln, weil er schwach war. Atlan legte besonderen Wert darauf, Tristan los zu werden, weil er ihm die Rache an Greta nicht gönnte. Tristan sammelte dann seine letzten Kräfte, um nicht den Anschluss an die Gruppe zu verlieren, und wünschte sich zurück in die vertraute Umgebung von Kunshun, in eine andere Zeit. Bekäme er eine zweite Chance, würde er alles besser machen und rechtzeitig mit Olgej verschwinden.

Nun hechelte er hinter ihr her.

Hinter Olgej?

Tristans Sinne schwanden, doch er hielt sich aufrecht und setzte einen Fuß vor den anderen. Sekunden später klärte sich sein Blick. Nicht hinter Olgej war er her, sondern hinter Greta. Die eine liebte er, immer noch, die andere hasste er, für alle Zeiten. Sie war nicht mehr weit entfernt. Er spürte ihre Nähe, sah sie riesengroß vor sich. Ihr Gesicht schwebte am Himmel, ein Fanal.

Ich töte dich. Bald schon, sehr bald.

»Wir kommen Greta näher, immer näher.« Lis Stimme war dünn. Mehr als ein Flüstern brachte er nicht mehr zustande. Ich kannte ihn nun seit ein paar Wochen. Er war nicht mehr der junge Mann, den ich auf der Erde kennen gelernt hatte, sondern nur noch ein Schatten seiner selbst. Er schlurfte vor sich hin, bekam kaum noch die Füße hoch.

Die Tage vergingen, und wir schleppten uns weiter, durch Steppen und über Hügel, zwischen den Ausläufern von Gebirgen hindurch. Irgendwann standen wir am Ufer eines Sees, der sich in beide Richtungen erstreckte, so weit das Auge erreichte. Am jenseitigen Ufer erhob sich ein Tafelberg, der uns den Weg wies. Die Wahrscheinlichkeit, auf dem Wasserweg dorthin zu gelangen, erschien uns größer, als einen Weg um den See herum zu suchen. Mit den wenigen Hilfsmitteln, die uns zur Verfügung standen, zimmerten wir ein Floß, das groß genug war für die ganze Gruppe. Die Seile, die Sashmo Task aus dem Shift mitgebracht hatten, erwiesen sich dabei als absoluter Glücksfall, um die Holzstämme miteinander zu verbinden.

Wir paddelten abwechselnd, während ich Wasser und Luft überwachte. Wenn wir angegriffen wurden, gerieten wir in arge Bedrängnis, denn auf dem schwankenden Floß war eine Verteidigung kaum möglich. Li verbrachte die ganze Überfahrt in dem Sarkophag, und ich ertappte mich dabei, ihn zu beneiden. Wieso zog ich mich nicht darin zurück und überließ die Verantwortung Legove? Schließlich war er der Kommandant.

Weil du der Expeditionsleiter bist und deine Leute überhaupt erst in diesen Schlamassel geführt hast. Nun sieh auch zu, dass du sie in Sicherheit bringst. Oder bist du dazu nicht in der Lage, Lordadmiral?

Ich wurde wütend über die Anmaßung, bis ich begriff, dass der Extrasinn mich zur Abwechslung mit Vorwürfen konfrontierte, um mich aufzurütteln. Es gelang. Ich verdrängte das Verlangen und steuerte das Floß mit der Sicherheit, die ich in meiner Frühzeit auf Larsaf III in dieser Art der Fortbewegung gewonnen hatte. Wir erreichten das andere Seeufer unangefochten.

Die Tage verstrichen, und wir mussten uns gegen einen weiteren Angriff der Flugechsen wehren. Dabei kam uns zustatten, dass wir zusätzliche Fackeln vorbereitet hatten. Die panische Furcht vor dem Feuer vertrieb die Tiere, und wir setzten unseren Marsch fort.

Die körperliche Erschöpfung nahm trotz Ruhepausen von Tag zu Tag zu. Das galt für uns alle. Im Gegensatz zu meinen Begleitern stärkten mich die belebenden Impulse meines Zellaktivators. Der Extrasinn war zudem ständig bemüht, mich in meinen depressiven Phasen aufzubauen. Erlebte ich ein Hochgefühl, ließ er mich in Ruhe. Dieser scheinbare Vorteil den anderen gegenüber wurde relativiert durch die kräftezehrenden Wechsel von Hoch und Tief. Ich hielt durch, wusste aber nicht, wie lange ich dazu in der Lage war. Auf Dauer ging es nicht.

Gut, dass du es einsiehst. Wenn er der Meinung war, es sei der richtige Zeitpunkt, schmeichelte mir der Extrasinn. Das kannte ich kaum von ihm. *Du brauchst einen Entzug, sonst macht der Sarkophag dich fertig.*

Er verzichtete darauf, mich wieder einmal darauf hinzuweisen, dass es nur eine Frage der Zeit blieb, bis ich so aussah wie Li. Von einem Entzug zu reden, hielt ich für einen psychologischen Kniff, um mir die Zuversicht zu geben, dass mein Zustand nicht ewig anhielt. Dabei wussten wir beide sehr genau, dass solche Maßnahmen in der Wildnis nicht vorstellbar waren. Waren sie das überhaupt? Konnte man sich von dem Gatusain lösen, wenn man ihm einmal verfallen war? Waheijathiu hielt sich in dieser Hinsicht bedeckt. Ich erinnerte mich an seine Offenbarung, Menschen seien zu schwach für die Gatusain. Galt das auch für einen Unsterblichen wie mich?

Konzentriere dich auf Greta Gale, riet der Extrasinn. *Wenn du sie einholst, brauchst du einen klaren Kopf.*

Wenn! Immer diese Einschränkungen. Der Navigator gab mir auf Nachfragen keine Hinweise, ob ich mich überhaupt noch auf dem richtigen Weg befand. Er machte auch keine gegenteiligen Aussagen. Mir blieb nichts anderes übrig, als mich darauf zu verlassen, dass wir uns in die richtige Richtung bewegten. Förderlich für die Moral meiner Truppe war das Fehlen einer Bestätigung nicht. Dafür wurden wir nicht mehr angegriffen. Ich machte mir nichts vor. Es lag einzig daran, dass wir keinen Tieren begegneten, die über uns herfallen konnten.

Was trieb Gale? Wo waren die intelligenten Lebewesen, die sie unterwerfen wollte? Auch nach Wochen hatten wir keine zu Gesicht bekommen. Gretas Reich ließ sich nicht so leicht errichten, wie sie sich das vorgestellt hatte. Oder war sie längst viel weiter, als ich dachte?

Ich begann mich mit der Tatsache abzufinden, dass die spärlichen Informationen über Orgoch falsch waren und der Planet außer tierischem und pflanzlichem kein Leben trug. Am darauf folgenden Tag zeichneten sich in der Ferne die Umrisse von Gebäuden ab, die eine kleine Siedlung bildeten.

»Sieht primitiv aus«, urteilte Havedge spontan. »Alt und verlassen.« Ein schwacher Glanz trat in seine Augen.

Ich konnte mir vorstellen, was ihm durch den Kopf ging. »Wir sind nicht auf einer archäologischen Mission, Kurator. Sollten wir alte Artefakte finden, bleiben die an Ort und Stelle.«

»Das wäre grob fahrlässig, Sir. In meinem Museum der unerklärlichen Funde ist immer ein Plätzchen frei.«

»Das ändert nichts an meiner Entscheidung. Zusätzliches Gepäck behindert uns. Das gilt auch und besonders für Sie, Mister Havedge. Wenn Sie über überschüssige Energie verfügen, helfen Sie, den Sarkophag zu tragen.«

Seine Enttäuschung war mir egal. Ohnehin teilte ich nicht seine Einschätzung, sondern rechnete damit, dass das Dorf bewohnt war. Ich spielte mit dem Gedanken, einen weiten Bogen darum herum zu machen, um Verwicklungen aus dem Weg zu gehen, entschied mich aber dagegen. Wenn Gale die Planetenbevölkerung unterwarf, trat sie, wie ich sie einschätzte, offen und selbstherrlich auf. Hatte sie sich in dieser Gegend gezeigt, bestand eine gute Chance, Informationen über ihren Verbleib und ihr Tun zu erhalten.

Wir näherten uns den Gebäuden in Erwartung einer Begrüßung. Ob freundlich oder feindlich blieb dahingestellt. Wir erhielten keine von beiden. Nur noch zweihundert Meter trennten uns von dem Dorf. Nichts geschah. Es waren keine Einheimischen zu sehen. War es verlassen, wie Havedge spekulierte? Auf dem runden Dorfplatz angekommen, bestand daran kein Zweifel mehr.

»Die Gebäude durchsuchen«, befahl ich. Es waren einfache Hütten, die in vielen Fällen nachträglich durch Anbauten vergrößert worden waren. Dadurch gab es keine zwei, die äußerlich übereinstimmten.

Ich blieb vor einem Haus stehen. Die Tür reichte mir gerade bis zur Brust. Die Einheimischen waren kleinwüchsig, kaum größer als einen Meter. Hatte Gale in ihrem Größenwahn deshalb Orgoch für ihre Zwecke ausgewählt? Ich hielt es eher für einen Zufall. Einige Anzeichen im Haus deuteten darauf hin, dass sich vor kurzem noch jemand darin aufgehalten hatte. Meine Beobachtungen deckten sich mit denen meiner Kameraden.

»Vielleicht haben sie unsere Annäherung bemerkt und sich im Hinterland versteckt«, überlegte Drays.

Hinter dem Dorf stieg das Gelände sacht an, bewachsen von Bäumen mit ausladenden Kronen, aus denen sich eben ein Schwarm Vögel erhob. Sie flogen in unsere Richtung, schreiend, keifend. Ein ungutes Gefühl beschlich mich. »Fackeln!«

»Die können uns nicht anhaben. Sie sind nicht größer als Sperlinge.«

»Von ein paar tausend Sperlingen will ich nicht zerhackt werden.«

Die Vögel kamen bis auf zehn Meter heran, dann teilte sich der Schwarm, und sie stoben links und rechts an uns vorbei. Hinter uns gesellten sie sich wieder zueinander. Ich war sicher, dass nur das Feuer sie davon abgehalten hatte, sich auf uns zu stürzen.

»Da ist einer«, röchelte Li. »Einer von ihnen. Einer von Greta. Ein Kind.«

Ich dachte, er halluziniert, bis ich eine kleinwüchsige Gestalt hinter einem Haus verschwinden sah. Mir war nicht nach Versteckspielen zumute. »Mitkommen, Leute!«

Ich rannte los. In einem irrte Tristan. Ich verfolgte kein Kind, sondern einen Erwachsenen. Die Größe des Wesens passte zur Höhe der Tür. Mit seinen kurzen Beinen entkam es mir nicht. Ich stellte es in einer engen Gasse. Es drückte sich mit dem Rücken gegen die Wand und fuchtelte mit einem Messer vor meiner Nase herum. Ihm fehlte jegliche Kampferfahrung, wie die Bewegungen verrieten. Ich täuschte einen Vorstoß nach links an und machte einen Ausfallschritt nach rechts. Mit einem einfachen Dagor-Griff warf ich das Wesen zu Boden und entwand ihm das Messer. Es schrie wie am Spieß, schlotterte vor Angst und versuchte mich gleichzeitig anzugreifen, obwohl offensichtlich war, dass es gegen mich nicht den Hauch einer Chance hatte.

Meine Leute waren heran. Legove nahm das Messer an sich.

»Beruhigen Sie sich«, forderte ich den Tobenden auf. Ich hob die Hände und hielt ihm als Zeichen meiner Harmlosigkeit die Handflächen entgegen, wünschend, wir hätten einen Translator besessen.

»Er hat Angst«, krächzte Li. »Angst vor uns.«

Das war nicht zu übersehen. »Wie kamen Sie auf die Idee, dass er zu Gale gehört?«, wollte ich wissen.

»Alle sind weg. Wohin, wenn nicht zu Greta?«

Eine ebenso simple wie naheliegende Erklärung. Ich hatte mich oft mit Zeichen verständigen müssen. Mit ein paar simplen Handbewegungen startete ich einen Versuch und benutzte das Messer, um Zeichnungen in den Boden zu kratzen. Der kleine Grauhäutige erkannte die Darstellung der ESHNAPUR. Er wich vor dem Abbild zurück, deutete zu den Hütten, zum Himmel empor und in die Ferne.

»Interpretiert jemand das Gleiche wie ich?«

»Gale war hier«, sagte Connaire. »Sie hat die Dorfbewohner in ihren Kreuzer eingeladen und ist wieder davongeflogen, und zwar in die Richtung, in die unser Freund zuletzt zeigte.«

So hatte auch ich die Gesten aufgefasst. »Das beweist zweierlei. Gale ist noch auf Orgoch, und wir befinden uns in ihrem Aktionsbereich.«

»Wohin mag sie die Dorfbewohner gebracht haben?«, grübelte Tarra.

Ich versetzte mich in Gretas Lage. Sie strebte nach möglichst vielen Untertanen, über die sie herrschen oder an denen sie ihre Fähigkeiten erproben und verbessern konnte. »Sie hat hier alle unter ihre Kontrolle gebracht. Bei der geringen Einwohnerzahl dürfte ihr das mit einem Translator nicht schwer gefallen sein. Sie bringt die Beeinflussten zu einem zentralen Ort, möglicherweise zu einem anderen Dorf.« Wie viele mochte die Wahnsinnige bereits umgesiedelt haben?

»Und er hier?«

»Hielt sich durch einen Zufall entweder nicht im Dorf auf und hat das Geschehen aus der Ferne verfolgt, oder es ist ihm gelungen, sich vor der Furie zu verstecken.«

»Kluger kleiner Bursche. Was machen wir mit ihm? Wenn wir ihn laufen lassen, fällt er Gale am Ende doch noch in die Hände und verrät unsere Anwesenheit.«

»Die Alternative wäre, ihn mit uns zu schleppen und ständig auf ihn aufpassen zu müssen.« Die Aussicht gefiel mir nicht. »Gale hat keinen Grund, in dieses Dorf zurückzukehren. Falls doch, wird er sich wieder vor ihr verstecken, um nicht im Bauch ihres Schiffs zu verschwinden.«

»Er ist Greta!«, schrie Li. Mit einer Energieleistung, die ich ihm nicht mehr zugetraut hätte, stürzte er sich auf den Kleinen. »Er gehört mir!«

Seine Stimme überschlug sich, seine Gliedmaßen begannen zu flattern. Er fiel zu Boden, von einem Krampf geschüttelt. Die Medikerin eilte zu ihm und drehte ihn auf den Rücken. Tristans Anblick erschreckte mich. Er war leichenblass, und die Augen traten ihm aus den Höhlen. Seine Hände trommelten auf den Boden, die Fingerspitzen krallten sich ins Erdreich. Er warf den Kopf herum und erstarrte zur Bewegungslosigkeit. Nur sein Mund öffnete und schloss sich, als schnappte er nach Luft wie ein Fisch auf dem Trockenen

»Er verbrennt. Schnell, in den Sarkophag mit ihm.«

Ich half Cyriane. Wir betteten Li in das Artefakt und klappten den Deckel zu. Der Kleine nutzte die Gelegenheit zur Flucht. Ich hielt Taffy, der sich an die Verfolgung machen wollte, zurück.

Träume. Wirre Träume. Klaustrophobische Träume. Er vernahm eine Stimme und gewahrte ein Gesicht, das unkenntlich blieb. Es war keine Person, schon gar kein Mensch. Etwas anderes verbarg sich hinter dem Antlitz, das zu ihm sprach, ohne dass er ein Wort vernahm.

Ich will hier raus.

Der Sarkophag öffnete sich. Tageslicht drang von draußen herein. Er schloss die Augen, blinzelte, versuchte sich zurechtzufinden. Die Welt hatte sich verändert. Nichts mehr war wie zuvor, da er in den Sarkophag gestiegen war. Sein Körper schmerzte. Es wummerte in seinem Schädel. Seine Gedanken schlugen Kapriolen und folgten keinen kausalen Ketten. Bilder, Emotionen und Eindrücke strömten auf ihn ein. Nichts davon war ihm bekannt. Er selbst war sich fremd. Der Versuch, sich zu erinnern, einen Sinn in alles zu bringen, war quälend, schmerzte.

Tristan Li stöhnte und richtete seinen Oberkörper auf. Der Gatusain war wie ein Müllverbrennungskonverter, dessen Hitzestrahlen auf jede Faser, auf jeden Nerv seines Körpers wirkten. Er wähnte sich mitten in einem Feuer, das in ihm selbst entstand. Er hielt sich nicht länger an dem Ort auf, wo er zuvor gewesen war. Die ganze Welt hatte sich verändert. Sie war zu einem Kaleidoskop aus Farben und Formen geworden, die er nie zuvor gesehen hatte, weil sie nicht existierten. Zumindest hatte man ihm das bislang vorgemacht. Dabei existierten sie durchaus, denn er sah sie ja.

Aus dem erratischen Bildersturm drängten Eindrücke an die Oberfläche, die Assoziationen in ihm weckten. Tristan sah Körper, humanoid, menschlich, und doch auf groteske Weise zu Zerrbildern ihrer selbst deformiert. Sie umringten ihn, bildeten einen Kordon. Verzweifelt hielt er nach einem Fluchtweg Ausschau, doch die Reihen waren geschlossen. Es gab keine Lücke, durch die er schlüpfen konnte. Seine schlimmsten Befürchtungen bewahrheiteten sich, seine Alpträume, lediglich von seinem erschöpften Geist generiert, wie er gedacht hatte, entpuppten sich unversehens als Realität und holten ihn ein.

»Wie geht es Ihnen, Tristan?«

Die Stimme kam ihm vertraut vor. Ein Trugbild dennoch! Die Hitze der Worte verbrannte seinen Verstand und tauchte ihn in einen Zustand der Agonie. Er schüttelte sich und versuchte die Schmerzen zu verdrängen. Das Feuer ließ es nicht zu. Es war in ihm, an ihm, um ihn herum. In einem Flammenbad löste es seine Haut ab, verbrannte sein Fleisch und röstete seinen Verstand.

Tristan schrie. Tristan. Tristan. Tristan. Er selbst. Er war es wirklich.

Diese Erkenntnis half ihm, auf die Beine zu kommen. Unsicher stand er da, bog sich wie Schilfrohr im Wind. Er versuchte dem Glutodem zu trotzen, der aus den Mündern der Dämonen wallte und ihn einhüllte. Es waren viele. Alles geriet völlig durcheinander, dass er sie nicht zählen konnte. Und weiter bildeten sie einen Wall, an dem er scheiterte. Er war gefangen in einem Käfig aus Lava und Asche, mit dem er verschmolz. Die Hitze entzündete seine Nervenbahnen und versengte seine Synapsen. Das Denken wurde beinahe unmöglich. Wollte er dem Höllensturm entkommen, musste er diejenigen ausschalten, die ihn entfachten.

»Tristan, kommen Sie zu sich!« Der Dämon benutzte die Stimme von Cleany Havedge.

Wer war Cleany Havedge? Ein Gedankenbild aus der Vergangenheit, mehr nicht.

Eine andere Gestalt schob sich in Tristans Blickfeld. »Wir müssen etwas unternehmen. Li ist nicht mehr bei uns. Er erkennt uns nicht.«

Und wie ich euch erkenne, Dämonen. Ihr seid die Herren des Feuers, die Stimmen der Qual. Ihr wollt mich aufhalten. Abhalten von etwas. Der Name »Greta« tauchte aus dem Nichts auf. Die Dämonen wollten die Dämonin vor ihm schützen. Sie glaubten, leichtes Spiel zu haben, weil es ihnen gelungen war, ihn zu täuschen. Jetzt nicht mehr. Selbst brennend würde er Greta mit in den Untergang reißen und in einer lohenden Wehe mit ihr vergehen. Sie wähnte sich zu früh in Sicherheit.

»Er ist nicht bei Sinnen, Sir. Sein Körper und sein Geist werden gleichermaßen geschädigt. Ich ... ich kann nichts tun ohne medizinische Ausrüstung. Er verbrennt innerlich.«

»Brennen?« Tristan schrie, und Tristan lachte. Die Dämonen verkannten die Wirklichkeit. Er brannte, doch das war nichts gegen das Feuer, das er über sie brächte. »Ihr alle werdet verbrennen!«

Sie stockten, überrascht von seinen Worten. Tristan nutzte die Gunst. Er sprang einen der Dämonen an, ergriff dessen Hals und drückte zu.

Li schien uns nicht mehr zu erkennen. Er taumelte, konnte sich kaum auf den Beinen halten. Dabei hätte der mehrstündige Aufenthalt in dem Sarkophag ihm neue Kraft verleihen müssen. Stattdessen drehte sein Kopf sich zwischen uns hin und her. Er erkannte weder mich, noch den Kurator, von den anderen ganz zu schweigen. Sein Angriff auf Cyriane Drays kam so unerwartet, dass wir alle zu langsam reagierten. Er warf sich auf die Medikerin und umklammerte ihren Hals.

»Aufhören, Tristan!«, rief Havedge. »Lassen Sie die Ärztin los!«

Ich glaubte nicht, dass Li auch nur ein Wort verstand. Sein Gesichtsausdruck, der nichts Menschliches mehr an sich hatte, erschütterte mich. Er rüttelte Drays und presste ihr die Kehle zusammen. Sie versuchte ihn abzuwehren, doch gegen seine Kräfte kam sie nicht an.

Die Benutzung des Gatusain hat durchaus gewirkt, machte mich der Extrasinn aufmerksam, während ich Tristan von hinten packte. *Er ist verrückt geworden, durch den Sarkophag, und der Wahnsinn verleiht ihm zusätzliche Kräfte.*

Ich bekam Li nicht von Drays losgerissen, obwohl Legove und Connaire mich unterstützten. Wir zogen und zerrten an ihm. Cyriane röchelte aus offen stehendem Mund. Ich sah keinen anderen Ausweg, als Li mit einem Dagor-Griff außer Gefecht zu setzen. Die Ärztin war frei. Tristan ächzte, sackte in sich zusammen und kam gleich wieder in die Höhe. Normalerweise hätte er mehrere Minuten im Reich der Träume verweilen müssen. Seine körperlichen Reaktionen ließen sich nicht mehr mit normalen Maßstäben bewerten, seine Widerstandskraft und seine Stärke schienen im Vergleich zum Normalzustand potenziert.

Ich hieb ihm meine Faust unters Kinn, und er kippte nach hinten. Nie zuvor hatte ich jemanden dermaßen langsam umfallen sehen. Tristan fischte in der Luft nach etwas, woran er sich festhalten konnte, ruderte mit den Armen und fiel auf den Rücken. Diesmal stand er nicht wieder auf. Seine Hände würgten einen imaginären Gegner, sein Gesicht war zu einer Grimasse aus Wut und Hass verzerrt.

Von der Tatsache, dass er sie eben noch gepackt und gewürgt hatte, ließ sich Drays nicht abhalten. Sie ging neben ihm auf die Knie und tastete über seine Stirn. »Liebe Güte«, entfuhr es ihr. »Wasser! Wir brauchen Wasser, um ihn zu kühlen.«

Havedge reichte ihr einen Kanister. Sie tränkte einen Ärmel ihres Schutzanzugs darin und betupfte Lis Stirn. Er rollte mit den Augen, die einen gelben Farbton angenommen hatten, der mit dem fahlen Weiß seines Gesichts kontrastierte. Es war eine Totenmaske, die Sekunden später erstarrte. Ein entspannter Ausdruck trat nun in Tristans Züge.

»Er atmet nicht mehr.« Drays presste seine Brust und unternahm Wiederbelebungsversuche. Sie verliefen erfolglos, und nach einer Weile schüttelte sie den Kopf. »Wir haben ihn verloren. Er ist tot.«

Havedge gab einen klagenden Laut von sich. Er trauerte ehrlich um den Jungen, der ihm ans Herz gewachsen war. Ich selbst hatte einen anderen Gedanken. Ich brauchte nicht länger mit Li zu teilen.

Endlich gehört der Gatusain mir allein.

Ich schämte mich dafür.

Statthalter

Seine schwarzen Augen schauten neugierig, wie es nur die Augen eines Kindes taten. Vorsichtig streckte er den Kopf aus dem Sirtel, gluckste fragend und fing an zu plappern, als seine Mutter ihm über den Kopf strich.

»Er ist bald soweit, auf eigenen Beinen zu stehen«, sagte Uchta stolz.

»Du meinst, er wird mich verlassen?«, fragte Jidside.

»Er verlässt nicht dich, nur den Sirtel. Dich wird Scholk niemals verlassen«, versicherte Uchta. Seit Tagen reagierte Jidside übernervös, wenn sie auf dieses Thema zu sprechen kamen. Wie alle Mütter machten ihr die Instinkte zu schaffen, wenn ein Neugeborener kein Ankömmling mehr war, sondern ein Kind. Bei Scholk war das so. Er gehörte seit Wochen zur Familie und kletterte immer häufiger aus dem Schutz des mütterlichen Fleischlappens. Verließ er ihn endgültig, wurde er zugleich Mitglied der Sippe.

Die Sippe, nie war sie größer gewesen. Sie hatte mehr Angehörige denn je, seit die Herrin Kanacht aus anderen Dörfern holte. Uchta beäugte die Neuen, die im Bau seiner Familie untergekommen waren, mit Misstrauen. Er kannte keinen von ihnen, doch es war selbstverständlich, sie aufzunehmen, weil die Herrin es erwartete.

Es gab eine weitere Neuerung. Das Dorf hatte nie einen Namen besessen. Nun hieß es Neu-Kunshun, worunter sich Uchta nichts vorstellen konnte.

»Ich würde ihn gern noch ein paar Tage bei mir behalten. Er wird sich vor den Menschen fürchten.«

»Wieso sollte er sich fürchten? Die Menschen sind unsere Freunde. Sie werden ihn ebenso gut behandeln wie wir es tun. Zweifelst du daran?«

Jidside schwieg lange. Als sie weiter sprach, klang sie verunsichert. »Erinnerst du dich an Argoth?«

»Was für eine Frage. Wie könnte ich den Sippenältesten vergessen?« Schließlich war er es gewesen, der Scholk durch seinen Besuch gewürdigt hatte.

»Erinnerst du dich auch an das, was er zu den Menschen sagte?«

Uchta machte eine zustimmende Geste. Argoth hatte sich seltsam verhalten und den Menschen Vorwürfe gemacht. Es mochte an seinem hohen Alter liegen, dass er die Dinge falsch betrachtet und nicht mehr gewusst hatte, was er sagte. Uchta fühlte sich unangenehm berührt, als er daran zurückdachte.

»Ich habe das Gewissen Orgochs empfangen«, sagte Jidside.

»So wie ich.«

»Wieso warnt es uns ebenso wie Argoth?«

»Ich weiß es nicht«, gestand Uchta. In ihm tobte ein Widerstreit der Gefühle. Nie hätte er an dem zu zweifeln gewagt, was der Älteste verkündet hatte, auch nicht am Instinkt Orgochs. Andererseits war die Ausstrahlung der Herrin über alles erhaben. Es fiel Uchta schwer einzusehen, dass das einen Widerspruch bedeutete. »Vielleicht haben wir ihn missverstanden.«

Jidside sah ihn entsetzt an. »Das ist mir noch nie passiert. Dir etwa?«

Uchta wünschte, er hätte die Frage beantworten können, weil er damit seinen Zwiespalt ausgeräumt hätte. »Argoth hat sich geirrt«, fiel ihm als einzige Erklärung ein.

»Der Älteste? Das hättest du früher nie behauptet«, begehrte sein Weib auf. »Ist dir in den Sinn gekommen, dass die Herrin sich irrt. Oder schlimmer noch, dass sie ...«

»Nein!« Er wollte nicht hören, was Jidside dachte. Es war verkehrt, auch nur daran zu denken. Die Herrin hatte recht. Deshalb folgten sie ihr und genossen die Aussicht, Teil eines Sternenreichs zu werden. Er redete beruhigend auf Scholk ein. »Lass uns hinausgehen«, bat er sein Weib, »und den Frühlingstag genießen.«

Das Himmelsschiff der Herrin schwebte über der Stadt. Aus einer Öffnung kam ein kleines Boot und senkte sich dem Boden entgegen, während das große wieder davonflog. Uchta lächelte versonnen. Die Herrin tat alles für die Kanacht.

Svin Heyburn stand fassungslos in der Kommandozentrale. »Was ist denn da draußen los? Sie dir das an, Greta.«

Die schlangenähnlichen Tiere, von denen ein paar tote Exemplare im Dorf lagen, rasten auf das Schiff zu. Ihre Anzahl war unüberschaubar.

Zusätzlich senkte sich ein Schwarm Flugechsen herab, und durch die Ebene preschte eine Herde Vierbeiner, von deren Köpfen sich gewaltige Hörner abspreizten. Ihr gemeinsames Ziel war die ESHNAPUR.

Gale verstand nicht, was geschah. Der Angriff bestätigte ihre Ahnung. Die Natur Orgochs erklärte den Eindringlingen den Krieg. Die Tiere des Planeten rotteten sich gegen die Menschen zusammen. Weshalb? Wer oder was steckte dahinter? Die Viecher waren blöd, wenn sie gegen ein Raumschiff vorgingen. »Ist Shoutains Gruppe wieder an Bord?«

Wie zur Bestätigung betrat der Kommandant die Zentrale. Er stellte keine Fragen, verschaffte sich durch die Holos einen Überblick. »Es besteht keine Gefahr. Die Tiere können nicht ins Schiff eindringen.«

Das reichte Greta nicht. Sie war die Herrin über Orgoch. Sie konnte einen solchen Aufstand gegen ihre Herrschaft nicht zulassen. »Wir statuieren ein Exempel.«

Heyburn warf sich in einen Sessel. »Von was für einem Exempel redest du?«

»Kommandant, Einsatz der Desintegratoren«, sagte Greta anstelle einer Antwort. »Räum da draußen auf.«

Er sah sie verständnislos an. Auch Heyburn verzog das Gesicht. »Du willst mit Kanonen auf Spatzen schießen? Findest du nicht, du übertreibst?«

»Durchaus nicht!« Greta hämmerte auf eine Konsole. Sah denn außer ihr niemand, was vor sich ging? Schon die Attacken der Kanacht waren gesteuert. Jetzt das! Irgendwer versuchte ihre Machtposition in Frage zu stellen. Es wurde Zeit, dass er sein blaues Wunder erlebte. »Es wird ihm leidtun, dass er sich gegen mich erhebt.«

»Von wem sprichst du nur?«

Greta taxierte Svin. Er merkte wirklich gar nichts. Seine Ignoranz war erschütternd. Sie dachte an den Sippenältesten, Argoth, und an die Drohung, die er ausgestoßen hatte. Er war zu einer fixen Idee geworden, doch nicht ohne Grund. Vor seinem Tod hatte er etwas in die Wege geleitet, dessen Folgen nun eintraten. Er war verantwortlich. Greta hasste ihn. Sie bedauerte, dass er tot war, weil dieser Umstand verhinderte, dass sie ihn eigenhändig umbringen konnte. Sie behielt ihre Überlegung für sich. Niemand außer ihr war fähig, die Wahrheit zu sehen. Wozu also sollte sie sie diesen Dummköpfen mitteilen?

Niemand kann sich mit dir messen. Sie sind Diener und Handlanger, ausnahmslos. Entstammten die Gedanken ihr oder Gasuijamuo? Zutreffend waren sie in jedem Fall. *Du brauchst ihnen gar nichts mitzuteilen. Es genügt, wenn sie deine Befehle ausführen.*

Das immerhin taten sie zu Gretas Zufriedenheit. Sie bekam mit, wie Karim Shoutain ihre Anweisungen weitergab. Desintegratorstrahlen lösten sich aus dem Rumpf der ESHNAPUR und richteten ein Massaker unter den angreifenden Tieren an. Regungslos sah Greta zu, wie Hunderte den Strahlen zum Opfer fielen, Tausende gar, bevor sie endlich aufgaben und dorthin zurückkehrten, von wo sie gekommen waren. Und wenn diese Warnung nicht ausreichte? Dann ließ sie sich eben etwas anderes einfallen, dachte sie grimmig.

»Wir holen aus einem umgesiedelten Dorf weitere Gebäude und versetzen sie nach Neu-Kunshun.«

»Hoffentlich geht dort alles mit rechten Dingen zu«, unkte Heyburn.

»Was willst du damit sagen?«

»Dieser Angriff eben kam aus heiterem Himmel. Bist nicht du es, die behauptet, dahinter stecke System? Wir sollten nachsehen. Vorsicht ist die Mutter der Porzellankiste.«

Woher hatte er nur immer diese altterranischen Kalendersprüche? Dazu seine haltlosen Befürchtungen, die jeglicher Grundlage entbehrten. Ein Angriff auf Neu-Kunshun? Völlig ausgeschlossen, dachte Greta, doch Zweifel blieben. Wieder schaffte dieser Querulant von Svin es, sie zu verunsichern. Das gelang keinem anderen, und es war gar nicht so verkehrt. Sie hätten Vorkehrungen treffen sollen. Es reichte ein einziger Kanacht, der aus ihrer Beeinflussung aufwachte, um eine Katastrophe einzuleiten.

»Wir fliegen zurück«, entschied sie entgegen ihrer ursprünglichen Absicht, und sei es nur, um Svin zu beweisen, dass er sich irrte.

In Neu-Kunshun war alles in Ordnung. Die Kanacht gingen ihren Tätigkeiten nach oder kümmerten sich um ihre Familien. »Wir brechen gleich wieder auf.« Sie gab Heyburn einen Wink. »Du bleibst hier.«

»Was habe ich getan?«

»Du hast mich vor möglichen Bedrohungen gewarnt. Ich habe deshalb entschlossen, Neu-Kunshun nicht mehr unbeaufsichtigt zu lassen. Während meiner Abwesenheit behältst du die Stadt im Auge. Ich ernenne dich zu meinem Statthalter.«

»Sehr witzig.«

»Nicht wahr?« Immerhin fasste er die »Beförderung« so auf, wie sie gemeint auf, nämlich zynisch. »Kommandant, ein Beiboot mit einem Piloten ausschleusen, damit Heyburn uns über Funk kontakten kann, falls an seinen düsteren Prognosen was dran sein sollte.«

Svin zog ein Gesicht, als hätte er in eine Zitrone gebissen. »Ich werde jeden Aufstand im Keim ersticken«, versicherte er säuerlich.

Greta grinste. Dazu würde es nicht kommen. Falls doch, war er der Letzte, der etwas dagegen ausrichtete, weil er nicht ihre göttlichen Fähigkeiten besaß. Sie entschied, dem Gatusain einen Besuch abzustatten. Inzwischen lechzte sie nach Gasuijamuos Bestätigungen für ihre großartige Leistung, mit der sie die Entwicklung auf Orgoch vorantrieb. Sie begab sich in ihr Quartier und fiel über Jorim her. Danach legte sie sich in den Sarkophag. Es tat gut, die Einflüsterungen zu hören, die sie darin bestätigten, wie stark sie war.

Greta erlitt eine göttliche Vision. Sie sah sich von Orgoch aufbrechen, die Hand nach weiteren Welten ausgestreckt, die nur darauf warteten, dass jemand kam und sich ihrer annahm. Sie sprang von Stern zu Stern, von Sonnensystem zu Sonnensystem und vergrößerte ihren Einflussbereich, ohne dass Rhodans Imperialisten sie daran hindern konnten, weil sie eine schlagkräftige Flotte hatte.

Eine Flotte, überlegte Greta, als sie aufwachte. Woher nahm sie eine Flotte, mit der sie ihren Gegnern die Stirn bieten konnte? Vielleicht wäre es besser gewesen, die AVIGNON nicht zu zerstören, sondern sie in ihren Besitz zu bringen. Dann verfügte sie jetzt über zwei Kreuzer statt einem. Es ließ sich nicht ändern. Es würde sich eine andere Gelegenheit ergeben, weitere Schiffe auf ihre Seite zu ziehen. Sie musste nur den richtigen Zeitpunkt abpassen.

Von wegen, befördert. Ausgemustert war die treffende Bezeichnung, dachte Heyburn. Er sah der ESHNAPUR nach, die stetig beschleunigend am Horizont verschwand. Dafür stand Svin jetzt ein Beiboot mit einem eigenen Piloten zur Verfügung. Auf Neu-Kunshun aufpassen, hatte Greta ihm angeordnet. Das ließ nicht viel Spielraum.

»Wir landen«, instruierte er mürrisch den Piloten.

Das Dorf sah anders aus als beim ersten Anflug. Um den ursprünglichen Kern waren weitere Gebäude platziert worden, die die ESHNAPUR mittels Traktorstrahl aufgenommen, transportiert und wieder abgesetzt hatte. Heyburn gestand sich ein, dass er Gretas Plan für undurchführbar gehalten hatte. Sie hatte ihn eines Besseren belehrt. Ihre Zielstrebigkeit imponierte ihm.

Das Beiboot setzte auf, und er begab sich ins Freie. Zwei Kanacht, ein männlicher und eine weibliche, flanierten die Gasse entlang, die zum zentralen Platz führte. Svin konnte diese Wesen nicht unterscheiden. Für ihn glichen sie sich wie ein Ei dem anderen. Selbst Männer und Frauen waren kaum zu unterscheiden, am besten noch an den unterschiedlichen Färbungen ihrer Augen. Die beiden Passanten kamen ihm trotzdem bekannt vor. Es lag an dem Fleischlappen vor dem Bauch der Frau. Plötzlich erinnerte er sich. Er hatte dieses Merkmal schon einmal gesehen, in dem Kanachtbau, in dessen Innerem Greta und er sich umgesehen hatten.

»Uchta und Jidside?«, fragte er.

»Wir sind es«, bestätigte die Frau. »Wir sind einander begegnet, in unserem Bau.«

»Wie geht es dem Ankömmling?«, fragte Svin, nicht wirklich daran interessiert.

»Er ist kein Ankömmling mehr«, sagte Jidside.

»Scholk ist ein Kind geworden«, fügte Uchta hinzu.

Heyburn konnte mit den Aussagen nicht viel anfangen. Was war der Unterschied zwischen einem Ankömmling und einem Kind? Hatte es mit dem Alter zu tun? Viel Zeit war nicht vergangen, ein paar Wochen. Eine Bewegung erregte seine Aufmerksamkeit. Widerwillig sah Svin zu dem Fleischlappen und gewahrte den Kopf einer kleineren Ausgabe der beiden Kanacht. Das Kind. Es musterte ihn aus tiefschwarzen Augen. Unter dem Blick der Kreatur fühlte er sich unwohl.

»Seit deinem Besuch in unserem Bau ist viel Zeit vergangen«, behauptete Jidside.

Wie mit dem Aussehen kam Svin auch nicht mit ihrem Zeitempfinden zurecht. Auf der Erde hatte es solche Probleme nicht gegeben. Greta träumte von Macht und einem Sternenreich. Welche seltsamen Wesen mochten ihnen auf dem Weg dorthin noch begegnen, gegen die die Kanacht höchst vertraut anmuteten? Svin bezweifelte, dass er für so etwas geschaffen war. Ohne sich zu verabschieden, trat er an den Einheimischen vorbei und schlenderte weiter.

Zeitfaktoren

Cyriane Drays machte sich Vorwürfe, weil sie Tristan nicht gerettet hatte. Meine Beteuerungen, dass sie unter den gegebenen Umständen nichts für ihn hatte tun können, akzeptierte sie nur widerstrebend. Cleany Havedge jammerte vor sich hin und beklagte die Ungerechtigkeit der Welt. Der Rest meiner Gruppe hatte keine nähere Beziehung zu Li aufgebaut. Vor anderthalb Tagen hatten wir ihn bestattet. Seither schleppten wir uns weiter. Angegriffen worden waren wir nicht mehr, doch das konnte sich jederzeit ändern. Meine Stimmungsumschwünge kamen häufiger. Gern hätte ich den Gatusain alle paar Stunden benutzt, doch die Ärztin redete mir ins Gewissen, Augenmaß walten zu lassen. Sie unterstützte mich auf ihre eigene Art, die ganzen Körpereinsatz verlangte.

Der Extrasinn versuchte mich zusätzlich psychisch zu stabilisieren, um dem Sarkophag weitere Stunden zu entsagen, wenn der Drang übermächtig wurde. Waheijathiu war anderer Meinung. Obwohl er sie nicht explizit kundtat, wollte er mir auf seine Weise möglichst viel Kraft für die Jagd nach seinem Widersacher spenden.

Es geht ihm darum, sein Ziel zu erreichen, beschwor mich der Extrasinn. *Du bist ihm dabei herzlich egal.*

Nicht einmal verbarg der Navigator sein Motiv vor mir. Bedeutete das zwangsläufig, dass er mir gegenüber aufrichtig war, wenn es um mich und mein Befinden ging? Er äußerte sich nicht dazu, was die Frage nach einem Gewissen aufwarf. Drays und mein Logiksektor stimmten darüber ein, dass Waheijathiu weder ein Gewissen noch moralische Bedenken besaß. Auch dagegen verteidigte er sich nicht. Was andere über ihn dachten war ihm offenbar gleichgültig, solange wir unsere Verfolgung fortsetzten.

Mittags stießen wir auf die Reste von Gebäuden. Zwei Kanachthäuser waren vollständig erhalten, der Rest des Dorfes einfach verschwunden. Der Boden war aufgewühlt.

»Es sieht aus wie nach einem Erdbeben«, wagte Connaire eine Einschätzung der Umstände, die zu den Zerstörungen geführt hatten.

»In dem Fall gäbe es eingestürzte Gebäude und Ruinen«, widersprach Tarra. »Eine Menge Trümmer. Nichts davon ist zu sehen. Stattdessen sind die zwei Bauten intakt. Etwas anderes ist geschehen.«

Ich stimmte ihr zu. Am Boden ließ sich abschätzen, wo Häuser gestanden hatten. Ich reimte mir zusammen, was geschehen war. Gale war dafür verantwortlich. »Wir sind auf ein leeres Dorf gestoßen, und nun das. Greta geht in zwei Schritten vor. Zuerst entführt sie die komplette Bevölkerung eines Dorfes und bringt sie an einen Ort ihrer Wahl, anschließend holt sie die Häuser.«

»Das geht nur auf eine Weise«, folgerte Legove. »Mittels Traktorstrahlen und mit Unterstützung stabilisierender Kraftfelder. Diese Frau ist ganz schön ehrgeizig.«

Er sprach aus, was ich dachte. Gales Ambitionen kannten keine Grenzen. Wir erkundeten die Umgebung, ohne weitere Hinweise zu erhalten. Diesmal fanden wir keinen Kanacht, den die Wahnsinnige übersehen hatte. Ich bemerkte Ermüdungserscheinungen bei meinen Leuten. Die wochenlangen Märsche forderten ihren Tribut. Havedge, dessen Zusammenbruch ich längst erwartet hatte, hielt sich tapfer. Die Anstrengungen mobilisierten körperliche Reserven, die man ihm nicht ansah.

»Wir machen eine Pause«, ordnete ich an und hielt Ausschau nach einem geeigneten Standort. Ich entschied mich für ein paar Felsformationen, die wir zuvor durchsucht hatten. »Die Vorsprünge bieten guten Sichtschutz gegen Entdeckung aus der Luft.«

»… und gegen neugierige Blicke bei ärztlichen Behandlungen«, sagte jemand.

Ich ignorierte den Einwand.

»Was erwarten Sie, Sir?«, wunderte sich Taffy.

»Dass Gale mit der ESHNAPUR kommt, um die beiden verbliebenen Gebäude fort zu schleppen.«

»Glauben Sie tatsächlich, dass sie sich noch mal blicken lässt?«

Inzwischen zweifelte ich nicht mehr an der Gewissenhaftigkeit dieser Furie. »Sie macht keine halben Sachen. Greta wird kommen.«

Wir aßen und tranken. Ich überschlug die Nahrungsmittelkonzentrate, die uns verblieben waren. Sie reichten schätzungsweise für eine weitere Woche, danach mussten wir uns anderweitig orientieren. Ich sehnte mich nach einem kulinarisch perfekt zubereiteten Stück Fleisch, dazu ein guter Rotwein. Cyriane gab mit durch Blickkontakt ihren Wunsch zu verstehen, uns für eine Stunde vom Rest der Gruppe abzusondern und im Gewirr der Felsen eine sinnliche therapeutische Maßnahme zu absolvieren. Die Energie der Ärztin und ihre Besorgnis um mein Wohlergehen nötigten mir Respekt ab, denn sie besaß keinen Zellaktivator, der sie mit seinen belebenden Impulsen versorgte.

Ich schüttelte den Kopf. »Ausruhen. Jeder von uns braucht seine Kraft«, sagte ich so unverfänglich, dass keiner unserer Kameraden über meine Worte ins Grübeln geriet.

Drays gab sich Mühe, ihren enttäuschten Gesichtsausdruck zu verbergen. Es gelang ihr nicht ganz. Ich kaute auf einem Konzentratriegel herum, ein mechanischer Akt, und spähte in die Richtung, aus der ich Gale erwartete. Meine Geduld wurde auf eine harte Bewährungsprobe gestellt. Zwei Stunden vergingen, ohne das etwas geschah. Der Kommandant äußerte seine Zweifel am Sinn unseres Wartens und plädierte dafür, unseren Marsch fortzusetzen. Nach einer weiteren Stunde tendierte ich dazu, seinem Drängen nachzugeben, da entdeckte ich in der Ferne den Kugelraumer.

»Deckung! Die ESHNAPUR kommt.«

Wir versteckten uns unter Felsvorsprüngen. Ich wählte eine Position, von der aus ich das Siedlungsgelände der Kanacht im Auge hatte. Wenige Minuten später war der Kreuzer heran, und es geschah das, was ich voraussah. Die Häuser vibrierten leicht und erhoben sich mit Tonnen von Sand und Gestein in die Luft. Der Traktorstrahl der ESHNAPUR arbeitete, das Feld wirkte. Die Effizienz, mit der diese Frau vorging, beeindruckte mich. Auf der Erde hatte ich sie nur durch Kaltblütigkeit und Rücksichtslosigkeit kennengelernt. Allein mit diesen Attributen wurde man ihr nicht gerecht. Inwieweit sie aus eigenem Antrieb handelte, blieb dahingestellt. Ich ging davon aus, dass Gasuijamuo bei ihrem Vorgehen seine metaphysischen Finger mit im Spiel hatte.

Es dauerte keine zehn Minuten, bis die beiden Kanachthäuser hundert Meter unter der ESHNAPUR in der Luft hingen und der Kreuzer Fahrt aufnahm. Er flog in die Richtung zurück, aus der er gekommen war.

»Sie hatten recht, Sir«, gab Legove zu. »Wie hilft uns das? Wir haben keinen Vorteil durch die Bestätigung bekommen.«

»Das haben wir sehr wohl. Wir kennen die genaue Richtung, wo wir nach Gale suchen müssen.« Außer mir ahnte niemand, wie vage Waheijathiu zuletzt geblieben war, wenn es darum ging, mir den Weg zu weisen. Meine Vermutung, dass er Gasuijamuo nicht mehr richtig wahrnahm oder sich abschottete, um von seinem Feind nicht wahrgenommen zu werden, hatte sich von Tag zu Tag verstärkt.

Ausgeruht setzten wir unseren Weg fort. Ich war der Einzige, in dem sich der Drang regte, bald wieder den Gatusain zu benutzen.

Nein, noch nicht, intervenierte der Extrasinn.

Nein, noch nicht, gab ich ihm nach.

In der Dunkelheit der angebrochenen Nacht hielt mich nichts in der Welt mehr davon ab. Die Depressionen, wenn ich nach dem Fußmarsch am Ende eines Tages in allem Sinnlosigkeit sah, waren mir zur zweiten Natur geworden. Den Sternengöttern sei Dank diagnostizierte ich sie weiterhin, registrierte ich den krassen Widerspruch zu dem, was ich als meinen Normalzustand definierte. Ich nahm das Negative, das Schädliche wahr und machte mir nichts vor. Insofern war ich kein »normaler« Süchtiger, der sich aus der Wirklichkeit stahl. Die Bereitschaft, die Fakten hinzunehmen, half mir dabei, mich gegen sie zu stemmen und ich selbst zu bleiben. Was nichts daran änderte, dass ich gegen das Verlangen nicht ankam. Ich fühlte mich augenblicklich wohler, als der Gatusain mich einhüllte wie der Mutterleib. Ich saugte die Kraft Waheijathius in mich ein, inhalierte seinen Geist und absorbierte die stärkenden Impulse, die mich zuweilen an die des Zellaktivators erinnerten.

Wie lange brauchen wir noch, bis wir Gasuijamuo einholen? wollte ich wissen.

Nicht mehr lange.

Wie weit ist Greta vor uns? drängte ich auf eine Antwort.

Nicht mehr weit.

Es war ermüdend, immer wieder die gleichen Fragen zu stellen, ohne eine konkrete Antwort zu bekommen. Stattdessen Ausflüchte, mit denen ich mich nicht zufriedengab. *Was wird mit Gasuijamuo geschehen, wenn wir den Gatusain einholen? Und ich ihn Gale wegnehme?* Die letzte Frage versuchte ich für mich zu behalten, aber ich wusste nicht, ob sie dem Navigator trotzdem zugänglich war.

Ich werde die Entscheidung dann treffen und sie dir mitteilen.

Ich lachte stumm auf. *Du willst behaupten, du hättest sie nicht längst getroffen, schon vor Jahrtausenden? So wie es der reale Waheijathiu tat?*

Nur Schweigen. Ich dämmerte dahin, schlief ein und wachte wieder auf. Ich kehrte in die Welt zurück, in der meine Begleiter körperlich waren. Die meisten von ihnen schliefen in der Nähe eines Feuers, das wir entzündet hatten, um Tiere abzuschrecken, sollte die Natur Orgochs auf die Idee kommen, uns mal wieder anzugreifen.

»Wie geht es Ihnen, Sir?« Drays hockte vor den Flammen. Viel mehr als eine schwarze Gestalt vor der Glut und den Flammen erkannte ich nicht.

»Haben Sie mich beobachtet?«

»Ist Ihnen aufgefallen, dass Sie länger in dem Sarkophag liegen als früher?«, überging sie die Frage.

Natürlich war es mir aufgefallen, auch ohne Chrono. »Drei Stunden statt zwei, das ist nicht dramatisch. Kein Grund, sich Sorgen zu machen.«

Wer versteift sich ständig darauf, sich selbst gegenüber aufrichtig zu sein?, warf mir der Extrasinn vor.

Cyriane erhob sich und kam mit geschmeidigen Bewegungen zu mir herüber. Ihr blauschwarzes Haar schimmerte verführerisch im Feuerschein. »Eine Steigerung um fünfzig Prozent halte ich durchaus für bedenklich. Keiner hat Tristans Entwicklung aus solcher Nähe betrachtet wie ich. Genauso wie bei Ihnen war es bei ihm auch. Kommen Sie mir nicht wieder mit Ihrem Aktivator und all dem. Diese Dinge verlangsamen den Prozess, doch abgesehen von dem Zeitfaktor sehe ich keinen Unterschied. Schließlich wird es Ihnen ergehen wie ihm.«

»Diese Warnung höre ich nicht zum ersten Mal.«

»Und nicht zum letzten Mal. Ich werde Ihnen so lange damit in den Ohren liegen, wie es sein muss, Sir.« Sie schaute sich um und überzeugte sich davon, dass niemand Zeuge unserer Unterhaltung wurde. Sie zog mich zu sich heran und küsste mich. »Wir müssen Greta so schnell wie möglich einholen.«

»Nichts anderes habe ich vor.«

»Danach sofortiger Entzug, sonst sehe ich schwarz für Sie, Sir. Ihnen läuft, und das ist kein Allgemeinplatz, sondern eine konkrete Berechnung, die Zeit davon.«

Ich nickte. »Leider bleibt Waheijathiu sehr vage. Ich glaube, er tappt wie wir im Dunkeln. Gut, dass wir heute die ESHNAPUR gesehen haben. Die Wahrscheinlichkeit, dass wir auf dem richtigen Weg sind, ist hoch. Wir müssen diese leidige Angelegenheit endlich hinter uns bringen.«

»Auch aus einem weiteren Grund. Unsere Leute sind ausgelaugt. Ihr Erschöpfungszustand steigt. Nicht mehr lange und irgendwer bricht zusammen. Ich habe gelegentliche Aggressionen festgestellt. Dagegen waren, soweit ich informiert bin, nicht mal die besten USO-Spezialisten gefeit.«

»Ich bin zuversichtlich, dass wir Gale bald einholen.« Ich war es tatsächlich.

»Ihr Bande von Idioten!« Gretas Geschrei war bis in den hintersten Winkel der Zentrale zu vernehmen. »Wie konnte das passieren? Kommandant, du bist für diese Schweinerei verantwortlich.«

»Ich habe davor gewarnt, zwei Bauten der Kanacht auf einmal zu transportieren«, verteidigte sich Karim Shoutain. »Der Leistungsfähigkeit des Traktorstrahls sind Grenzen gesetzt.

»Ausreden! Nichts als Ausreden. Ich kann es nicht mehr hören. Halt deinen Mund!«

Shoutain schwieg. Unter ihrem Befehl blieb ihm keine andere Wahl. Ein Holo hatte den Absturz des Gebäudes so hautnah übermittelt, dass Greta den Eindruck hatte, mitten in dem angerichteten Chaos zu stehen und Dreck im Mund zu schmekken. Aus dem Bereich der Kraftfelder geraten, war der Bau zerbrochen und in sich zusammengefallen. Die Trümmer lagen in weitem Umkreis am Rand von Neu-Kunshun verstreut. Sie hatten ein paar neugierige Kanacht, die dem Landemanöver beigewohnt hatten, unter sich begraben.

Greta fasste sich an den Kopf. Wie sollte sie das ihrem Volk erklären? Gar nicht. Sie hatte keine Erklärungen nötig. Sie würde eine Rede halten, dem die inzwischen auf über viertausend Einwohner angewachsene Dorfbevölkerung ergriffen lauschte. So wie immer. Das änderte nichts an der Unfähigkeit der Leute, mit denen sie sich umgab. Offenbar lag ihnen daran, Gretas Volk zu dezimieren. Das war ein Affront, den sie sich nicht bieten ließ. Wutschnaubend musterte sie Shoutain. Er saß in seinem Sessel wie ein Häufchen Elend.

Beruhige dich, riss sich Greta zusammen. *Du brauchst ihn.*

»Landen!«

Das Beiboot ging am Rand der Stadt nieder, nahe der Unglücksstelle. Greta sammelte ihre Leibgarde um sich und verließ das Schiff, um sich vor Ort einen Eindruck über die Stimmung zu verschaffen, die unter den Kanacht herrschte. Sie war so schlecht, wie sie befürchtete. Die kleinwüchsigen Wesen waren völlig eingeschüchtert. Als ihre Herrin nahte, schlossen sie sich zusammen und erwarteten sie. Entgegen ihrer sonstigen Gewohnheit schwiegen sie nicht ergriffen, sondern redeten durcheinander.

Staub in der Luft machte die Szene unübersichtlich. Die Kanacht erschienen als düstere Masse, deren Identität diffus blieb. Jeder, der zweifelhafte Ziele verfolgte, konnte sich in dieser Menge verstecken und auf den richtigen Moment warten, um über die Herrscherin herzufallen. Greta trug einen schweren Kombistrahler an ihrer Seite. Wenn sie einen Kopf entdeckte, der nicht nach Kanacht aussah, wenn sie ein Gesicht zu sehen bekam, das ihr nicht gefiel, würde sie die Waffe als Argumentationshilfe einsetzen, um sich missliebige Personen vom Hals zu schaffen.

Nein, so einfach ging das nicht. Dies war ihr Volk. Sie konnte nicht einfach darauf schießen, noch durfte sie nach dem Unglück weitere Kollalateralschäden in Kauf nehmen.

Greta schärfte sich ein, keine Fehler zu begehen. Mit Feingefühl kam sie in dieser Situation weiter als mit markigen Parolen, die sie in Kunshun bei den MEINLEID-Anhängern so gern benutzt hatte. Dort waren sie auf fruchtbaren Boden gefallen. Hier war Fingerspitzengefühl gefragt.

Obwohl sie durch ihre Körpergröße ohnehin über die Kanacht hinwegschaute, stieg sie auf ein Trümmerteil, auf dem sie sicheren Halt fand. Sie fühlte sich ergriffen bei dem Anblick, der sich ihr bot. Zahlreiche Wesen, die ihr gehorchten und an ihren Lippen hingen, standen dort, wo sie hingehörten. Zu ihren Füßen. Greta breitete die Arme aus und sah sich in einer messianischen Pose, die ihr gefiel. Die Kanacht waren entsprechend beeindruckt. Ihre Unterhaltungen erstarben, Ruhe trat ein.

»Ich bin bei euch, meine Kinder«, begann sie. »Beruhigt euch. Ein tragisches Unglück ist geschehen, an dem niemand eine Schuld trägt. Manchmal geschehen furchtbare Dinge, doch gemeinsam überstehen wir sie. Ich habe die meisten von euch hierher geführt, und ich trauere mit euch. Doch ich bin bei euch und werde euch nicht verlassen. Ich schenke euch meine Kraft und Stärke, denn ich weiß, dass ihr mich braucht.«

Ein Windstoß heulte auf, ausgerechnet jetzt. Wie konnte die Natur Orgochs es wagen, sie zu unterbrechen? Ein Mensch zwischen den Kanacht erregte Gretas Aufmerksamkeit. Ihr Verfolger hatte sie wiedergefunden. Sie hielt den Atem an und fürchtete, dass ihre Beine nachgaben. Ihr Verfolger fand sie immer wieder. Sie dachte an Argoth, dachte plötzlich sogar an Tristan Li, diesen kleinen Spinner, der seine große Liebe verloren hatte, die für ihn ohnehin so unerreichbar gewesen war wie Andromeda für die STARDUST. Sie dachte auch an Soplou, den sie hingerichtet, und an den Unsinn, den er erzählte hatte vom Gewissen Orgochs. Der Mann in der Menge war keiner von ihnen. Er lächelte so einfältig, wie es nur einer beherrschte, den sie kannte. Svin, dieser Tölpel, hatte sich unter die Kanacht gemischt. Sie fluchte so leise, dass kein Zuhörer es mitbekam. Seinetwegen hätte sie fast wieder einen Anfall bekommen. Sie hatte nicht übel Lust, ihn an ihre Seite zu zitieren und vor allen Augen zu ohrfeigen. Es wäre berechtigt gewesen, doch unklug. Während ihrer Abwesenheit von Neu-Kunshun sollte er auf das Dorf und die Kanacht aufpassen. Deshalb durfte sie vor ihnen seine Autorität nicht untergraben.

»Wir müssen Hand in Hand arbeiten«, setzte sie ihre Ansprache fort. »Helft alle mit, die Trümmer zu beseitigen. Noch sind viele unter euch, die eine Unterkunft brauchen. Ich werde dafür sorgen. Dazu müsst ihr mir vertrauen und mir folgen. Habe ich euer Vertrauen?«

»Ja«, tönte es aus tausend Kehlen. »Wir vertrauen dir, Herrin.«

»Folgt ihr mir?«

»Wir folgen dir, Herrin.«

Sie waren so leicht zu beherrschen. Wie Lämmer, die man zur Schlachtbank führte. Eine Idee kam der Herrscherin. Sie war lächerlich, und Greta kam sich albern vor, als sie forderte: »Wer von euch das Gewissen Orgochs kennt, soll seinen linken Arm heben.«

Die Kanacht reagierten und kamen der Aufforderung nach – ausnahmslos. Greta zuckte zusammen. Offenbar handelte es sich um einen kollektiven Irrglauben oder eine Massenneurose dieses Volkes. »Begebt euch an die Arbeit! Du nicht, Svin. Du kommst zu mir«, fiel ihr gerade noch rechtzeitig ein, dass auch er der Aufforderung nachkommen würde, weil er zu den Zuhörern gehört hatte und sich ihrer göttlichen Ausstrahlung so wenig widersetzen konnte wie die Kanacht. Greta stieg von dem Trümmerbrocken herab und verfolgte den Aufbruch der Kanacht.

Heyburn kam zu ihr herüber. »Schöne Rede. Du verarschst die abgebrochenen Riesen nach Strich und Faden.«

»Achte auf deine Ausdrucksweise!«, blaffte Greta ihn an. »Ich habe mein Volk unter Kontrolle. Das ist etwas anderes. Was hattest du da zu suchen?«

»Was sollte ich sonst tun? Es ist eigentlich gar nichts zu kontrollieren, weil dein Volk auf sich selbst aufpasst. Alle tun, was du willst.«

»Ja.« Darüber hatte Greta sich bereits Gedanken gemacht. Alles lief zu ihrer Zufriedenheit. »Ich forciere das Zusammenziehen der Kanacht in Neu-Kunshun noch ein paar Tage.«

»Und dann?«, lauerte Heyburn, dem die unterschwellige Ankündigung nicht entgangen war.

»Dann unternehme ich den nächsten Schritt mit der ESHNAPUR. Ich lasse den Kommandanten die Sternkarten studieren. Er soll nach nahegelegenen Sonnensystemen suchen, auf die ich meine Macht ausdehnen kann.«

»Ausdehnen? Du bist auf Orgoch noch nicht fertig. Du hast erst einen Bruchteil des Planeten erkundet.«

»Zweifelst du an meinen Fähigkeiten?«, fragte Greta. Sie befand sich in einer absoluten Hochstimmung, hatte ihre Schwächephase überwunden, in der sie ihren Verfolger zu sehen glaubte. Sie konnte es mit der ganzen Welt aufnehmen.

»Ich werde den Teufel tun, denn ich kenne deine Fähigkeiten. Ich empfehle dir nur, langsam vorzugehen und den ersten Schritt vor dem zweiten zu tun.«

Das hatte sie längst getan. Greta spie verächtlich aus. Die Kanacht unterforderten sie. Sie waren ein würdiges Testfeld, mehr nicht. Greta brauchte Untergebene, die weiter entwickelt waren. Ein Volk, das die Raumfahrt beherrschte. Am besten eins mit Kriegsschiffen, bemannt mit Kämpfern, die sich nicht versteckten und sich auch vor dem selbstherrlichen Perry Rhodan und seinen Speichelleckern nicht beugten. »Noch eine Woche widme ich mich Orgoch«, kündigte sie an.

Es war der 30. Mai 3103.

Beiboot in der Nacht

Ich marschierte an der Spitze der Gruppe, angestachelt von einem kurz zuvor erfolgten Aufenthalt in dem Sarkophag. Meine Sinne waren geschärft, meine Zuversicht kannte keine Grenzen.

Als die Realität mich einholte, hätte ich sie fast nicht als solche erkannt. Ich fürchtete, einer Bewusstseinsverschiebung zu unterliegen und blieb abrupt stehen.

»Was ist los, Sir?« Cyriane Drays hielt sich neuerdings ständig in meiner Nähe auf. Ich konnte mir nicht vorstellen, dass irgendwer sonst jemals eine so fürsorgliche Ärztin an seiner Seite gehabt hatte.

Ich streckte einen Arm aus. »Sehen Sie auch, was ich sehe?«

»Das sieht aus wie eine Kuppel«, drängte sich Havedge vor. »Nach unserem Wissen gibt es auf Orgoch keine Kuppelbauten.«

Drays schüttelte den Kopf. »Sie sollten ihr Museum öfter verlassen und sich in der Wirklichkeit umsehen, Kurator. Das ist keine Kuppel.«

»Sondern der obere Pol eines Kugelraumers.« Ich litt also mitnichten unter Halluzinationen. Wir hatten die ESHNAPUR gefunden.

»Befindet sich dort Gretas Lager?«

»Könnte sein, dass das Schiff bei einem Dorf steht, das sie zu ihrem Hauptquartier gemacht hat«, bestätigte ich Havedge. »Ebenso gut ist möglich, dass sie in der Wildnis gelandet ist, um eine Mission durchzuführen.«

»Was würde das bedeuten?«

»Weiter auf Schusters Rappen.«

Der Kurator stieß einen tiefen Seufzer aus. »Ich rufe Ihre She'Huhan an, dass uns dieses Schicksal erspart bleibt.«

»Schaden kann es nicht, Kurator. Wie auch immer, ab sofort ist es vorbei mit offenem Marsch. Die ESHNAPUR steht sicher nicht ständig im Alarmzustand. Ein paar Holos werden aber aktiv sein, um die Umgebung zu überwachen. Wenn Gale uns entdeckt, schießt sie uns ab wie die Tontauben. Wir nutzen die natürlichen Gegebenheiten, um uns anzuschleichen.« In zwei Kilometern Entfernung lag östlich von uns ein Wald. »Dort hinüber«, wies ich meine Leute an. »Köpfe unten halten.«

Wir liefen in die angegebene Richtung, bis wir den Waldrand erreichten. Ich wünschte Havedge etwas Unterstützung durch die von ihm bemühten She'Huhan. Er war wesentlich langsamer als Legove und ich, die wir den Gatusain trugen. Aber es gab Probleme, derer nicht einmal die Sternengötter der Arkoniden Herr wurden.

Der dichte Wald gestattete nur ein paar Meter Sicht. Die dichten Kronen ließen kein Licht durchdringen. Hinter jedem der mächtigen Stämme konnte sich unsere ganze Gruppe verstecken. Ein tiefes Grollen, das dem Kurator Beine machte, drang aus dem Inneren des Waldes. »Niemand bleibt zurück. Ständigen Sichtkontakt halten.«

Das Gelände stieg an. Der Untergrund war von moosartigem Belag überzogen, der feuerrot schimmerte. Wir stiegen über einen Bach, der, aus dem Wald kommend, talwärts floss. An seinem Ufer erhoben sich mannshohe Insektenbauten, um die wir einen großen Bogen machten.

»Die Wurzeln sind hier besonders ausgeprägt«, sinnierte Sashmo Task. »An unserer Absturzstelle gab es jede Menge davon.«

»Das entspricht unseren Beobachtungen. Anscheinend gibt es keine Stelle auf Orgoch, wo man sie nicht findet. Es würde mich nicht wundern, wenn sie sogar die Gewässer durchziehen.« Ich zweifelte daran, dass die Wurzeln nur von den Bäumen stammten. Sie waren viel zu weit verbreitet, wuchsen auch dort, wo es weit und breit keine Bäume gab. Vielleicht handelte es sich um eine eigenständige Pflanzenspezies, deren Lebensbereich der gesamte Boden dieser Welt war.

Ständig sah ich Richtung ESHNAPUR und erwartete, dass sie abhob und davonflog. Es geschah nicht. Als wir auf der Hügelkuppe standen, waren meine Befürchtungen wie weggewischt. Der Kreuzer war in seiner ganzen Pracht zu sehen. Er parkte unweit eines Kanachtdorfes. Einer Stadt, wäre richtiger gewesen. Sie besaß beachtliche Ausmaße. Ich unterschied drei konzentrische Ringe in der Bebauung. Den inneren bildeten meiner Einschätzung nach die Häuser der hier Geborenen, die sich nach außen hin anschließenden Ringe waren später hinzugefügt worden, und zwar auf eine für Orgoch untypische Weise. Unterwegs hatten wir es selbst erlebt.

»Hier hat Gale die Gebäude aus anderen Dörfern gebracht«, sprach ich meine Überlegung aus.

»Nach den Kanacht aus diesen Dörfern«, sagte Taffy. »Da unten wimmelt es von ihnen. Wozu dieser Aufwand?«

Ich konnte es mir gut vorstellen. Die größenwahnsinnige Gale versuchte herauszufinden, wie weit sie gehen konnte. »Greta testet an, wie viele Individuen sie kraft ihres Geistes unter Kontrolle bringen und behalten kann.«

»Sie glauben wirklich, dass sie alle Kanacht da unten kontrolliert?«

»Beherrscht. Darum geht es ihr.« In Kunshun hatte sie eine eindrucksvolle Demonstration ihrer durch den Gatusain ausgelösten Fähigkeiten geliefert. Die Kombination mit ihrer Machtbesessenheit war fatal für alle, die ihr unterstanden. Tristans Freundin Olgej war der beste Beweis gewesen.

»Also müssen wir aufpassen, dass sie uns nicht ebenfalls erwischt«, sorgte sich der Kurator.

Mich beunruhigten vielmehr die Waffen, die Gale zur Verfügung standen. Gegen die Bordsysteme eines Kreuzers der STAATEN-Klasse kam man als Fußgänger nicht an. Zumindest ein paar Handfeuerwaffen hätten sich gut angefühlt. Andererseits begingen größenwahnsinnige Emporkömmlinge häufig den Fehler, die Macht ihrer Waffen zu überschätzen.

Gale ist ihre eigene Waffe, schärfte mir der Extrasinn ein.

Da hat sie mir nichts voraus, relativierte ich seine Warnung.

Wohl aber deinen Begleitern. Sie werden Gales Suggestionen ebenso erliegen wie es die Kunshuner getan haben und wie es nun den Kanacht ergeht.

»Ich sehe ein Trümmerfeld.« Legove deutete zum südlichen Stadtrand, wo sich Schutt türmte. Kanacht waren mit Aufräumarbeiten beschäftigt. »Es sieht aus, als sei da ein Gebäude eingestürzt.«

»Nein.« Ich ahnte, was geschehen war. »Nicht eingestürzt, abgestürzt.«

»Bei einem Transport mit dem Schiff, bei dem der Traktorstrahl versagt hat?«

»Oder bei dem es zu menschlichem Versagen kam.« Zwischen den Kanacht waren Terraner beschäftigt, die bei den Arbeiten halfen.

Deine Feindin hat fürwahr ein gutes Herz, stichelte der Extrasinn.

Um Eindruck bei der Bevölkerung zu schinden, lässt sie die Besatzung der ESHNAPUR schuften, wählte ich eine andere Ausdrucksweise, *während sie es sich wahrscheinlich an Bord gut gehen lässt.* Den Umstand konnte ich mir vielleicht zunutze machen. Dem Ausmaß der Zerstörungen nach würden die Arbeiten noch ein paar Tage anhalten.

Wir setzten unseren Weg fort, bis der Wald einen Knick machte. Offenes Gelände lag zwischen uns und dem Kreuzer. Bei seiner Überquerung würden wir zwangsläufig entdeckt werden. Ich wählte einen Umweg, der uns in weitem Bogen auf die andere Seite des Dorfes führte. Er kostete uns einen halben Tag; Zeit zu überlegen, wie ich vorgehen wollte. Gleichgültig von welcher Seite ich mich an die ESHNAPUR anschlich, meine Aussichten, sie unentdeckt zu erreichen, waren minimal. Außerdem glaubte ich nicht, dass Gale eine Schleuse offen stehen ließ, durch die ich ins Schiff spazieren konnte.

Diese Irre hat sich in der ESHNAPUR verschanzt.

Spätestens zur Nacht muss sie die Besatzung einlassen.

Das half mir nicht weiter. Da machte Legove eine Entdekkung, die mich elektrisierte. »Ein ausgeschleustes Beiboot.« Es stand ein wenig außerhalb der Stadt, auf halber Strecke zwischen den Trümmern und dem Wald, auf den wir uns zu bewegten.

Ich beschleunigte meine Schritte.

»Du hast ausgesprochenes Glück, weißt du das?«, hauchte Greta Gale.

»Natürlich, Herrin.« Jorim Kilshasin lag erschöpft auf dem Rücken. Er atmete schwer, seine Augen waren geschlossen.

»Wie würde es dir gefallen, wenn ich dich ebenfalls hinausjagte und den Kanacht helfen ließe? Der Kommandant und deine anderen Kameraden sind begeistert«, erklärte sie spöttisch.

Kilshasin antwortete nicht. Aus seinem halb geöffneten Mund drang gedämpftes Schnarchen. Greta musterte ihn und zeichnete mit dem Zeigefinger seine Brust nach. Sie hatte sowieso nicht wirklich vor, was sie im Scherz gesagt hatte. Jorim blieb schön in ihrem Quartier. Ein so schmuckes Spielzeug pflegte man. Es wäre ausgesprochen dumm, es für profane Dinge wie einen Häuserbau einzusetzen.

Die Vorstellung, dass sich Karim Shoutain und die Besatzung gemeinsam mit den Kanacht abmühten, bereitete ihr Vergnügen. Sie waren selbst schuld, weil sie das Unglück nicht verhindert hatten. Den Kommandanten hatte sie als letzten zur Unterstützung hinausgeschickt, nachdem er in den Karten ein Sonnensystem gefunden hatte, in dem ein Volk lebte, das sich anschickte, die Grenzen des eigenen Systems zu überwinden. Das war zwar weniger, als Greta sich erhoffte, aber eine deutliche Steigerung zu den Kanacht.

Sie verließ ihr Quartier und streifte durch die Korridore der ESHNAPUR. Niemand war an Bord, der sie störte. Zum ersten Mal fühlte Greta sich wirklich frei. Sie genoss das prickelnde Gefühl, splitternackt durch ein Raumschiff zu spazieren. Sie bedauerte, es nicht selbst steuern zu können. Warum eigentlich nicht? Sie war jung genug, es zu lernen. Eine Stunde erforschte sie Bereiche des Schiffs, wo sie zuvor nicht gewesen war. In einem Gang nahe des unteren Pols kreuzte ein Schatten ihren Weg. In dem unübersichtlichen Ringkorridor huschte er über die Wand, geworfen von einer Person, die vor ihr davonlief.

Nicht schon wieder, flehte Greta. Immer wenn sie ihren Verfolger sah, war er gar nicht da, wie sie später konstatierte. Also bildete sie ihn sich nur ein. Sie hatte gehofft, dass nun, da sie die Wahrheit erkannte hatte, die Einbildungen endeten. Plötzlich fiel ihr der Widerspruch auf. Ein Verfolger lief nicht vor ihr davon. War außer ihr und Jorim wirklich niemand an Bord? Ihrer Blöße gewahr, dachte sie plötzlich an einen Voyeur. Sie wollte loslaufen, um den Unsichtbaren zu stoppen. Sie nahm sämtliche Kraft zusammen, drehte sich um und rannte den Weg zurück zu ihrem Quartier, um ihren Sarkophag aufzusuchen. Nach der Benutzung würden ihre Alpträume von allein enden.

Als sie ihm zwei Stunden später wieder entstieg, schlief Kilshasin immer noch. Sie schnappte sich ihre Montur und weckte ihn rüde. »Anziehen und ab in die Zentrale. Es beginnt zu dämmern. Lassen wir die Besatzung ins Schiff.«

Wenig später kehrten Karim Shoutain und seine Leute zurück. Auch Svin Heyburn kam an Bord. Zu Gretas Erstaunen hatte er wesentlich bessere Laune als die Raumfahrer.

»Irgendwelche Beschwerden?«, wandte sie sich an den Kommandanten.

Er schüttelte den Kopf, und Greta lächelte zufrieden.

Die Arbeiteten endeten. Die Besatzung der ESHNAPUR begab sich zu Fuß zu ihrem Schiff. Die Männer und Frauen durchquerten das Dorf und verließen es auf der gegenüberliegenden Seite wieder. Die Kanacht zerstreuten sich zu ihren Häusern. Andere kamen von umliegenden Feldern, auf denen sie ihr Tagwerk vollbracht hatten.

»Einen Penny für Ihre Gedanken, Lordadmiral.« Cleany Havedge gesellte sich an meine Seite. »Was haben Sie vor?«

»Abwarten, solange noch Kanacht unterwegs sind.«

»Aha.« Er dehnte die Äußerung. »Wenn sie weg sind, wollen Sie sich das Beiboot ansehen.«

Ich schürzte die Lippen. Die beiden Männer aus dem Beiboot waren einfach weggegangen. Vielleicht waren sie töricht genug, es nicht zu verschließen. Ich war mir der Gefahr bewusst. Das nächste Gebäude lag nur wenige Meter entfernt. Wenn ich entdeckt wurde, war in wenigen Minuten das ganze Dorf auf den Beinen, und Greta erfuhr von unserer Anwesenheit. Eine Flucht vor den Beibooten der ESHNAPUR konnten wir uns abschminken.

Meine Gruppe hatte Stellung im Wald bezogen. Obwohl ich in unmittelbarer Nähe zur Siedlung nicht mit gefährlichen Tieren rechnete, hatten wir ringsum Wachposten aufgestellt. Ein paar Kanacht waren ausgesprochene Nachtschwärmer. Sie spazierten durch das Dorf. Drei näherten sich dem Beiboot und umringten es in gebührendem Abstand. Ganz heran wagten sie sich nicht. Sicher hatte Greta ihnen entsprechende Befehle eingetrichtert. Je dunkler es wurde, desto mehr Lichter wurden in den Häusern angezündet.

»Romantisch«, fand Drays. Ich zuckte mit den Achseln. »Ich vergaß, Unsterbliche halten nicht viel von Romantik.«

Wie sehr sie sich irrte! Ich gab es ihr mit einem Augenzwinkern zu verstehen. Es war ein faszinierender Anblick, die unzähligen kleinen Flammen in der Nacht zu sehen, doch ich hatte keine Muße für die Schönheit. Denn noch immer waren nicht alle Kanacht in ihren Häusern verschwunden.

»Sie sollten sich die Wartezeit mit einem Aufenthalt in dem Sarkophag verkürzen«, schlug Cyriane vor.

»Solche Worte aus Ihrem Mund, Doktor? Woher der Sinneswandel?«

»Weil sie ja doch nicht an normalen Schlaf denken. Wer weiß, was passieren kann, wenn Sie da runter gehen. Sie brauchen ihre Kraft.«

»Nun, da Sie es anordnen, Doktor ...« Ich ließ den Rest des Satzes offen, drückte ihre Hand und suchte den Gatusain auf. Die Zeiten, in denen ich ihn noch nicht benutzt hatte, schienen in unendlicher Ferne zu liegen. Er war zu einem festen Bestandteil meines Lebens geworden. Ich legte mich hinein und empfing schon bald einen Gedankenfetzen von Waheijathiu. Er war nicht an mich gerichtet, dem Navigator vermutlich unbeabsichtigt entfleucht. Ich brachte keinen Zusammenhang hinein und musste mich mit Anhaltspunkten begnügen.

Gasuijamuo ... nahe ... Illochim ... Kampf.

Von welchem Kampf war die Rede? Von dem, den Illochim und Navigatoren seit unzähligen Generationen austrugen, erst sie und später ihre in den Gatusain eingelagerten Rudimentärbewusstseine? Oder der Kampf, der mir bevorstand?

Waheijathiu schwieg, auch als ich ihn direkt ansprach. Er schien mit seinen Gedanken in einer anderen Sphäre, zu der mir der Zutritt verwehrt blieb. Als die Muschel sich öffnete, beugte sich Cyriane zu mir herab und half mir hinaus.

»Wie sieht es aus?«

»Alle Kanacht sind schlafen gegangen«, sagte sie lächelnd.

»Das sind gute Neuigkeiten.« Ich ging vor bis zu den ersten Bäumen. Die Nacht war dunkel, die meisten Lichter heruntergebrannt. Eine rotglühende Positionsbake markierte den Nordpol der ESHNAPUR.

»Nehmen Sie ein Messer mit, Sir.«

Ich wehrte die Waffe ab. »Ich will keinen Kanacht verletzen.« Ich duckte mich und lief los.

»Wenn Sie sich in der Dunkelheit ein Bein brechen, komme ich und hole Sie«, hörte ich noch, dann war Stille. Nicht einmal die Schreie von Nachttieren waren zu vernehmen.

Ich mir ein Bein brechen. Ich lächelte in mich hinein. Die Dunkelheit der Nacht war ein wertvoller Verbündeter, den ich bereits als Gos'athor auf der Flucht vor den Schergen Orbanaschols und bei meinem Kampf um den Thron des Tai Ark'Tussan schätzen gelernt hatte.

Ich hatte mir den Standort des Beiboots eingeprägt. Obwohl ich so gut wie nichts sah, fand ich es auf Anhieb. Gelang es mir, darin einzudringen, standen wir taktisch weitaus besser da. Meine Hoffnung war vergeblich. Das Boot war positronisch verriegelt, wie ich schnell herausfand. Ich murmelte einen sumerischen Fluch und schickte mich an, zu meinen Leuten zurückzukehren. Ich zögerte. Wenn ich das tat, war mein Ausflug vergeblich gewesen. Und dann? Am nächsten Morgen, bei Helligkeit, konnte ich keinen zweiten Anlauf wagen, selbst wenn der Pilot das Beiboot tagsüber offen stehen ließ. Vom Waldrand her unter hätte man mich zehnmal entdeckt und ausgeschaltet.

Ich war hier, also war es das Beste, ich blieb es auch. Warum nicht die Deckung des Beiboots nutzen? Die Kanacht wagten sich nicht nahe genug heran, um mich zu entdecken, wenn ich mich tarnte. Mit einem oder zwei Terranern kam ich klar, wenn ich schnell genug reagierte. Ich hob unter dem Heck des Boots eine Mulde aus. Der Boden war hart, und ich bedauerte, nicht Drays' Angebot mit dem Messer ergriffen zu haben. Ich trug Reisig und Holz zusammen, kroch in die Grube und bedeckte mich mit dem Tarnmaterial. Zum Glück herrschten milde Temperaturen.

Trotzdem bereitete ich mich auf eine unangenehme Nacht vor.

Greta allein an Bord

»Heute Abend bringst du das Beiboot wieder mit an Bord«, zischte Gale. »Du trägst die Schuld, wenn es da draußen beschädigt wird.«

Heyburn war sich keiner Schuld bewusst. »Du selbst hast den Piloten abgezogen und zum Steineschleppen abkommandiert. Ich bin zu Fuß gegangen, weil ich ihn gestern nicht mehr gefunden habe. Da waren Tausende Kanacht. Ich kann doch nichts dafür, dass der Kerl sich nicht getraut hat, ohne mich zu fliegen, und ebenfalls zu Fuß gegangen ist. Ist ja auch nicht weit.«

»Darum geht es nicht.«

»Liebe Güte, Greta. Was soll dem Beiboot passieren?«

Heyburn kannte den Blick, den sie ihm zuwarf. Es war besser, keine weiteren Entschuldigungen vorzubringen, auch wenn er noch so sehr im Recht war. Gretas Launen waren bekannt. Svin fragte sich, was sie mit dem Stellvertreter des Kommandanten anstellte. Seit Tagen hatte niemand Jorim Kilshasin gesehen. Lebhaft konnte er es sich vorstellen. Er sollte sich eine Frau aus der Besatzung zulegen. Gestern war ihm eine Blondine aufgefallen, die es ihm angetan hatte. Zuerst würde er seinen Charme spielen lassen. Wenn das nicht half, könnte er Greta bitten, etwas nachzuhelfen, immerhin waren sie alte MEIN-LEID-Genossen, und außerdem wurde sie auch nicht freiwillig von Jorim bedient. Eine hervorragende Idee, fand Svin, aber im Moment untauglich. Bei Gretas Laune war es sinnlos, mit ihr darüber zu sprechen. Dafür musste er sie in besserer Stimmung abpassen.

Er schloss sich dem Strom der Raumfahrer an. Greta schien Gefallen daran zu finden, sie aus dem Schiff zu schicken und mit Jorim allein an Bord zu bleiben. Vielleicht trieben sie es in der Zentrale, auf Karim Shoutains Kommandopult. Noch eine Vorstellung, die ihm gefiel. Heyburn brach in schallendes Gelächter aus.

Im Dorf herrschte emsige Geschäftigkeit. Die Kanacht waren ein munteres Volk. Auf Dauer konnte er sich trotzdem nicht vorstellen, unter ihnen zu leben. Das Positivste war, dass er sie weit überragte. Es verlieh ihm ein Gefühl von Macht. Er durchquerte das Dorf und blieb vor der Baustelle stehen. Ein paar Dutzend Kanacht waren versammelt. Sie blickten ihn an.

»Was ist hier los?«, fragte Heyburn. »Wieso arbeitet ihr nicht?«

»Ich habe in der Nacht das Gewissen Orgochs vernommen«, wagte sich einer vor.

»Das Gewissen Orgochs?« Dieser Unsinn fing schon wieder an. Die Kanacht waren nicht nur emsig, sie waren abergläubisch und weltfremd. Wahrscheinlich hörten sie Stimmen und sahen rosa Elefanten.

»Was hat es gesagt?«

»Es spricht nicht. Es ist einfach da, in allem. Besonders in den Wurzeln.«

In den Wurzeln? Wie meinte dieser Bursche das? »Es spricht also nicht. Was hat es sonst getan? Hat es dich etwas ... wissen lassen?«

»Ja.« Der Kanacht zögerte. Das besagte genug. Dieses angebliche Gewissen hatte wie einst Argoth gegen die Menschen gehetzt. »Ich will es gar nicht wissen. Behalt es für dich.« Das fehlte noch, dass Svin deswegen wieder Ärger mit Greta bekam und darunter seine Idee mit der Blondine litt. »Fangt endlich an zu arbeiten. Oder denkt ihr, wir machen die ganze Arbeit für euch und bauen euer Dorf auf?«

Seine gute Laune war dahin. Er ging weiter zu dem Beiboot, blieb davor stehen, betrachtete es nachdenklich und versetzte ihm einen Tritt. Nie machte man Greta etwas recht, das ärgerte ihn. Trotzdem tat er alles, was sie verlangte. Wenn sie mit ihrer göttlichen Macht prahlte, kam das nicht von ungefähr. Etwas umgab sie, eine spezielle Aura, der sie es verdankte, dass man ihr nichts abschlagen konnte. In dieser Hinsicht ging es Heyburn wie allen anderen. Zum Glück hatte sie ihm nicht verboten, gegen das Beiboot zu treten. Ein weiterer satter Tritt gegen das Gefährt verbesserte seine Stimmung.

Er vernahm ein Geräusch von der anderen Seite. Da trieben sich Kanacht herum! Dabei hatte Greta ihnen ausdrücklich verboten, sich dem Beiboot auf weniger als zehn Meter zu nähern. Denen würde er den Marsch blasen. Er wäre beinahe gegen den Mann geprallt, der wie aus dem Nichts vor ihm stand und ihn aus rötlichen Augen durchdringend ansah. Heyburn erstarrte, denn er kannte den Mann.

Es war der Arkonide Atlan, der die ESHNAPUR von der Erde aus verfolgt hatte.

»Ruhe bewahren!«, sagte ich. »Kein Lärm, keine unbedachte Bewegung.«

Der Terraner vor mir gehorchte. Mein fotografisches Gedächtnis erinnerte sich an ihn. Ich hatte seinen Namen und sein Foto in den Fahndungslisten gesehen. Er gehörte zu den Aktivisten von MEINLEID. Sein Name war Svin Heyburn. »Können Sie das Beiboot öffnen?«

Er nickte. Mein Auftauchen hatte ihm wohl die Sprache verschlagen. Er starrte mich an wie einen Geist. Natürlich hatte er mich ebenfalls erkannt. Er stand unter dem Einfluss von Gale, und mein Befehl stürzte ihn in einen Konflikt. Wem sollte er gehorchen, ihr oder mir? Ich schaute ihm in die Augen. Er versuchte sich zu wehren, doch es gelang ihm nicht.

»Was tun Sie hier?«

»Greta hat alle nach draußen geschickt, um den Kanacht auf der Baustelle zu helfen.«

»Die gesamte Besatzung?«

»Der stellvertretende Kommandant Jorim Kilshasin ist bei ihr an Bord, sonst niemand.«

»Gales Anhänger sind auch hier draußen?«

»Das bin nur ich. Sonst ist keiner mehr übrig.«

Das war endlich einmal eine gute Nachricht, denn sie vereinfachte die Dinge ein wenig. Mir blieb erspart, mich durch die Reihen der Krawallmacher zu prügeln. Ich stellte Heyburn weitere Fragen, auf die er bereitwillig antwortete. Bald wusste ich, dass Gale wie erwartet die gesamte Mannschaft kontrollierte. Das galt ebenso für rund viertausend Kanacht, deren Großteil sie aus anderen Dörfern hergekarrt hatte. Sie stieg zu unregelmäßigen Zeiten in ihren Sarkophag, um sich ihre Dosis zu holen. Heyburns Aussagen zufolge litt sie unter Verfolgungswahn, wovon nichts in ihrem Psychogramm gestanden hatte. Die Symptome rührten also von der Benutzung des Gatusain her.

»Sie können nicht in die ESHNAPUR?

»Greta hat die Schleusen von innen verriegelt.«

Das klang tatsächlich nach Verfolgungswahn. Unbewusst behinderte dieses Weib damit meine Pläne. »Geben Sie mir Ihre Waffe.«

Heyburn zögerte eine Sekunde, bis er mir den Strahler überreichte. Ich atmete auf. Es war die Probe aufs Exempel. Er gehorchte mir. Wir standen im Sichtschutz des Beiboots. Ich schielte hinter der Wandung hervor, zur ESHNAPUR hinüber. Davon ausgehend, dass Greta die Arbeiten überwachte, konnte ich erst aktiv werden, wenn sie schlief. Dann standen mir mindestens zwei Stunden zur Verfügung. Blieb ein Problem. Wie erfuhr ich, wann sie den Sarkophag benutzte? Es gab nur eine Möglichkeit.

»Die ganze Besatzung ist also bei der Baustelle versammelt? Keiner hält sich woanders im Dorf auf oder ist mit weiteren Beibooten auf Orgoch unterwegs?«

»Sie sind alle da.« Heyburn deutete hinter sich. »Greta hat für die nächsten Tage weitere Flüge anberaumt. In einer Woche will sie mit der ESHNAPUR zu einem anderen Sonnensystem aufbrechen, das ihr der Kommandant vorgeschlagen hat.«

Vermutlich, um ihre verderbliche Fähigkeit an der dortigen Bevölkerung einzusetzen. Das waren bedenkliche Neuigkeiten. Ich musste unter allen Umständen verhindern, dass Gale Orgoch verließ, sonst saß ich mit meinen Leuten fest. Wir brauchten die ESHNAPUR. »Ist Greta sehr aufmerksam? Beobachtet sie uns?«

»Greta und aufmerksam?« Heyburn winkte ab. »Wofür hat sie ihre Leute? Ich bin ihr Statthalter für Neu-Kunshun.« Er kicherte, über sich selbst, hatte ich den Eindruck. »Greta hat andere Dinge im Kopf. Mit Kilshasin, wenn Sie verstehen, was ich meine.«

Ich verstand. Abschätzend sah ich zum Waldrand empor, von dem mich zweihundert Meter offenes Gelände trennten. »Sie fliegen das Boot?«

»Ich habe einen Piloten, Perl Haven. Greta hat ihn mir persönlich zur Verfügung gestellt. Aber wenn ich ihn brauche, ist er nie da.«

»Sie dürfen nach Belieben durch die Gegend fliegen?«, versicherte ich mich.

»Es ist mein Boot.« Heyburn klang trotzig wie ein kleines Kind. »Ich kann damit machen, was ich will.«

Darauf hatte ich spekuliert. »Wo ist der Pilot?«

»Bei der Baustelle, schätze ich.«

Eine unüberschaubare Schar Kanacht hatte sich dort eingefunden. Die Menschen, die sich unter sie gemischt hatten, waren aufgrund ihrer Körpergröße nicht zu übersehen. »Jetzt wäre der richtige Zeitpunkt für seine Anwesenheit. Suchen Sie ihn, und bringen Sie ihn unter einem Vorwand her. Kein Wort über mich, klar?«

»Klar.« Heyburn stiefelte davon. Inzwischen begannen meine Leute sicher, sich Sorgen über meinen Verbleib zu machen. Ich brauchte nicht lange zu warten, bis Heyburn mit einem weiteren Mann ankam. Ich brachte Haven ebenso schnell unter meine Kontrolle, wie es bei ihm gelungen war. Ich sagte dem Piloten, was ich von ihm erwartete.

Minuten später waren wir unterwegs. Ich hatte Haven den direkten Weg untersagt. Er zog eine Schleife, als unternähme Heyburn einen Patrouillenflug, und passierte mit geringer Geschwindigkeit den Waldrand. Ich ließ mir von ihm sein Multifunktionsarmband aushändigen. »Erwarten Sie meinen Anruf, Heyburn. Sie beide halten sich ständig in der Nähe des Boots auf, damit sie sofort starten können, sobald ich Sie brauche.«

»Verstanden.«

Ich begab mich in einen Hangar, öffnete eine Notluke und sprang ins Freie. Ich rollte mich ab, kam auf die Beine und tauchte zwischen den Bäumen unter.

Svin spielte wieder mit dem Gleiter. Greta hatte nichts dagegen. Wenn er meinte, die Kanacht aus der Luft besser überwachen zu können, sollte er das tun. Sie hockte in der Kommandozentrale und starrte in die Holos. Etwas war heute anders als sonst. Sie hatte keine Erklärung, nur ein Gefühl, fast eine dunkle Ahnung. Ein Schatten legte sich auf ihre Seele und ließ sie nicht mehr los.

»Unsinn!« Ihre Stimme klang hohl in der verlassenen Zentrale. Sie erhob sich und begann eine ruhelose Wanderung. Roch nicht sogar die Luft an Bord heute anders als sonst? Es mochte an der Aufbruchsstimmung liegen, in der Greta sich befand. Beiläufig dachte sie an die Terraner aus der AVIGNON, die irgendwo in der Wildnis Orgochs unterwegs waren. Wegen ihnen machte sie sich keine Sorgen. Sie besaßen weder Waffen noch Gerät. Sollten sie eines Tages auftauchen, wäre es Greta ein Leichtes, auch sie zu unterwerfen. Alles lief zu ihrer Zufriedenheit.

Was also belastete sie?

Ihr geheimnisvoller, unsichtbarer Verfolger!

Greta gab sich einen Ruck. Heute war der Tag, sich ihm zu stellen, um endlich die Geister der Vergangenheit loszuwerden. Sie verließ die Zentrale und ging zu dem Korridor, wo sie zuletzt den Schatten gesehen hatte. Er war nicht da. Greta erwartete nicht, dass er da auf sie wartete, wo sie ihn vermutete. Schließlich kam und ging er, wie es ihm beliebte. Genau das war es, was ihm einen solchen Schrecken verlieh. Ziellos lief sie durch die ESHNAPUR, verweilte in den Aufenthaltsräumen, inspizierte die Küche, streifte durch die Laderäume, begab sich sogar in ein paar Kabinen von Mannschaftsmitgliedern. Es war vergeblich. Greta spürte ihr Herz im Hals klopfen.

»Wo bist du?«, schrie sie. »Komm heraus und zeig dich! Ist es nicht das, was du willst?«

Sie lauschte. Kein Ton war zu hören. Nicht einmal Betriebsgeräusche. Gretas Stimmung verschlechterte sich zunehmend. Eine weitere Stunde schlich sie umher, bis sie einsah, dass es sinnlos war. Hatte er kein Interesse mehr an ihr, oder quälte er sie absichtlich, indem er sich im entscheidenden Moment vor ihr verbarg? Vielleicht existierte dieser Verfolger auch gar nicht?

Greta suchte ihr Quartier auf. Jorim schlief. Sie weckte ihn nicht. In ihrem Gemütszustand konnte er ihr nicht helfen. Sie legte sich ins »Allerheiligste« und schlief ein.

»Na, endlich, Sir«, empfing mich die Medikerin. »Wir befürchteten schon, man hätte sie erwischt, bis Taffy Sie unten bei dem Beiboot sah. Was haben Sie denn die ganze Nacht da gemacht?«

»Geschlafen«, scherzte ich und informierte meine Leute, was geschehen war.

»Wir kommen also nicht in die ESHNAPUR hinein.« Legove reichte mir einen Konzentratriegel und etwas Wasser. »Gale aber auch nicht heraus«, entgegnete ich kauend. »Wagt sie es, muss sie sich mir stellen. Ich bin in der Lage, sie geistig zu überwinden. Das weiß sie. Auf einen Zweikampf unter der Macht der Gatusain lässt sie sich nicht ein. Flucht ist ihr nicht möglich. Kilshasin allein kann die ESHNAPUR nicht fliegen.«

»Was ist mit den Händlern und den Kanacht unter ihrer Kontrolle?«

»Die hat sie nicht mehr lange.« Meine Behauptung war etwas voreilig, doch darauf basierte mein ganzer Plan. Es ging darum, Gale eindeutig zu zeigen, dass sie allein war und auf verlorenem Posten stand. Dann blieb ihr keine Alternative zur Aufgabe. Ich öffnete den Gatusain und legte mich hinein. Nach der Bestrahlung vom Vorabend war es zwar noch etwas früh für die nächste Dosis, doch ich wollte nicht das Risiko eingehen, in eine depressive Phase zu geraten. Außerdem hatte ich mit Waheijathiu zu reden. Sofort spürte ich seine Nähe. Er schien auf mich gewartet zu haben.

Wir sind am Ziel angekommen?, fragte er in stummer Vorfreude.

Wir sind nahe daran, relativierte ich seinen Ausbruch. *Um anzukommen, braucht es noch ein Stück. Spürst du die Nähe Gasuijamuos?*

Ich empfange seine Schwingungen.

Er die deinen auch?

Nein. Er ist ein Illochim, ich bin ein Navigator.

Eine Erklärung dazu bekam ich nicht. Ich ging nicht darauf ein, weil ich doch keine erhalten hätte. *Ich muss wissen, wann Greta Gale den Gatusain benutzt.*

Ich lasse es dich wissen, sobald es soweit ist. Du brauchst nicht die ganze Zeit zu bleiben. Halte dich in meiner Nähe auf, das genügt. Wenn Greta Gasuijamuo besucht, erfährst du es.

Ich verweilte für eine Stunde, dann stieg ich aus und gesellte mich zu meinen Leuten. Die Erschöpfung des Marsches war ihnen nicht anzumerken. Die Aussicht, Greta zu besiegen, verlieh ihnen neue Kräfte. Wir schrieben den 31. Mai, ging es mir durch den Kopf. Sechs Wochen waren wir seit dem Absturz der AVIGNON unterwegs gewesen. Der Kurator hatte sichtlich an Gewicht verloren. Ich legte meinen Plan dar und wies den Spezialisten ihre Aufgabe zu.

Erst nach Mittag ließ mich Waheijathiu wissen, dass es soweit war. Greta Gale hatte ihren Sarkophag aufgesucht. Ich stellte Interkomkontakt zu Svin Heyburn her. »Anflug jetzt«, befahl ich ihm. »Direkter Weg, und zügig.«

Ungeduldig schaute ich dem Beiboot entgegen, das wenige Minuten später eintraf. Ich befahl Heyburn und den Piloten hinaus. »Sie bleiben bei meinen Leuten. Mister Haven, Translator und Armbandgerät an Doktor Drays übergeben. Heyburn, Ihren Translator übernehme ich.« Ich ergriff das dargebotene Gerät, das praktischerweise bereits auf die Sprache der Kanacht programmiert war, und hängte es mir um den Hals. »Bleiben Sie auf Empfang, Cyriane. Sir hören von mir.«

Cada Legove setzte sich an die Flugkontrollen. Endlich waren wir wieder mobil. Er startete, und wir flogen zur Baustelle hinunter. »Da haben Sie sich ganz schön was vorgenommen, Sir«, sagte er beim Anblick der unüberschaubaren Menge Kanacht. »Aber was Gale geschafft hat, kriegen Sie erst recht hin.«

»Ihr Wort in Gottes Ohr. Wenn ich keinen Erfolg habe, ist mein Plan für die Katz.« Immerhin besaßen wir jetzt ein raumflugtaugliches Beiboot mit Hyperfunk, sodass uns weitere Optionen zur Verfügung standen. »Sehen Sie diesen großen Brocken da vorn? Landen Sie gleich daneben.«

»Sind schon da, Sir.« Das Boot setzte auf.

»Richten Sie einen Funkspruch an die USO. Schildern Sie die Vorgänge auf Orgoch. Wenn wir uns bis heute Abend nicht wieder melden, soll ein Geschwader sich um den Planeten und die ESHNAPUR kümmern. Und nicht vergessen, die Waffensysteme des Kreuzers im Auge behalten.«

Ich stieg auf den Gesteinsbrocken, während Legove davonflog. Als die ersten Kanacht auf mich aufmerksam wurden, verschränkte ich die Arme vor der Brust. Hatte Gale ihnen Vorsichtsmaßnahmen eingeimpft, für den Fall, dass ein Fremder auftauchte, der nicht zu ihr gehörte? Offenbar nicht, denn die Kanacht zeigten sich zwar verwirrt, machten aber keine Anstalten zu fliehen.

Los jetzt!, trieb mich der Extrasinn an.

»Sie alle hören mir zu. Niemand verlässt diesen Ort«, begann ich. »Ich bin Lordadmiral Atlan. Ich komme zu Ihnen, um Sie aus der Knechtschaft Greta Gales zu befreien. Vergessen Sie Gales Befehle. Sie gelten nicht mehr. Von nun an zählt, was ich Ihnen sage, und ich sage Ihnen, Sie sind frei.«

Hier und da vernahm ich Gemurmel. Es war schwierig, die Wirkung meiner Worte abzuschätzen. Greta hatte ihren Willen in den Köpfen dieser bedauernswerten Wesen verankert. Den Händlern von der ESHNAPUR war es ebenso ergangen wie den Kanacht. Sie schauten zu mir empor, als trauten sie dem Braten nicht. Ich legte meinen ganzen Willen in meine nächsten Worte. »Greta Gale bevormundet Sie. Lassen Sie sich das nicht länger gefallen. Wehren Sie sich gegen ihre Unterdrükkung. Lauschen Sie in sich hinein. Sie sind frei, wenn Sie es wollen. Sie ist nicht hier, sie ist machtlos. Sie wird Ihnen nie wieder etwas anhaben, wenn Sie sich jetzt verstecken.«

»Was ... sollen wir tun, Lordadmiral?« Die Frage kam von einem Terraner.

»Bringen Sie sich in Sicherheit. Auf keinen Fall kehren Sie zur ESHNAPUR zurück. Gale ist im Schiff auf sich allein gestellt. Sie sitzt fest. Wenn sie herauskommt, kümmere ich mich um sie.«

»Greta Gale!«, rief ein Kanacht. »So heißt sie, nicht ›Herrin‹.«

»Nein«, bestätigte ich. »Sie ist keine Herrin, schon gar nicht mehr die Herrin der Kanacht.«

»Wieso kann ich wieder denken?«, wunderte der Kanacht sich. »Wieso bilde ich mir ein, den Befehlen der Herrin nicht mehr gehorchen zu müssen?«

Ich lächelte. »Weil es so ist. Durch meine Worte hat Gale die Kontrolle über die Kanacht verloren.« Ich verschwieg wohlweislich, dass nun ich es war, der diese Kontrolle ausübte. Im Gegensatz zu Greta hatte ich nicht vor, die mir vom Gatusain verliehene Macht zum Nachteil dieser Wesen einzusetzen.

»Ich bin Karim Shoutain«, stellte sich der Terraner vor. »Die ESHNAPUR ist mein Schiff.«

»Begeben Sie sich mit Ihren Leuten hinauf zum Wald, Kommandant. Dort warten Spezialisten der USO, die Sie in Empfang nehmen.«

Shoutain sammelte seine Besatzungsmitglieder und entfernte sich von der Baustelle. Die Kanacht standen da und wussten nicht, wie sie sich verhalten sollten.

»Meine Einladung gilt auch für Sie«, rief ich ihnen zu. »Folgen Sie den Menschen. Verlassen Sie Greta Gale und bringen Sie sich in Sicherheit.

»Ich bin Jidside, und ich verstehe die Botschaft«, meldete sich eine Kanachtfrau zu Wort. »Atlan spricht wie Argoth und das Gewissen Orgochs, nicht falsch wie die Herrin. Ich glaube ihm. Gehen wir dort hinauf.« Sie lief los, begleitet erst von wenigen anderen Kanacht, dann von immer mehr. Nach zehn Minuten war die Baustelle verwaist.

Die Kanacht bevölkerten das Feld, bewegten sich Richtung Waldrand. Dort trafen sie meine Leuten und wurden in den Wald geführt. Gale würde die Welt nicht mehr verstehen, wenn sie aufwachte und einen Blick nach draußen warf. Ich sprang von dem Gesteinsbrocken herunter und marschierte durch das Dorf, das Heyburn als Neu-Kunshun bezeichnet hatte. Es war verlassen. Ich traf auf keinen einzigen Kanacht. Sie waren fort.

Greta war von einem Moment auf den anderen allein, für einen Machtmenschen wie sie eine grauenhafte Niederlage.

Sie fühlte sich nicht viel wohler nach ihrer Schlafphase. Greta erhob sich. Die verwirrenden Gedanken waren geblieben. *Was ist los mit dir?,* warf sie Gasuijamuo vor. *Du bist dazu da, mich aufzumuntern.* Da er nicht antwortete, verließ sie ihr Quartier und ging in die Zentrale, um nach dem Fortgang der Bauarbeiten zu sehen. Greta ließ sich im Sessel des Kommandanten nieder, gähnte und betrachtete die Holos. Wie von der Tarantel gestochen, fuhr sie wieder in die Höhe. Die Baustelle war verlassen. Wo waren die Kanacht, und wo die Raumfahrer?

Sie zitierte Kilshasin in die Zentrale. »Was geschieht da?«

»Ich weiß es nicht, Herrin.« Er wirkte unglücklich, weil er ihr nicht helfen konnte.

»Ich brauche ein paar Ausschnitte der Stadt. Ich will sehen, was die Kanacht treiben.«

Kilshasin schaltete die gewünschten Holovergrößerungen. Greta kniff die Augen zusammen. Sie mochte nicht glauben, was sie sah. Die Gassen waren wie leergefegt, die Kanacht verschwunden. Es gab nur eine Erklärung. Sie hatten das Dorf verlassen. Wo steckte dieser Nichtsnutz von Heyburn? Sie rief ihn über Interkom. Als die Verbindung zustande kam, erstarrte Greta.

»Hier spricht Lordadmiral Atlan.«

»Was ... wer ...« Greta starrte das Armbandgerät an und hätte es am liebsten von sich geschleudert. »Atlan?«

»So ist es, Greta. Das Spiel ist aus. Ich schlage vor, dass Sie herauskommen und sich ergeben.«

Ihre Gedanken überschlugen sich. Wie war das möglich? Er war tot. Er musste tot sein. Tot, tot, mausetot. Nicht einmal der Chefideologe der USO mit seinem Zellaktivator war gegen das Schicksal gefeit. Oder war sie zu voreilig mit diesem Schluss gewesen?

»Hat es Ihnen die Sprache verschlagen, Greta Gale? Ich fordere Sie noch einmal auf, die ESHNAPUR zu verlassen und sich mir zu ergeben.«

»Und wenn nicht?«, keifte Greta. »Brichst du dann mit dem Kopf durch die Wand, um mich zu holen?«

»Das ist nicht nötig. Dank der Hyperfunkanlage in dem Beiboot, das mir Mister Heyburn freundlicherweise zur Verfügung gestellt hat, ist die USO alarmiert und wird in absehbarer Zeit mit einem Kampfgeschwader auf Orgoch eintreffen.«

Die Welt begann sich um Greta zu drehen. Sie ging vor den Konsolen auf und ab, auf der Suche nach etwas, woran sie ihre Wut auslassen konnte. Sie zog den Kombistrahler und zielte auf ein Pult. Nein, das wäre dumm gewesen. »Wir müssen fliehen, Jorim«, gestand sie ihre Niederlage ein. Sie konnte jederzeit woanders neu anfangen, solange sie die Unterstützung Gasuijamuos hatte.

»Für einen Start brauchen wir die Besatzung.«

»Was? Das ist nicht dein Ernst. Du wirst das Schiff starten und uns von Orgoch wegbringen.«

»Dazu bin ich nicht in der Lage. Für Start und Raumflug ist eine Mindestbesatzung erforderlich.«

Greta legte auf ihn an. »Ich verstehe. Du willst mich diesem arkonidischen Bastard ausliefern.«

Kilshasin wurde bleich, als Gretas Finger am Abzug spielte. »Da«, stieß er aus. »Da ist Atlan.«

Greta entdeckte ihn. Er war so dreist, sich der ESHNAPUR zu nähern. »Du wirst deinen Triumph nicht auskosten, Arkonide«, brüllte sie. »Jorim, die Waffensysteme einschalten. Verdampf ihn.«

Kilshasin zögerte. »Auf den Lordadmiral schießen?«

»Mach schon, oder ich schieße auf dich, wenn dir das lieber ist.«

»Ich bin schon dabei. Warte.« Schnell nahm er die entsprechenden Schaltungen am Waffenleitstand vor. Bevor er den Desintegrator auslöste, erschütterte ein Schlag die ESHNAPUR. An den Kontrollen flammten rote Warnleuchten auf. Ein Holo baute sich auf, in dem eine Schadensmeldung abzulesen war. »Unsere Waffensysteme wurden zerstört«, keuchte Kilshasin. »Es ist nicht meine Schuld. Wir können nicht mehr feuern.«

Greta stieß einen derben Fluch aus. Das war das Beiboot gewesen. Sie hatte es dem Arkoniden vorgemacht, und er zahlte mit gleicher Münze zurück. Wie kam er nach Neu-Kunshun? Wie hatte er diesen Schwachkopf von Svin überlistet und das Beiboot in seinen Besitz gebracht? Sie richtete die Mündung des Strahlers auf das Holo, in dem er zu sehen war, und drückte ab. Der Energiestrahl fraß sich in das Pult. Funken stieben auf, und die Entladungen von Kurzschlüssen huschten über die Konsole. Es roch nach Ozon. Das Hologramm kollabierte, dann baute es sich wieder auf.

»Es ist vorbei, Greta. Sehen Sie es ein«, meldete sich der verhasste Arkonide wieder. Im Holo war sein Winken zu sehen.

»Ich gebe dir erneut die Chance, die du beim ersten Mal ausgeschlagen hast. Vereinige dich mit mir«, appellierte Greta an ihn. »Lasst uns ein neues Menschengeschlecht gründen, das zur Keimzelle eines nie dagewesenen Sternenreichs wird.«

Atlan lachte. Er lachte sie tatsächlich aus. »Sie sind wahnsinnig«, sagte er. »Größenwahnsinnig. In der Energiezelle, in die ich Sie bringe, werden Sie viel Zeit zum Nachdenken haben.«

»Schutzschirme hoch, Jorim. Oder kriegst du das auch nicht hin?«

Kilshasin nahm den Aufbau der Schirmstaffeln vor. »Das ist sinnlos. Spätestens wenn Schiffe der USO kommen, knacken sie die Schirme. Wir sind machtlos dagegen.«

»Du vielleicht, ich nicht.« Greta hieb ihm den Knauf der Waffe vor die Stirn. Jorim stürzte röchelnd zu Boden. Greta sah sich in der Zentrale um. Die Wände drohten sie zu erdrücken. Endlich begriff sie, wer der unsichtbare Verfolger war. Es war der von den Sternengöttern verdammte Arkonide. Er hatte sie bezwungen, ohne ihr gegenüber getreten zu sein.

Greta ließ die Waffe fallen. Sie senkte den Blick. Allmählich begann sie sich zu beruhigen. Sie sah ihre Zukunft klar vor sich, nämlich die Zukunft, die ihr just gestohlen wurde. Keine Flucht, keine Anhänger. Niemand, über den sie herrschen konnte. Kein eigenes Reich, wie sie es sich erträumte. Sie verließ die Zentrale und flüchtete in ihr Quartier.

Zum letzten Mal, Gasuijamuo, dachte sie. *Lass es unvergesslich werden.*

Gale antwortete nicht mehr. Was versprach sie sich von den Schutzschirmen? Sie war klug genug, um zu wissen, dass ein paar USO-Kreuzer ihn schnell zum Zusammenbruch brächten. Ich fragte mich, was sie in der ESHNAPUR trieb. Suchte sie mit Hilfe des Illochim nach einem Ausweg? Aus der Lage, in die sie sich manövriert hatte, gab es keinen. Sicher würde ihr das Gasuijamuo vermitteln, wenn sie seinen Rat suchte.

Nach zwei Stunden wurden die Schirme abgeschaltet. Die untere Polschleuse öffnete sich. Ich sah der Person entgegen, die das Schiff über eine Antigravrampe verließ. Es war nicht Greta Gale, sondern ein Mann. Nach den mir vorliegenden Informationen konnte es sich nur um Jorim Kilshasin handeln. Er hatte eine Platzwunde am Kopf. Ich trat ihm entgegen, um ihn mittels meines Willens aus Gales Hörigkeit zu befreien. »Wo ist sie?«, fragte ich.

»In ihrem Quartier. Sie hat mir eins übergezogen. Als ich wieder wach wurde, erkannte ich, dass sie mich nicht mehr beeinflusst. Sie liegt in diesem *Ding*.«

Dass Kilshasin geistig frei war, konnte nur eins bedeuten. Greta war tot. Ich begab mich ins Schiff und suchte in ihrem Quartier nach ihr. Sie lag immer noch in dem Sarkophag, die Augen geschlossen, das Gesicht grotesk verzerrt.

Sie hat sich eine Überdosis gegeben, konstatierte der Extrasinn.

Sehe ich auch so. Ihr Tod ging mir nicht nahe. Was mich erstaunte, war die Konsequenz, die sie vollzogen hatte, nachdem ihr Traum geplatzt war.

Somit sind alle tot, die die Gatusain benutzt haben. Alle außer dir.

Ich nahm Verbindung zu Cyriane Drays auf. »Ich bin in der ESHNAPUR«, sagte ich. »Alles in Ordnung.«

»Greta?«

»Sie hat in dem Sarkophag Selbstmord begangen. Ich möchte, dass Sie eine Autopsie vornehmen, um die letzten Zweifel auszuschließen, Doktor. Die ESHNAPUR verfügt über die nötige Ausstattung. Schicken Sie die Kanacht in ihr Dorf zurück. Es besteht keine Gefahr mehr für sie. Die Besatzungsmitglieder der ESHNAPUR können an Bord zurückkehren. Shoutain kann das Kommando über sein Schiff übernehmen.«

»Ich veranlasse alles.«

»Noch etwas.« Mir kam eine plötzliche Eingebung. »Bringen Sie die Muschel hierher. Ich bin neugierig, was geschieht, wenn wir die beiden Gatusain miteinander konfrontieren.« Ich unterbrach die Verbindung.

Gasuijamuo, waberte ein Gedanke durch meinen Kopf. Es war keine an mich gerichtete Botschaft. Ich empfing einen Teil der Aura des Sarkophags, vor dem ich stand. Ich hob die tote Gale heraus und legte sie aufs Bett.

Komm nicht auf dumme Gedanken, warnte mich der Extrasinn. *Deine Abhängigkeit von einem der beiden Artefakte reicht völlig.*

Ich habe nicht vor, dieses hier zu benutzen. Obwohl meine Sucht dadurch sicher nicht größer geworden wäre. *Ich halte es für erforderlich, das Verhältnis der beiden Gatusain zueinander zu erhellen.*

Sie sind sich spinnefeind, soviel wissen wir.

Das war mir zu wenig. Wir wussten nichts über die Hintergründe, nichts über den Kampf der Illochim und der Navigatoren gegeneinander, der auf bizarre Weise durch die Rudimentärbewusstseine über Jahrtausende konserviert worden war. Ich erkannte eine ganz neue Art des Stellvertreterkrieges.

Gasuijamuo? Ich konzentrierte mich auf den Illochim. Entweder empfing er mich nicht, oder er wollte mir nicht antworten. Etwas spürte ich in seiner Nähe. Die Kraft, die ihm innewohnte, unterschied sich auf eine unbestimmbare Art von der Waheijathius, und sie war etwas schwächer. Vielleicht belastete sie den menschlichen Geist weniger, und Gale hatte deshalb so lange durchgehalten.

Ich wartete, bis der Kommandant der ESHNAPUR und seine Besatzung an Bord kamen.

Karim Shoutain betrachtete die Tote. »Sie hat uns ganz schön zugesetzt. Es tut mir leid, dass es mein Schiff war, das die AVIGNON abgeschossen hat, Lordadmiral.«

»Entschuldigungen sind fehl am Platz.« Ich reichte dem Kommandanten die Hand. »Gale und der Sarkophag waren dafür verantwortlich, sonst niemand. Sie hatten das Pech, dass Greta bei ihrer Flucht die ESHNAPUR auf dem Landefeld entdeckte.«

»Was soll mit der Leiche geschehen?«

»Sie wird nach Terra überstellt. Ich muss Sie bitten, die Überlebenden der AVIGNON aufzunehmen und zur Erde zu bringen. Ich und meine Leute fliegen mit. Doktor Drays wird unterwegs eine Obduktion Gales vornehmen.«

Shoutain machte eine einladende Geste. »Ohne Sie blieben wir vielleicht für den Rest unseres Lebens unter dem Einfluss dieser Frau. Betrachten Sie sich als meine Gäste.« Er musterte den Sarkophag. »Ganz geheuer ist mir allerdings nicht dabei, dieses Ding an Bord zu haben. Es ist irgendwie unheimlich.«

Ich lächelte. »Kommen Sie nur nicht auf die Idee, sich hineinzulegen. Sie würden so enden wie Gale. Übrigens gibt es ein zweites Artefakt wie dieses. Es befindet sich in unserem Besitz und muss ebenfalls nach Terra.«

»Verfügen Sie über mein Schiff, Lordadmiral. Sie haben es gerettet.«

Wie auf Stichwort wurde mein Sarkophag hereingebracht. Ira Connaire bugsierte ihn auf einem mobilen Antigravfeld, von Cleany Havedge begleitet, der das Artefakt nicht aus den Augen ließ. Sofort empfing ich Waheijathius Anwesenheit, und nun machte sich auch Gasuijamuo bemerkbar. Illochim und Navigator witterten einander.

»Die mögen sich nicht«, erkannte der Kurator.

Jeder Anwesende spürte die Feindschaft zwischen den Bewusstseinsfragmenten, die in den Gatusain eingelagert waren. Ich empfand sie besonders intensiv. Mein vorheriger Eindruck, dass Waheijathiu der Stärkere von beiden war, bestätigte sich.

Vernichte Gasuijamuos Gatusain, verlangte er. Ich zuckte zusammen. Mit einer solch drastischen Forderung hatte ich nicht gerechnet. Ich war nicht bereit, eines der Artefakte zu opfern, weil der Besitzer des anderen es verlangte. »Das werde ich nicht tun«, sagte ich, in Gedanken versunken.

»Was werden Sie nicht tun, Sir?«, fragte der Kurator.

»Gasuijamuo zerstören. Das verlangt Waheijathiu.«

Havedges Gesichtszüge drohten zu entgleisen. »Das sind unersetzbare Stücke. Wir müssen sie hüten wie unseren Augapfel.« Seine Stimme klang weinerlich. »Lassen Sie sich nicht erweichen, Sir.«

Das hatte ich nicht vor. Der Navigator war anderer Meinung. Seine protestierenden Impulse überschwemmten mich. *Du wirst tun, was ich verlange.*

Ich stöhnte auf. Er klang nicht so, als wollte er Widerspruch gegen seine Forderung zulassen. Es fiel mir schwer, der Aufforderung nicht auf der Stelle nachzukommen. Zum ersten Mal ging mir auf, welches Ausmaß meine Sucht angenommen hatte. Bisher war es mir nicht aufgefallen, weil Waheijathiu und ich die gleichen Ziele verfolgten und er mich unterstützt hatte. Nun, da er etwas anderes wollte als ich, ließ er mich spüren, dass er mich teilweise steuerte. Ich stemmte mich dagegen, und der Druck auf meine Schläfen stieg.

Hör auf damit. Du wirst dein Ziel nicht erreichen.

Es ist in allgemeinem Interesse, wenn du Gasuijamuo vernichtest.

Erklär mir das. Ich presste die Lippen aufeinander, als Waheijathiu mich mit aller Macht zum Nachgeben drängte. Schmerz pulsierte hinter meiner Stirn. Er führte nicht dazu, dass ich nachgab, sondern machte mich wütend und verstärkte meinen Widerstand. Das Groteske war, ich kämpfte gegen mich selbst an. Denn etwas von Waheijathiu steckte in meinem Schädel.

Du bist störrisch. Unvernünftig.

Worauf du dich verlassen kannst. Ich könnte sogar auf die Idee kommen, dich wieder aus dem Schiff schaffen zu lassen, wenn du es zu weit treibst.

»Meldung aus der Zentrale«, sagte Shoutain. Die Zentrale war wieder von ihrer Besatzung bemannt. Die Systeme arbeiteten. Der Druck auf meinen Kopf ließ nach. »Ein Raumschiff, Typ Diskus, landet neben der ESHNAPUR. Möchten Sie sich das ansehen, Lordadmiral?«

Das wollte ich unbedingt, und zwar aus der Nähe. Ein Schiff, ausgerechnet hier und jetzt? Das war kein Zufall. Ich ahnte, dass die Jagd nach den Gatusain längst nicht vorbei war. Mit den beiden Kommandanten Cada Legove und Karim Shoutain verließ ich die ESHNAPUR. Der Anblick des gelandeten Diskusschiffes verschlug mir die Sprache.

Ein unerwartetes Wiedersehen

Die GAHENTEPE!

Vor mir stand der vierzig Meter durchmessende Diskus Trilith Okts. Gegen die Psi-Kämpferin hatte ich im vergangenen Jahr auf der Jagd nach einem freien Zellaktivator den Kürzeren gezogen. Was hatte sie mit den Gatusain zu tun? Oder handelte es sich doch um einen Zufall, dass sie gerade heute auf Orgoch auftauchte?

Soll ich die Wahrscheinlichkeit dafür errechnen?, bot der Extrasinn an.

Vielleicht war es gar nicht Trilith und das Schiff nur ein der GAHENTEPE vergleichbarer Typ. Der Extrasinn hüllte sich in Schweigen. Meine Antwort erhielt ich Sekunden später, als eine schlanke Frau meiner Größe aus dem Schiff stieg. Ihre helle Haut kontrastierte mit den langen, schwarzen Haaren. Unwillkürlich ging mein Blick zu dem Knochenwulst, der um die Mitte ihres Kopfes verlief, zu dem stark ausgeprägten Kehlkopf und dem schwarzbläulichen Feuermal auf ihrer Stirn, das die ungefähre Form eines Kraken mit neun Armen hatte. Es war Trilith Okt, und sie blieb direkt vor mir stehen.

»Du schon wieder«, begrüßte sie mich.

»Sie kennen sich, Sir?«, wunderte sich Legove.

»Das tun wir«, antwortete Trilith an meiner Stelle. Ihre hellroten, wässrigen Augen leuchteten im Sonnenlicht. »Es gefällt mir nicht, nach so kurzer Zeit schon wieder auf dich zu treffen.«

Ich verzog keine Miene. Sie war immer noch so kalt und berechnend, wie ich sie kennengelernt hatte. »Da bist du nicht die Einzige. Was treibt dich nach Orgoch?«

»In deinem Besitz befindet sich etwas, das mir gehört.«

»Der Meinung warst du schon einmal.« Ich betrachtete den Zellaktivator, der vor ihrer Brust baumelte. Ich hatte ihn für

Lemy Danger vorgesehen, doch Trilith war als Siegerin aus unserem Wettlauf hervorgegangen und mit dem lebensverlängernden Gerät an Bord der GAHENTEPE von Rudyn entkommen.

»Schön, dass du dich daran erinnerst. Dann hast du auch nicht vergessen, dass ich bekommen habe, was ich wollte.«

Ich setzte zu einer geharnischten Antwort an. So ganz hatte ich die Niederlage, die den Tod des siganesischen USO-Spezialisten bedeutet hatte, nicht verwunden. Ich hielt mich zurück. Bisher wusste ich nicht einmal, was genau Trilith von mir wollte. »Ich höre.«

»Du hast zwei Sarkophage mit sogenannten Rudimentärbewusstseinen an Bord.«

»Das ist mir bekannt.« Ich fragte mich, woher Trilith das wusste.

»Dir ist hingegen nicht bekannt, dass die Illochim jenem Volk entstammen, das mich einst gezeugt und geformt hat.«

Ich war überrascht. Trilith war seit geraumer Zeit auf der Suche nach ihrem Erzeugervolk. Wenn es stimmte, was sie behauptete, und ich hatte keinen Grund daran zu zweifeln, taten sich unerwartete Verbindungen auf. Damit hatten wir im Grunde die gleichen Interessen. Auch ich wollte mehr über diese Illochim erfahren, die auf Terra eine Hochkultur geschaffen hatten.

»Ich lese in deinem Gesicht wie in einem Buch.« Triliths voller Mund verzog sich zu einem amüsierten Lächeln. »Du hast die Sarkophage, ich das Wissen. Eine erneute Zusammenarbeit zwischen uns wird sich kaum verhindern lassen. Ich sehe übrigens noch etwas anderes in deinem Gesicht. Du hast einen der Sarkophage benutzt. Du bist süchtig danach.«

Damit wusste es auch Karim Shoutain. Ich traute ihm Diskretion genug zu, es nicht in die Welt hinauszutragen. »Ich wüsste nicht, was es dich angeht.«

»Mehr als du denkst. An Bord der GAHENTEPE kann ich dich nämlich von deiner Sucht befreien.« Trilith schnippte mit den Fingern. »Einfach so. Dafür erwarte ich lediglich, dass du mir die Artefakte überlässt. Du darfst mich gern begleiten. Wir beide werden das Geheimnis der Illochim lüften.«

Befreiung von meiner Sucht und die Suche nach den Illochim? Wenn ich zustimmte, schlug ich zwei Fliegen mit einer Klappe. Auf Terra konnte man mit den Gatusain nicht viel anfangen, und für Cleany Havedge und sein obskures Museum wären sie ohnehin zu brisant gewesen. Es tat mir leid, doch diese Freude konnte ich ihm sowieso nicht machen. Ich wandte mich an Legove und Shoutain. »Meine Herren, Sie fliegen ohne mich nach Hause. Bitte veranlassen Sie, dass die Sarkophage ausgeschleust werden, damit Trilith Okt sie an Bord nehmen kann.«

»Du bist also einverstanden. Das ist gut, weil ich dir nicht wieder etwas gegen deinen Willen wegnehmen muss.«

Ich schluckte die Kröte und verabschiedete mich von den beiden Kommandanten. Wenig später wurden die Gatusain ausgeladen und in die GAHENTEPE gebracht. Ich sah der startenden ESHNAPUR nach und begab mich an Bord des Diskusschiffes.

ENDE

Glossar

Aktivatorträger – Ein sogenannter Zellaktivator – wie beispielsweise Atlans –, der im bekannten Universum ausschließlich von der Superintelligenz ES verliehen wird, verleiht seinem Träger die relative Unsterblichkeit. Grundlage dafür ist eine fünfdimensionale Schwingung, die ständig den individuellen genetischen Kode aktiviert. Aktivatorträger können also nur durch direkte Gewalteinwirkung sterben, aber auch dann, wenn man ihnen das Gerät einfach wegnimmt. In einem solchen Fall beginnt für den Aktivatorträger nach 62 Stunden eine rapide Alterung, die sehr schnell zum Tod führt.

Atlan – Atlans arkonidisches Geburtsdatum entspricht dem 9. Oktober 8045 vor Beginn der christlichen Zeitrechnung. Der Kristallprinz erblickte auf der Kristallwelt Arkon I im Kugelsternhaufen Thantur-Lok – also M 13 – das Licht der Welt. Als Kristallprinz Mascaren Gonozal war er designierter Nachfolger des über das Große Imperium der Arkoniden herrschenden Imperators Gonozal VII. – doch sein Vater wurde, als Mascaren vier Arkonjahre alt war, auf dem Jagdplaneten Erskomier ermordet. Der Kristallprinz wurde vor den Schergen gerettet und wuchs auf Gortavor, einer Randwelt des Großen Imperiums, auf, geleitet von Fartuloon, dem Bauchaufschneider, seinem väterlichen Freund und Lehrmeister. In Erinnerung an den ursprünglichen Namenswunsch seiner Mutter wurde der junge Prinz Atlan genannt.

Atlan erlangte im Alter von 18 Arkonjahren nach intensiver Erziehung und Schulung auf der Prüfungswelt Largamenia den dritten Grad der ARK SUMMIA – dies war gleichbedeutend mit der Aktivierung des sogenannten Extrasinns. Ab diesem Zeitpunkt besaß Atlan einen selbstständigen Dialogpartner im Gehirn, mit dem er kommunzieren konnte. Nach vielen Kämpfen und Auseinandersetzungen konnte der Tyrann Orbanaschol gestürzt werden.

Atlan trat danach zunächst in die Raumflotte ein; es folgten unter anderem Einsätze gegen die Maahks. Wenig später kam es zu Atlans Aufenthalt im Larsaf-System (Larsaf ist die Sonne; Larsaf III war der arkonidische Begriff für Terra). Atlan ließ auf Larsaf III eine Kolonie auf dem Kleinkontinent Atlantis errichten. Hier kam es auch zu Kämpfen gegen die Druuf, Wesen aus einem anderen Universum, dessen Zeitablauf gegenüber dem des Standarduniversums deutlich langsamer war. Im Alter von 36 Arkon- oder etwa 43 Terra-Jahren erhielt Atlan an Bord eines Robotschiffes im Auftrag der rätselhaften Wesenheit ES seinen Zellaktivator, der ihm fortan ein potenziell unsterbliches Leben ohne weitere Alterung ermöglichte.

Nach dem Untergang von Atlantis und dem Tod seines letzten arkonidischen Begleiters, der von steinzeitlichen Menschen mit einem Faustkeil erschlagen wurde, begann Atlan – nach irdischer Zeitrechnung war dies der 29. Dezember 8000 vor Christus – seinen ersten Tiefschlaf. Als »Paladin der Menschheit« lebte er fast 10.000 Jahre auf der Erde (nachzulesen in den ATLAN-Büchern 1 bis 13).

Arkoniden – Im 19. Jahrtausend vor Beginn der christlich-terranischen Zeitrechnung entwickelte sich auf dem dritten Planeten der Sonne Arkon (im Kugelsternhaufen M 13) das Volk der Arkoniden. Es stammte von akonischen Auswanderern ab; diese wiederum sind direkte Nachfolger der Lemurer, der so genannten Ersten Menschheit. Nimmt man es streng, sind die Arkoniden also Nachfahren der ursprünglichen terranischen Menschheit. Sie sind von der äußeren Gestalt her auch absolut menschenähnlich; meist sind Arkoniden hochgewachsen und weisen einen vergleichsweise langen Schädel auf. »Reine« Arkoniden zeichnen sich durch weiße Haare, eine sehr helle Haut und rötliche Augäpfel aus. Der Hauptunterschied zu den Terranern liegt in der Anatomie: Arkoniden verfügen über eine Knochenbrustplatte anstelle von Rippen.

Über Jahrtausende hinweg war das Große Imperium der Arkoniden die stärkste Macht der Milchstraße. Im Jahr 1971 strandete ein Arkon-Raumschiff auf dem irdischen Mond; durch den Kontakt zu den Arkoniden kam Perry Rhodan in den Besitz ihrer Technik und konnte in der Folge die Menschheit einigen.

Dagor-Lehre – Eine Harmonie im Sinne von Gleichgewicht ist der Kern der Dagor-Lehre. Nur wo das Einpendeln auf optimalem Niveau gemäß selbstregulierenden Mechanismen erreicht wird, lässt sich die waffenlose Dagor-Kampftechnik in Perfektion umsetzen.

HÜ-Schirm – Abkürzung für Hochenergie-Überladungsschirm. Vor der Einführung des Paratronschirms eine der wichtigsten Defensivwaffen der Solaren Flotte. Die Überladungszone bewirkt einen Effekt, der dem Energiehaushalt des Zwischenraums (Linearraum) nahekommt.

Hyperraum – Laut der in der PERRY RHODAN-Serie üblichen Kosmologie ist der Hyperraum jenes fünfdimensionale Kontinuum, das dem Einsteinraum übergelagert ist, aber zu diesem in keiner direkten Verbindung steht. Innerhalb des Hyperraums sind Hyperfunk (überlichtschnelle Nachrichtenübermittlung) und überlichtschnelle Raumfahrt möglich.

Linearantrieb – Das Prinzip für diese überlichtschnelle Antriebsart, die es in verschiedenen Bereichen des Universums gibt, entdeckten die Terraner schon im Jahr 2044, doch erst im Jahr 2102 konnte diese Technik selbst eingesetzt werden. Beim Linearantrieb wird ein Raumschiff in den sogenannten Linearraum gebracht, eine Zwischenzone zwischen »unserem« Einsteinraum sowie dem übergeordneten fünfdimensionalen Hyperraum.

Linearetappe – Unter Linearflug ist die geradlinige Fortbewegung eines Raumschiffs mit hoher Überlichtgeschwindigkeit zu verstehen, die in einem dem Einstein-Raum dimensional übergeordneten Kontinuum stattfindet. Dieses übergeordnete Kontinuum wird als Linearraum bezeichnet. Meist wird der Linearflug nicht in einem Zug bis zu seinem Ziel durchgeführt, sondern in Abschnitten – in sogenannten Linearetappen.

Linearraum – Beim sogenannten Zwischen- oder Linearraum handelt es sich um ein dimensional übergeordnetes Kontinuum, das in seinen energetischen Dimensionen über dem Einsteinraum, also dem normalen Universum, angesiedelt ist. Der Linearraum liegt jedoch unterhalb des fünfdimensionalen Hyperraums. Innerhalb des Linearraums ist die Lichtgeschwindigkeit unendlich – wer also mit einem Raumschiff durch diese Sphäre fliegt, fliegt relativ zum normalen Universum mit mehrfacher Lichtgeschwindigkeit. Diese Technik beherrschen die Terraner seit dem Jahr 2102 alter Zeitrechnung.

Paralysator – Diese Waffe basiert auf Strahlen, die das periphere Nervensystem lähmen. Wer von einem Paralysator getroffen wird, ist gelähmt, da er seinen Körper nicht mehr bewußt steuern kann. Er ist jedoch nach wie vor in der Lage, seine Umgebung bewusst wahrzunehmen, kann also hören, riechen und sehen. Die Wirkung von Paralysatorstrahlen ist bei den verschiedensten Wesen unterschiedlich: Ertruser beispielsweise können eine solche Strahlung besser verkraften als »normale« Menschen oder die kleinwüchsigen Swoons.

Paratronschirm – Die grundsätzliche Technik für Paratronschirme erhielten die Terraner bereits im 25. Jahrhundert alter Zeitrechnung von den Bewohnern der Galaxis M 87. Der Paratronschirm leitet auftreffende Waffenenergie über einen Strukturriss im normalen Einstein-Kontinuum ab in den Hyperraum. Zudem »verdampft« er auf diese Weise jegliche Materie, die sich ihm nähert.

Tahun – Der dritte Planet der roten Sonne Tah – 32.308 Lichtjahre von Sol entfernt – ist eine der wichtigsten Welten für Xenomedizin, die es in der bekannten Milchstraße gibt. Der erdähnliche Tahun gilt als überaus schöne Welt mit einer Schwerkraft von 1,01 Gravos, einer Rotationsdauer von 24,01 Stunden und einer mittleren Temperatur von 22,3 Grad Celsius. In den Kliniken, Labors, Forschungsstätten und Rehabilitationszentren des Planeten gehen medizinische Kapazitäten von allen wichtigen Welten der Galaxis ihrer Arbeit nach.

Traktorstrahlen – Traktorstrahler erzeugen durch eine Umkehr der Gravitation ein gezieltes und scharf gebündeltes Schwerefeld, das in enger Beziehung zu dem Objekt steht, von dem es ausgeht. Mit einem Traktorstrahler kann man daher kleinere Objekte zu sich heranziehen oder sich an großen Objekten – wie etwa einem Raumschiff, einem Mond oder einem Planeten – anklammern.

Transformkanone – Als die Terraner in der Zeit des Solaren Imperiums auf die Posbis stießen, wurden sie zum ersten Mal mit dieser gefährlichen Waffe konfrontiert. Später übernahmen sie die Kanone und bauten sie in den eigenen Raumschiffen ein. Das Prinzip entspricht dem eines Fiktivtransmitters: Das Geschoss wird als lichtschneller Impuls abgestrahlt und am Zielort durch den Aufbau eines sogenannten Transformfeldes wieder in den Normalzustand zurückversetzt. Ein Empfänger am Zielort ist nicht mehr notwendig. Im selben Moment explodiert das Geschoss. Gegen eine Transformkanone sind herkömmliche Schutzschirme völlig hilflos.

Und es geht weiter:
ATLAN
Der Traum des Navigators
Rüdiger Schäfer
Dritter Teil der Illochim-Trilogie
Der Traum des Navigators
ISBN 978-3-89064-176-8
Fantasy Productions GmbH
Postfach 1517, 40675 Erkrath
www.fanpro.com
FANPRO

Bei Fanpro erschienen unter anderem folgende Titel:

ATLAN

ISBN 978-3-89064-

Totentaucher	Wim Vandemaan	1. Roman	486-8
Die acht Namenlosen	Christian Montillon	2. Roman	487-5
Befreiung in Camouflage	Michael M. Thurner	3. Roman	488-2
Die Psi-Kämpferin	Achim Mehnert	4. Roman	171-3
Das Sphärenrad	Rüdiger Schäfer	5. Roman	172-0
Acht Tage Ewigkeit	Michael H. Buchholz	6. Roman	173-7
Das Relikt der Macht	Hans Kneifel	7. Roman	174-4
Im Bann der Gatusain	Achim Mehnert	8. Romn	175-1

SHADOWRUN

ISBN 978-3-89064-

Chromscherben	M. A. Stackpole	Anth.	550-6
Shadowrun – Die 6. Welt	Hrsg. T. Hamelmann	Reader	540-7
Wiener Blei	Leo Lukas	41. Roman	555-1
Nachtstreife	Björn Lippold	46. Roman	558-2
Auf dem Sprung	Harri Aßmann	49. Roman	567-4
Töne der Unendlichkeit	Harri Aßmann	50. Roman	569-8
Elementares Wissen	Harri Aßmann	52. Roman	570-4
Die Anfänger	Ivan Nedic	54. Roman	572-8
ASH	Lara Möller	57. Roman	574-2
Pesadillas	Maike Hallmann	58. Roman	575-9
Vertigo	Maike Hallmann	59. Roman	581-0
Hand am Hort	Sebastian Schaefer	60. Roman	583-4
Flynns Weg	Lara Möller	61. Roman	585-8
Shelley	André Wiesler	62. Roman	580-3
Matrixfeuer	Hrsg. Beck / Hallmann	63. Anth.	587-2
Born to Run	Stephen Kenson	64. Roman	564-3
Im Namen des Herrn	André Wiesler	65. Roman	594-0
Quickshot	Lara Möller	66. Roman	595-7
Giftmischer	Stephen Kenson	67. Roman	565-0
Wiedergänger	Maike Hallmann	68. Roman	593-3
Feuerzauber	André Wiesler	69. Roman	519-3
Im Fadenkreuz	Petra Prinz	70. Roman	543-8
Kettenhund	Alexander Wichert	71. Roman	548-3

Fallen Angels	Stephen Kenson	72. Roman	549-0
GmbH	Christian Riesslegger	73. Roman	463-9
Machtgelüste	Jason M. Hardy	74. Roman	484-4
Cash Flow	Christian Riesslegger	75. Roman	483-7
Böses Erwachen	André Wiesler	76. Roman	473-8
Der Schattenlehrling	Boris Koch	77. Roman	482-0
Aftershocks	J. Raabe / J. Helfers	78. Roman	485-1
Fatimas Tränen	Alex Wichert	79. Roman	513-1
Für eine Handvoll Daten	Stephen Dedman	80. Roman	571-1
Flammenmeer	Jan-Tobias Kitzel	81. Roman	497-4

CLASSIC BATTLETECH ISBN 978-3-89064-

Schrapnell	Hrsg. M. Immig	Anth.	551-3
Wahnsinn & Methode	Michael Diel	1. Roman	592-6
Clangründer: Abkehr	Randall N. Bills	2. Roman	596-4
Schwert und der Dolch	Ardath Mayhar	3. Roman	425-7
Über dem Gesetz	Michael Diel	4. Roman	517-9
Clangründer: Traum	Randall N. Bills	5. Roman	597-1
Die Albatros-Akte	Reinhold H. Mai	6. Roman	526-1
Warrior: En Garde	Michael A. Stackpole	7. Roman	545-2
Warrior: Riposte	Michael A. Stackpole	8. Roman	546-9
Warrior: Coupé	Michael A. Stackpole	9. Roman	547-6
Früchte voll Bitterkeit	Ritter &Schreiber	10. Roman	458-5
Katze unter Bären	Arous Brocken	11. Roman	490-5
Clanwächter	Arous Brocken	12. Roman	491-2
In Ungnade	Chris Hartford	13. Roman	475-2
Mission Kiamba	Arous Brocken	14. Roman	493-6
En Passant	Michael Diel	15. Roman	479-0
Duo Infernale	Carolina Möbis	16. Roman	498-1
Karma	Bernard Craw	17. Roman	454-7

DAS SCHWARZE AUGE ISBN 978-3-89064-

Magische Zeiten	Hrsg. Momo Evers	Reader	516-2
Dämmerung	Ulrich Kiesow	55. Roman	459-2
Das Greifenopfer	Thomas Finn	62. Roman	544-5
Das Dämonenschiff	Harald Evers	74. Roman	568-1
Kompanie der Verdammten	Manuel Krainer	75. Roman	562-9

Der Tag des Zorns	Daniela Knor	76. Roman	573-5
Der Schandfleck	Andre Helfers	77. Roman	582-7
Den Göttern versprochen	Charlotte Engmann	78. Roman	579-7
Unsterblicher Traum	Patricia Renau	79. Roman	588-9
Blaues Licht	Daniela Knor	80. Roman	589-6
Spielsteine der Götter	Heike Wolf	81. Roman	591-9
Rabengeflüster	Wichert/Jäcke/Wolf	82. Roman	515-5
Thronräuber	Alexander Lohmann	83. Roman	512-4
Todeswanderer	Yvonne Gees	84. Roman	518-6
Roter Fluss	Daniela Knor	85. Roman	514-8
Todgeweiht	Markus Tillmanns	86. Roman	523-0
Dunkle Tiefen	Daniela Knor	87. Roman	538-4
Maraskengift	Markus Tillmanns	88. Roman	457-8
Unter Aves' Schwingen	Hrsg. Momo Evers	89. Band	460-8
Goldener Wolf	Linda Budinger	90. Roman	542-1
Sieben Winde	Matthias A.W. Ott	91. Roman	461-5
Der Zugvogel	André Fomferek	92. Roman	468-4
Haldinger-Saga I: Glut	Daniela Knor	93. Roman	472-1
Der Hofmagier	Ludwig / Wachholz	94. Roman	476-9
Der Feuertänzer	Ludwig / Wachholz	95. Roman	489-9
Hohenhag	Dietmar Preuß	96. Roman	494-3
Satinavs Auge	Tobias Radloff	97. Roman	495-0
In den Nebeln Havenas	Daniel Jödemann	98. Roman	496-7
Über den Dächern Gareths	Stefan Schweikert	100. Roman	226-0

HARDCOVER ISBN 978-3-89064-

Sturm über Windhaven	Martin & Tuttle	Roman	531-5
Die Flamme erlischt	George R. R. Martin	Roman	530-8
Dead Man River	George R. R. Martin	Roman	529-2
Die »Eis und Feuer«-Saga:			
Eisenthron	George R. R. Martin	1. Roman	532-2
Königsfehde	George R. R. Martin	2. Roman	533-9
Schwertgewitter	George R. R. Martin	3. Roman	534-6

WEITERE TITEL ISBN 978-3-89064-

Cugels Irrfahrten	Jack Vance	Roman	462-2
Das Voynich-Rätsel	Florian F. Marzin	Roman	541-4

FANPRO

Dies ist eine Bibliographie und kein Verzeichnis lieferbarer Titel. Es ist leider nicht möglich, alle Titel vorrätig zu halten.
Sollten Sie Fragen haben, kontaktieren Sie uns bitte unter

Fantasy Productions GmbH
Postfach 1517
40675 Erkrath
www.fanpro.com